慕凉决 著

上
册

青岛出版集团 | 青岛出版社

图书在版编目（CIP）数据

小例外/慕凉决著. —青岛:青岛出版社,2023.8
ISBN 978-7-5736-0560-3

Ⅰ.①小… Ⅱ.①慕… Ⅲ.①长篇小说—中国—当代 Ⅳ.①I247.5

中国国家版本馆CIP数据核字（2023）第041019号

		XIAO LIWAI
书　　名	小例外	
作　　者	慕凉决	
出版发行	青岛出版社（青岛市崂山区海尔路182号）	
本社网址	http://www.qdpub.com	
邮购电话	18613853563	
责任编辑	郭红霞	
校　　对	李玮然	
装帧设计	千　千	
照　　排	梁　霞	
印　　刷	河北鹏远艺兴科技有限公司	
出版日期	2023年8月第1版　2024年2月第2次印刷	
开　　本	32开（880mm×1230mm）	
印　　张	15.5	
字　　数	374千	
书　　号	ISBN 978-7-5736-0560-3	
定　　价	69.80元（全2册）	

编校印装质量、盗版监督服务电话 4006532017　0532-68068050

目录

上册

目录

下 册

第一章

转　学

冬去春来，宁城的天空依旧湛蓝，凉气中掺杂着几丝令人烦闷的气息。

车流穿梭，鸣笛声不停地响在耳边。

斑马线旁，云诉倚靠在路边的路灯杆上，长睫微垂，细白的耳机线挂在胸前，音乐声不停地响着。

她似乎出神了很久。

忽地，一阵急促的脚步声传来。

颈边拂过一缕风，云诉下意识地抬眼。

不远处的绿灯亮起，三三两两的路人和云诉擦肩而过。云诉抬脚，不紧不慢地走过斑马线。

她站定在二中校门口，仰头看了一会儿。没几秒钟，云诉转移视线，目光越过正对着校门的喷泉，最终定在远处的教学楼上。

浅藏青色的教学楼，楼层很高，楼栋之间每层都由走廊连着，正值上课时间，有接连不断的朗读声传来。

宁城二中，市里赫赫有名的高中，升学率年年排在全市第一。

云诉高一上学期是在十三中读的。十三中在市里也算小有名气，但比起二中还是逊色了些。

父母因为工作调动已经搬去了别的城市，宁城就只剩下云诉和她哥哥。

两人本来也是要跟着父母搬去的，但思来想去，哥哥肖绪正处于高三的重要阶段，怕影响太大，加之他本人也不愿意转学，父母就决定让他们继续在这边读高中。

十三中在宁城的北区，二中在宁城的南区，一北一南，距离实在是远，于是父母将云诉转学到二中，并在附近给她租了房子。

云诉刚要把手机从兜里拿出来，"哗啦"一声，大雨倾盆而下。

她暗叫不好。

云诉抬手遮雨，小跑到二中门卫室的屋檐下站定，拍拍身上的雨水，抬头一瞥，天边挂着彩虹。

云诉紧抿的唇边漾出一抹笑。

云诉已经和二中的老师说好明天才去学校报到，今天是来约肖绪吃午饭的。她半小时前给他打了好几通电话，但他都没接。

云诉在门卫室的屋檐下驻足了好一会儿。

门卫叔叔正好挂断了电话，一转身便看到了外面的人。

门卫叔叔笑着，递给云诉一杯水，说："同学，迟到了？渴不渴？来，先喝水。不着急，还有五分钟就下课了，你等下课了再进去，那样你们老师就发现不了了。"

云诉身上穿着二中的高一校服，是肖绪留在家里的。他说过，二中不穿校服进不去。

云诉略微惊讶。在她的印象中，学校的门卫一般脾气不太好，眼神也不太好使，她曾经因为迟到翻墙而被门卫拿着扫把满篮球场地追赶，偏偏十三中的校园还特大，其中篮球场的面积很大。

那天是同学借了辆轮椅把她送回家的，因为她的脚崴了……

惊讶了几秒钟，云诉回神，微微一笑，双手接过门卫递过来的水，把耳机拿下来，让细白的耳机线绕过后颈，垂在左肩上："谢谢叔叔。我就是掐着这个时间点来的，我们班第三节课是体育课，老师抓不到我。"

她得意地挑眉。

云诉这人在一般情况下话不算多，但小心思一起来，忽悠人的本事是数一数二的。

门卫叔叔被她逗得"哈哈"直笑，肩膀一颤一颤地说："你这小姑娘真有意思，看来平时和你们老师玩了不少次捉迷藏。哎，你怎么不穿校服裙子？"

云诉仰头，一口气喝完杯中的水，轻描淡写地说："出门的时候被狗追了，摔了一跤，裙子脏了，就没穿。"

瞧瞧，她又开始忽悠人了。

肖绪是男生，哪儿来的校服裙子？她能穿的只有外套和裤子。云诉本打算只是来校门口等人的，出门前灵机一动，这才穿上了二中的校服。

这门卫叔叔长得面善，看着就很好说话，她可以趁机进学校里溜达溜达。

门卫叔叔皱眉，问："伤得重吗？"

下课铃声响起。雨来得快走得更快，已经停了半晌。

云诉笑着没回答，说："叔叔，我先去上课了。"

她极其自然地转身进了学校大门，走远了。

云诉两手插兜，双脚迈着，目光游移着，脚下是雨水刚冲刷过的大理石路。

云诉看到右边是几个室外篮球场和网球场，左边是图书馆，图书馆侧后方是几幢欧式建筑，都是社团活动室之类的。

云诉正走着的这条绿荫小道有些长。

没多久，她在好几栋教学楼组成的楼群前站定。

云诉摸着下巴点点头，脑中闪过十三中的校园景色，暗暗地在心底给二中的设计师加分。

十三中的建筑色彩太过鲜艳，她更喜欢二中的冷色调建筑颜色。

她记得肖绪是在4号教学楼，但一下子分不清是哪栋，总不可能一栋一栋地找吧。

三月的风没有偷懒，甚至有些肆无忌惮，空气里似乎还有颗粒灰尘。一阵风吹来，云诉的胃里一阵难受。

她一小时前刚醒来，一直到现在，就只喝了门卫叔叔给她的那杯温水，实在是饿了。

她转身看到不远处的小卖部，嘴角弯了弯。

此时正值下课时间，小卖部里有好几拨人，热热闹闹，人声鼎沸。

她抬脚，快到小卖部门口的时候，从里面走出来一帮人。

几个男生长得都挺帅，漆黑的短发，浓眉白肤，结伴路过云诉身边。

等这帮人走过她才注意到，这帮人的最后面还有人。

那个男生垂着脑袋，一手揣在裤兜里，一手随意地垂着，拿着罐可乐，用中指拉开拉环——"咔嚓"。他抬手拿到嘴边开始喝，喉结滚动，嘴角留有水渍。

云诉莫名地顿住了。

两人擦肩而过之际，云诉开口："同学。"

于觉没听到她的话，垂着眼皮，一点儿反应都没有。

忽然间，他身形一顿，歪着头，看着身后被拉着的衣角。

他视线上移，撞上一双漆黑的眼眸，长睫颤了颤。

云诉没心虚，光明正大地盯着他看，用纤长的中指和食指夹着他的衣角。

眼睫一扑一扇，声音有些软，她问："同学，4号教学楼怎么走啊？"

于觉脸上没什么表情，漆黑的眼看着她，眉毛微微一挑。

云诉有种莫名其妙的感觉：她是头上顶着"神经病"三个大字吗？为什么他身后的同学的眼睛瞪得比太阳还要圆？特别是理了寸头的那位。

耳边倏忽有风吹过，云诉听到那个声音有些低哑，又略微冷淡。

"直走，右拐。"

云诉问了路，也没进小卖部，乖巧地直走右拐去了。

寸头的男生还在不断地回头看云诉消失的方向，一手捏着云诉刚才抓过的位置。

于觉继续走，寸头男生就这样傻了吧唧地跟着于觉走。于觉有种正在遛狗的感觉。

"觉哥，这女生够可以呀！她是不是二中第一个敢和你搭话的女生？之前那些女生也就敢偷偷地在远处看着你。"寸头男生兴致勃勃地说。

"这个女生胆子够大，而且长得也挺好看。"

寸头男生顿了一会儿，继续说："她是哪个班的？"

于觉停下脚步，侧头看他抓着的地方，视线顿了顿，脑海里猛地闪现刚才那女生的样子。她确实好看，五官极其出众，单眼皮，眼角狭长，骨子里透着冷淡，又带着点儿娇媚，但齐肩短发又衬得人有些飒爽。

他抬眼，视线落在寸头男生的脸上。寸头男生正好转过头来，嘴角有些抽搐，两秒钟过后，脸还红了。

寸头男生松手退开几步，说："觉哥，我和你说，你可别用这样的眼神看着我。"

鉴于之前于觉看棵大树眼神都能特深情，他实在害怕。

于觉说："神经病！"

云诉站在高三（10）班的后门，拿着手机，弯腰趴在窗边，对着里面的人乱拍一通，还百无聊赖地修了会儿图，那人还是没一点儿反应。

她在脑海中思考：到底是给他瘦脸还是美白，要不要加些滤镜呢？

她思考了好久，都无从下手——根本就没有修图的必要嘛。

这人的普通照片就能把常人精修过的照片秒杀。

云诉轻轻叹了口气。

肖绪做起题来，全世界仿佛就只有他一个人存在，天王老子来了都没用。

云诉摸了摸喉咙，酝酿着。

"肖绪——"

软萌的女声响起。

肖绪笔尖一停，身形僵硬，好一会儿才转头。

阳光过处，她牵起柔软的嘴角，身子微蹲，两手交叠着扶在窗台上，下巴抵在手腕上。

云诉笑盈盈地又叫了一声："肖绪哥哥——"

肖绪的表情有点儿微妙。

没一会儿，肖绪看了看突然出现的妹妹，又看了看身后无数双错愕的眼睛，微微叹气，嘴角却已经勾起，起身。

"班长，我去上厕所。"他乱扯了一个理由。

他们这节课是自习课，学霸班级的自习课一向落针可闻。云诉的声音不大，却正好能让全班人都听到。

楼道拐角处，云诉和肖绪一步一步地往下走。

肖绪突然顿住脚，云诉侧头看他。

他抬手摸了摸她的刘海儿，嘴角含笑："改走可爱路线了？"

云诉撇嘴，伸手打掉他的手，声音有些生气："剪发时不小心睡着了。"

昨天上午时云诉还是齐腰长发，下午实在是无聊，就想着去把头发剪短些，结果在剪发途中不小心睡着了，醒来时竟变成了一个软萌妹子。

坐在镜子前，云诉不可思议地不断地弄着她那点儿"空气刘海儿"，脸色不太好。

更让人无语的是，那理发小哥一点儿都不会看人脸色，眉开眼笑地急切邀功："这发型衬得你好可爱啊！"

她憋住一丝冷笑："我感谢你全家，让我这么可爱。"

两人一起走到小卖部门前，肖绪进去，出来时递给她一罐饮料。

他微微侧头看着她："你怎么进来的？"

云诉喝着他开好了的饮料，自豪地揪着衣领子："还好我出门时拿了你的校服。对了，你要不要搬出来住？爸妈在附近租了房子。"

肖绪摇头："住宿舍方便一些。"

云诉的表情有点儿忧伤，她说："那以后就我自己在家了。"

两人一直往篮球场的方向走去。

肖绪脸上表情淡淡的，抬手敲了敲她的脑袋："别给我装伤感，我周末又不是不回去。"

云诉点头，暗暗在心里想：反正你回去一会儿就出门玩了，跟不回也没什么区别。

爸妈让她自己选择，可以住校，也可以住家里。

她习惯住家里，新家和学校之间只隔着几条街，上学很方便。

两人一前一后地进了篮球场，最中间的场地被好几层学生围着，其他场地都没有动静。大家全都聚到那里，热热闹闹的。

云诉微仰下巴，将饮料靠近嘴边，喝了一口，有点儿好奇地说："那边在干什么？"她拉着肖绪钻进人群，"我们也去看看吧。"

云诉刚抬眼，球掠出一条弧线，发出干净利落的声音——三分球，空心入框。

她身前的几个女生很激动，脸色绯红，嘴角扬着，声音有些大地议论着。

"我的天哪！于觉还能再帅点儿吗？他那张脸都已经让我完全不行了！他这一球何止是赢了叶明非，更是击中了我的心，啊啊啊啊！"

齐肩短发的女生捧着脸，娇羞地说："唉，要是于觉没那么拒人于千里之外就好了。"

"你想都别想了，于觉是谁？年级公认的酷跩大王，据说脾气特别火暴，而且永远透着一股'生人勿近'的气息。"

短发女生反驳："可是有谁会无缘无故地发脾气？肯定是有什么原因吧？他平时随随便便往那儿一站，其实挺斯斯文文的样子。"

"这话我赞同，他只是稍微冷漠了一点儿，也许大家都误会他了。"

"我真的特别希望，关于他脾气特别差的那些传言，都是假的。"

…………

于觉的黑发湿漉漉的，有几滴汗顺着侧脸的棱角滑到嘴角，他垂着眼，目光有些懒散，两手揣在裤兜里，立在叶明非面前，声音有些冷地说："你输了。"

叶明非往前走一步，嗤笑："就凭你？"

周围静悄悄的，微风有些冷。

于觉没说话，眼睛眯了眯，阳光下的侧脸没有一丝血色。

周杭知道他在压着火气。

见于觉毫无反应，叶明非更是肆无忌惮。叶明非以为于觉是被他吓傻了，挑着眉道："于觉，你算个什么东西，也敢跟我争！都没和我比过一场，我才不会承认……"

叶明非身后的同学伸手扯了他一把，想让他适可而止。

叶明非是这个学期才转来二中的，从小横习惯了，来了新地方，没想着把谁放在眼里。

招惹谁都不要招惹于觉。这些叶明非不知道，但初中和于觉同校的同学一清二楚。

想让叶明非适可而止的自然卷儿同学就是从初中的学弟嘴里了解的于觉的光辉历史。

宁城二十三中，那时初中的于觉和现在一样，人冷冷淡淡的，不算高调。那学弟就在于觉隔壁的班。

于觉初中时参加了学校篮球队。为了拿到好成绩，学校领导特意高价请来了教练。那个教练心高气傲，在篮球队里过度训练，还导致好几名队员进了医院。

于觉认为这样的训练强度不合理，就去找教练争论。两个人都无法说服对方，最后决定来一场比赛定胜负。比赛过程中，两个人争抢球时，教练不小心把脚扭伤了……

之后教练辞职，这件事也在当时闹得沸沸扬扬。

学校认为于觉也有一定的责任。于觉一句也没解释过。

没多久，学校的处分还没下来，大家就听说于觉直接跳级上了高中。

自然卷儿同学在叶明非耳边低语："别惹于觉，男子汉，愿赌服输。"

叶明非笑了一声，整张脸都在扭曲，一把推开自然卷儿同学："我就惹他了怎么的？"叶明非转头，用指尖指着于觉的脸："于觉，我今天就惹你了，你能把我怎么样？"

自然卷儿同学被推得狠狠地退了好几步才勉强站稳。

于觉的目光还落在脚边的石子上，他用一只脚百无聊赖地踢着石子。

叶明非走到于觉身边，坏笑地轻声说："我和你说过吧，我的后妈是高——"

于觉不知道为什么，似乎很震惊，也很受打击，抬手给了叶明非一拳。

于觉的眼睛里布满血丝，满是戾气，声音刺骨阴寒，有些哑，他道："我没跟你说过，不准在我面前提这个人、这个名字吗？你没有资格。"

肖绪最先反应过来，拨开人群冲上去，拦着于觉："于觉，于觉，你冷静一下！"

于觉全身颤抖得厉害，嘴唇发紫，眼睛直盯着叶明非，发了狠地推开肖绪还要往前冲。

肖绪用尽全力还是被他推得后退了好几步。于觉的眼前突然陷入黑暗。

肖绪将手按在他的肩上，说道："于觉，够了，已经够了！那些已经过去了，你还有我们，大家都在！那些已经不重要了，你现在过得很好！"

于觉什么都看不到，重重地喘着气，闭了闭眼，两手慢慢垂下，任由肖绪抓着自己的肩膀。

所有人倒吸一口气。听说于觉和9班的叶明非在篮球场上单挑，大家就跑过来看热闹。于觉突然动手，让所有人一下子都没反应过来。

围观的群众稍稍回过神，一齐看向人群前面留着齐肩短发的女生——这女生够厉害呀，是哪个班的？竟然敢把校服扔到于觉的头上。

云诉看着自己的外套盖在那个人的头上。二中每个年级的校服配色都不一样，高一黑白，高二红白，高三蓝白。

要不是看到刚才那一幕，云诉也不相信他是"校霸"——态度极其冷淡地给她指路的"校霸"。

云诉在心里想着她这个行为的后果……

她越想嘴角就翘得越高。

本来她是不想蹚这浑水的，可肖绪努力拦人的样子让她实在于心不忍。云诉用余光瞥到自己身上的外套，就扔到他头上了。

于觉掀开头上的衣服时，眼前就站着双手捧着脸，似乎有些娇羞的云诉。她眼睫颤动着，眼神令人捉摸不透。

他吐了口气，缓了缓，眼里的血丝还未消尽，缓缓开口，声音低沉："你的？"

云诉摆着手直摇头："不是我的。"

于觉微眯着眼睛，用漆黑的眼眸上下扫视着面前两步开外的女生。

明亮的阳光软绵绵地照在她身上，勾勒着她的身形，披散的黑发松软地落在肩上，宽大的黑色长袖下露出白如凝脂的手腕。

于是，于觉又很慵懒地将目光放在她身后的人群中。

云诉并不知道，她身后的同学全部哆嗦地指着她的脑袋，明晃晃地出卖了她。

于觉眼睛都没抬一下，还在看着手中的衣服。

肖绪伸手拿走衣服，走到云诉跟前，微微皱眉，递给她。

于觉身后，来得并不及时的教导主任气得涨红脸，尖锐的声音划破长空："于觉、叶明非，你们在干什么？你们马上跟我来办公室一趟！"

云诉站在楼梯口，靠着墙，一只手揣在裤兜里，一只手把玩着手机，耳边是教导主任训人的刺耳声音。

"你们知不知道学校是什么地方？是读书学习的地方，不是你们打架的地方。

"你以为学校是你们家吗？想怎么样就怎么样？于觉，学校让你破格升高一，是看你成绩很好。你才来二中不到一年，这一年里，有哪天是消停的！你为什么就不能老老实实地当个好学生。你原来的成绩那么好，再看看现在的成绩！"

…………

云诉歪着头，对身边的人说："哥，我饿。"

话音刚落，她的肚子就应景地响了一声。

肖绪看着她没说话。

云诉扬眉："到时你得负责。"

肖绪还是没说话。

云诉摸了摸肚子，眉眼垂下去："比如把你生活费的一半分给我就行。"

肖绪无语了一会儿，才说："再等等，等他出来，我们就去吃东西。"

两人靠在墙上有一搭没一搭地说着话。

"你有没有特别感谢我？"云诉扬眉。

肖绪神色疑惑地问："什么？"

"你看，你们的关系是不是有点儿过于'友好'了？"她声音越来越高，嘴角越来越弯。

肖绪的表情特别无奈。

他低头，叹气："你什么时候知道的？"

云诉眉眼一挑，边用手捶他的肩，边道："我出生那年看你的第一眼，就觉得你特别不一样。"

肖绪失笑："那我是不是还得夸你眼神好啊？"

"那是当然！"云诉仰着下巴，一脸自豪。

简而言之，现在爸妈不在家，肖绪对她不用再遮着掩着了，她八百年前就知道他的事了。

肖绪则心想：云诉爱忽悠人的毛病，真的该好好治治了。

"嗒嗒"，远处传来沉重的脚步声，程岚倾没能及时刹住脚，一头撞进了刚从厕所出来的周杭的怀里。

周杭闷哼一声，抬手摁住他的脑袋往外推。

程岚倾开启询问模式："怎么回事？怎么回事？我就回去上了节化学课。叶明非那人又惹什么事了？一天到晚都不消停。"

周杭和他说了事情的来龙去脉。

话音落下，没一个人说话，气氛沉闷压抑。

接着，程岚倾盯着云诉看了好久。看他没移开眼，云诉也一直看着他。

刚才云诉看到他的第一眼就认出他来了——小卖部门口，于觉身后的寸头小哥。

美女嘛，程岚倾当然也立马认出了云诉。

程岚倾怕冒犯小姑娘，没立刻说话，犹豫着该怎么开口，半晌说道："怎么这么快，就一节课的时间，我就成为过客了？"

肖绪一脚踹在他的腿上："你瞎说什么？"

程岚倾被踹得老实了，没再说话。

后来，程岚倾和周杭探头到办公室窗边打探情况，还很傻地被老师捉了个正着，于是一溜烟地跑了，不一会儿又回来在楼梯这儿站着了。

氛围抑郁沉闷，又没一个人说话，就是云诉的肚子一直在叫，三个人全都听到了。

云诉可怜地说："我从早上到现在什么都没吃，非常饿。"

本来云诉说要自己先去吃点儿东西的，可肖绪不让，说是也快要下课了，一起去。

肖绪抬眼看了看程岚倾他们，叹气道："走吧，我带你去吃东西。"肖绪一脸的不情愿。

云诉咬牙道："行，我帮你们解决。完事了请我吃海底捞，今天下午就得去，明天还要上课，不然我还得等好几天。"

云诉是吃货，钟情于海底捞的吃货，特别是肖绪请客的时候。

眼角微微挑起，她道："名垂千古的一幕就要诞生啦！"

肖绪等人还很蒙，就听云诉说："这是你们逼着我演的。"

"嘭嘭嘭！"有人在敲门，训着于觉和叶明非的校长、教导主任、7班和9班的班主任一齐转头看向门口。

云诉眨巴着眼睛，无辜又害羞，脸色还微红，唇角勾着，双手握着放在身后，齐肩短发让她看起来软萌又乖巧。她探头看了看问："请问高一（7）班班主任在这里吗？"

在老师面前，她必须是个乖乖女。

唐西彤顿了一会儿，回神，微笑着说："我就是。请问你是……？"

云诉抬脚走进办公室，非常有在这里讨论的兴致，像只老实巴交的小奶兔。

"老师您好，我是刚转学过来的云诉。"

唐西彤打量着面前的小姑娘。云诉身上穿着黑色长袖，是很简单的款式，上面的图案是一团火。唐西彤轻声说："你好。可是你不是应该明天才来的吗？怎么今天就过来了？"

云诉歪头说："老师，我这人有点儿毛病，不太喜欢按套路出牌，所以今天就提前过来看看。"

唐西彤笑了笑，点头：小姑娘有点儿意思。

突然，云诉眨眼，说："老师，我想让您帮我找个人行吗？"

唐西彤有点儿惊讶："什么人？很急吗？"

云诉摸摸额前的刘海儿，皱着眉，一副百思不得其解的样子："我之前和他一起进校门的，才一转身，他就不见了。"

从始至终，于觉一直低着头，对校长、老师说的话，没反驳过一句，直到身后的人说话太莫名其妙才抬眼，侧头。

在于觉转头的瞬间，云诉瞪直了眼睛，激动得直跺脚："是你！"

其他人没理解这是什么情况，当然，也包括于觉在内。

云诉特别着急地问："同学，你跑那么快干什么？是怕迟到吗？"

于觉抬眼，满脸疑惑。

云诉赶紧解释："今天我来学校的时候，不小心迷路了，在前面的巷子里还不小心被狗追，可吓死我了！幸好这位同学经过，救下了我。但他被狗咬了！他好心救下我，我不能不管。可他怎么都不听我的劝，不肯去打狂犬疫苗，硬是要来学校。我想着赶紧找到他，让他去医院打狂犬疫苗！"

于觉勾唇，微抬下巴，用黑油油的眼睛盯着云诉看。

这故事可信，又好像不可信，不管是真是假，正好有了这个借口，校长看在于觉是个好苗子的分儿上，决定从轻处罚。

校长咳了两声，说："唐老师，要不就这样吧，我们大家也训得差不多了，于觉同学的情况刻不容缓，得赶紧去医院，要不回头让他写份检讨。"

唐西彤当然也希望于觉能被从轻处罚。她去年刚刚毕业就被任命为 7 班班主任。作为班主任，她当然知道于觉不是一个坏学生。况且于觉还是个能拿年级第一的主儿，她更不想损失。

"好，一切都听领导的。"她点头附和。

校长手疾眼快地摆手让于觉离开："于觉同学，记得去医院打针。"

小卖部门前，云诉两手拎着袋子，里面是冒尖的零食。这是程岚倾和周杭对云诉的报答。

肖绪接过她手中的袋子，程岚倾还在道谢。

"云诉，真的很感谢你，替我们觉哥解围。"程岚倾小心地侧头看了于觉一眼，"虽然不知道他是不是真的被狗咬了。"

因为这句话，他的身侧投来一道冷厉的目光。

程岚倾赶紧改口："但如果今天没有你，觉哥肯定是不能出来得那么快的。"

于觉立在周杭一行人身后，目光落在云诉身上，嘴角微勾，心情似乎不错，一点儿都没有刚被训过的感觉，仿佛半小时前动手的人根本就不是他。

周杭说："这两袋零食只是我们给你的小小谢礼，改天一定请你吃饭，好好报答你。"

云诉直摆手："不用了。"

肖绪抚额叹气。

云诉要和肖绪去吃海底捞，想和他们道别，最后面一直没说话的人开口了。

于觉微挑着眉，歪着头："你说说，我是哪儿被狗咬了？"

他是对着云诉说的。

"什么？"云诉疑惑地问。

他嘴角漾出一抹笑，转头问程岚倾："你看我像是被狗咬了吗？"

程岚倾愣愣地摇头。

于觉两手插在裤兜里，不紧不慢地走过来，站定在云诉面前。

他微俯下身，垂着眼看她，道："你虽然帮我解围了，不过，这个故事编得不好。"

云诉有点儿纳闷："啊，哪里不好？我还顺便表扬你见义勇为了呢！"

于觉说道："影响我的形象！"

云诉心想：这人没被狗咬真是太可惜了！

回到教室，于觉走回自己的座位，坐下，趴在桌上就睡。

程岚倾坐在他身边："觉哥，你今天不对劲，很不对劲。你今天竟然和一个女生说了那么多话。你不是喜欢那样的吗？"几秒钟后，他又补了一句，"虽然都是假的。"

于觉淡淡地"嗯"了一声。

"云诉真厉害，几句话就把校长说得晕头转向，你还能回家休息一周。"程岚倾羡慕地眨巴着眼睛。

周杭一掌拍在他的脑门儿上："要不你也回家睡一周去？"

程岚倾乐呵呵地说："可以呀，我去和觉哥住。"

于觉懒懒地睁眼，说："程岚倾，回你班上去。"

下完逐客令，他转头继续睡。

肖绪趁着午休时间领着云诉出来，拦了辆车就往和二中隔了好几条街的商场去。他记得那里有一家海底捞。

虽说下午要陪她，可肖绪本性就有些懒洋洋的，挑了最近的地方。

肖绪按下电梯 12 楼的按钮。

"叮——"，电梯门打开，"海底捞"三个大字出现在云诉眼前。

店里人不多，就他俩穿着校服，有些显眼。

两人走到最里边坐下，服务员递来菜单，云诉眼睛有些发光地说："好久没吃你请的海底捞了，我要多吃点儿。"

肖绪漫不经心地垂眸，视线落在手里的手机上，淡淡地点头。

海底捞的服务水平不容置疑，没多久菜就上齐了。

汤水沸腾，云诉开始往锅里放菜涮肉。

肖绪的指尖还在手机屏幕上滑动。云诉给他夹了好几块肉，问："谁找你啊？难道有人要和我抢哥哥不成？"

肖绪没回答，又回了条信息，懒散地抬眼，视线在桌上扫了一圈，又在云诉的脸上扫了两圈。

他没什么表情。

云诉被火锅的水蒸气熏得小脸红红的，硬生生地被他看得有些不好意思了。

她咽下口中的肥牛，拿起纸巾擦擦嘴巴，说："怎么了？不能提吗？"

肖绪吐气，道："云诉，我在思考一个问题。"

"什么问题？"

"要多少头猪的食量才能比过你的。"

肖绪成功地把云诉点炸了。

他乱说话的结果就是，下一秒，云诉猛地转头，叫来服务员，又点了两盘肉。

吃完火锅，肖绪陪着云诉在商场里逛服装店，游电玩城。下午6点钟他就要回学校去了，晚上还有自习课。

两人一起打车到家楼下，云诉摆摆手就上楼去了。

闻着蔷薇花香，云诉把门关上。

东西还没全部整理好，几天前搬过来的行李还放在玄关处。少女将白皙的脸窝在沙发里，有些累。

木制餐桌，暖色沙发，白色地砖，头顶是暖色吊灯，书架上小说林立，阳台中雏菊探头。

云诉没什么爱好，只有看小说而已，云悠给她添了好多。

云诉一直好奇，就她和肖绪一起住，租那么大的房子是要干什么？

而且，现在就她一人住，房子显得更空了。

转着眼睛把她的新家打量了一番，云诉眯着眼直打哈欠。

她虚弱地"哎哟"了两声，歪着脸，闭上眼。

云诉一觉醒来，时针已经指向晚上10点钟。

"咕噜噜"，肚子一阵叫，她从中午和肖绪吃完饭后就没再吃过东西了。

云诉垂着眼，起身，打开冰箱，满目的生菜生肉。

她叹气。云悠这位贤惠的母亲一直想培养她的厨艺，可惜，她只回报给云悠一口比一口黑的锅。

云诉随手拿了一罐可乐，又窝在沙发上，打算订外卖。

快刀斩乱麻，云诉花两分钟决定了晚餐兼夜宵。

10分钟后，浴室里的云诉并没有听到走廊里的咆哮声："于觉，开门吃饭！"

又过了一会儿，门铃响起，正好拿着毛巾在擦头发的云诉穿着粉色小兔的拖鞋去开门。

外卖小哥戴着鸭舌帽，垂着头："是云小姐吗？这是你点的家常咖喱饭。"外卖小哥抬头，"我的天哪！"

他的神色非常惊讶。

云诉倒是没什么反应，伸手，说："辛苦了。"

程岚倾后知后觉地把外卖递给云诉："你住这儿呀，好巧！"

"你也住这儿？"她反问。

"没有，不是我。"

云诉轻轻点头，对到底是谁住在这儿并不感兴趣："我饿了，谢谢你。"

程岚倾摘下鸭舌帽，笑吟吟地道："那祝你用餐愉快。"

云诉懒懒地笑了笑。

云诉关门后，程岚倾转着脑袋看看1631室的大门，又看看1632室的大门，回想起云诉身上的皮卡丘睡衣，配上她的短发，奶萌奶萌的。

又想起她今天在老师面前保护于觉的勇敢劲，程岚倾"啧啧"两声，甩着手中的鸭舌帽，又敲了于觉家的门："觉哥，外卖好不好吃？好吃的话给我开个门呗。"

半晌，于觉开门，歪靠在墙上，黑发散乱地垂着，眼皮耷拉着，明显很不耐烦："有话快说。"

程岚倾嬉笑地道："你知不知道你对面住……"

"砰——"，他又吃了闭门羹。

程岚倾吃痛地捂着鼻尖，心情却更好了，咧开嘴角，吹着口哨儿走了。

"还好我觉哥有那张脸，不然我还就不服了。"

云诉坐在地垫上，用手机播放着电影，又夹了一口饭放进嘴里。

手机屏幕上，女主角讲话的声音骤然停止，接着，手机"嗡嗡嗡"地开始振动——云悠的电话。

她咀嚼了一会儿，心想：会不会被骂个狗血淋头啊？

手机又振动了几下，她拿起手机，放在耳边。

"妈妈。"云诉轻声叫。

云悠叹着气，听出她正在吃东西，皱眉道："现在才吃晚饭？都晚上 10 点了。"

云诉"嗯"了一声："下午和肖绪一起吃火锅了，不怎么饿。"

"我们不在你身边，你好好照顾自己。我和你爸爸有时间了就去看你。"云悠说。

云诉的长睫垂下，筷子在碗里扒拉，她道："嗯，我会照顾好自己的。"

"我把电话给你爸爸，你们聊两句。"

因为云诉要和肖绪待在宁城的事，云诉和爸爸各自生着闷气，还没和好。

肖年虽然说着再也不管云诉了，但还是把家和学校的事都帮她打理得好好的。

那头云悠把手机递给肖年，肖年接过，电话那端突然安静下来。

他没说话，云诉也没说话。

两人的脾气都很犟，谁都不愿先低头。

云悠着急地踢了他一脚。

肖年这才咳了两声，说："那你……在那边好好学习。"

"嗯。"云诉应了一声。

通话就此结束。

第二天早上醒来，云诉睁了三秒钟的眼睛，又闭上缓了一分钟，这才转过脑袋，下巴抵着沙发，眼睛微眯，看着窗外的世界。

天边微亮，空气中弥漫着淡淡的花香。

转眼，早上6点钟了。

云诉软绵绵地起身，歪着头，大大地伸了个懒腰，感觉身上黏得难受。拖鞋和睡衣是云悠给她准备的，都不是她的风格。

云诉进了浴室。洗完一个澡，等到云诉站在玄关处准备出门时，已经早上6点45分了。

云诉走路去的学校。

上学高峰期，校门口前一整条街上，很多同学骑着自行车经过，三三两两的同学打着招呼走进校园。

当耳边依稀响起门卫催促学生进校的声音，云诉用余光擦过奔跑的穿黑、红校服的学生，一手还拎着塑料袋，站在小巷出口转弯的地方给肖绪买包子。

云诉这人不怎么喜欢吃包子，比较喜欢吃豆浆和油条。肖绪和她的口味可以说是天差地别，可公寓转弯处的早餐店里只有油条，没有包子，她只好到这里来买。

早上 7 点 30 分，云诉身上还穿着肖绪的校服，踏着铃声进了校园。

　　昨天给她倒水喝的门卫叔叔搓着手，站在门卫室门口对着她笑："今天很准时。"

　　云诉笑笑，把手中的第三份早餐递给他："早上好。"

　　昨天来过学校，云诉并不陌生，跟着记忆来到 4 号教学楼的高三（10）班，对后门窗边的位置眯了眯眼。

　　她酝酿了一会儿，将声音完全放出来："肖总。"

　　昨天她用了软萌的声音，今天得换一个豪放派人设。

　　肖绪猝不及防，身形一顿，黑色水笔在书上画出一条长长的线。

　　云诉伸头看过去，看着那还挺有艺术感的"forever"（永远），勾唇："我哥就是帅，意外都发生得那么漂亮。"

　　二中要求学生早上 7 点 40 分进教室自习，8 点早读，高三（10）班的早自习又被云诉惊扰了。

　　肖绪弯着眼角，没起身，抬手摸了摸她松软的黑发，歪着头和她说话："不去你们班？"

　　云诉把手中的早餐放到他的桌上："我先给你送吃的。你这人，胃不好还时常不吃早餐。"

　　肖绪笑笑，没说话。

　　云诉直起身："你继续，我找老师去了。"

　　高一（7）班教师办公室门口，云诉规矩地敲门："老师你好。"

　　班主任从教案中抬头，看清来人，笑了笑："请进。"

　　云诉走到办公桌前停下。

　　班主任扫了一眼云诉身上炸弹图案的黑色 T 恤，说："我先带你去领课本，再去拿校服。"

云诉点头。来办公室前，肖绪的校服已经被她放进书包里了。

云诉抱着课本跟着班主任来到远竞楼，转弯。

班主任转头问她："你的身高是多少？"

"一米六五。"

班主任片刻后从拐角那间教室里走出来："我们学校的校服是每个季度每人三件。"

新校服被透明袋子装着，拉链牢固，很厚实。

云诉点点头，空出一只手，就要接过来。

班主任笑着说："你拿书，我拿衣服。走吧，我带你去教室。"

高一（7）班在3号教学楼的3楼拐角最深处。

云诉跟着班主任走进教室，垂着眼帘站在讲台边。

讲台下热闹非凡，学生们我行我素，干什么的都有，乱七八糟。

最后排的三个男生坐在桌子上，双脚高抬着放在椅背上，低头明目张胆地玩着手机。

第4组倒数第二桌的女生看到了班主任，立刻安静了下来，坐在自己的位置上。

柴斯瑶扯了扯周杭的衣角，声音响亮地道："老师来了。"

话音刚落，班主任手上绑成一团的毛巾精准无误地砸在程岚倾的脑门儿上。

班主任尖细的声音在空中飞舞："程岚倾，我说了多少次，不要来我们班，回你们班去。"

程岚倾像是被砸习惯了，嬉笑着抬头，不痛不痒。他从桌子上下来，收好手机，捡起地上的毛巾，一蹦一跳地走到讲台前："唐老师，那我滚回去了。"

他吊儿郎当，一副不正经的样子。

同学们都在下面笑。

不知是哪个男生在后面说了一句："老师，你看程岚倾天天来我们班报到，要不就让他来我们班呗。"

班主任看着他没说话。

那位同学识趣地噤了声。

程岚倾对着云诉笑，云诉侧头，没什么表情地看着他。

突然，程岚倾说："同学，你好眼熟呀。"

云诉在心里想：哥，你这套路老土了。

云诉根本就不想理他。

程岚倾似是安慰地拍拍她的肩膀："不要伤心，不要难过，我都能理解，觉哥今天没来。"

班里落针可闻。

云诉实在想不明白程岚倾到底是怎么做到用那样严肃的表情说出这有些无厘头的话的，也不清楚事情怎么会发展到她需要只有一面之缘的他来安慰的地步。

云诉看着他，突然阴险地笑了一下，眼角微挑。

"你也想试试被狗咬？"

程岚倾离开了，最后排剩下的两个男生也从桌子上下来，规规矩矩地坐在了椅子上。

班主任还挺满意，声音不复刚才的尖细："这是我们班新转来的同学，叫云诉。"

讲台底下鸦雀无声，同学们的反射弧似乎有些长。

几十双探究的眼睛盯着云诉看。

云诉陡然有种自己是喜剧演员的错觉。

突然，周杭吹着口哨儿站起来，嬉笑着说："欢迎新同学！"

随后，周杭用力地鼓掌。他那不正经的语调使得同学们也都反应过来，瞬间，掌声如雷。

班主任拍了拍讲台："好了好了。周杭，你给我坐下。大家都安静。"班主任指着教室一角的位置对云诉说："云诉，你去坐那个空位吧。"

那是第 4 组最后一桌——周杭的后桌。

班主任教英语，这节是她的课。

云诉坐在座位上，把课本一本一本地放进抽屉里，拿出英语课本。

"同学们，请翻开第 32 页。"

班主任拿起黑色马克笔，在白板上写了"Working the land"（耕种土地）。

云诉翻开课本第一页，在空白的地方写下一个"y"。

"嘿，云诉，以后我们就是朋友了。"周杭将手指放在她的桌上，压低声音和她说话。

云诉淡淡地"嗯"了一声。

她抬眼，不知道说什么，看着讲台的位置，打算认真听课。

周杭张嘴还想说些什么，柴斯瑶按着他的脑袋往讲台的方向一扭："吵。"

柴斯瑶的动作行云流水，她看着不像是第一次这样做。

柴斯瑶对云诉笑了笑："你好，我叫柴斯瑶。"

"我叫云诉。"云诉也笑着。

打好招呼，柴斯瑶转回头去，认真地做着笔记，周杭也没再来找她闲聊。

班主任在白板上写了好几个短语，转身，两手撑着讲台："下面请同学们运用我们今天学过的短语来简单地介绍一下你们的同桌。给你们五分钟的时间做准备。"

云诉笔尖一顿，下意识地看着身旁的空位，桌上空荡荡的，抽屉里的课本摆放得很整齐。不知为何,她觉得她的同桌就是个学霸。

这样想着,云诉开始下笔,嘴角勾着。

周杭身体莫名地抖了抖,手肘碰了碰柴斯瑶的手腕道:"云诉应该还不知道她的同桌是谁。她的同桌要下周才能回来,她不会要写幽灵同桌吧?"

柴斯瑶抬眸翻了个白眼,抬笔,在草稿纸上果断地又加了一句话:"He spoke with a little fart."

这句话翻译得优雅一点儿就是,我同桌说话可搞笑了;直白一点儿则是,我同桌说话如同放屁。

班主任用眼睛扫过一颗颗黑油油的脑袋,随后抬腕看表。

时间到,班主任拍着桌子说:"好了,停笔,时间到。哪位同学起来说说?"

7班的同学不是很积极,就有零星的几个同学举着手,其他人拿笔抵着脑袋,恨不得钻到桌子底下。

目光在底下扫了一圈,在角落停下,班主任嘴角一勾:"云诉。"

然后,云诉在全班同学异样的注视下起身。

她不是倒霉被点到的,而是自己举手的,还举得很高。

寂静的空气中飘浮着淡淡的花香,阳光明亮,透过玻璃窗照进教室,落在桌角。

黑色衣袖下,云诉纤细白皙的手臂露出好大一截。

她两手拿着草稿纸,描述着自己想象中的同桌。

"I have not seen my deskmate yet, but I'm sure that he studies well and handsome."

这句话翻译过来就是:我虽然没见过我的同桌,但我就是相信他是个帅气的学霸。

云诉有这样的直觉。

她的直觉一向很准，准到不可思议。

没人注意到阳光下落在教室后门上的影子。

于觉懒洋洋地歪靠在墙上，往教室里扫了一眼，勾着唇在笑，等到那个人坐下了才转身，去了程岚倾班上。

昨天他手机忘在抽屉里了，今早起来才发现。

第二章

偶　遇

云诉坐下后，周杭转身给她竖起了大拇指："云诉，你真牛！你同桌就是那个帅到天际的……"

柴斯瑶把早上剩下的包子塞进他的嘴里，笑得无害："知道你觉哥帅，下课再说。"

周杭抬手把包子拿出来："柴斯瑶，你又不是不知道我有多崇拜我兄弟，趁现在他不在，我要多跟新同学说说他的丰功伟绩。"

柴斯瑶一手捶在他的肩上："闭嘴，我要学习。"

周杭哆嗦地说了句什么，云诉没听清楚，而后就见周杭老实地转身继续去看他的课外书了。

周杭和程岚倾的年龄比于觉大，两个人初中也在二十三中，和于觉同校，都是校篮球队的，但那时感情还没这么深，就觉得于觉是个冷酷的美少年。

后来他们毕业，听说于觉跳级了，没多久和他们还成了同学，对于觉的钦佩之情便油然而生。

时间一晃而过，下课铃声响起，班主任没拖堂，铃响的瞬间就喊了"下课"。

一大半人去了厕所，余下的睡觉、聊天，放松休闲的方式因人而异，教室里热闹至极。

上午还有三节课，云诉思索着下节是什么课。

这时，有人遮住了云诉的余光。

程岚倾靠在第3组最后一个座位的桌边，笑着和云诉打招呼："云诉，你好，我叫程岚倾。"

云诉笑笑："你好。"

"云诉，你之前是在哪个学校读的？"柴斯瑶将手肘撑在桌面上，转过身和云诉说话。

柴斯瑶长得很漂亮，笑着的时候，嘴角有明显的酒窝。

"十三中。"云诉回答道。

周杭用指尖敲着她的桌子："云诉，你是不是有点儿惊讶，柴斯瑶下课的时候和上课的时候完全不同？她这人就是这样，上课和下课简直就是变了一个人。"

"上课的时候她整个人都散发着'谁影响她学习，她就把谁的天灵盖给揭下来'的气场，偏偏还只对我这样。我要是在上课的时候说一句话，就是刚才的下场。"

他转向柴斯瑶："哎，我看你之前对你同桌挺温柔的呀，怎么到我这儿就变成'母夜叉'了？"

"闭嘴！"柴斯瑶瞪着他说道。

程岚倾笑得身体直往后仰："你这人就是嘴欠。"

柴斯瑶没再理周杭，继续和云诉说话："云诉，你要做好准备，下节课是化学课，高老头儿（对高老师的昵称）出了名地无情，布置的作业竟然比'火箭班'的还多。"

云诉被她逗得"扑哧"一声笑出来：这小姑娘还真有意思。

云诉主动邀约："你们中午吃饭是去食堂还是去外面？要不一起？"

云诉觉得柴斯瑶豪爽不做作，她的朋友不多，觉得交交朋友还挺不错，而且柴斯瑶给她的感觉很舒服。

上午的四节课转眼即过，放学铃刚打响，同学们就一哄而散。

云诉站在柴斯瑶身旁，身后还跟着程岚倾和周杭。

二中旁边吃的东西很多，校门对面就有好几家小餐馆，出了校门左拐的那条街上，酸菜鱼粉、火锅、麻辣烫、砂锅饭，应有尽有。

四人一起来到一家螺蛳粉店，这是这片区域唯一的一家螺蛳粉店，味道很好。

程岚倾和周杭站在门口，整张脸写满了拒绝。两人默契地深深皱起眉头，捏着鼻子。

程岚倾痛苦地说："我们换一家不行吗？吃什么都行啊，怎么偏偏就是螺蛳粉呢？"

柴斯瑶看着云诉："你也不喜欢吗？"

云诉摇头："我很喜欢。"

她以前周末无聊时都会和付银宇去吃螺蛳粉。

周杭仰头高呼："我的天哪，那么臭你们也吃得下去？！"

柴斯瑶踹了他一脚："臭豆腐也臭，我看你吃得倒是挺香。你们自己去吃别的也行呀，又没非要让你们跟着我们。"

说完，柴斯瑶挽着云诉走了进去。

程岚倾和周杭面面相觑。

周杭放开捏着鼻子的手，嗅了嗅："程哥，你有没有发现，好像也没那么臭了？"

程岚倾用眼神质疑，挑眉："真的？"

"真的，你闻闻，不知怎的还挺香。"周杭皱着鼻子继续闻。

他们身后的几个想要进店的女生顶着奇怪的表情看着两人。

偏偏两人闻得很起劲，脖子伸得老长，左嗅嗅，右闻闻，像两只流浪的终于看到希望的哈巴狗。

云诉和柴斯瑶已经端了粉坐在椅子上，看着他俩：这两个人怎么这么丢人，她们简直没眼看。

柴斯瑶拿着筷子把青菜往外夹："忘记和阿姨说了。"

周杭端着粉坐下："你又不吃青菜了。"

柴斯瑶没理他，把青菜使劲地往外夹。周杭把碗往前一推："给我，我吃。"

柴斯瑶没客气，把青菜全放进周杭的碗里，边夹边问他："花生和腐竹要吗？"

周杭笑着说："要。"

一碗粉吃完，云诉满足地把汤也喝完了，螺蛳粉的精华就在于汤，她一点儿都没浪费。

此时正在吃第二碗粉的程岚倾拿着筷子啧啧称奇："这东西还真是越臭越好吃，我以前怎么没有发现呢？"

没一个人理他。

柴斯瑶问："云诉你想喝奶茶吗？我有点儿想喝。"

周杭起身："你们等着，我去买。"

四人一边喝着奶茶一边回了教室，坐下时还有几十分钟才上课，程岚倾和周杭拿出手机就开始玩游戏。

教室里人不多，但并不安静，前前后后都有同学在打闹。

柴斯瑶翻了翻云诉的课本："云诉，你是哪个'诉'呀？听着好有诗意。"

"诉说的'诉'。"云诉答道。

"哎，原来你也不喜欢在课本上写名字。你同桌也是，和你一样就写个'Y'，不过他的是大写的。"

和周杭相处了半天时间，云诉早猜到了她的同桌是谁。

不知三个小时前莫名地相信她的同桌是学霸的傻子是谁，应该不是她吧。

于觉这个"校霸"到底是不是学霸，她还得观察一段时间。

柴斯瑶继续说："高老头儿布置那么多作业，还说要在放晚学前交上去。今天下午没自习课，话不多说，我先写作业去了。"

说完，她便转身。

云诉勾唇，看了看旁边玩得起劲的两人，没说什么，也拿出化学作业写了起来。

云诉来到二中的第一天顺利结束。

等到从电磁学作业中抬起头，见教室里只剩她一人，云诉便背着书包出了学校。

她拐了好几个弯，发现左边有一条小巷，两边的墙根种着小雏菊，长得惹人喜爱。她往里一看，小巷很短，就几步路的距离。

云诉从小雏菊中抬眼，神色诧异。

巷子里有个人逆着光蹲着，是个男生，背对着她，看不见脸，正认真地捡着掉落了一地的塑料瓶。

他有漆黑的短发，黑色衣袖下露出白皙纤细的手腕。

倏地，云诉很不应景地打了个嗝。

她赶紧捂住嘴：丢人啊，怎么能发出这样的声音？要不，她先溜？

于觉没给她那个机会，转身，懒洋洋的，脸上没什么表情地看着她。

被观赏有一段时间了，云诉干笑着刚要抬手，于觉捂着嘴转头，打了个喷嚏。

云诉站在那里，刚要抬起的打招呼的手硬生生地顿在了半空中。

于觉打完喷嚏，揉了揉鼻子，没说话，转身继续捡瓶子。

云诉抬脚，转身跑了，留下远去的脚步声。

于觉手上的动作微微停了一会儿。仅两秒钟，他垂眼，散落了一地的塑料瓶就快要被收拾好了。

一阵风吹过，夹杂着一丝烦闷的气息。

于觉抬眼就看到了云诉。她喘着气，脸颊两边有些汗，因为跑得太快而脸上生出粉色，半躬着身子，两手撑在膝盖上。

"你那袋子都坏了，拿这个袋子装吧。"她打开手中的袋子，"倒进来。"

于觉看着她没说话，嘴角明显地勾起来，走上前把瓶子一股脑儿地倒进去——他以为她走了。

云诉绑好袋子的口，将袋子递给他。

于觉接过："刚从学校出来？"

云诉点头："我今天没看到你。"

"你是肖绪的妹妹？"

"嗯。你和我哥是怎么认识的？"

于觉说："之前一起打球，时间一长就熟了。"

巷子里好一阵沉默。

于觉的目光不着痕迹地停在她身后大开的黑色铁门上。

"进去吗？"

"嗯？"

云诉有些愣住了：话题怎么会拐到这儿了？

于觉抬手指了指她身后。云诉顺着他指的方向转身，这才注意到铁门里的小院。

小院有深灰色的墙，墙上是不知名的花，长长的竹竿搭成好几排，上面晒着几床被子，最里面的竹竿上挂着几件衣服。

小院最左边的地方放着好多瓶罐纸壳，不乱，干干净净。

云诉猜测着：于觉是拿着瓶子来这儿卖，还是说，这小院是他家？

她转身看着他："这是谁家？"

于觉走过她身边，推开门，合页"咯吱"轻响，声音有些悠长。

"进来吧。"他说。

云诉的脚步有些缓，她跟在于觉身后。

傍晚天边暗黄，花香四溢，院子里白色的小木门半开着，屋里没开灯，不知有没有人。

云诉踮着脚，晃着脑袋看了一圈，思考着自己是不是该离开了。

不管这里是不是他家，也许他只是看在她送了个袋子的分儿上礼貌地问了一声，两人也不熟。

云诉张嘴，刚想开口，低沉苍老的声音传来："是于觉吗？"

这声音是从屋里面传来的。

于觉把那袋瓶子放在小院里的角落，推门，进屋开了灯："奶奶，是我。你怎么又不开灯了？"

昏黄的灯光打在屋子里，云诉这才看清沙发角落里坐着的手里拿着根拐杖的老奶奶。

老奶奶笑起来，脸上褶皱堆在一起，写满了岁月的痕迹，声音比刚才愉快了很多："反正我这眼睛也看不到，开不开都是一样的。"

于觉握着老奶奶的手，两人你一句我一句地聊着。云诉背着书包，就站在门边。

昏黄的灯光打在少年的脸上，似乎使少年的五官更立体了。

云诉怎么也无法把昨天打架的人和现在的于觉联系在一起。

周五，中午放学铃声一响，同学们一哄而散。

柴斯瑶起身，双手撑在云诉同桌的桌面上，和云诉说话。

"小云朵，今天打算吃什么？"

云诉从英语阅读题中抬头，用笔尖敲了敲试卷："我先把这张试卷写完，你们先去吧。一会儿我看着解决就好。"

他们走远了。

不久后写好了最后一道选择题，云诉放下笔，呼了口气，抬腕一看，12：30了。

云诉把试卷和课本都收进抽屉里，起身。

她听说学校后边还有几家店，口碑还不错，只是有点儿远，一般都没什么人去。

云诉两手插在衣兜里，将耳机塞进耳朵，心情还不错，随着曲调哼着中岛美嘉的《曾经我也想过一了百了》。这首歌她听了不下千遍。

云诉不喜欢短发，很不喜欢，因为别人都说她剪了短发后，像极了苏一帘。

肖年和云悠因为工作性质，经常会被调动。云诉初一那年，他们又搬到了新地方。

那时她交到了一个很好的朋友，也是她的邻居，她们一起上学放学，一起剪了齐肩短发，感情好到旁人都误以为她们是双胞胎。

后来某天晚上的自习课，云诉的班级拖了堂，苏一帘在教学楼下等了她好久。那时的云诉成绩并不好，觉得上课是件特别无聊的事，就偷偷地给苏一帘发信息，让她先去买冰激凌。

云诉抬头望着天空，抬手碰了碰眼角。

那个晚上的一切，历历在目。

等到老师终于把云诉他们放出来，夜很深了，学校里已经没几个人了。云诉没在一楼看到苏一帘，知道苏一帘应该是去买冰激凌还没回来。

她小跑着出了校门，抬头便看到苏一帘站在马路对面开心地对她招手。

苏一帘两手拿着冰激凌使劲地晃："云诉——"

她一步一步地走过斑马线。

云诉笑着站在原地，刚要抬起手回应她，"砰"的一声，云诉的手僵在半空——苏一帘被一辆车撞得飞出去好远。她眼前是一片触目惊心的红色，地面上的鲜血不断地流动着。

路上的车辆停下观望，过往的行人议论纷纷，苏一帘倒在马路上，一动不动。

云诉木了一般，什么反应都没有，眼睛盯着苏一帘。好半晌，有东西滚到她脚边，她机械地低下头，看到之前苏一帘手上拿着的冰激凌。

思绪陷得有些深，眼前红光和绿光交替闪烁的灯管刺得她微微眯了眼。

对街有一家很有品位的旧书店。

这抽风似的灯光招牌搞得她还以为这里是个酒吧呢。

云诉摘了耳机，收进衣兜里。绿灯正好亮起，她走过人行横道。

云诉推开书店的门进去。

店面不大，就几排架子，云诉看了一圈，随意地拿起一本《解忧杂货店》。

云诉看了大概 5 分钟，觉得书不错，走到收银台前，扬起手上的书："你好，我想买这本书，请帮我结账。"

电脑前的少年闻言抬头，相貌还挺清秀，寸头干净利落，嘴角一咧，笑得有些无害："可以，这本书你直接带走吧。"

少年的声音很是沙哑，他转头咳了几声，估计是感冒了。

话音刚落，云诉拿出手机，点开微信，就要扫码付钱。

少年微笑着把二维码拿开："不用付钱了。"

云诉抬头，心想：她竟然有这等待遇，随随便便进家店就能免单？

陈雨兴将目光从云诉身上移开，落在里间的门上——那扇门后，还有人。

"咯咯咯……"大门懒洋洋地发出声音。

云诉回神，闻声望去，看到进来的三个人：真是孽缘！

走在最前面的人看到她，惊得挑眉。

程岚倾两步走到她面前："云诉，吃午饭了吗？"

她点头："嗯，来买本书。"

肚子里很空，其实，她是打算买完书再去吃饭的。

周杭走到她身边，伸头看向书本封面："你可真厉害，看那么深奥的书，从开学到现在，我连语文课本都没打开过。"

云诉有点儿无语。她是不是该由衷地举起手为他鼓掌呢？他真是个厉害的小伙子！

他们身后还有人，是一个五官端正的帅哥，帅哥的右手腕上密密麻麻地缠着纱布，肩上挂着前臂吊带固定住手腕。

谷泽打量的目光落在云诉身上："这是我们班的新同学？颜值真不是一般地高呀。班长，我骨折那是正常的事情，你为何这星期也感冒了？我们就应该去学校，烧坏脑袋也该去。"

云诉歪头：这话怎么听着没那么简单呢？

周杭介绍道："这是云诉，咱们的新同学。"他指着"绷带男"

继续和云诉说："他叫谷泽，我们班的。这位收钱的也是我们班的，他叫陈雨兴，是我们班的班长。"

云诉点头。

周杭肩一垮，身子靠在柜子上，刚想问于觉跑哪儿去了，说好带着陈雨兴一起出去吃饭的。

没一会儿，大门又被推开了，浩浩荡荡地进来一帮人，所有人的目光一齐投过去。

云诉数了数，他们一共有六个人。

站在最前面的男人染着一头金发，长得也"非常丰满"，一身油腻的肥肉。

金发男人抬手拿下嘴里叼着的烟，咧嘴一笑："哎哟，还有帮手呢，知道我今天来找你？"

程岚倾一行人没听懂他的话，但看得出来他是来找碴儿的。

金发男人往前走了一步，一脚端上离得最近的书架，"哗啦啦——"，那书架上的书全都掉在地上。

其中有两本落到云诉的脚边，她垂下眼帘，看了一眼。

周杭当即就爆发了，冲上前，拽过金发男人的衣领子："你脑子有病吧？！"

恍惚间，有股风吹过，云诉的身边落下一道影子，她抬头，看见少年穿着宽大的白T恤和黑裤，嘴唇动了动。

他漫不经心地开口："周杭。"

周杭红着眼转身看了他一眼，于觉微微抬了抬下巴。

周杭明白他的意思——去外面解决。

金发男人甩开周杭的手，吐了一口烟，甩手将烟头扔在地上，抬脚狠狠地踩灭。

突然，他将眉峰一抬，推开周杭，站在云诉面前："刚才没仔细看，原来还有小姐姐呀。"

他的语气直让人倒胃口。

金发男人伸手，那如香肠般粗的手指就要触到云诉的肩。

云诉舔了舔下唇，身子一侧，伸手，想收拾一下恬不知耻的人，活动活动筋骨。然而就在她的手要抓住男人的"咸猪手"时，忽然有一股力量把她往后一扯。

于觉把她护在身后，面无表情，眼睛眯了眯，一瞬间充满了戾气。

云诉张了张嘴巴，心想：兄弟，你干什么呢？我正要动手，你为何拦着我？

她有点儿不爽，抬手用食指点了点他的肩膀。

于觉侧头，看了她一眼。

云诉勾勾手，示意他靠过来。

于觉微微倾身。她稍稍踮了踮脚尖，凑到他耳边，轻声细语地问："你为什么要拦着我认小弟？"

少女温热的气息喷洒在耳郭上，于觉的心在一瞬间软了下来，没心没肺了 16 年的"大魔王"竟然脸红了。

金发男人就站在那儿，怒极反问："你怎么回事，没长眼睛吗？敢拦我？"

程岚倾走上前，拽住男人的后衣领把人拉出了书店，狠狠地往马路边一甩："谁给你的胆子，竟然敢打小仙女的主意？！"

大哥被拎出去，五位小弟也纷纷跑出去。

周杭他们也不紧不慢地跟出去。

云诉这才来得及思考于觉是从哪儿冒出来的。

于觉垂着眼看她，两手插兜。阳光星星点点地洒在少年的脸上，他神情慵懒，透着漫不经心的意味，一张脸帅极了。

云诉想起不小心撞见于觉捡破烂的那天，她在小院里待得并不久，在于觉坐下后没多久就悄悄地离开了。

两人对视了两三秒钟。

于觉极力让脸上的温度降下去，开口："你回学校去吧。"

话音刚落，于觉抬脚，几步走到门口，手握在门把手上。

云诉合上书，脸上没什么表情："不想回去。"

于觉一只脚已经跨出门，回头问："什么？"

她走到门边的冰箱前，弯腰拿了最下边的一瓶可乐，起身："你让我走我就走？"

于觉没回答。

云诉接着说："我走了谁来联系班主任？"

于觉没有说话。

"不行的话，你先把家长的号码给我，我帮你联系。"

于觉歪头没说话。

空气瞬间凝固。

于觉没勉强她，在周杭面前站定。

金发男人今天本来就是来没事找事的。他原本打算在陈雨兴家里闹一会儿出出气就行，没想到正好碰上几个少年。

刚才被程岚倾扯了一把，认定他是个狠人，金发男人决定找看起来最弱小的人动手。

男人向前走了两步，屈起食指点了点于觉的肩膀，表情很跩："你是那小白脸儿的什么人？小弟弟，没事别乱凑热闹，让我们自己……"

于觉也让他点，还配合地往后退了几步，彬彬有礼，嘴角一勾，语气调情似的上扬："那小白脸儿怎么惹到你了？"

这话问到了重点。

金毛身后的小弟涨红着脸陈述事实："我们大哥昨天好不容易才在街上看上一个小姐姐，这小白脸儿真是眼瞎，直接把那小姐姐给拐走了，还说什么是同学，胡说八道！"

话音刚落，那小弟还在金发男人耳边补了一句："大哥，他叫于觉，和那小白脸儿是一个班的。"

于觉笑着，心想：呵，调查得还挺仔细。

"小云朵。"少女轻软的声音在不算吵闹的路边显得有些刺耳。

被叫到昵称，云诉下意识地抬头。

柴斯瑶像是真没注意到书店门口那剑拔弩张的氛围似的，小跑着经过一群人身边，径直推开门，抱了抱云诉。

"你怎么到这儿来了？"柴斯瑶笑着说。

云诉不动声色地拍着她的肩，用下巴示意店外边。

柴斯瑶顺着她的视线看过去，这才注意到门外的一堆人。

被人无视，这是一种让人感到被羞辱的事情。

金发男人的怒火直冲胸口，他道："你们这些小白脸儿是怎么回事？不就是又来了个小姑娘，一直盯着人家看干吗？难不成你看上哪个了？"

这话满是玩味的语调。

他完全忘记三分钟前，自己也看上了云诉。

于觉移开眼，对上男人的脸："你是傻还是蠢，我看上谁还得跟你报告？"

金毛双手叉腰，吐着气，明显被于觉惹火了："什么意思？你去打听打听，有谁敢不把我韩镇烈放在眼里？"

柴斯瑶蹙眉，心想：这是哪个丑八怪？

云诉觉得，他们估计得打起来——她不喜欢这样的场面。

云诉伸手扯了扯柴斯瑶的衣角："斯瑶，我们先回去吧。"

柴斯瑶没回应，反而牵着云诉走到外面。

于觉调侃金发男人："难道我还要把你放在心里？"

他的手还揣在兜里。

"噗——"

他话音一落，程岚倾几个人忍不住笑出声来。

程岚倾笑得最夸张，弯腰把膝盖拍得"啪啪"响。

金毛抬头，眼底怒火熊熊，伸手一拳就要揍在于觉脸上。

云诉嘴巴微微张成了一个小"O"形，快凑到嘴边的可乐停在半空中，当场呆住——那张脸可千万不能打呀！她虽然不花痴，但作为一名女性，代表所有花痴发言：那张脸万一受了伤，她会心疼的。

于觉不动声色地侧身，金发男人摇摇晃晃的拳头擦过他的衣服。

于觉毫不费力地用手背一推，"扑通"一声，金毛整个人摔在地上，再没起来。

于觉歪头，漫不经心地对身后的周杭说："走了。"

程岚倾蹲在金发男人面前："你说觉哥牛不牛？再来说说你无聊不无聊，怎么也不打听清楚一点儿？觉哥不想动手，你非要逼人家动手。还有，二中是校，觉哥是规，你记住这句话啊。"

云诉还愣着，身边走过一个人——于觉与她擦肩而过。

云诉抬头。

于觉推开旁边的门，在冰箱前弯腰，拿了一瓶可乐。

云诉的目光还在于觉身上，猛然，眼前掠过一片黑影，她下意识地转头，看见金发男人的某个不知名的小弟就要冲到她这里来。

云诉骤然睁大眼睛：这敌军是要对她下手呀，打不过男人就挑她这样的弱女子动手？

这小伙还挺高的，她还是站在椅子上吧。

云诉俯身，不紧不慢地把可乐放在地上——无论发生什么事，可乐不能洒。

云诉顺手拿起旁边的红色塑料桶，两腿一抬，站在了椅子上，那表情，仿佛就是在说：快来，快来，这边可是有非常好玩的事情。

有一道淡漠的目光投过来。

于觉顾不得滚落在地好几圈的可乐，就要推门出去。

他的指尖刚触上门，那人就被云诉拿着塑料桶盖在脑袋上，然后"砰"的一声在他眼前摔倒。

云诉拍拍手，抬眼，对上于觉茫然的目光。

她弯着嘴角笑出来，从椅子上跳下来，看着地上的人，双手捂着嘴，眼神无辜又可怜，就像一个不小心冒犯了别人的小女生。

"哎哟，不好意思，下手轻了，你疼不疼呀？"

她的语气里有几分委屈，几分幸灾乐祸。

于觉看着她，有些愣。

所有人一阵沉默。

云诉朝地上的人翻了个大白眼，本还想多说几句来着，结果那男的把塑料桶拿下来后，只是一脸蒙地看着她，估计也是没想到，一个女生动作能那么迅速。

云诉抬眼，歪了歪头，对着于觉笑——人畜无害的。

"认识你觉哥了吗？"

于觉满脸迷惑。

"记住了啊，刚才是你觉哥绊倒你的。"

于觉站在原地，无言以对。

在学生生涯中，星期五的最后一个铃声绝对是最动听、最有威力的，才响了一秒钟，讲台下学生们的课本已经收好了一大半。

高老头儿气得把化学课本摔在讲台上："你们看看你们，成何体统？我说下课了吗？你们就已经把书收好了，这是个学生的样子吗？"

坐在高老头儿正前方的同学淡定地抬手抹了一把脸，似乎已经习以为常。

"周杭，特别是你，还有把书收起来的那些同学，星期一我要看到你们五百字的检讨书。"

台下哀号声一片，课堂上瞬间没有纪律可言。

周杭的声音最大，他背靠在云诉桌前，膝盖抵在他自己的桌沿上，可怜又哀愁地说："老师，您别这样，我错了还不行吗？"

"一千字！"

班里鸦雀无声，十几号人老实地哆嗦着把课本拿了出来。

高老头儿拧眉："别想耍赖，都有谁我记得一清二楚，今天你们也别想着下课那么早，再上三十分钟。"

等到终于下课，时针已经指向了六点。

高老头儿一出教室，周杭就把课本往抽屉里一扔，背着个很扁的书包，一溜烟儿地跑出教室。

柴斯瑶已经整理好东西，正等着云诉。

云诉把各科老师布置的作业都放进书包里，疑惑地问："老师不是让周杭写检讨吗？他不拿作业回去怎么抄？"

柴斯瑶把周杭的椅子往前推，走到云诉身边，说："别理他，他就从来没写过作业，老师都不怎么管，估计高老头儿也是气坏了才罚他的。

"对了小云朵，二中默认的规矩，开学两周后会进行年级性的测试，也就是下星期的周一和周二，考的是上学期和刚学过的知识点。"

云诉突然觉得脑袋有点儿疼。

夜晚降临，城市里灯火通明，车流穿梭，声音聒噪。周六的夜晚，晚风掠过，带着几分闷热。

超市的感应门打开，云诉走了出来。

她一手拎着购物袋，一手点着手机屏幕。肖绪的电话打进来，她接通。

"云诉，你在家吗？"他讲话的声音从电话里传出来。

云诉垂眸，捡起脚边的购物袋。

"没，零食吃完了，出来买点儿。"

从不远处投来一道懵懂天真的目光，云诉转头看去，马路边，昏黄路灯下的长椅上坐着一个小女孩儿。

云诉朝她笑了笑。

"我们在吃饭，你要过来吗？你在哪儿？我去接你。"肖绪说。

云诉报了地址，把手机收进衣兜里。

女孩儿穿着粉色裙子，扎着两条辫子，两只脚悬在空中晃了晃，似乎在那儿停留挺久了。

云诉走过去，坐在她身边，扯着嘴角说："小朋友，你自己在这里吗？"

她语气软糯软糯的，是刻意压低了声音。

还好女孩儿不怕她，只是看着她没说话。

"你爸爸妈妈呢？怎么没和他们在一起？"云诉问。

女孩儿双手紧紧地抓着长椅，沮丧地垂头，泪水滑过脸颊，可怜兮兮的："我在超市里找不见爸爸妈妈了。"

原来她是在超市里和父母走散了。

云诉起身，伸手，说："姐姐带你去找爸爸妈妈好不好？"

女孩儿眨着眼睛看了她一会儿，伸出软绵绵的小手。云诉将女孩儿的小手握在手心里。

她边走边歪头说："不要怕，很快就能见到爸爸妈妈了。"

路边有两个人从车里走下来。

于觉往前走了几步，而后歪靠在车边，目光停在不远处的长椅上。

少女的发尾柔软地垂在肩上，她微侧着头。

云诉一侧头，他就看到了那段细嫩的脖颈。有风吹过，少女小小软软的耳朵从黑发中露出来。

"啧！"他烦躁地拿出一根棒棒糖，甜味弥漫在口中。

云诉带着女孩儿进了超市，和工作人员说明了情况，通过广播找到了女孩儿的父母，转身离开了。

她抬眸，看到路边停着辆黑色轿车。

肖绪在车边站了好久，笑着冲她招手："云诉——"

云诉走过去，肖绪弯腰朝她的购物袋里看了一眼，蹙眉道："这就是你所谓的'零食'？"

其中泡面占了大半。

云诉挺直脊背，理所当然地说："你又不是不知道我会的只有煮泡面。"

肖绪拿过袋子，打开车后座的门，弯腰往里面放："可以订外卖，不然你每天和我在食堂吃了再回家？"

云诉当机立断地拒绝了。

她买泡面只是为了应急，万一半夜饿了，家里总要有点儿像样的储备粮。

肖绪不勉强她："反正你要好好照顾自己，上车吧。"

云诉转身坐进了车的后座。

云诉坐好后才看到肖绪旁边坐着的人，怔了一下，把门关上。

于觉只淡淡地看了云诉一眼，眉眼清秀，轮廓分明。

于觉转头，抬手继续咬着嘴里的糖。

路边停着的三轮车上，年迈的婆婆来回翻着熟透的红薯，红色的火光，香甜的气味，一阵阵烟往这边飘。

缭绕的烟被晚风吹散，环在少年身侧，连夜晚都有些朦胧。

车里，驾驶座上是个中年叔叔，他们三人坐在后座上，肖绪坐在中间。

云诉不假思索地对身边的肖绪说："去哪儿吃？"

肖绪答："附近的一家餐馆。"

云诉挑眉："有你们班的同学吗？"

肖绪转头看她，眉眼狭长，嘴角大大地弯着："嗯，一会儿给你介绍。"

于觉抬手，"哐当"一声，手里的糖棍精准地落进路边的垃圾桶里。他没加入话题，安安静静地垂眼看着手机。

群里正热闹着。

程岚倾最积极："觉哥觉哥，你们到哪儿了，接到绪哥家的小妹妹——你的小同桌了没？"

周杭也回复："我劝你还是别惦记了，小心绪哥让你倒立游大街。"

程岚倾："我乐意。"

…………

于觉眯着眼，敲下一段字："程哥哥，我同桌我自会照顾。"

空气瞬间凝固。

没人缺心眼地再回复，群里瞬间安静得诡异。

于觉放下手机，动了动唇："走吧。"

司机脚踩油门，车子冲了出去。

车子不知拐了几个弯，周围静悄悄的。肖绪拿着手机在发消息，云诉也看了一会儿手机，觉得没趣，抬手按了按车门上的按钮，黑色车窗降下许多。

晚风吹着少女秀丽的脸庞。云诉看着车窗外，真心又实在地道："肖绪。"

肖绪没抬头，漫不经心地应了声："嗯？"

"有人会伤心。"

肖绪没听懂她的话，抬眼，转身："谁伤心？"

云诉转头："那个人。"

她用下巴示意于觉的方向。

肖绪看看正无聊地望着窗外的于觉，又看看她，蹙眉："他为什么会伤心？"

云诉轻轻地叹了一声，看看肖绪，又看看紧紧抿着唇的于觉，无奈地道："你们同处一个空间，你话都不说一句，把人撂在一旁发呆，自己在那儿玩手机……你说人家该不该伤心？"

肖绪迟疑的目光在云诉和于觉的脸上来回游移着。突然，他明白了什么，轻笑出声，也不说话，就一直看着她笑。

云诉有些莫名其妙，不知是哪里惹他发笑了。

肖绪笑够了，对她勾手："过来。"

云诉不明所以，放下跷着的二郎腿，伸头向他靠近："怎么了？"

他笑着摸了摸她额前的刘海儿："别和你哥开这种玩笑，没有的事。"

云诉心想：果然，校内传闻百分之八十都是骗人的。

云诉扫了于觉一眼。

没想到，于觉已经转过头来，看着她，嘴角扬着："因为你啊。"

云诉一下子就听懂了他的意思，觉得自己差点儿炸了。

此时的程岚倾刚到达吃饭的地点，站在餐馆门前，嘴里嚼着木糖醇口香糖，挑眉。

周杭和谷泽乘坐的出租车正好停下，他们蹦跳着跑到程岚倾面前，扯着嗓子大声说："程哥，怎么这么晚了还不回家继承巨额财产，是不是又被老头子赶出来体验生活了？"

程岚倾咀嚼了几下口香糖，难得说句正经话："我怎么觉得觉哥和他家那小同桌，不太对劲啊？"

程岚倾家里有钱，很有钱。他家老头子在市内开了十几家餐馆，程岚倾就时不时地被叫去送外卖体验生活的艰辛。

话音刚落，于觉正好从车上下来。

见到于觉，程岚倾瞬间不淡定了。

他离于觉大老远就抻着脖子喊："觉哥——你兄弟在这儿呢！"

于觉明显不想搭理他，打算径直从他身边走过。

程岚倾把手中刚才上街买的东西一股脑儿地塞给周杭和谷泽，追在于觉身后，谄媚地问："觉哥，你的小同桌呢？怎么不见人啊？"

于觉一直走到电梯门前才停下，抬手按了电梯按钮，说："和肖绪去买东西了。"

在程岚倾听来，他的语气似乎带着淡然，又透着点儿悲伤。

"叮"的一声，电梯门打开，于觉走进去，另外三人也跟上。

这家餐馆正是程岚倾家的，共有3层，他们订了3楼的包间。

程岚倾说："觉哥，你真打算照顾你的小同桌了？"

于觉侧头，微微眯眼："难不成你照顾？"

程岚倾瞬间站直，背挺得笔直，毕恭毕敬地鞠躬："兄弟明白，绝对不再干涉你们的事。"

于觉一脸奇怪地看着他，有点儿想不明白程岚倾到底是缺了哪根筋，是怎么得出这么个结论的。自己说的"照顾"就是普通意义上的照顾，大家同桌一场，缘分不浅，友好相处才是正道。

于觉突然表情很严肃地说："程岚倾，站远点儿。"

程岚倾不太明白大哥的想法，一边"嗷嗷"叫一边往后退："觉哥，这是干吗呀，站……"

于觉一脚踹在他的大腿上，因为惯性，程岚倾屁股一移，整个人贴在墙上。

于觉说："别整天想那些有的没的，我同桌很单纯。"

程岚倾听懂了：觉哥的同桌很单纯，谁要是惹了她，觉哥就会给谁大腿栽上一朵花，还是玫瑰花，娇艳欲滴，红红火火的那种。

云诉跟在肖绪身后进了包间。肖绪侧身示意她把外套脱下来，云诉就把外套脱了搁在他手上。

屋里开了暖气，热腾腾的，很暖和。

刚才在去买东西的路上，肖绪和她说了，今天是他同学请客吃饭。

带着好奇，云诉的视线移了移，对上正好从手机上移开视线的于觉，云诉快速地移开眼。

包间还是挺大的，以淡色系的装饰为主，绚丽的大吊灯在天花板上闪着光，木质的大圆桌摆在包间中央，再往里还摆着一张长长的沙发，黑色的，沙发上放着好几个抱枕。

肖绪指着在沙发角坐着的人，给她介绍："那位，宋裕新。"

少年身着黑色T恤，长腿伸直，懒懒地坐着，余光扫见来人，抬眼，眉峰挑起。

宋裕新起身，走到肖绪身边，一手搭在他肩上，微微歪头："妹妹，介绍一下，我是众所周知的蜡笔小新他哥，宋裕小新。"

自我介绍挺冷的，云诉很配合地笑了一下。

她凑到肖绪耳边低声说："绪哥，我想请教点儿经验。"

肖绪歪着身子，低头："嗯？"

"你是怎么和'校霸'相处得如此融洽的，支我点儿着儿呗？"

肖绪只能沉默地看着她。

木质的大圆桌，于觉坐在云诉身边，肖绪和宋裕新自然也是挨着坐，剩下的人自个儿对号入座。

云诉左右两边各一个"大神"，觉"大神"看着比宋"大神"还要慵懒。

饭点，少年们拿着菜单兴致勃勃地点餐，你一句我一句，热闹非凡，似乎要把所有的菜全点齐了。

负责这个包间的服务员刚来餐馆没几天，就站在一旁，表情有些痛苦，拿着点餐机，操作得不是很熟练，根本就跟不上他们点菜的速度。

周杭将菜单翻到下一页："好久没吃你家的五彩虾松了，再来一份这个。"

程岚倾补了一句："再来一打百事可乐。"

上菜的速度很快，菜没一会儿便上齐了。

程岚倾和周杭正在分可乐，没一会儿，每人面前都有了一罐可乐。

云诉坐在座位上，咽了咽口水。

周杭分到于觉这里的时候，没脸没皮地笑着，没个正形地说："觉哥，这是云诉的，照顾照顾你家小同桌啊。"

他的话语里掩藏着深意。

于觉夹了一块牛肉，抬眼看他。

周杭没理会于觉意味不明的眼神，回到自己的座位上坐下。

谷泽一边喝着可乐，一边八卦地问："云诉，你是否对宋裕新有那么一点点好奇？"

云诉一愣，不明白这官方记者怎么有空飘到这儿来兜风了。

她点头："有一点儿吧，毕竟……高三的风云人物嘛。"

于觉看了他一眼。

云诉咬着筷子，眉眼一弯，笑起来的样子温顺中带着点儿攻击性，不是很明显，根本就是只透着点儿野的小猫。

宋裕新笑着说："吃你的，喝你的，话这么多。"

谷泽和陈雨兴抿着嘴，也在笑。

菜品特别足，大家的兴致特别高，程岚倾突然想起下周要考试，哀号着从明天开始绝对好好复习。

这个话题延续下去，桌上的菜也变得越来越少。

云诉把桌上的手机放进兜里，低声和肖绪说："我去趟卫生间。"

肖绪咬着嘴里的虾，说："出门往右一直走就是了。"

窗外夜幕低垂，餐馆里的光线明亮又暧昧。

云诉从卫生间里出来的时候，窗外的风很大。刘海儿被风吹得分开，她抬手整了整头发，一直走到走廊尽头。

三月的天空格外暗，夜空中几乎看不到星星，只有一轮月亮，孤寂地挂在天边。

风一直吹，落叶胡乱地在地上你追我赶。云诉两手搭在护栏上，整个人轻轻地倚着栏杆，发尾软软地垂在耳边，脸上的表情很淡，看着外面的情景：阳台上的小植物枝叶分明，脚底下的道路上车辆川流不息，远处灯火阑珊，小女孩儿笑着牵着爸爸妈妈的手走过，卖冰糖葫芦的叔叔，坐在椅子上休息的人，目之所及，皆是温暖。

云诉看得入神，就连身边投下来一道阴影也没注意到。

路边拐角处，一辆很旧的三轮车进入云诉的视野，年老的婆婆推车有些吃力，车上放着两个很旧的火盆，火光一直闪，烤红薯的香味也一直往上冒。

云诉很心动，嘴角勾了勾。其实，在超市时她就想吃烤红薯了。

"一起去买？"于觉低而哑的声音突然从后面传来，像年代久远的收音机里发出的，轻缓又平静。

云诉惊了惊，回头看他。

于觉眉峰微抬，在等着她的回答。

云诉很迅速地抬脚："走！"

路边的灯光昏黄，透过树叶间的缝隙，照在嬉笑的过路人身上。

云诉和于觉各自握着烤红薯的两端，微微用力，好看的橙黄色瓤爆开，甜腻的味道飘在空气中。

云诉心情格外好，嘴边带着笑，一口咬下去，烤红薯软糯的甜味在口中化开。

云诉吃得很满足，没一会儿就要吃完了，这才发现于觉根本就没动烤红薯，只是看着她吃。

她继续剥着烤焦了的红薯皮，问他："你怎么不吃？"

卖烤红薯的婆婆好心提醒道："热的时候才好吃，待会儿凉了就不好吃了。"

他俩都刚吃完饭，火盆上的烤红薯都是很大个儿的，一个人根本就吃不完，所以才共同分享了一个烤红薯。

于觉眼底有淡淡的笑意，没有说话，一口一口地开始咬烤红薯。

两人一直沿着路边走。

没有人说话，他们只是一前一后地走着，步调莫名一致。

云诉又咬了一口烤红薯，想着得找些话题来聊，本来要问的是：

"你奶奶还好吗？"出口后变成了："你的破烂捡得还好吗？"

闻言，于觉的瞳孔有些波澜，他似乎在思考怎么回答她这个问题。

空气好像瞬间凝固了。

云诉抿着唇，十分后悔。她一向不会说错话，怎么这会儿专挑人家痛处戳呢？

她想不通，十分想不通。

于觉看着她，勾唇，慢悠悠地开口："嗯，生意还算不错吧。"

没想到他还这么认真地回答她那白痴的问题，云诉有些语塞。

云诉心想：咱们能不能换个话题，你就假装听不见不行吗？

于觉似乎真不知道她内心的想法，继续说："今天赚得还挺多。"

云诉看他的表情很认真，觉得他有让她继续往下问的意思。

所以，她真心实意地问了："多少钱？"

于觉蓦地笑出了声，懒洋洋地举起两根修长的手指，比了个"2"。

云诉看着那个"2"，仿佛看见于觉揪着她的耳朵，手指往她脑门儿上用力一按，吐言嘲笑她："云诉你这个傻子！"

晚风"呼呼"地一直吹，云诉手腕处起了一点儿鸡皮疙瘩。

云诉从想象中回过神来。

这个"2"是指多少，她猜多了太过随意，猜少了要伤了少年柔弱的心。

她吐了口气，轻轻地说："200？"

"20。"

云诉心想：这还真是挺多呀，我不是故意要伤你的心的。

云诉垂眼，清了清嗓子，身子挪过去一点儿，小声地说："我不是故意的。"

"嗯？"于觉举着烤红薯的手停下，垂眸看着她，有点儿迷茫。

云诉看着他："我……"

云诉心想：我就是想安慰安慰你，这个世界还是挺美好的。

于觉歪头，疑惑地扬了一下眉。

云诉看着他半天没出声，一只手突然伸进衣服口袋里摸了挺久，扭扭捏捏地握着拳头伸出来："你把手伸过来。"

于觉没细想，有些迟疑，但还是伸出了手。

小丫头的拳头细腻、白皙又小巧，指尖擦过他的掌心。

她摊开手。

于觉垂眼，一根黑色头绳落在他的掌心，头绳小小的，一圈皮筋上有一个粉色蝴蝶结。

于觉抬起头："什么？"

他的眼神太意味深长，云诉沉默着垂眸，身体顿时僵硬得像石头一样：天哪，我怎么会把这个拿给他！我的巧克力哪儿去了？

于觉忍不住轻笑出声："这个……"

云诉涨红了脸，笑不出来，迅速地将两手都伸进口袋里摸了好久。

奇怪，她明明记得她出门时拿了颗巧克力，跑哪儿去了？

云诉皱着眉在心里想着。

她这人爱吃零食，时不时会随身带着巧克力。

小丫头垂头抿唇翻东西，像是给错东西了。

于觉喉结上下滚动，手收紧，另一只手拿起那根小皮筋，套在手腕上。

云诉疑惑地看着他的动作。

她眼睛直直地盯着于觉的手腕，像是不把他的手腕瞪出个洞就不会罢休。

于觉勾唇，扬起手："你送的，再丑，我也喜欢。"

云诉没有说话。

她抬眼看他半晌，干笑了一阵，只觉得他手上的那点儿粉色甚是刺眼。

她咬着牙打补丁："大家同学一场，多有缘分。上星期你没来，其实我都给大家送了点儿小礼物，就只剩下你没送。"

说完，她的右眼皮猛地跳了好几下，她从衣兜里掏出一张纸，转身，打了个喷嚏。

云诉眼泪都出来了，一行泪顺着脸颊一直滚到衣领上。

她就不该试图安慰他什么"生活很艰辛但也很美好，你要好好努力不要想不开，吃颗糖就会很甜"的屁话。

她哪有那么好，给全班同学送礼物，全都是瞎话，现在报应来了，打个喷嚏都能咬到自己的舌头！

于觉本来看到她的眼泪还有些蒙，但她哭丧着脸伸着舌头，拿手给舌头扇风的样子实在让他想要没良心一次。

他抬手，用食指摸了摸鼻尖，压抑着笑声："你怎么了？"

云诉抬起眼皮，狠狠地瞪了他一眼，把白眼翻了个底朝天——是人都能看出来她发生了什么。

她口齿不清地说："把……橡皮筋还给我。"

于觉没听懂，也不想听懂，估计不是什么好话，实在是忍不住了，仰着头，直接靠在旁边的树上，笑得很大声，没心没肺，震耳欲聋。

云诉口齿不清地又说了好多。

于觉也一直在笑，胸腔震动得厉害。

云诉瞪了他好久，烦躁地转过身，自我安慰。

忽然，她耳边有股风掠过。

云诉侧头的刹那，于觉"咻"地凑过来，用低沉的声音不正经地说："送出去的东西怎么能收回呢？"

柴斯瑶和周杭正好走下车，被于觉的笑声惊得停住脚，都迟疑着要不要继续往前走。

柴斯瑶的家里管得比较严，必须得写完作业才能出来玩，半小时前她给周杭发消息，让他去接她。

两人对视了一眼，决定走向于觉。

然后，他们听到了很大的一声"滚"。

两人骤然身形一顿，站在路边直勾勾地看着树底下的于觉和云诉。

云诉说完那个字后就瞪着于觉没说话。于觉没心没肺的，愣是装作不明白她的意思，捂着肚子笑。

周杭发现新大陆似的拉着柴斯瑶的衣袖："觉哥笑啥笑得那么开心？"

柴斯瑶压低声音说："我怎么知道？认识他那么久，还是第一次看到他笑成这样。"

两个人上前，离于觉他们很近，于觉已经停止了反常的行为，咧着嘴看了看他们。

云诉闷声咬了好几口烤红薯，把柴斯瑶拉过来。

于觉也伸手，把周杭拉过来。

他手腕上明晃晃的粉色蝴蝶结瞬间惊呆了周杭。

云诉差点儿背过气去，磨了磨牙——这人分明就是故意的。

周杭直接笑喷了。

柴斯瑶抽出纸巾扔在他脸上，非常嫌弃地说："你还能不能再恶心点儿？"

云诉自觉地挪了挪身子，离于觉更近了些。

周杭收拾好自己，压着嗓子说："觉哥，我第一次发现，你要是生活在古代，还是个姑娘，穿套粉色的衣服，君王从此不早朝啊。"

于觉看着他没说话。

柴斯瑶丝毫不做作地竖起大拇指，附和道："这粉色蝴蝶结和你特配！"

云诉根本就懒得说话。她平常不怎么穿裙子，衣服都是运动装和休闲风格的多，不太像平常女生的打扮，唯一和她气质不搭配的就是这根皮筋。

她每天都将它带在身边，因为这是苏一帘送给她的。

柴斯瑶挽着云诉，往餐馆的方向走，笑着问云诉："云诉，难道你也和我一样，写完了作业才能出来？"

云诉摇头："我自己住。"

周杭在后边说："巧了，觉哥也是自己住的。"

第三章

第一次月考

美好的周末很快就过去了，周一照常到来。

考试分两天：第一天上午考语文，下午考数学；第二天上午考理综，下午考英语。

上午 9 点开考。

7：30，云诉拿着早餐踏着铃声走进教室，班上已经来了不少人。

有几个人凑在讲台上看考场安排。

柴斯瑶从讲台上走下来，把书包放在云诉的座位上，对云诉说："小云朵，你在第 19 考场。"

考场按上学期期末成绩安排，高一就 19 个班，云诉作为插班生，很自然地排在最后一个考场。

没几分钟，教室前方的喇叭开始播放集合音乐。

人潮涌动，全校师生去田径场参加升旗仪式。即使是考试，学校照旧要进行升旗仪式。

云诉拿着一本书，不紧不慢地起身。

谷泽嬉笑着凑到她身边："云诉同学，我也喜欢最后一个出门，反正排队的位置又不会变，早到晚到不都一样？"

谷泽手上的绷带还没拆，也没穿校服。

云诉笑了笑，没说话。

大家站好队。

高三学生是重点观察对象，正对着观礼台；高一学生在田径场左边，7班的位置在最边上。

7班有五十几人，男女各两列，大多数人都穿着校服，就是最后那几排总有那么几个人比较特别，穿着自己的衣服。

云诉的个子在他们班女生中算是挺高的，排在最后面。

云诉用食指戳了戳柴斯瑶的肩膀，用眼神示意身边那块特别的部分，小声和柴斯瑶说："他们上周不是好好地穿了校服吗？怎么现在又不穿了？"

柴斯瑶转头凑近，低声给云诉解释："他们和唐老师有个约定，要是一个月中，他们有一个星期老老实实地穿着校服，唐老师就把星期四下午的语文课换成体育课。"

云诉比了个"OK"的手势，表示明白了。

大多数学生喜欢体育课，特别是高中学生，好多副科课都被主科老师抢着上，唯一坚决不能动的就是体育课了——唐老师开出的条件很有诱惑力。

太阳拨开层层白云，开始照耀大地。

升旗仪式还在进行中。

观礼台上，教导主任拿着张纸，眼睛瞟着高一（7）班的队尾，按着稿子念：

"下面我要通报批评两位同学。高一的于觉和叶明非同学，上个

61

星期在校内打架，影响恶劣，违反了校规校纪。学校经商讨，决定让他们写 2000 字的检查。

"希望各位同学引以为戒，认真读书，严格遵守学校的各种规章制度。"

通报批评念完，本在窃窃私语的同学们瞬间嘀嘀咕咕，议论得热火朝天。

大家并不知道于觉"被狗咬"的事。

云诉偏头，视线停留在身边站着的人的身上。

于觉穿着白色 T 恤，前襟左下角有一串花体的英文字母，两手插兜，神色困倦，垂着头，闭着眼，不知道是真睡着了还是假睡着了。

他今早是早读下课铃响后才进的学校，没去教室，直接来了田径场。云诉大老远就看到他站在那儿。

升旗仪式进行到最后一项。

校领导又讲了十分钟，终于喊了"解散"，掌声瞬间此起彼伏。

于觉像是被掌声叫醒了一般，慢吞吞地抬起头，眯着眼缓缓回神。

于觉看身前的周杭将手掌拍得通红，三秒钟后，懒懒地拿出手，迟钝地，也象征性地拍了拍。

他非常感谢校领导的停课一星期之恩……

感觉到落在自己身上的目光，于觉微微侧头，双手伸进兜里，歪着身子向云诉靠过去，勾唇。

"新同桌，以后多用这样的眼神看着我。"于觉垂眸看她红了耳垂，"我很喜欢。"

这次测试只有高一年级进行，所以，他们得先上完第一节课再开始测试。

从操场上回到教室里，云诉坐在座位上，拿出手机看了眼时间，还有十分钟上课。不知是被于觉传染了还是怎么的，她上下眼皮直打架，明明昨晚睡得很好。

她趴在桌上，闭眼睡了会儿。

在高中，课间的十分钟休息时间就是一种救赎，昏睡过去的人很多，云诉就在其中。

短短几分钟，云诉就能做出很美好的梦。

朦胧中身边好像有椅子移开的声音，云诉迷迷糊糊地睁了睁眼，没看清是谁，下意识地问："上课了吗？"

那人好像有些意外，顿了几秒钟，用慵懒的声音回答："还没。"

云诉"哦"了一声，闭上眼又睡过去了。

云诉是被人叫醒的。

她醒来的时候，柴斯瑶还在摇着她的手指："云诉，起来了，上课了。"

云诉爬起来，打开水杯喝了一口水，没回过神来，还想着刚才自己做的梦。

云诉梦见于觉被教导主任叫到观礼台上，面无表情地站在正中央，教导主任就站在他身边，对他说："于觉同学，请开始你的表演吧。"

于觉笑了一下，扬起他的手腕，上面是她的粉色蝴蝶结头绳！

然后，在全校师生的注视下，于觉拿下那根头绳，撩起额前的刘海儿，给自己绑了个"苹果头"。

那抹粉色顶在"校霸"的头上，实在是刺眼。

云诉禁不住打了个喷嚏。再然后，她就被叫醒了。

神游着上完第一节课，铃响的瞬间，同学们开始移桌椅布置考场。

考场号是今早班主任才放在讲台上的。

周杭来得晚，现在才在讲台上抻着脖子喊："觉哥你上学期不是超常发挥吗？怎么还和我们一样在最后一个考场啊？"

于觉起身，移着桌子，没说话。

云诉从抽屉里拿了笔袋，抬头。

于觉歪着身子靠在桌上，问她："你在哪个考场？"

"最后一个。"

于觉勾唇："一起去？"

这次测试，不算很正式的大考，是二中人心照不宣的"校规"，所以没有提前通知。云诉刚转学来不知道要测试，就只是在前两天简单地抱了抱佛脚。

她还是第一次碰到这么让人猝不及防的"校规"。

最后一个考场在 4 楼，云诉三步并作两步，跟在于觉身后。

转了个弯，于觉推开教室后门，考场里热闹非凡的声音传到耳边。

云诉走进去，目之所及，好多同学坐在座位上，聊天的聊天，打小抄的打小抄。

有个女生小跑起来，经过云诉身边，不小心撞到了她的肩，力度有点儿大。见云诉整个人晃了一下，于觉伸手握在她的手臂上，扶着她。

那女生道歉后就走开了。

云诉拍开他的手。然后，于觉将嘴角抿起来，笑了一下。

云诉扫了一眼课桌左上角的序号——她就坐在于觉左边，中间隔了一条小道。

她刚坐下，周杭和程岚倾就从后门进来。两人没先找自己的座位，反倒是跑来靠在于觉的桌边。

于觉前桌的人还没有来，程岚倾极其自然地坐下，转过身，两手搭在于觉的桌上："觉哥，这次打算考多少分？"

于觉抬头，看了他一眼，微微叹着气："58分吧。"

周杭皱眉："觉哥你能不能做个人，都考了多少次58分啦？"

于觉没说话，老师正好拿着试卷走进来，扫了下面一眼，拍了拍讲台："都回自己的座位上坐好，要开始考试了。"

一个考场两个监考老师，他们考场是一男一女。试卷发下来后，云诉看到于觉贴了条形码就往桌上一趴，两眼一闭，开始睡觉。

于觉时刻都是备受关注的，老师也不例外。

两个监考老师默契十足，一前一后地在于觉身边晃悠，表情难以言喻。偏偏于觉睡得酣然，对此竟毫不知情。

时间过去二十分钟，云诉涂好答题卡，用试卷压着答题卡并摆放好，开始写后面的大题。

云诉写了一会儿，余光看到右边那颗脑袋慢悠悠地抬起来。

少年身体往后一靠，缓了一会儿，不紧不慢地拿起笔。

考试时间一晃而过，云诉写完了作文，放下笔，抬眼，视线落在白板右上方的钟表上。

10：30，距离考试结束还有一个小时。

于觉写完了试卷，举起他白皙纤长的手："老师。"

大家不约而同地朝他看过去。

云诉也跟着看过去，瞬间一怔——少年消瘦的手腕上竟还戴着她的小皮筋。

考场上的一众学生也不写试卷了，"叽叽喳喳"地议论纷纷。

"天哪，于觉手上的粉色皮筋是怎么回事？"

"刚才没看见他戴着啊，这么短的时间，和谁啊？"

"他不是向来不和女生有过多接触的吗？"

各种各样的议论声此起彼伏。

于觉转身，看着云诉，眼底的玩味昭然若揭。

云诉瞬间握紧手中的笔，眼睛瞪得很圆，按捺着揍人的冲动。

在教室后门聊得很欢的两位老师一顿，及时控制要喧闹起来的考场："别说话了，赶紧写试卷。"

两位老师一前一后地走进来，停在于觉身边，对着于觉手腕上那根粉红的皮筋，也呆了好几秒钟。

于觉抬眼："老师，我写完了，想交卷。"

在场部分还在奋笔疾书的学生顷刻间停下笔，又朝这边看过来。

云诉嘟着嘴，无声地给她的"校霸"同桌吹了一个激情澎湃的口哨儿。

考试规定只能提前半小时交卷，于觉睡了大半时间，临走时还不忘吸引大家的注意力，真是优秀至极啊！

女老师表情很愁，耐心地想要说服他："于觉同学，我看你的试卷还有很多空白，作文也还没写。"

男老师附和："是啊是啊，要不你再多写写，好好考，像上学期期末考试一样，震惊全校。"

于觉放下笔，身子懒懒地往后一靠："老师，做人得低调。"

瞬间，考场里鸦雀无声，落针可闻。

于觉继续说："而且，我就想要这么多分。"

又过去半小时，考场里，人已经走了大半。云诉扫了一眼试卷，叹了口气，还是再检查检查吧。

19考场的某考生出了考场的瞬间就掏出手机，打字速度特别快："于觉上学期期末考试不是考了年级第一吗？还以718分的魔鬼成绩远超第二名，于觉不是改变58分的历史了吗？怎么又出现在最后一个考场了？"

高一年级群里，9班某同学说："估计是老师一下子没习惯学渣突然变成学霸，条件反射性地就给于觉安排到最后一个考场了。"

5班某同学："二中能上700分的人并不多，你说于觉是不是抄的呀？"

7班某同学："你是不是傻，给你抄你能抄到700分吗？"

1班某同学："给你们悄悄透漏点儿小道消息，于觉初中的时候回回考年级第一名，都是甩了年级第二名20分以上的。"

铃声响起，云诉交了试卷，抬头一看，考场里零零散散地就剩下几个人了。

她收好笔，再收拾桌上的东西，将它们一一放进书包里。

周杭一收好东西就跑到她面前，坐在于觉的位置上。一个小时前，老师们没能劝说成功，于觉同学早已离开了考场。

周杭一手撑在她的桌上："云诉，我觉得这次的作文题目就是为我量身定制的，我还是第一次那么认真又仔细地写完一篇作文呢。"

云诉想了想这次考试的作文，大致就是选择自己尊敬的人进行描写。

她背上书包，笑了笑："好可惜，我差点儿就写你了。"

之后的考试，云诉顺风顺水，于觉照例在考场上睡过一大半的时间。

铃声响起，最后一科英语考完，于觉没像前面几次那样提前交卷，还在那儿睡。

经过这两天的相处，云诉见识了于觉的睡功——把头往桌上一放，两眼一闭，于觉从此变成外星人，听不到地球的呼唤。

周杭和程岚倾两人早就交卷不知跑哪儿去了，云诉拿着试卷交到讲台上，然后走回自己的座位拿了书包就想走。她抬头的瞬间，忽然察觉有两道意味深长的目光落在自己身上。

两位监考老师笑得和蔼又亲切，用下巴示意于觉的方向。

云诉叹了口气，心里觉得有点儿烦躁。她不太喜欢参与一些别的事情，和于觉成为同桌之后，似乎很多事情都会找上她。

云诉强压住心底的不耐烦，往前走两步，抬手轻轻地拍在他的肩上："于觉，考试时间到了。"

有温热的触感落在少年的肩上，他睁开眼，不紧不慢地抬起头。

云诉见他有了动静，转身抬脚就要走，忽然，手腕上有股力量拉住了她。

云诉表情疑惑，微微侧头，看见于觉抓住了她的手腕。

这似乎是他无意识的动作。

少年靠在椅背上眯着眼，眼底有浅浅的血丝，似乎还没完全清醒过来，声音低哑性感，有着浓浓的睡意："小同桌，帮我交个试卷？"

云诉并没有说话，只是抬头往讲台上看了一眼。

两位老师手上捏着试卷，盯着他们所在的方向。

看到云诉看过来，两位老师并没有移开目光，一直盯着两人的手。

云诉极其自然地拍开于觉的手。

女老师瞬间松了口气。她并没有想到早恋那个方向，只是想到云诉有没有被于觉欺负。

看到云诉没事，女老师对男老师说："许老师，要不我们把试卷再数一次？"

男老师点头："好。"

云诉收回视线，看着于觉，忽然笑了，天真又无邪。

于觉愣了愣，睡意瞬间远去。

"于觉，你确定真的要这样吗？"云诉不紧不慢地说，刻意提高了尾音，"我不只可以帮你交试卷，还可以把你的脑袋塞进墙里，怎么都抠不出来的那种。"

于觉不知为何，心虚地摸了摸鼻尖。

第二天是星期三，上完前三节课，教室里的氛围显得有些异样。

云诉和柴斯瑶从卫生间回来，进教室的瞬间就听到第一组最后边那块区域的人在聊这次的成绩。

姚勤勤靠在桌边："咱们学校的老师之前改卷速度那么快，怎么这次那么慢？以前一个晚上就能出成绩了。"

"其实也还好了，不能太急，我想知道又不想知道成绩，怕接受不了。"

"这只是一次小测试，大家放宽心，听天由命吧。"

"那你脚抖得那么厉害干吗？"

各种各样的声音混杂在一起。

上课铃响，这节是班主任的课。

班主任一走进教室，脚都还没能在讲台上站稳，一个男生就抻着脖子在座位上喊："唐老师，成绩出来了吗？"

班主任把课本翻到今天要讲的地方，拿着笔转身在黑板上写下标题。

班主任的态度很明显——拒绝回答这个问题。

课上到一半，第三组后边那块有点儿嘈杂。

姚勤勤拿着手机转头和后面的人聊天。

"成绩出来了。"

"消息确切吗？老师终于恢复之前的速度了。"

"应该没错,我在 1 班的同学和我说的。他说这次他考得不错,500 多分,还说这次的年级第一是我们都不认识的,丑小鸭变成白天鹅了。"

"好汉不说二话,等会儿下课我就去办公室游一圈。"

…………

谷泽的成绩在班里马马虎虎,倒数第十几名,不像周杭他们,回回都只能去最后一个考场瞎晃悠,他非常自由,总是在倒数第一、倒数第二考场轮换,来去自如。所以,他还是挺关心自己的成绩的。

谷泽凑过脑袋,打算找正在认真听课的云诉聊天:"哎,你觉得你这次考得怎么样?我觉得我这次考得还行,估摸着下次能去倒数第三考场考试。"

云诉抬头看了他一眼:"多少都行。"

上课闲聊的那几位同学没能如愿去办公室晃悠两圈,还有十分钟下课的时候,班主任就拿了张表格出来。

云诉他们坐在后面,没看清楚上面是什么,但第一排的同学看清楚了,有些激动,声音很响亮:"老师拿的是成绩单!"

瞬间,班里变得乱哄哄的。

班主任往下面扫了一眼,皱眉道:"吵什么吵,还想不想知道自己的成绩了?"

这句话很有威慑力,班里瞬间悄然无声。

忽然,班主任笑了一下,声音里透着愉悦,看着下面的人,又看了看成绩单:"我们班这次考得还不错,除了陈雨兴,还有四个人进了年级前十。"

话音一落,底下瞬间热闹起来,学生们议论纷纷,特别是最后面的几排男生。

"我的天哪,我们班这是中了什么邪?考得那么好,不是,也太好了吧？"

"以前最多两个人进年级前十啊！"

"是真的神了。"

7班混日子的学生太多了，几乎包揽年级倒数的名额，但有两位神一样的存在，陈雨兴是其中之一，回回能进年级前五。但这次考试，7班包揽倒数的同时还能包揽正数，真是个神奇又优秀的班集体，团结友爱。

有句话说得好："你在前面开飞机，我在后面放大炮。"

云诉停下笔，转头看着她的同桌。

于觉第一节课快下课的时候才进教室，看了一眼讲台，往桌上一趴就开始睡，一直睡到了现在——他昨晚总结习题一直到夜里两点。

云诉轻轻碰了碰他的手腕。

于觉应该早就醒了。她一碰，他就睁眼了。

小丫头像是怕吵到别人，一手撑着椅子，往他那边凑近，压低了声音："老师等会儿要念成绩。"

于觉慢吞吞地抬头，目光落在她柔软的耳垂上，移开视线，笑了笑："我知道我得多少分。"

云诉"哦"了一声，继续问："那你得多少分？"

于觉从抽屉里拿出英语课本，翻开。

云诉心想：这都快要下课了，你现在才拿出课本来是什么意思？

少年不咸不淡地说："应该是348分吧，每科都是58分。"

云诉放下笔，非常真诚地和同桌聊天："觉哥，我觉得你以后的道路一定畅通无阻，前途一片光明。"

于觉舔了舔嘴巴："哦？"

他的语调里满含不知名的意味。

"比如去当个算命大师什么的。"小丫头勾着唇帮他分析。

事实证明，云诉的话很有说服力，于觉真该去当算命大师。

因为班主任此刻就站在讲台上批评于觉，很是忧愁地看着他："于觉，老师寄托在你身上的希望很大，你每次都考348分是什么意思？语文58，数学58，英语58，样样都58，不把我气死你不甘心是吗？"

周杭扯着嗓子附和了一句："58同城，我觉哥是最优秀的代言人。"

班上的人被逗笑了一半。

班主任差点儿被气得晕倒了，拍了拍讲台："于觉，你起来。你来说说，你到底是什么意思？"

被点名的人靠着墙，慢悠悠地站起来，懒洋洋地开口："老师，我没什么意思。反正年级前十有五个都在我们班，我拿不拿年级第一，都是一样的。"

瞧瞧，这是多优秀的回答，多谦虚的态度。

云诉都想去借个鼓来为他敲一敲，庆祝庆祝了——于觉就是不一样，年级第一都懒得拿。

他这成绩估计和年级第一差了300分呢。

他说这样的话得有多侮辱这次的年级第一。

班主任朝他翻了个白眼，在心底默默地安慰自己：还好那几位小祖宗给力。

她走下讲台，把成绩单递给第一组第一桌的陈雨兴。

她清了清嗓子："我把成绩单给班长，让他念给你们听。"

说完，班主任就拿着课本出了教室。

陈雨兴站起来，转过身，面对着全班，扫了一眼成绩单最上边的名字，唇边漾出一抹笑，开始读成绩。

"云诉，年级第一，652分。"

此话一出，全班一片惊呼声。

"我的天哪，这转校生直接空降年级第一啊？"

"小姑娘这么厉害？"

"我在考场的时候怎么没往她那边瞄两眼，真是愚蠢啊。"

陈雨兴没有停下，继续念着。

"陈雨兴，年级第四，648分。

"汪秀琳，年级第五，647分。"

…………

"于觉，年级第666名，348分。"

…………

上午11：40，放学铃打响，太阳正好路过二中正上方。

窗外阳光明媚，小草躲在树影下。

云诉今天是在食堂吃的午饭。她拿着餐盘，扫了一眼用餐区，走到靠近角落的桌边坐下，把书放在桌边，眼神柔和，一边吃一边翻。

有两个女生走过她身边，停在她身侧那桌，坐下。

三人离得太近，即使两个女生的声音很小，也落进了云诉的耳朵里。

"唉，这次成绩出来得那么快，我考得那么差，好烦。"

"你烦什么，我们的成绩不是一直都那样？你看到年级榜单了没？年级第一是谁，云诉？我怎么没听说过这个人？"

"不是说她这学期才转来7班吗？"

其中一个女生语气很夸张："我的天哪，好恐怖，高出曾婷十几分，碾压呀。"

"那可不是。我初中同学就是 7 班的，她和我说，根本就没想到这转校生直接空降年级第一，一点儿都没看出来。"另外一个女生信誓旦旦，"学霸都是低调的，正所谓'一鸣惊人'啊。"

然后，她双手合十闭眼许愿："好想认识认识这位转校生，可以的话，我想和她握握手，看有没有那种叫'灵气'的东西传到我的脑子里。"

她旁边的女生笑了："你可拉倒吧，大神是看不到我们这种小虾米的。

"还有啊，刚才我在年级大榜那里找了半天才看到于觉，他这次又是 348 分。"

…………

云诉不紧不慢地一口又一口地把饭送进嘴巴里，直到旁边没有了声音——那两位女生已经吃完饭离开了。

云诉忽然就看不下去书了，叹了口气，打开水杯喝了一口水。

她今天已经听到这句话不知多少次了，于觉到底是考了多少次 348 分？

她起身，将餐盘放在餐车上，便回了教室。

下午第一节是化学课，还有 20 分钟上课。云诉伸手去抽屉里拿书，打算预习预习。

云诉余光看到有个人拉开她身侧的椅子，然后坐下来——少年背靠着墙面，单手托腮，另一只手懒洋洋地翻着课本。

云诉有些愣。

周杭正好转过身来和于觉借笔，看到她这样，笑出了声："怎么？这么久了还没习惯觉哥是你同桌？"

云诉淡淡地移开了视线，拿出课本，没有回答他。

周杭挑眉，看着慵懒的于觉："觉哥，借支笔。"

于觉没抬眼，视线还在课本上，伸手往抽屉里一摸。

这时，高老头儿拿着教案走上讲台。

周杭还没能拿到笔，就听到高老头儿拿着长尺狠狠地拍了讲台两下。

这两天考试，高老头儿一心放在成绩上，看到周杭在那儿转着脑袋喋喋不休的瞬间就想起了自己让他写的检讨书。

"周杭，上星期让你写的检讨书写完了吗？竟然还敢在我的课上讲话，你的眼里到底有没有我这个老师？"高老头儿恼羞成怒的声音响彻教室。

其实，说话的不只有周杭。其他的同学也在"叽叽喳喳"地小声讲话，但周杭偏偏就入了高老头儿的眼。

周杭晃着身子站起来，皱眉："老师，我就只是借支笔。"

"别废话，检讨书写完了没有？"

说完，高老头儿移动着视线看了一眼其他人。

其他同学脑袋都没敢抬一下，使劲地挤着眼瞪着化学课本，生怕自己的眼睛没长在化学课本上。

云诉静悄悄地坐在那里，眼睁睁地看着她的同桌眼睛都没抬一下，他仿佛压根儿就没看到高老头儿在讲台上。

"其他人也一样，赶紧把你们的检讨书交上来！"高老头儿走下讲台，停在周杭身边："先把你的拿来给我看看。你自己看看你的成绩，化学才给我考了 10 分，看到你那成绩我就头痛。"

周杭咧着嘴笑："老师，我上次才考了 5 分呢，你看我这次进步多大。"

高老头儿瞪直了眼："难道我还要表扬你不成？"

教室里发出一阵笑声。

"快点儿，把检讨书拿出来。"高老头儿继续说着。

周杭撇着嘴，不情不愿地把手往抽屉里伸，掏出个作业本来。

高老头儿看了他一眼，接过翻了翻，老花眼睁得特大，随后将作业本狠狠地砸在周杭的课桌上。

高老头儿指着他说："周杭你能耐了是吗？翅膀长硬了是吗？1000 字的检讨书，你竟然一个字都没写！出去，到走廊上去写，什么时候写完了，什么时候进来！"

周杭没啰唆，像是习惯了似的，挑了一下眉，翻着书就要走人。

高老头儿深吸一口气，看着周杭出了门，转身回到讲台上，又着腰继续讲他的心灵鸡汤："还没写完检讨书的其他同学，我再给你们最后一个早上的时间，下午上第一节课之前，给我老老实实地把你们的检讨书放在我的桌子上。我罚你们，不是在害你们，是为了你们好。虽然你们的成绩像今天的天气一样，不怎么样，但是我坚信，只要你们肯努力，总会有回报的。"

高老头儿张了张嘴，似乎还想说些什么，却停下来，目光一直定在一个方向，那是第四组靠墙角的最后一桌——于觉的方向。

高老头儿像是震惊过度似的，又大又方的老花镜镜片下的眼睛都瞪直了，高老头儿的视线没移，伸手拿起杯子喝了几口茉莉花茶。

云诉觉得，高老头儿是在给于觉一个机会。但是，时间过去半分钟，于觉太让高老头儿失望了。

高老头儿一副恨铁不成钢的表情，迅速地拿起讲台桌角处绑成一坨的毛巾扔过去。

毛巾如风般擦过少年头顶，"啪嗒"一声，落在教室后边的角落里。

于觉抬头，看了高老头儿一眼。

而后，他懒洋洋地打了个哈欠，不声不响地脱下他的黑色外套罩在脑袋上，懒洋洋地一趴，睡了。

云诉和其他人皆是惊讶不已。

教室里安静得诡异，所有人歪着头，视线全落在于觉的身上。大家都能看得出来，高老头儿此刻非常生气，因为于觉就是在挑战他作为老师的尊严。

现在不像以前，老师上课用的都是马克笔和白板，没有粉笔可扔，所以高老头儿开始找毛巾，试图再制作出一个"毛巾炸弹"。

身子肥胖的高老头儿走下讲台，来到讲台旁的窗边，涨红着脸扯下摊晒在窗台上的毛巾，双手一拧，给毛巾打了个结。

云诉看着都有些害怕。

高老头儿动作很快，迅雷不及掩耳。

他把鼻梁上的眼镜往下压一点儿，大大地张开双手，脖子伸得老长，挥手一扔，那坨毛巾如同坐着火箭般朝于觉发射。

"啪"的一声，"毛巾炸弹"精准地砸在少年的头上。

于觉终于有了反应，慢悠悠地把头抬起来。

又是重重的"啪"的一声，高老头儿的教案迎面拍在于觉的脸上，然后落在地上。

云诉真心觉得，这两下砸得是真的疼。

于觉被砸得有点儿蒙，扯下盖在头上的外套，眼睛一眯。

全班同学倒吸一口凉气。

高老头儿叉着腰在讲台上瞪眼，发出男高音："于觉，你睡了一个星期还没够是吗？给我站起来，又给我考58分，又给我考58分！"

他气得又拿尺子拍在讲台上。

"咔嚓"一声，尺子断了，一截还安安稳稳地被握在高老头儿的手里，呈一条完美的弧线，另一截精准地落进讲台边的垃圾桶里。

班里落针可闻。

云诉拿着笔，在做这次化学试卷的改错。从高老头儿的嘴里反复说着 58 分来看，他真的很有心理阴影。可惜，58 同城的代言人一个字也没听进去。

于觉身子一软，"扑通"一声，脑袋又放在桌上，闭眼继续睡觉。

全班人倒吸一口气——于觉真是牛啊，都这样了还敢睡。

高老头儿也不打算上这节课了。他拧着眉从讲台上走下来，站在云诉身边："于觉，我发现你还挺牛啊，我说话你都没听进脑子里去。你上课玩游戏还不够，你还睡得这么香，要不我给你买张床来，好让你睡得舒舒服服、痛痛快快？"

于觉挪了一下脑袋，把脸对着墙面，仍是无动于衷。

云诉此刻想给她的同桌唱首歌，名为《当我同桌睡觉时，高老头儿的口水喷到我脸上的那些年》。

云诉放下笔，抬头看了一眼高老头儿。高老头儿也看了她一眼，那眼神，似乎在说下一个遭殃的就是她。

于是，她抬手推了推于觉，但是于觉没有任何反应。

云诉抬眼，见高老头儿拧着眉，仿佛下一刻就要叫出她的名字，她可不想惹祸上身。

她心底莫名生出一股火，脑子有点儿蒙，抬手拉过于觉的手臂用力一扯，也没看他有什么反应，然后动作一收，立马僵着身子坐得端正。这一系列动作行云流水，熟练度爆棚，所有人都愣住了。

于觉的双手是压在脑袋下的，她这一扯，他的头部直接磕在桌面上，他睁着眼睛在发蒙。

于觉慢吞吞地抬起头来，眯着眼，看了一眼坐得端正、瞟都没瞟他一眼的云诉。

于觉单手托腮，抬眸，看到了他身边不远处的高老头儿。

全班人咽了咽口水。

高老头儿涨红着脸问他："你还没睡够？你是嫌学校给你的处罚太轻了还是怎么的？"

于觉还有些发蒙，像是没听到他的话似的，歪着头。5秒钟过去，于觉就只是在发呆，并没有回答。

云诉心想："校霸"同桌果然不同凡响！

"噗——"悠长的声音在这落针可闻的环境里响起，不知是谁放了个屁，以示对"校霸"的敬意。

最后的最后，不知是那个屁救了要写检讨书的其他同学还是怎样，于觉陪着周杭，去走廊里写1000字的检讨书，还要扫4号教学楼的楼梯一个月。

那节课下课后，云诉本来还想问问于觉那58分的由来，可又清楚自己的脾气，犟起来二十头牛都拉不回来——不是担心未来被"校霸"盯上的日子，是她真的想做个人。

云诉起身："斯瑶，去小卖部吗？"

于觉出去后，她心里莫名其妙地烦躁，后半节课几乎没听进去。

柴斯瑶放下笔，站起来："小云朵，你中午没吃饭吗？"

"不是，我觉得我做错了一件事。"

于觉拿着作业本蹲在教室后门，和周杭左右各蹲一边，像两个忠诚的守门神。

他的笔尖正在"唰唰唰"地反复写"我错了"三个字，他用余光瞟到有人停在他旁边。

那人穿着小白鞋，于觉视线上移，看到他的同桌被柴斯瑶挽着，咬唇看着他。

小丫头蹲下身子，两手乖乖地放在膝盖上，和他对视。

云诉非常努力地忽视了他手腕上的小皮筋。于觉已经戴着这玩意儿好多天了，前几天考完试还特意蹭过来和她说悄悄话："以后，我会每天都戴着它的。"

云诉叹气，轻轻地叫了一声："于觉。"

几乎是下意识地，于觉摩挲着小皮筋上的蝴蝶结的手指动作一顿。

他垂眼，目光正好落在云诉薄薄的眼皮上，睫毛长长的，很是灵动。

于觉不动声色地移开视线。

天哪！云诉只要柔声细语地说话，他竟然感觉脸都红了。

柴斯瑶已经笑完周杭，拉着云诉起身，笑靥如花地问她："你俩在说什么？"

云诉摇头："没说什么。"

云诉和柴斯瑶已经走远了。

于觉单手托腮，垂眼，笔尖就没停过，作业本上是一片密密麻麻的黑字。

那是一遍又一遍的"我错了，我错了……"

他写了一会儿，指尖有点儿红，带着微微的痛意，鼻间总是飘着云诉身上淡淡的香味。

他心里莫名其妙地生出一股燥热，放下笔，想起身，脸上突然一冰。于觉身形一顿，下意识地抬眼。

云诉死死地咬着唇站在他身边，手里拿着刚刚去小卖部买的饮料，贴在他脸上。

她蹲下身子，嘴里嘟囔："你生气了吗？我不是故意扯你手的。"

上课铃声在这时打响，大家陆续地走进教室，云诉也走进教室，坐在座位上。

"觉哥，想谁呢？哎，快说说，你写了多少个字，数了没有？"

周杭打断他的思绪。

于觉按了按笔帽，回过神来，转身看周杭："不知道，没数。"

化学连上两节课，现在是第二节课。

于觉话音刚落，下课铃声打响。

高老头儿拖了 5 分钟的堂，喊"下课"的瞬间教室里立刻热闹起来，课堂上的沉闷氛围消散，上厕所的人勾肩搭背，聊天的人没心没肺。

于觉拿开膝盖上的作业本，手垂在一边，撑着膝盖准备站起来。

谁知他蹲了两节课小腿发麻，起得太快导致重心不稳，晃着身子直往身边的人身上倒，小腿有点儿抽筋。

于觉"啧"了一声，倒在那人身上没动——根本就没法动。

云诉两手揣在校服口袋里，愣了几秒钟。

花香四溢，一寸又一寸的阳光照在走廊上。

她的耳边有源源不断的热气，酥酥麻麻的，带着风，世界骤然停止运转。

云诉还没回过神，他微微倾下身，脑袋重重地压在她的肩上。

时间好像过了很久，又好像没过多久。

云诉吐了口气，盯着他身后吓傻了的同学，轻声问："你还好吗？

于觉勾唇，轻笑出声："不好，一点儿都不好。"

云诉支吾着："那你……"

看到她的反应，于觉很轻地笑了一下，很想逗一逗她。

于觉伸手握住她两只细白的手腕，低头看到她红了很久的耳朵："我腿抽筋了。"

站在一边的周杭瞪圆了眼睛，震惊地看着于觉的操作，又迅速关心他，走上前，就要接过于觉的身体："觉哥，要不你靠着我吧。"

于觉直接瞪了他一眼。

于觉余光瞥到云诉已经双手握拳，好像再过那么一秒钟，云诉就要夯毛了。

于觉松开她的手，抬手握在她单薄的肩上，拉开两人之间的距离。他借助着她的力量站直，声音恢复平静："嗯，一时没站稳，谢谢你。"

云诉看了他一眼，双手伸进衣兜里，也不打算去卫生间了。

她微仰着下巴，嘴角勾起："你没事就好。"

第四章

反　差

上课的时间总是过得忽快忽慢，这是于觉被罚扫楼梯的第二周。

放学铃声打响，热闹的教室里迅速变得落针可闻，大家都飞奔着去吃饭。

最后一节课是自习，于觉没来。

云诉已经写了两张数学卷子，只是最后一题思路不是很清晰，卡顿了一些，所以绕着圈子算了好久。

等到她终于从试卷上抬头，已经放学半小时了。云诉慢悠悠地起身，收拾着桌上的东西，然后放进书包里。

她背着书包正要走出教室，眼睛扫了一圈，发现讲台上的灯还没关，便改变方向，往讲台走。

第二排的桌子似乎是被撞歪了，云诉顺手把它摆整齐。关了灯后，她开始往楼下走。

她还没跨下去几步，楼梯拐角处，一个熟悉的说话声传来。

"一个月啊，高老头儿可真绝，我服了。"周杭扫一下抱怨两句，然后又拿出口香糖往嘴里放，一边嚼一边继续说，"高老头儿也真是的。难道他不知道，罚你一个人等于罚两个人吗？我怎么可能会丢下你独自回家呢？"

于觉就站在周杭不远处，低着头。

云诉从她的这个角度看过去，就只能看到他碎碎密密的黑发。

少年拿着扫把漫不经心地扫了两下，没有说话，颇有些无所谓的架势。

只是周杭一直想不通："罚一周不就好了，他偏偏要罚一个月。本来写完那份检讨书就很不容易了，还得扫地，我真是无语了。"

说完，周杭又简单地扫了两下，而后，放弃挣扎似的，直接把扫把放在一边，数落起于觉来。

"觉哥，你也真是的，没事惹高老头儿干吗……"

周杭话还没说完，于觉抬头看了他一眼。

然后，周杭选择了闭嘴，开始认认真真地扫地。

一时没控制住，云诉笑出了声——周杭是真的逗，心情不好的人都能被他逗笑。

于觉和周杭循声抬头，视线同时停留在云诉的方向。

云诉抬手抓紧书包的肩带，继续往下走，路过两人身边时，还非常友好地说了声"加油"。

但于觉并没有打算让她走，伸手把扫把递给她。

云诉看了他一眼："干吗？"

"帮个忙。"于觉回答她。

云诉并没有伸手接，双手还抓着书包的肩带："帮你能给我带来什么好处？"

"我能帮你带早餐。"于觉不假思索地就蹦出了这么一句话。

闻言，云诉觉得他开出的条件一点儿都没有吸引力。

云诉快速移动双脚，逃之夭夭。

周杭讲话的声音也从身后传来："云诉，你真不打算帮忙吗？"

她用离开的背影回答了他——不帮。

"小云朵，我们去吃火锅，一起来呀。"柴斯瑶给她发消息。

星期四上午上完最后一节课，铃声打响的瞬间，教室里的人已经走了大半。

云诉看了一眼手机，笔尖继续"唰唰唰"地滑动，没停一会儿。

柴斯瑶给她发消息的时候，她还在办公室里听老师给她讲解她做不出来的数学几何题。

出了办公室，云诉拿出手机给柴斯瑶回消息，大概意思就是她不去了，他们自己去就好了，她自己随便吃点儿东西就行。

抱着书，云诉回了教室。

又写了几道类似的几何题，她才起身关门出了教室，打算去吃碗螺蛳粉。

自己一个人，吃得很快，没半个小时，云诉拿着一杯奶茶就进了学校。

她没怎么细看过二中，打算在学校里逛一圈再回教室。

云诉把手机放回衣兜里，伸手把奶茶从袋子里拿出来，插上吸管，"咕噜噜"地吸了一口，又把袋子扔进旁边的垃圾桶里。

三月里，春风送爽，绿草如茵，路边的雏菊飘着淡淡的香。

云诉先是逛到了图书馆，见图书馆里人挺多，不打算进去了，便沿着绿荫小道前行，踮着脚站在排球场外望了望。

排球场外有铁网拦着，里面的五个场地全被占满，都是女生。

云诉走到入口，准备进去坐在长椅上看她们打球。

云诉站在门口，刚要抬脚进去，不远处滚来一颗球，有个女生跑过来捡球。

那女生摆着手小跑着，戴着有些圆的黑框眼镜，肉肉的脸颊两边有几滴汗，因为动作落在地面上。

女生站在那颗球前，弯腰拿好球，直起身体的瞬间，"砰"的一声，一颗球狠狠地砸向她的脸。

这结结实实的一砸，让女生的脑袋直发蒙，她戴着的黑框眼镜歪着挂在鼻梁上，略微圆润白皙的右脸通红一片，手上的球不知滚到了哪儿。

女生缓了几秒钟，才慢吞吞地拿下眼镜，想重新戴好，却发现有一只眼镜脚不见了。

她眯着眼往地上看了看，应该是在找断了的眼镜脚。

不远处有几个女生和男生，没穿校服，是应该学习校规的重点关注对象。

站在最前面的金颂柠散着头发，两手插在衣兜里，"啧"了一声，忽然笑起来，声音听着刺耳，笑容看着碍眼。

金颂柠嘴里嚼着口香糖："我可不是故意的，学习委员不会计较吧。你也别傻站着了，赶紧把球拿过来。"

她并没有道歉的打算。

被砸的女生样貌乖巧，气质也干干净净的，被欺负了也没说一句话，真的就走过去把球拿给金颂柠。

云诉暗暗气愤：怎么这样，竟然欺负同班同学。

排球躺在女生手心，在金颂柠触手可及的地方——她没接。

小女生垂着眼，一直在等着她把球拿走，没说话。

金颂柠后面的几个人一直在笑，其中一个笑得最夸张，弯下身子说："柠姐，你干吗呢？人家都拿着半天了，不带这么欺负人的。"

金颂柠挑眉，道："我怎么可能欺负人？大家都是同班同学，互相关心嘛。"

她笑着从兜里抽出一只手，抬手把球拍到地上，右脚一踢。

手机在响，云诉掏出来，抬手又吸了一口奶茶，珍珠满满地塞在嘴里。她定睛看着手机屏幕，是柴斯瑶的电话。

她接起来："喂，斯瑶？"

柴斯瑶讲话的声音很是愉快，心情非常好的样子："小云朵，你吃过了没？我和于觉他们现在在校门口，他们点了好多东西，一起去呀。"

余光一片黑暗，云诉没注意到，一个球砸在她的右手上，奶茶没拿稳，洒了一地。

云诉眯着眼睛，又密又长的睫毛遮住目光，让人看不清她的情绪。

这个人真的是够烦！她默念。

金颂柠看着云诉：她高高地扎着马尾，五官清丽又带着点儿攻击性，却被刘海儿遮挡了不少，看着就是个乖顺的好学生。

金颂柠弯着腰在远处喊，身子往前倾，歪着嘴在笑："那位穿校服的乖学生，帮我们把那球拿过来呗！"

她后面的几个男生闻言笑得更大声，其中一个男生还在说："同学，快点儿，动作麻利点儿，可别等柠姐生气啊。"

云诉看了她一眼，目光落在她身前张着嘴还在发蒙的小女生身上，舔了舔嘴唇，突然笑起来，笑容有些诡异："小可爱，在门口等我一会儿，我马上去。"

说完，云诉挂掉电话。

她垂目盯着那个球，修长的右腿弯起，往前一踢。排球远离她的控制范围，呈直线往金颂柠那边滚。

她并不打算在这儿耗下去。

金颂柠皱着眉，一直盯着云诉看，脚往旁边一挪，和那排球擦身而过，球停在最后面那个男生跟前。

云诉的手机还握在手上，她勾着唇，一直盯着脏了的裤脚。

她嘴里默念：千万不要再来惹我。

云诉并不打算压着火。

视线中闯进一双黄边小白鞋，金颂柠已经走到她身前，一手抓住她拿着手机的左手，尖细的声音拔高："同学，你听不懂人话吗？我让你拿过来，亲手拿过来，不是让你踢过来！"

云诉叹了口气。她也不是随随便便就惹事的性格，来了这边，不想把以前的绰号也跟着带过来。她真的只想安心学习。

云诉抬头对着金颂柠笑，然后扭头往她后面也看了看，后面那几个学生也围了上来，黑压压一片。

云诉舔了一下嘴唇："放手。"

金颂柠傻了一会儿，抓着云诉的手，转身看了看她的同学们，另一只手向上摊开，嘴角大咧着，看着云诉："你们听到了什么？乖同学竟然让我放手？我那么友好地想要跟她发展感情，她怎么那么不识趣呢？哈哈！"

云诉没再笑，歪着头，抬手，舌尖抵着嘴角，不耐烦地又说了一句："趁脑子还行，放了我呗。"

她的最后一个音像在撒娇似的。

云诉自认脾气不好，特别不好，一直以来都是如此。

大多数时候她都没有脾气可言，可是吧，人生处处有惊喜，总有傻子偏偏按捺不住来找她。

于觉放学的时候是被程岚倾他们拉出去的，走得匆忙，忘记拿手机了，点好了菜才想起来。

柴斯瑶说要回来接云诉，于是，一行人浩浩荡荡地出了店面。

于觉拿着手机走出教学楼，旁边的排球场里里外外地围着挺多人。

于觉低着头，打算忽视，却被不远处看热闹的程岚倾拉着往人群里钻。站在人群前排，于觉想踹他一脚。

程岚倾瞪着眼睛，对他说："我的觉啊，同学之间应不应该友好相处？你快看看，那戴眼镜的女生不是咱隔壁班的学习委员吗？叫米雨思的那个。"

高一（9）班的金颂柠，二中很有名的一位女生。有她在的地方，绝对少不了坏事。

程岚倾就是被她给吸引过来的，接着就看到了和他们有点儿关系的米雨思。

于觉顺着程岚倾的手指的方向往前一看，身形一顿。他拧着眉，有些迷茫："米雨思？"

程岚倾手掌一拍，两脚一抬。他的动作太过喜感，于觉怀疑他下一秒就要坐着火箭直击外太空了。

"就是上学期期末考试，坐在你前边那个，期末考试前的最后一次月考，她因为发烧后面几科没能考，然后就被分到我们考场——最后一个考场，一边考试一边哭的那个。"

"哦。"他这么一提醒，于觉还真想起来了。

那个叫米雨思的姑娘当时就坐在他前边。

考试考了几个小时，她就哭了几个小时，考了几天，就哭了几天，弄得那次考试于觉都没心思睡觉。他难得写完了每张试卷，还被班主任叫到办公室喝茶去了。

于觉微仰着下巴，看见米雨思顶着被砸得发蒙的脑袋，拿着球站在金颂柠面前。

对金颂柠，他也略有耳闻。

排球场上，金颂柠和几个女生笑得放肆，然后脚一踢，排球往门口方向砸，"砰"的一声响，奶白色的液体溅了一地，几颗珍珠滚出来，停在他同桌的脚边。

程岚倾终于看到了"小仙女"——云诉同学。

他张着嘴看着漂亮的云诉——她侧脸很美，皮肤很白，扎着简简单单的马尾，穿着单调的校服。

"小仙女"嘴角一勾，舌尖抵着嘴角。

然后，"小仙女"冷笑："趁脑子还行，放了我呗。"

迎面吹来一股风，程岚倾两手抱着身体，有些发抖，转眼看了看于觉。

于觉视线一直在云诉身上，手里把玩着手机，食指按了一下屏幕。

春日的太阳暖意很足，云诉被惹得很烦躁，背对着栏杆，没看见外面一圈的人。

金颂柠被惹得龇牙咧嘴，捏着云诉白皙纤细的手腕："你废话怎么那么多？"

云诉笑出了声，反手甩开金颂柠的手。

她的力道太大，金颂柠"扑通"一声坐到地上。

其他人全愣住了，根本就没想到云诉的武力值这么强，四周死一般安静。

金颂柠缓了好一会儿，才尖叫："你敢跟我动手？！"

她抬起右腿，作势要站起来。

云诉轻描淡写地说："话可不能乱说，是你先抓住我的手不放，我只是甩开你的手而已。只能怪我从小练跆拳道，力气太大了。对了，我得说明一下，我的段位是黑带哟。"

金颂柠可能也是被吓傻了，在那儿一动不动。

云诉哑着声音说："'礼貌'两个字学过吗？应该知道怎么写吧？"她重重地呼了一口气，"看你欺负同学，姐姐就已经看不下去了，反正也是闲着没事干，刚才就当教教你吧。"

金颂柠在地上根本就起不来，扭过头，红着眼对身后的人吼："你们愣着干什么？上啊！"

被吼了之后，她这些"兄弟姐妹"才终于反应过来。

但是那些男生都是些瘦瘦小小的竹竿子，一点儿震慑力都没有。

还是两三个女生最先一齐向云诉冲来。

云诉不着痕迹地侧过身，那三个女生根本碰不到她。

她看看米雨思，又看看金颂柠，说道："还有，奉劝你一句，欺负老实同学不算本事，下次再被我看到，我就要报告学校了。"说完，她整理了一下衣服，挥挥手说，"那我先走了，你们要乖呀。"

于觉和程岚倾走在出校门的路上，脑海中一直回想着云诉教训金颂柠的样子。

程岚倾说："觉哥，你昨天欺负人家小姑娘的事我可都听说了啊。听她刚才说的话，我特别好奇，云诉是怎么忍住没揍你的？"

于觉看了他一眼。

程岚倾并没领悟于觉那道目光的意思，还在说："别的同学都在担心云诉，大错特错，最应该被担心的应该是你！你对她这么心软，要是真动起手来，绝对输！"

于觉站定："程岚倾。"

程岚倾及时收住声音，抬手在嘴巴前比了个拉上拉链的动作。

他们出来的时候，云诉正两手插在衣兜里，背靠着灯杆，和柴斯瑶一起等着他们。

云诉皱着眉抬眼，看到于觉和程岚倾向她们走来，两人的眼神有些意味难明，其中程岚倾的眼神属于崇拜的那种。

四个人拦了辆出租车，程岚倾坐在前面的副驾驶座上，云诉坐在后座中间，眼皮耷拉着，似乎有些困。

程岚倾心底的崇拜感无法压制，转头看着于觉说："今天好刺激呀。"

然后，程岚倾又盯着云诉看："云诉，其实你给我的第一印象还挺乖的，但现在，你已经颠覆了我对你的印象。"

云诉抬眼，她的表情有些迷茫。

"刚才在排球场上。"程岚倾继续说着。

云诉挑着眉，有些惊讶，倦意都给惊没了："你看见了？"

"嗯。"程岚倾点着头，又指了指于觉，"我俩都看到了。"

云诉歪头看了一眼沉默的于觉。

他大大方方地点了点头。

"你们认识那个女生？"云诉问。

于觉皱了皱眉，脱口而出："不认识。"

程岚倾说："她是叶明非的同学。"

"哦。"云诉想起来了。

柴斯瑶没在现场，扭着头问："怎么了？发生什么事了？"

程岚倾惊呼："柴大人，你找到姐妹了！"

然后，程岚倾把排球场上的事给她大概说了说，还有点儿添油加醋，总之重点就是，没事不要惹云诉，她动起手来文雅得干净利落，礼貌得热情似火。

云诉转身，忽然无辜地笑了笑。

小丫头皮肤很白，眉宇间是遮不住的野性。于觉认识她以来，头一次看到她这样。她眼睛弯弯的在笑，长长的睫毛颤了颤，小狐狸似的。

于觉一怔，眼皮一跳——这是危险降临前的信号。

"于觉，如果后面她来找我麻烦，我让她算到你头上行不行？"云诉放低声音说。

于觉看着她没有说话。

手指一下又一下地敲着膝盖，云诉继续说："反正你已经得罪了她的朋友。"

于觉仍是一语不发。

他们去的地方是上次肖绪带云诉吃海底捞的那个商场。

四个人进了电梯，程岚倾按了10楼的按键。于觉靠在电梯角落里，黑眸深沉，不知道在想些什么。

这商场9楼以上都是餐饮店，他们进了家湘菜馆。

一行人从正门走进去，再拐向左边，一直往里走，看见周杭他们坐在最里面的木方桌边。

刚才他们点好了菜才回的学校，这时服务员正好把菜端上来。

柴斯瑶把桌上的菜单递给云诉："小云朵，我们点的菜大部分是辣的，你看看你喜欢吃什么。"

云诉不算挑食，基本上什么都可以。

她耸肩，表示无所谓："我挺喜欢吃辣的，这么多菜，已经够了。"

她没再去翻手上那本菜单，直接反手将它盖在桌上。

午休时间一晃而过，13：30，一行人浩浩荡荡地走进二中大门。

谷泽走在队伍前边，伸着脖子往篮球场那边看："距离上课还有点儿时间，要不去打几场？"

程岚倾几个人齐刷刷地转过脑袋，看着最后边的于觉。

少年将手揣在裤子口袋里，低垂着眼，感觉到投过来的几道目光，眼皮抬了抬。

"走吧。"他说。

程岚倾立马扯了周杭和谷泽一把："走走走，回教室拿球去。"

三个人走远了。

云诉肚子现在有点儿撑，胃胀胀的，不是很舒服。

柴斯瑶站在她身边问："小云朵，你要回去睡午觉吗？"

二中下午 14：40 分开始上课。

云诉摇头。

三月的凉风中，有淡淡的蔷薇花香，树叶被吹得晃着脑袋。

柴斯瑶坐在台阶上，眼皮有些打架，抬手打了个哈欠，把手机收进衣兜里。

她的视线从篮球场上汗津津的少年们身上移开，落在云诉身上——云诉穿着黑白两色的校服短袖，耳边细软的发丝轻轻滑落，细白的胳膊搁在膝盖上，两手捧着本书，低头安静地看着。

柴斯瑶笑了笑，歪过头，将脑袋搁在云诉的肩上："小云朵，借你肩膀用用，我眯一会儿。"

云诉微微侧头，勾唇，视线向远处移，落在篮球场上，目光不自觉地跟着某个人跑。

场上四个人，分为两组，于觉和周杭一组，程岚倾和谷泽一组。

球落在地面上声响很大，于觉带球越过程岚倾，小腿用力，跳起来，"唰"——很好听的声音，三分球。

周杭也没去捡球，双手拍得"啪啪"响。

于觉最擅长的就是投三分球，每次都要秀一下。

春意深浓，天空湛蓝，凉风吹过，云诉耳边有浅浅的呼吸声。

付银宇在楼下喊着："云诉，云姐，诉爷，小的来给你请安了！"

云诉拿起桌上的皮筋，随手抓了抓头发，咬着皮筋绑起马尾，拿过椅子上的书包，边跑边向厨房里喊："妈妈，我去学校了！"

她推开门，脸上突然一凉。

云诉抬手就往那人后脑勺上来了一掌："赶紧走，要迟到了。"

付银宇"哎哟哟"两声，嬉皮笑脸地把牛奶塞到她的怀里："诉爷，你昨天收拾了6班"老大"，请问感想如何？"

十三中高一（6）班"老大"李毅东，找了一堆人来教室门外，在众目睽睽之下，给她递了封信。

李毅东是什么人，大家都知道，仗着家里有点儿钱，整天不好好学习，一下课就带着一帮人在各班教室外面转。

云诉根本不想理他。

谁知那人不要脸，竟伸手把她堵在墙角，他后面还有人起哄。

云诉烦躁地"啧"了一声，伸手抓住李毅东的手往后一转，使出一个漂亮的过肩摔。

她出手从来就没有犹豫过，更不会给人反应的机会。

付银宇在座位上扯着嗓子喊："漂亮！"

"你渴了吗？要喝什么？"

思绪被打断，云诉回过神来，"嗯"了一声，抬眼看到于觉坐在她身边，脑海里回想着他说的话，说："可乐吧。"

于觉拿出手机给程岚倾发了条信息，垂眸，视线停在她膝盖上的书上："你喜欢看书？"

柴斯瑶已经睡着了，头正好搁在她肩膀的骨头上，硌得她有点儿疼。云诉抬手轻轻地给柴斯瑶挪了挪位置。

"还行，没什么事的时候就看看。"云诉说。

于觉没说话，抬眼的瞬间，眼前突然闪过一片黑影——她白嫩的指尖碰到了他额前的头发。

云诉看着他，突然笑了笑，纤细的胳膊抬起来，停留在他头上，取下一片叶子。

云诉摆手示意："有树叶。"

于觉一怔，反应有些迟钝。

云诉看出来了，转头看向远方："于觉，你不会是看到我那天对付金颂柠，才突然这么乖的吧？"

"我向你们保证，觉哥真的要栽了！"程岚倾拍着胸脯保证。

谷泽拿着一瓶饮料，注意到了什么，用肩膀碰了碰程岚倾的肩，示意他看过去。

他们几个人有一搭没一搭地聊着天走进篮球场时，就只看到于觉的背影，和一只正横在他头上的手。

从他们这个角度看过去，两人似乎靠得很近。

程岚倾把手中的袋子塞进周杭怀里："我得过去看看。"

说完，他撒腿就跑。

云诉手里捏着那片小小的树叶，忽然感觉迎面来了一阵风，抬眼，看见程岚倾嬉笑着向他们冲过来。

程岚倾一屁股坐在于觉身旁，搭着他的肩："觉哥，你和云诉同学在聊些什么呢？"

云诉悄悄地把树叶放在书里。

柴斯瑶醒过来，皱起眉，抬头眯着眼叹了一口气，转过身，冲着程岚倾吼："你能不能小声点儿！"

正好周杭和谷泽他们也走过来了。

谷泽把袋子里的水拿出来递给他们。

周杭蹲在于觉身前，直截了当地问："觉哥，你和云诉有什么打算？"

于觉单手抠着可乐拉环，"咔嚓"一声，淡淡地瞥了他一眼，而后将手臂搭到云诉的肩上，勾唇："喂，他们问你要不要和我打赌。"

云诉又不耳背，当然听到了周杭在说什么，只是无法理解话题怎么会转到这儿来，无语地看了于觉一会儿，才说："赌什么？"

程岚倾丢完垃圾回来，于觉正好起身。

程岚倾转了转脑袋，没看到云诉和柴斯瑶人在哪儿，疑惑地问："柴斯瑶和云诉呢？"

于觉下了阶梯，朝程岚倾仰了仰下巴："她们去厕所了。回去吧，快上课了。"

几个人乖乖地跟在他身后，走了几步，程岚倾张了张嘴："觉老板，我和你说件认真的事。"

于觉抬眼，淡淡地"嗯"了一声，步子没停。

周杭插嘴，盯着他的手腕笑："觉哥，你这粉色皮筋都戴好几天了，不打算摘下来了？"

于觉下意识地伸手攥了攥小皮筋，勾唇："不摘。"

程岚倾踹了周杭一脚："你别插嘴。摘什么摘，觉哥戴着这玩意儿挺好看的。"他转头，对于觉说："从实招来！"

于觉歪了一下头，听不明白他在说什么。

程岚倾贼笑了一会儿："你和云诉现在整天待在一块。"

于觉好笑地看着他，不理解这人又是哪根筋搭错了："谁和你说我们整天待在一起的？"

程岚倾眉峰一挑，一副深不可测的表情，以为于觉竟然还想瞒着他们是邻居的事："别想瞒着我们，我们都知道。"

于觉不知道他在说什么，手往裤兜里一放，笑了笑说："走啦，走啦，不是你们想的那样。"

夜幕黑沉沉的，月光透过枝叶间隙洒在地面上。

二中规定，上午 4 节课，下午 3 节课，晚自修 2 节课，晚上21：40 下课。

放学铃打响时，云诉还在算着最后一道函数题，等再抬眼时，教室里的人已经基本走光了。

她直起身，靠在椅背上，抬手伸了个大大的懒腰。

云诉微侧了一下头，看到她的同桌伏在桌上，黑眸紧紧地闭着，呼吸很浅。

教室里就开着后排的灯，光线很暗。少年将脸对着她的方向，皮肤白净，长长的睫毛垂下来，浓浓密密。

他的眼底有些阴影，不明显，此刻他安安静静的样子透了点儿乖巧的感觉，不似醒着的时候那样冷漠。

他手下压着一本作业本，翻开的那页上是他还没写完的检讨书，整张纸上密密麻麻的全都是"我错了"。

于觉这个让人"闻风丧胆"的年级老大，在高老头儿面前竟然也很跩，1000 字的检讨书竟然都是重复"我错了"这三个字。

于觉胆敢把这份检讨书交上去，高老头儿就敢让他再写一份上万字的检讨书……云诉偷偷地在心里想着。

于是，她把刚放进书包里的数学试卷拿出来。

于觉好久没做梦了，这会儿竟然梦见了云诉。

云诉垂着眼，整个人都散发着极致的冷意，面无表情地看着他说："把小皮筋还给我。"

于觉把那小皮筋紧紧地握在手心，不愿意给她，说："送出去的东西，泼出去的水，覆水难收。"

然后，云诉瞪着眼拿起一旁的蓝色塑料桶，直接扣在他的头上。

再然后，他就醒了。

迷迷糊糊地睁开眼的瞬间，于觉脑中还有几丝茫然。

他看到云诉皱着眉头，死死地咬着唇，指尖一动，黑笔在她手上转了一圈。

晚风吹过，吹得树叶"簌簌"直响。

他回过神来，直起身，单手托腮了大概五分钟。

云诉手边的草稿纸上有几行秀气的文字，解题公式写得干净整齐。

于觉勾唇："解不出来了？"

少女长长的睫毛微微一颤。她抬头，对上他的视线。

几秒钟的沉默后，云诉回过神，点头，"嗯"了一声。

于觉向云诉凑近了一点儿："哪题？我看看。"

云诉把手挪开，把试卷往他那边移了移，摊在两人中间，白嫩的手一指："这道题。"

刚指出是哪道题，她又猛地想起于觉数学才考了 58 分，抬眸看了他一眼，暗自想：还是不要伤害他的自尊心了吧。

她歪着头，打算听题。

于觉扫了一眼题目，解题思路瞬间在脑海里成形："这题用三角函数解起来会比较容易……"

云诉弯了弯嘴角，认真地听着。

于觉讲了一会儿，云诉完全理解了。

"没想到呀。"她意外地扬眉，看于觉的目光和平常有些不同。

他视线一移："嗯？"

云诉笑了笑，没说话，朝于觉敬了个礼，拿起笔开始写解题过程。

等到云诉写完那道题，于觉早已懒懒地靠在墙上，看着她收拾东西。

云诉起身，拿出手机看了一眼时间，对于觉说："已经十点半分了，挺晚了，你还不回去吗？"

于觉笑着看她："那你呢？这么晚了还不回去，这么热爱学习？还是说你在等什么人？"

她从小到大都很听不惯"好好学习，天天向上""热爱学习就是热爱自己"之类的心灵鸡汤，而且，平常这个时间点已经躺在床上了。

所以，她"啧"了一声，条件反射般地脱口而出："还不是看你睡得那么香，想把你叫醒又怕你有起床气，但如果我直接回家了，万一明天你怪我没叫醒你，对我大发雷霆……"

云诉话还没说完就直接反应过来了，张了张嘴，表情有点儿奇怪。

这是她和"校霸"同桌相处没几天的又一次"车祸现场"，她的形象碎成渣渣，让人不忍直视。

于觉的嘴角凝滞在某个奇妙的瞬间，表情很不可思议，他整个人愣住了。

1、2、3……大概过了3秒钟。

"所以，我有先见之明。"说完，云诉抓过座位上的书包，一溜烟儿地冲出了教室。

她也没能想通，自己明明很少在别人面前吃亏，偏偏在于觉面前，一次又一次地成了例外。

云诉才冲到教室后门处，就迎面撞上了人，惊呼了一声，及时反应过来，刹住了脚，米雨思手上的两杯奶茶这才安然无恙。

云诉也认出她来了，清了清嗓子："同学，你找谁？"

要不是现在看到米雨思，她都忘了她今天做过的事了。

米雨思又瘦又小，身高只到云诉的耳尖处，小小的两只手捏着奶茶，笑了一下，将其中一杯递到云诉眼前。

今天下午班里连续进行了两场考试，下晚自修后米雨思才打听到云诉在7班，不好意思打扰她学习，就一直在门口等着。

"我来找你，谢谢你，今天在球场……"米雨思小声说。

云诉看着她白白净净的小脸蛋儿，又看了看她递过来的那杯奶茶，勾唇："不用客气，你以后别理她们，离那些人远点儿。"

云诉抓过米雨思的手腕，牵着她，两人一路下楼。

夜深了，整栋楼里静悄悄的，没有几间教室开着灯了。

走廊的灯还亮着，光线明亮，洒在云诉脸上。

米雨思有点儿担心："我和金颂柠他们都在一个班，我都习惯了。大家都挺怕他们的，万一他们来找你麻烦怎么办？"

虽然米雨思没把话讲明白，但云诉理解了，她并不是第一次被欺负。

二中不学习混日子的学生虽然不多，但金颂柠就属于其中之一。

云诉慢吞吞地吸了一口奶茶："不用担心我，要是他们再找你麻烦的话，可以来找我。"

米雨思住校，宿舍和学校大门正好在相反的方向。

两人在操场上道别。

出了校门，拐了几个弯，云诉背着书包，停下脚，"咕噜噜"地喝完最后一口奶茶，将空杯子往不远处的垃圾桶中丢过去。

空荡荡的奶茶杯"咻"的一下，稳稳地落在垃圾桶里。

云诉转身，双手合十，举起来："大哥，我求你放过我吧，我说错话了还不行吗？别跟着我了。"

于觉用深沉的目光看着她，嘴角微挑："我没跟着你。"

云诉翻了个白眼：从她出教室开始，此刻都快到家了，他一直跟在她身后。

余光扫过一旁的便利店，云诉进去买了两根冰棒，全塞到他怀里："我认错，我真错了，我给你道歉。这夜深人静的，你赶紧回家吧，让家里人担心就不好了。"

于觉看着手里两根不同颜色的冰棒，挑了一根水蜜桃味的递给她："吃吗？"

云诉马上把她正在认错的事给忘了，伸手就要接过。

他低垂着眉，勾起一点儿唇角，使坏的想法跳出来，突然把手抽回。

路灯昏黄，有风吹过，她听到于觉坏笑的声音："我还就不给你了。"

云诉瞪了他一眼，收手："幼稚鬼！"

于觉笑笑没否认，撕开那根水蜜桃味的冰棒的包装，往前走了一步。

两人之间的距离突然拉近。

云诉刚要和于觉拉开点儿距离，于觉动作却很快，抬手就把那根冰棒递到她眼前，示意她拿着。随后，他便往后退，偏过头，撕下那根杧果味的冰棒的包装，将冰棒放进嘴里。

云诉舌尖触到那根水蜜桃味的冰棒，她的耳朵毫无预兆地烧起来。

片刻了安静后。

"于觉，我可以事先跟你说清楚吗？"云诉看着他顿了一会儿。

"嗯？"于觉低垂下眼。

她眉眼微微一挑："我这人脾气特别不好，平时耍毛的概率很大。"

云诉把嘴里的冰棒"咔嚓咔嚓"地咬碎了，把干巴巴的棍子拿出来，随手一扔，木色的小棍子"咻"的一声掉进于觉身后的垃圾桶里。

"所以，我觉得我们应该好好相处，毕竟我们是同桌。"

于觉突然笑了一声，轻轻的声音回荡在夜色里。

他的笑有些莫名其妙，云诉懒得深想。

一阵风吹过，于觉用低沉沙哑，又有些漫不经心的语气说："嗯，可以，听你的。"

三月已经见底。

云诉摸清了于觉上学的规律，他一直都是踩着早读铃声进入教室的。

今天早读上英语课，班主任提前进教室讲题。上课铃声已经响了好一会儿，于觉都还没到。

云诉一边看黑板上的内容，一边拿着笔做笔记，写到一半，教室后门被推开。白色的木门因为陈旧，发出悠长的声响，声音有些大。

全班人的目光转过去，班主任拿着马克笔的手一顿，也转头看去。

于觉垂着眼皮，懒洋洋地靠在门上："报告老师，我迟到了。"

少年的声音不咸不淡。

班主任放下手中的课本，叹了口气，很想照例把"毛巾炸弹"

甩过去，最终还是忍下了，转身继续写板书："进来吧。"

第4组的最后一桌紧挨着墙，后面的空间很宽敞，云诉不用起身给于觉让位置。

于觉拉开椅子，从抽屉里拿出课本，一边翻着一边转头问她："讲到哪儿了？"

"28页。"云诉回答他。

于觉翻到第28页的时候，修长的手指顿了一下，而后，径直翻到了第40页。

于觉果然不一样，从来不按套路走，云诉在心里暗自想。

快下课的时候，班主任发了两张试卷，说明早下自习课后交。

铃声打响，于觉走出去。

上课时，班里好多脑袋一直摇摇晃晃，像不倒翁似的，始终没敢倒下去，终于，在老师走出去的瞬间，7班五十几颗脑袋倒下去了一半，云诉也在其中。

云诉睡了一会儿，算着时间趴在桌上回神的时候，感觉身边的椅子往后移。

一阵风吹过来，大开的窗户被吹得有些响。云诉余光中闪过一只白皙修长的手，于觉拿着一罐可乐坐下。

云诉眯着眼看这人一大早就喝碳酸饮料，莫名其妙地有些感触：她很喜欢喝可乐，但不能早上喝，会闹肚子。

云诉本没有那个念头，但在有些事上不会忍，也不想忍。

于觉那罐可乐还没打开。

云诉一只手放在桌上，另一只手撑着脑袋，侧头看着他："于觉，跟你商量件事。"

于觉有些惊讶，茫然地问："什么？"

他要拿书的手停在半空中。

云诉看着他，忽然轻轻笑出了声，有些纯良无害。

云诉的脸颊因为趴在桌上有些粉红，她眼睛笑起来时弯弯的，像只萌萌的小奶猫。

窗边有几缕阳光溜进来，于觉听到她说："我想和你做个交易。"

于觉很大方地向她靠近了一点儿，坏坏地勾唇一笑："没有好处的交易我可不做。"

"我帮你写作业，你给我那罐可乐好不好？"云诉用下巴示意他桌角的可乐。

闻言，于觉微挑着眉："写作业多没意思，除非是更有吸引力的事，我就给你。"

云诉变了脸色，眼睛盯着他桌上的那抹红色："就只能写作业，一句话，行不行？"

第二节课快上课的时候，云诉已经喝完了于觉给她的那罐可乐，满足地叹了一声，把罐子放在桌角上。

第三、第四节课有化学的小测验，两节课连着考。云诉和柴斯瑶一起从卫生间回来时，于觉趴在桌上，还在睡——他上课时做得最多的事情就是睡觉。

今天第二节课还是英语课，班主任每次用余光瞥过第4组后排的时候，都皱着眉根铁不成钢地望着于觉黑不溜秋的脑袋。

云诉做着笔记，坐得笔直，笔尖"唰唰"地跟上班里同学们的节奏，时不时也跟着班主任的目光瞟向她同桌的脑袋。

下课了，柴斯瑶靠在云诉桌边，哭丧着脸："小云朵，这单元好多内容我没怎么弄清楚，好怕考砸了。"

云诉笑了笑："我也没时间复习呢，就当是练练吧。"

程岚倾基本每天下课就会出现在7班教室里。他搭着周杭的肩："没事，陪陪我俩呗。我俩都习惯垫底了，不痛不痒，有啥重要的。"

柴斯瑶白了他一眼:"赶紧回你班上去。"

程岚倾每天都被不同的人驱赶,听那些话就像呼吸一样寻常。这时语文小组长正好下来收作业。

小组长是个看上去很文静的女生,绑着高高的马尾,耳边有几缕发丝落了下来。

程岚倾捏了周杭的肩一把:"我怎么发现林妹妹变好看了?"他抬手揉了揉自己的眼睛,"难道我看错了?"

林妹妹,本名林柳丛。

周杭使劲拿开他的手:"你轻点儿行不行?你没听到传言吗?这段时间都在传林柳丛变化那么大,是想引起某人的注意。"

林柳丛是从农村考进城市的,从小在他们那边的学校成绩都是第一,是学校特招进来的,学费全免。

林柳丛刚来二中的时候,一直是绑着两条麻花辫,也不怎么在乎穿着打扮,存在感很低,这学期突然改变了,一副弱不禁风、我见犹怜的样子。

程岚倾瞪大了眼,摸了摸自己的脸,娇羞地道:"不会是我吧,那她怎么不早说呢?"

云诉和柴斯瑶同时转过脸,懒得理他。

周杭一掌拍在他的脑袋上:"你还能再自恋点儿吗?人家有好感的是那位。"

"哪位?"程岚倾反问。

周杭用眼神示意某个方向:"正在打呼噜的那位。"

三颗脑袋一齐看向睡得正香的于觉。于觉有些感冒,呼吸重了些。

林柳丛不知道他们在说她的事,收到周杭这一桌时说:"周杭、柴斯瑶，交作业了。"

她的声音听起来有点儿不耐烦。

周杭贱贱地笑了笑："小组长，你什么时候见我交过作业啊？"

周杭来到二中那么久，就只交过高老头儿的作业——那老人家他是真的惹不起。

柴斯瑶走回自己的座位，从抽屉里拿出作业本。云诉自觉地把语文作业本放在林柳丛手上，思索着要不要帮她叫叫于觉。

虽然她和他做同桌没多久，于觉上课不是在睡觉就是拿着笔不知在勾画着什么。

然后，云诉看到林柳丛把那沓作业本放在她的桌上，越过她的桌子，用食指轻轻地戳了戳于觉的胳膊，声音柔得能掐出水来："于觉，交作业了。"

云诉和其他人皆是惊讶：我的天哪，这差别待遇也太明显了吧！

虽然现在是下课时间，但教室里稀奇地不是很吵，所以林柳丛那个奇怪的语调，大部分同学都听到了。众人全震惊了，还没反应过来，将目光都投到第 4 组后面那个角落，呆若木鸡。

教室里死一样地安静。

周杭和程岚倾面面相觑，而后爆笑出声，两人的身体都抖得厉害。

林柳丛像是没听到那笑声似的，非常有耐心，也很有信心，又戳了戳没动静的于觉："小小于，交作业啦。"

云诉简直无法直视她，心想：她还能不能正常点儿了？他们都还在这儿呢。

云诉不敢想象林柳丛接下来还有怎样肉麻的话。再听下去，她觉得她会反胃一天。

云诉磨了会儿牙，起身，很直接地抽出于觉压在下巴处的手："觉哥，该起床了。"

全班同学深吸一口气，眼神从茫然慢慢变成了惊恐。

大家心想：云诉胆子怎么就这么大，敢三番五次地动于觉？

云诉这一抽，于觉彻底醒了，微眯了眼，眼睛蒙眬又茫然，支起脑袋："嗯？"

他看着云诉。

云诉指了指身边站着的林柳丛："组长叫你交作业。"

于觉将身体懒懒地往后一靠，抬手打了个哈欠，眼底清明了些，目光停在林柳丛陌生的脸庞上，声音低沉沙哑，这是感冒的症状："你是谁啊？"

云诉彻底震惊了。

林柳丛茫然了好久才吞吞吐吐地说："我是组长，老师让我来收作业，就差你的了。"

林妹妹眼眶有些红，泪水在眼眶里兜兜转转，感觉就要流下来了，看起来可怜巴巴的。

于觉抬眼，半晌才道："你不用收我的作业。"

教室里死一样地安静，落针可闻。

最后，铃声正好响起，老师进来了，林柳丛红着眼离开，才打散了那诡异的气氛。

于觉歪着身子背靠墙，一手支在桌上不断地按着笔帽，眼神懒懒的，不知从睡意中清醒了没有。

云诉看了他挺久："你真不认识她？"

于觉接过周杭递过来的试卷："我认识她干吗？我认识你不就得了。"

"你们好歹也当了一学期的同学。"云诉好奇地说。

于觉把试卷放在她桌上，朝她凑近了一点儿，说："关于你的事情，我才想知道。"

云诉无语了一阵，低头开始写试卷。

铃声响起，一节课过去了。

云诉已经写完了试卷，正歪着头发呆。

窗外阳光正好，云诉的目光穿过茂密的枝叶之间的缝隙，投向不远处的田径场，那里空无一人。

她的耳边有浅浅的呼吸声。过了一会儿，云诉看了看睡着的于觉——他两手趴在桌上，脸压在手腕上，对着云诉的方向。

于觉拿到试卷后，写了名字，瞄了一眼选择题，涂好答题卡，又写了几个字，试卷的第 2 页都没翻开，直接趴下睡觉了。

云诉打开杯子喝了一口水，觉得肚子有些疼。

过了那么久，她还以为这次会没事，到底还是因为喝可乐闹了肚子，这就是逞一时痛快的后果。

云诉抿着唇，举手站起来："老师，我想去卫生间。"

等到她从卫生间里出来时，上课铃已经打响了好几分钟。云诉打了报告进教室，坐回自己的座位。

柴斯瑶瞄了一眼正低头写教案的高老头儿，转身低声问她："小云朵，你怎么了？脸色好苍白，哪儿不舒服吗？要不要我陪你去医务室？"

云诉笑了笑，脸上没有一丝血色，嘴唇苍白得可怕："没事，闹肚子了，我睡一会儿。"

云诉伏在桌上睡着了，还是柴斯瑶叫她才醒过来的。

云诉还将脑袋放在桌上，眯着眼缓了缓，抽出被压得有些麻的手腕，身子往后一仰，靠在椅背上。

柴斯瑶看着她说："小云朵，老师让交试卷了。"

云诉回过神，缓过那股劲，伸手把试卷递给她。

柴斯瑶把试卷传给前面的同学，又转过身来："你肚子舒服点儿了没有？我看你脸色还是不太好。"

云诉舔了舔干燥的嘴唇，摇头："好多了。"

还有点儿余痛，但比刚才好多了，她能忍。

高老头儿拿着试卷出了教室，云诉这才注意到身边的空位："早就下课了吗？于觉去哪儿了？"

柴斯瑶趴在她桌上："不知道，考试考到一半他就出去了，到现在还没回来。"

周杭倒是还在，睡得昏天黑地，口水都流到桌上了。

因为考试时间到了，高老头儿留了半节课让他们自习。

两分钟过去，于觉走进来，手里拎着一袋东西。

云诉还趴在桌上，歪着头发呆。

忽然，她的眼前闪过一道阴影，一个塑料袋被放在她面前。

云诉茫然地看着刚坐下的于觉，问："这是什么东西？"

于觉看了她一眼，自顾自地从抽屉里拿书："我同桌肚子不舒服。"

云诉挑了一下眉，顶着问号打开了那个黑色袋子。

不大的黑色袋子里，有两个奶油面包，一盒热牛奶。

于觉很清楚自己在干什么。今早他睡眠很浅，依稀听到了云诉和柴斯瑶的对话声，便醒过来了。

于觉睁开眼的瞬间，有一阵风吹过，他的同桌迎着阳光，皮肤白皙透明，小小的一张脸对着他的方向。

她双眉紧紧地皱着，嘴唇没有一丝血色。

于觉直起身，靠在墙上，脑海里剩下的瞌睡虫不知道跑到哪儿去了，蹙眉，烦躁地抓了抓头发。

和高老头儿打了报告，他便走出教室，来到医务室，进去拿药。他经过操场时碰到了正在上体育课的肖绪。

肖绪穿着无袖的黑色球衣，把手上的球扔给不远处的同学，看到他手上拿着的药："不舒服？"

于觉没打算瞒着他："云诉肚子不舒服。"

"啧。"肖绪蹙眉，"她是不是又一大早喝可乐了？"

云诉今早睡过了头，确实没吃东西，所以空腹喝可乐才会难受，吃点儿东西，喝点儿热的就没事了。

她有些乐了，这"校霸"同桌还挺贴心的。

云诉笑起来弯弯的眼睛让她显得乖了些："那我不客气了。"

云诉边说边插好吸管，喝了几口热牛奶，肚子里舒服了些，脸色也恢复了很多。

她咬了一口面包，看着于觉说："你怎么知道我饿了？"

于觉只是比云诉早开学了一个星期，课上也不做笔记，所以他的课本和练习册还是新的。他抽出练习册拿着笔勾了两下，就只在第一页空白的位置留下了一个大写的"Y"。

于觉注意到云诉的目光时，她正准备吃第 2 个奶油面包。

"有一个是我的。"于觉说。

云诉茫然地看着他。

于觉看着她没说话。

云诉反应过来，赶紧把刚刚拆了包装的另一个面包递给他："你吃你吃。"

于觉弯了弯眼睛："你喂我吃。"

云诉眯了眯眼——这是危险的信号。

于觉是一个良民，立即伸手接过面包："以后温柔点儿。"

"什么？"云诉耷拉着脑袋，手里捧着那盒热牛奶，一口一口地喝着。

"这脑袋很贵的。"说着，他抬手，用食指指了指自己的脑袋。

她为什么听不懂他在说什么？云诉喝牛奶的动作顿了一下，小眼神茫然又无助。

于觉勾唇："你对我温柔一点儿，我也能多关照你一点儿。"

云诉点头，没有否认他的这句话。

放学铃声响起，沉闷的气氛一扫而空，同学们开开心心地收拾东西，都打算去填肚子了。

周杭从第一节课睡到现在，一点儿要醒的意思都没有，化学试卷上的名字都是柴斯瑶帮他写的。

柴斯瑶皱着眉，伸手使劲掐着他的鼻子："周杭，起床了，吃饭去。"

周杭"哎哟"惨叫，迷迷糊糊地揉着眼睛，摸了摸被柴斯瑶掐红的鼻子，起身，大大地伸了个懒腰。

"哐"的一声，云诉放在桌角的可乐罐子掉在地上。

周杭弯腰捡起罐子，笑嘻嘻地说："还好你喝完了，我拿去扔。"

周杭刚要起身，于觉冷冷地叫住他："回来。"

"怎么了？觉哥？"周杭刚刚只是抬了抬屁股，被于觉叫住的瞬间下意识地停下，就这么委委屈屈地停在了半空，像是在蹲马步。

于觉的目光有些寒冷，他双手揣在裤兜里，懒洋洋地站起来——周杭陡然有种抢了于觉东西的罪恶感。

他下意识地看了云诉一眼。

云诉的目光在于觉和周杭身上来回地转，随后，她默默地喝掉最后一口牛奶。

于觉把他扁扁的书包放在桌上，周身散发的气场太像要去打架了。

除了上次于觉和叶明非动手，他们基本没见于觉动过气。

周杭下意识地盯着于觉的书包，脚往后退了几步，暗想要是于觉真收拾他，他应该还来得及跑。

云诉和柴斯瑶也死死地盯着于觉的书包，心想到时候拦人不知道还来不来得及。

于觉拉开书包拉链，蹙眉，两手在包里乱翻了一通，抬头看着周杭："周杭，我找不到，你过来帮我找找。"

云诉舔了舔嘴角，特别想翻白眼，心想：于觉是要把周杭的脑袋按进书包里吗？那也不能叫周杭自个儿把脑袋钻进去呀，这不是缺心眼吗？

周杭没止住往后退的脚，反而退得更快了，一边退一边哭丧着脸："我错了，觉哥我错了，真的错了，下次再也不敢了。"

于觉眯了眯眼："你错哪儿了？"

周杭转着眼睛想了一会儿，没想明白他错哪儿了，撇过嘴，心想，反正认错就对了。

"我哪儿哪儿都错了。我不应该在刚才放了个屁。"

大家集体无语了。

空气里还真有点儿臭鸡蛋的味道。

于觉抬手蹭了蹭鼻尖，有点儿不耐烦："快点儿过来。"

云诉硬生生地将这句话听成了"你再不过来我就不客气了"。

周杭麻利地跑回来，站在于觉身后："觉老板、大兄弟、觉哥，咱们都是祖国前途无量的好花朵，有话好好说，千万别动手。"

于觉伸手往桌上一抓，把书包扔到他怀里。

周杭因为书包的力道往后退了一步，站在墙角，看着于觉，赶紧把手往书包里伸。

　　于觉懒懒地靠在墙上，歪着头："我明明记得我放进去了。"

　　"什么？"周杭没听懂他在说什么。

　　于觉拧着眉："快点儿，就是那个很大的塑料袋。"

　　云诉和柴斯瑶下意识地叫道："啥？"

　　二人声音洪亮有力，直冲云霄。

　　于觉皱眉，摸了摸耳朵："不拿袋子怎么装瓶子？"

　　他歪头对第一组第一桌的陈雨兴说："雨兴，你改天和班里的同学说一声，空瓶子放我身后的袋子里，我要拿去卖。"

　　所有人皆惊讶地看着他。

　　云诉都快忘了，于觉捡过废品！

　　周杭失了魂似的靠在墙上："你说你没事捡什么废品？！"

　　午休时间一晃而过，于觉和周杭他们踩着上课铃声从后门进了教室。

　　于觉的黑发湿漉漉的。

　　云诉给付银宇发了信息，把手机放进衣兜里。

　　周杭把球放在自己的椅子下面。

　　于觉拉开椅子坐下。

　　云诉对他说："老师布置了物理作业，你作业本呢？"

　　于觉看了她一眼，将椅子移过来了些，嬉笑道："小同桌真好！"

　　他的语调真的很欠揍。

　　云诉假装没听见，蹙眉，有点儿不耐烦地说："快点儿，写还是不写？"

于觉耸肩，伸手往抽屉里一掏，将作业本递给她："真帮我写？"

"说一不二。这节是生物课，下课了再帮你写。"云诉把自己的椅子往外移了一点儿。

第五章

发 烧

外面太阳当空照，阳光透过枝叶的间隙，落下参差又斑驳的光影。

时间早已进入了夏天。

教室角落里，立式空调还在"呼呼"地吹着风。

少年耳边的头发潮湿，有几滴汗水沿着脸颊的轮廓滑过，停在嘴角。于觉在午休时间很少会休息，基本是去打球。

云诉从书包里拿了一包纸巾，递给他："擦擦。"

于觉笑着，随手抽了一张纸巾，将剩余的纸巾放回她的桌上，抹了抹脸上的汗。

见生物老师已经站在讲台上，于觉拿出课本。老师说翻开第5课，他默默地翻到了第9课，手指转着笔，看着似乎还很认真。

云诉移开视线，拿笔做着课堂笔记。

生物课一直讲得很快，老师一般会留下10分钟让他们自由支配。

云诉做好最后一道练习题，歪头，看到于觉又睡了。

云诉用笔尾抵着下巴，有些出神。

周杭转过身来，看见她在看着于觉发呆。

他不怀好意地笑了："云诉，控制住，小眼神都快溢出来了。"

闻言，云诉翻了个白眼："斯瑶。"

柴斯瑶明白云诉的意思，头也没抬，一本书精准地砸在周杭的肩上。

周杭识趣地转身，继续玩手机。

下课铃声响起，于觉睁开眼，根本就没睡着。

看云诉的视线还在他脸上，他眼角一弯："我就这么好看？"

云诉一顿，不躲不闪，看着他笑，根本就没有被抓包的自觉。

"你的脸特好看，beautiful（漂亮）。"她眨眨眼睛，表情很真诚。

于觉直起腰，歪靠在墙上："大家都这么说。"

他倒是一点儿也不谦虚。

"想看就大大方方地看，不要偷瞄，我又不会说你。"他又说。

云诉"嘁"了一声，嫌弃地看了看于觉。

这段时间她和他关系还不错，熟了之后就畅所欲言、胡说八道。

她说："帅哥我见得那么多，我哥就是个大帅哥，你比我哥还差了那么一点儿。"

于觉被说了。

但是这话对他来说不痛不痒："肖绪再帅，也只能是你哥。"

云诉拿起桌上的水杯，喝了一口水，笑了笑："是啊，所以，你永远不可能是我哥。"

周杭说："云诉，我们觉哥这么厉害，当他同桌不亏。"

他话音刚落，于觉笑了一声，默默地在心底给他记下一功。

云诉朝周杭翻了个白眼："你这么迷恋你觉哥，怎么不和他当同桌？"

周杭用力地甩头："觉哥不乐意啊。"

云诉看着于觉，平静地说："你的脸被笔画了一道。"然后她轻声说，"我帮你擦擦。"

云诉伸出手，大拇指在他的脸颊上点点："这儿。"

于觉身形一顿。他从未有过这样的感觉，很奇妙，像是一簇接着一簇的烟花在他的脑海里炸开。

一直以来，他在某些方面就没什么感觉，身边的兄弟除了他和周杭，都喜欢讨论哪个女生漂亮，有时候没能得出结论，都要争一争。

每到这个时候，他都会不假思索地拿出一根棒棒糖，站在那儿等他们得出结论。

于觉在班主任这里一直都是特别待遇。别人都换了好几轮的座位，他愣是一动不动，就坐在第 4 组最后一桌，单人单桌。

他的新同桌，从上高中到现在唯一的同桌，此刻离他很近很近——小姑娘眉眼微挑，嘴唇很薄，皮肤白皙。

于觉僵着，任她在他的脸上摩挲。

云诉脸上细细小小的绒毛，他看得一清二楚，真是要命——她的睫毛看起来真的太长了。

少女收回手，心无旁骛地推开他："好了，干净了。"

于觉不自在地坐直身子，问她："你一直以来都是这样？"

云诉眨了眨眼睛，表示疑问。于觉抬手指了指她刚才碰过的脸。云诉反应过来。

她斜挑眼角，笑了笑，用手遮在嘴边，压低声音，生怕有人听到似的："比我哥丑的人我才帮，就比如你这种就丑一点点的。"

于觉沉默了——他活了 17 年，从小到大第一次被人质疑颜值。

课间 10 分钟，周杭转过身来找云诉闲聊："做你同桌真好，要是我同桌也这么好就好了。"

说完，他还有意无意地瞥了瞥身边坐着的柴斯瑶。

他还在继续说："觉哥，你同桌可真是太好了，都会帮你写作业。唉，我这命咋就那么苦呢？"

他絮絮叨叨的，像个更年期的老父亲。

结果柴斯瑶看杂志看得入迷，眼神都没给他一个。

云诉被他逗笑了，写完最后一题，放下笔——她在帮于觉写物理作业。

"周杭同学，其实我性格没那么好的。你于觉大哥付出了挺大的代价，我才答应帮他写作业的。"

于觉因为这句话，投过来一个眼神。

云诉对此视而不见，打算和周杭来个更深入的聊天。

果然，周杭嬉皮笑脸地凑过来问："什么？你让觉哥干什么啦？"

她邪恶地一笑，身体往后面一靠，抵在椅背上，白白的手心摊开："我又不是坏人，当然不会破坏我们美好又单纯的同桌之情，给我唱首歌就好了。"

周杭将惊奇的眼神投向于觉。

于觉抬头，满脸疑问。

云诉拿起那本作业本，转头，放在于觉的桌上，看着他，对他笑靥如花，正儿八经地胡说八道。

于觉一怔，右眼皮猛地一跳，果然，下一秒就听见她说："于觉，我很喜欢《丑八怪》这首歌，"云诉鼓励般地拍拍他的肩，"作业我已经写完了，快唱吧。"

于觉有些蒙：《丑八怪》？！她刚说他比肖绪丑……这不就是

直接承认了他比肖绪丑吗？主要是周杭那傻瓜还一脸期待地看着他，眼里的光让于觉怎么都无法忽视。

于觉不自然地舔了舔嘴唇，还真有要开唱的架势。

云诉忍不住笑了，推了周杭的肩膀一把："你是不是傻？你觉哥可是'校霸'，他要是给我唱歌，估计我得折寿好几年。"

周杭被推得一愣一愣的，看着她，估计还没反应过来。

调戏了同学们，心情很愉快，云诉起身想叫柴斯瑶一起去厕所。

余光瞥到有人停在她旁边，云诉抬眼。

程岚倾不知道什么时候又站在她桌前了，手臂还强制性地搭在陈雨兴的肩上。

程岚倾照例和于觉有一搭没一搭地聊着，只是陈雨兴的表情有些无奈——他刚才正想着一道数学题，有了思路正要提笔就被程岚倾拽过来了。

陈雨兴很高也很瘦，穿着干净规矩的黑白校服，皮肤很白，五官清秀又帅气。

陈雨兴想着，反正也过来了，正好问那件事。

他把程岚倾的手拿下来，和于觉说话："于觉，班主任让我重新安排班里的值日表。"他将目光在于觉和云诉几个人身上来回转，"你们想和谁一组？"

云诉对陈雨兴有那么一点点的记忆。他每次都跟在于觉他们身边，安安静静，有时觉得好笑就扯扯嘴角，很少说话，很沉默寡言。

柴斯瑶听到陈雨兴的话，这才放下手机，放弃刷微博，抬头："班长班长，我想和小云朵一组。"

陈雨兴看着于觉："那你呢？"

于觉垂眼，叹气，迫不得已地说："那我就和这傻子一组吧。"

他微仰下巴，指着周杭的方向。

周杭跳着脚反驳："我才不是傻子呢！"

于觉之前一直是单人单桌，所以值日都是与柴斯瑶和周杭凑一组。

云诉和柴斯瑶上完厕所回来，谷泽坐在座位上捧着本作业说："小云朵，能不能借你的物理作业抄抄？"

"啪！"巴掌声在他的肩膀上响起，清脆又响亮。

柴斯瑶站在谷泽身后，微微俯身，一只手腕搭在他的肩上。

谷泽被拍得习以为常，揉着一点儿都不疼的肩膀，用可怜兮兮的表情说："柴大人，你干啥呢你？"

柴斯瑶不轻不重地继续拍谷泽的背："'小云朵'是你能叫的吗？那可是我的专属称呼。"

周杭就在谷泽旁边，幸灾乐祸地鼓了会儿掌，又没脸没皮地对谷泽说："谷兄，要不以后咱们都把受伤的样子拍下来留证，应该能得不少医药费。"

柴斯瑶走到周杭身前，一脚踹在他的小腿上。

周杭赶紧嬉皮笑脸地起身："该打，我俩都该打，柴大人打得对，全都是我们的错。"

上课铃正好响起，云诉笑着坐下，从抽屉里抽出作业本，递给谷泽。

谷泽笑着说："谢谢了。"

"没事。"

然后，谷泽开始埋头抄呀抄，像是赚了几百万元那般认真又庄重。

后面两节课都是自习，第一节课的时候班里还是挺安静的，只是偶尔有人在说话，到了第二节课，有些人憋不住了，在座位上干什么的都有，热闹非凡。

云诉写了一会儿数学试卷，被吵得也有点儿写不下去了，抬眼，转着笔看向窗外。

窗外的校园，阳光灿烂，清风送来淡淡的花香。

云诉发了会儿呆，突然感觉有人在看自己，眼神一移，四目相对，随后一顿。

"啪嗒"一声，云诉手上的笔掉在桌上。

"怎么了？"于觉问。

他手上拿着支黑笔，弯着嘴角，看着她，伸手用笔尖触了触她的试卷："不会做？"

云诉一愣，低头看了看他指的那道题，确实是自己没见过的题型，一时没想出来解题思路，就走神了。

她意外地挑眉："给我讲讲？"

于觉朝她靠近了一点儿，一本正经地说："这题你要先把 y 求出来……"

周杭脑袋枕着两手睡了一节课，听到于觉的声音才悠悠转醒，歪着头，眼神像老父亲似的看着身后的两位，伸手戳了戳柴斯瑶的手腕。

正在背英语单词的柴斯瑶下意识地蹙眉，抬手就要扫过来。

周杭及时握住了她细白的手，逃过一劫："先别打，这是很重要的正事。"

柴斯瑶一顿，顺着他的视线看过去。

身后阳光浅浅淡淡，洒在两人身上，少女嘴角勾着，眼睛看着试卷，认真地听，单纯又美好，少年垂眸，目光时不时地落在少女白皙的脸上。

周杭压低了声音，用只有他和柴斯瑶能听到的音量说："觉哥不当学霸已经很多年了，你说他会不会因为云诉，送给班主任一个年级第一呢？"

柴斯瑶笑了一下，放下笔，单手托腮，眼神变得和周杭一样高深莫测："可能吧，觉哥所向披靡这么久了，学霸和学渣做得都很顺。"

"不对劲，觉哥很不对劲。以前都没见他给谁讲过题，现在竟然在给云诉讲题……"周杭转着他每科成绩不到30分的脑袋想。

"反正和你又没关系。"柴斯瑶转过身，打算继续背英语单词。

"废话，我也心有所……"周杭嘀咕。

因为这句话，柴斯瑶投来淡淡的眼神。

周杭被她看得有点儿不自在，转过头看向讲台的方向。这话他是一不小心说出口的。

这时，周杭的右边忽然传来轻轻的一声笑。他转过头的时候，耳边有一缕气息，似乎靠得很近。

他们身后的立式空调似乎更响了。

柴斯瑶靠过来，一手放在桌面上，视线落在他有些红的脸颊上，勾唇一笑，很轻很轻地"哦"了一声。

周杭莫名其妙地也笑起来。

傍晚放学时，晚霞如流水一般，悄悄地洗过校园中的每一片树叶。

不远处穿着黑白校服的男生女生，三三两两地走出校门。

云诉单手撑在窗台上，手里拿着块抹布在擦窗户。

教室里已经没人了，就只有她和柴斯瑶在做值日。

"小云朵，你觉得于觉这个人怎么样？"柴斯瑶调整着桌子的角度，把歪了的课桌整理好。

云诉擦完最后一扇窗户，蹲下身，把抹布浸入脚边的桶里，拧干："怎么突然问这个？"

柴斯瑶走到讲台边，给马克笔添上墨水，看着她笑："没有啊，就只是问问。于觉这个人还是很不错的，很仗义。"

云诉把抹布摊开放在讲台上："他有时候确实挺好的。"

她走到一旁，拿了一把扫把，走到第1组开始扫地。

"不要告诉我你眼里只有学习。"柴斯瑶余光看到教室后门有人影。

她勾唇，邪恶地笑了，把刚才的问题又问了一遍："那于觉呢，他长得那么帅，人还挺不错的，你觉得他怎么样？"

云诉奇怪地看着柴斯瑶：这个问题她不是刚刚才回答过吗？同时，她脑海里迅速闪过少年的模样——高高瘦瘦的，皮肤很白，对她笑起来的时候总有点儿不一样的感觉。

她回答："这个世界帅哥那么多，又不缺他这一个。"

柴斯瑶捂着嘴开始笑，心里想着：云诉没心没肺的样子和外面站着的某人真是像极了。

把地扫干净，云诉把垃圾铲里的东西倒进垃圾桶里，柴斯瑶还在那个话题上回不来。

"我觉得于觉人真的很好，他没有像大家传的那样，没那么坏，心还是很好的，对我们这些朋友也很好。"柴斯瑶继续分析给她听。

云诉点点头。不可否认，于觉人是真的挺好的，并没有像传闻那般冷酷。

至少相处了这么久，云诉感觉他还不错，是个能发展更深交情的同学。

更何况，他是肖绪的好朋友。她觉得，她这个好哥哥的好朋友都不会差。

两个人打扫完卫生，正要拿着垃圾出去倒。

云诉听到程岚倾扯着嗓子在喊："觉哥，你戳在这儿干啥呢？还不赶紧进去拿你的废品？"

傍晚，远处高楼遮住太阳的身影，风像是受了鼓励似的，吹得越发来劲。

云诉站在4号教学楼下，等肖绪一起回家。

今天是星期五，没有晚自修，高三同样。肖绪难得说回家和她过周末。

高三的1～4号教学楼，和高一的教学楼不在一个地方，离得挺远。

云诉穿着高一的黑白校服，懒懒地靠在墙上。过往人群中，蓝白校服中夹杂着一点儿黑，有点儿吸引过路高三学生的注意力，每次经过她身边的人，步子都会不约而同地慢下来。

不远处的楼梯口，有蹦跶的脚步声，然后，云诉的肩膀被拍了一下。

她抬头，看到肖绪背着黑色书包站在她面前，嘴角上扬："走吧。"

放学高峰期，虽然两人留在后面很长时间了，但校门口依旧很热闹，一堆又一堆的同学聚集在校门口那几家小店门口。

云诉跟在肖绪身后，抬脚迈出校门。

"想吃点儿什么东西吗？"肖绪把手机揣在衣兜里，侧头问她。

云诉有点儿口渴，扫了各种小店一眼，看到只有右边角落的奶茶店里人最少。

"喝奶茶？"云诉说。

"你在这儿等我。"说完，肖绪走向奶茶店。

校门正对面的炸鸡店里，一位脚边有颗篮球的少年吃了根薯条，伸手摸出手机，刚要输入密码。

他骤然睁大眼睛，伸手猛地拍了拍身边坐着的人："新爷，世纪大发现，估计你的天要塌了！"

宋裕新继续玩着手里的手机，没理他。

少年还在说："新爷，绪哥有情况。"

宋裕新抬头，看了他足足3秒钟："管好你的嘴。"

韦航天"啧啧"两声，作势就要站起来："我真的没骗你。你看绪哥后面跟着的那小姑娘可以呀，我之前怎么没见过？"

宋裕新顺着他的视线看过去，云诉两兄妹正好经过店门口。

他嘴角下意识地上扬，用脚碰了碰身边的人的小腿。

那人没抬头，给程岚倾回了条信息。

宋裕新抬手把垃圾扔进垃圾桶里，身子往椅背上一靠："于觉，你有多久没回你那小窝了？"

"挺久了。"于觉抬眼。

他上了高中后就从家里搬出来了，这段时间于爷爷非要让他回去住，就当陪陪老人家了。

宋裕新扬眉："我们找肖绪去？"

云诉柔软的发尾垂在肩上，皮肤逆着光有些透明，手里拿着书包，靠在树上。

一阵风夹杂着热气，树叶被吹得"簌簌"直响。

她低着头，勾着嘴角，正在玩手机。余光中掠过一片黑影，云诉抬眸看去，宋裕新穿着白色T恤，上面有一片英文，她的视线停在他身后的于觉的身上。

他的手里拿着那袋塑料瓶。

他一周会将袋子拿走一次，班里很多人喜欢喝饮料，所以每次都是满满的一袋。

宋裕新对她笑了一下，低头问她："你哥呢？"

云诉微仰着下巴，朝奶茶店的方向指了指："那儿呢。"

宋裕新和于觉看过去，肖绪正好拿着两杯奶茶走出来。

肖绪把其中一杯递给云诉，看着宋裕新说："不是说要提前回去吗？"

宋裕新抬手，拍了拍肖绪的肩膀，笑着说："于觉说想去你家玩儿。"

于觉的表情有些无奈——今天又是他当炮灰的一天。

家里可什么都没有，云诉心想。她喝着奶茶，跟在肖绪和宋裕新身后。

看着他们在前面有一搭没一搭地聊天，云诉看了看在身边走着的于觉。

"要不我俩加个微信？"她提议道。

于觉脚步一顿，歪头："嗯？"

"'校霸'的微信不能乱加吗？我还以为我们这段时间相处得很不错呢。"她语气有些闷闷不乐。

于觉勾唇，拿出手机，递到她面前："我怎么可能会拒绝小同桌呢？"

云诉瞥了他一眼。

玩世不恭的语调，她一律屏蔽。

没有得到回答，于觉也不恼，只是看着她笑。

云诉扫了他的二维码，抬眼看他，笑着说："没想到，你还挺让人出乎意料的。"

于觉的头像是奥特曼——迪迦奥特曼——又是于扬扬那个小家伙。

于觉屈起食指，揉了揉额角："之前我堂弟拿手机去玩。"

言下之意就是，这头像不是他换的。

于觉一直都懒得将头像换回来。他看了一眼她的头像："小同桌，我要换和你一样的头像。"

几人拐过一个弯，身边经过几个小伙，每个人都染着头发，红黄绿的颜色，穿着随便，看着应该不读书了。

云诉低头看着手机，没听清他在说什么。

于觉注意到那几个人正用猥琐的眼神打量着她。

他下意识地蹙眉，抬脚，站在她左边。

其实云诉是在和他讨论该给他备注个什么名字好，校霸？大魔王？

触了几次他的逆鳞，云诉有些得心应手，熟练度爆棚。

她对他突然把她挤到墙边并不是很介意。两拨人擦肩而过的瞬间，那几个染着头发的小伙讨论的内容非常刺耳，越来越不堪入耳。

于觉停下脚步，侧头，看到了什么，抬手扯了云诉的衣领一下。

走在前面的肖绪和宋裕新在那些恶心的话入耳的瞬间就转过了头，正好看到于觉的动作。

本想上去理论一番，那一刹那，他们四目相对，笑了一下。

那几个染着头发的人越走越远，脚步声渐渐消失。

云诉有点儿脸红，眼睛直视前方，没再说话。

于觉像什么也没发生一样，歪着头看肖绪和宋裕新。

他歪头笑道："一起去看奶奶？"

他在心里暗暗记下了刚才那几个人的模样。

老奶奶的家和云诉上次来的时候一样，黑色铁门，小院里花香依旧，角落里都是瓶瓶罐罐，整齐地堆着纸壳，里边的木门半掩着，屋里隐约有一点儿声音。

于觉推开门，云诉走了进去。

"奶奶，你又不开灯。"于觉走到角落的位置，按下灯的开关。

小屋里瞬间亮了起来，素色沙发前有一台小小的电视机，桌上有几个橘色的小茶杯，屋中的陈设都是很多年前的样子。

老奶奶还是坐在沙发的角落，脸上有岁月的痕迹，手上有一根拐杖："于觉你来了？"

肖绪和宋裕新两人分别坐在老奶奶两边。

肖绪语气有些哀怨："奶奶，你就记得于觉，都不记着我们。"

老奶奶一下子笑得更欢了："你们两个小家伙也来了，真好，太好了！来来来，我给你们拿东西喝。我听说你们这些小孩子都喜欢喝饮料，就买了好多饮料，就等着你们来呢。"

肖绪将手放在奶奶褶皱鲜明的手上："奶奶你还跟我们客气，一会儿我们自己拿就好了。"

宋裕新瞧了瞧在一旁站着的云诉，抬头对于觉说："于觉，你不问问云诉要喝什么？"

被点到名字的两人下意识地对视。三秒钟后，云诉问："冰箱在哪儿？我去帮你们拿吧。"

云诉走到里间厨房。

宋裕新往沙发上一靠，笑得不对劲，报告情况似的说："奶奶，我和你说，于觉有同桌了，刚才那个小女生就是他的同桌。"

于觉正在削苹果的手一顿。

奶奶激动得将拐杖敲得直响："我们家小家伙终于有同桌了！"

于觉有些无奈地说："奶奶，你别听他瞎说，是我自己不想要同桌的。"

肖绪也凑热闹，朝着于觉挑了一下眉，说："行了，我们懒得揭穿你。"

于觉还想说些什么。厨房门开了，云诉拿了几瓶饮料从里面走出来。几个人一顿，机智地进入下一个话题。

他们在老奶奶那里待得并不久，闲聊了几句就离开了。

走出小院，云诉用疑惑的眼神看着肖绪。

肖绪明白她的意思，向她解释："之前我们看见一群社会青年欺负人，看不下去就见义勇为地帮忙。奶奶正好经过，了解真相，帮我们和警察说了真实情况。后来知道奶奶是一个人生活，眼睛不好，靠捡些废品维持生活，我们就时不时地过来看看她。因为我和宋裕新高三课业重，所以于觉来得比较多。"

云诉点了点头，看着前面的于觉，突然又更新了对他的看法。

于觉这个人，还是个关爱老人、极具爱心的家伙。

四个人打算去云诉家吃火锅，但家里除了泡面几乎什么都没有，所以肖绪和宋裕新去了超市。

云诉和于觉先回家。进了电梯，她按了7楼的按键，一路默默无语。

于觉跟在她身后，嘴角上扬的弧度有些大。

见云诉看着他不说话，于觉止住笑。

两人站在云诉家门口。

云诉拿下背上的书包，拉开拉链拿钥匙："你一直在笑什么？"

"我就是觉得有点儿巧。"于觉伸手指了指对门，"我就住在你家对面。"

云诉看了看那扇门，没有吭声。

于觉得寸进尺，嬉皮笑脸地说："我觉得我可以和肖绪一起住，他可以帮我补习。"

云诉看着他坏笑的样子，很不爽地瞪了他一眼。

傍晚的风有些随意，夹杂着燥热。阳台上充盈着淡淡的花香。

云诉拿着钥匙开门。

于觉突然心情愉悦，直接无视主人不欢迎的态度，推开门就走了进去。

云诉家的墙面是素色的，沙发上摆放着几个抱枕和玩偶，木制小方桌上放着一个果篮，墙边有书架，架子上有很多书。

云诉脱掉鞋，踩在淡蓝色地垫上，伸手把书包往沙发上随意地一扔，转头看他："我是自己一个人住。"

她在努力忘掉刚才的事情。

"啊。"于觉抬眼，眸底有些深沉，哑声道，"嗯，我也是。"

云诉能感觉到他细微的变化。她自己一个人住是因为爸妈不在身边，而他从小在这里长大，却也是一个人住。

她弯腰，坐在地垫上，忽然一笑，伸手扔给他一个苹果。

于觉接住。

云诉眉眼弯弯的，说："于觉，反正以后咱们就是抬头不见低头见了，好好相处吧。"

于觉勾唇："我能不能经常来串门？"

云诉白了他一眼，没再说话，却在心里想：破烂儿小哥身份突然转变，是个每天独自面对黑夜，很深沉又不愿多提的人。他自己一个人住三室两厅的公寓，听说爷爷还是二中的前任校长，家庭条件肯定不错，捡废品就是为了哄老奶奶开心。

云诉看着他一直站在那儿，很想直接告诉他，既然他这么拘谨，要不就回家吧。但于觉肯定不会回去。

她转身把书包放在怀里，一边拉开拉链一边看他，说："他们应该还要挺久才回来，要不我们先一起写点儿作业？"

云诉在心底总是会无意识地相信自己的直觉，忘掉于觉各科都是 58 分的事实。

于觉唇边漾出一抹笑："好。"

这个周末，各科老师布置的作业有点儿多，单单化学就有 5 张试卷。

云诉从书包里拿出试卷，翻到第二面："这个题型高老头儿没讲过，我想了好久都没想出来，你看看会不会？"

化学试卷，她今天在学校时已经写完了两张。

一阵风吹过，窗帘被吹起一角，晃了晃。

于觉和云诉坐在地垫上。

云诉以为他没听到她的话，用笔尖点了点试卷："于觉，这题怎么做？我没想出来。"

一如之前，她身上带着淡淡的甜牛奶味和茉莉花香，脖颈白白嫩嫩的皮肤下有几根不很明显的青色血管。

于觉不自然地移开视线："这题我是用……"

他说了一会儿，云诉就明白了，点着头听他说完，马上落笔。

于觉的目光一直在她的笔尖上，那支笔流畅地写下一连串整整齐齐的化学方程式。

云诉一边写一边说："二中的作业是不是一直都这么多？周末才两天，老师竟发了十张试卷。"

于觉笑了笑："我没注意过。"

云诉笔尖一顿，想了想，也是，她来二中快一个月了，小组长催交作业，于觉就没交过几次。

但很神奇的是，上次班里化学小测试于觉分数不高，又是 58 分！

云诉此刻非常能理解各科老师对 58 分的阴影了。

她当时偷瞄了一眼，他写的每题都画着红色大钩儿——只要是他写过的题，全对！真是神了！

所以云诉自认为，于觉是考试前一天晚上没睡好，在课堂上实在忍不住，迫不得已才补眠。他一定暗下决心下次好好考。

云诉估计一辈子都忘不了那天高老头儿一脸慈祥地走到她桌边，放下一瓶康师傅绿茶——她当时吓得没敢说话。

高老头儿也就那样一直站着。五秒钟过后，他背在身后的手慢条斯理、郑重其事地摸出了一瓶统一绿茶！

高老头儿自认为平易近人地微笑着，实则全班学生都屏住了呼吸。

"云诉同学，不要失望，还有一瓶，你要相信老师绝对是喜欢你的，但总会发生一些意外。昨天，你的试卷被风吹走了，老师找遍整个办公室都没找到。"

电磁炉插着电，热气上升，锅里的食物被煮熟了。

肖绪朝客厅里喊话："争分夺秒的两位好学生，吃饭了！"

云诉放下笔，于觉跟着她起身。

云诉径直向厨房里走，站在冰箱前，歪头问桌前坐着的三个人："你们要喝什么？我这里只有矿泉水和芬达。"

宋裕新夹了一块胡萝卜放进嘴里，抬头："我们是社会主义好青年，当然只喝矿泉水。"

闻言，云诉心想：可拉倒吧。

云诉没理他们，直接拿了四罐芬达。

周五的晚餐，少男少女拼成一桌，简简单单。

于觉总是给云诉夹菜，他的椅子紧挨着她的椅子，总是在问：

"你吃青菜吗？我给你夹。

"这牛肉很好吃，来，我给你夹几块。

"你还要吃什么？还想吃什么？"

⋯⋯⋯⋯⋯

云诉好不容易解决了一碗菜，碗里又堆起了高高的一堆。

她抬眸，淡淡地看了于觉一眼："没看见我碗里装不下了吗？"

于觉没听见似的，嘴角的笑意丝毫不减。

一顿饭下来，云诉没怎么说话。三个男生聊天，说着说着就聊到假期，然后又失望地讲到补课。这就是高中生消磨时光的方式。

抬眼看到才晚上8点多一点儿，宋裕新用肩膀碰了碰肖绪的肩膀："你们吃饱了没？这些东西都快吃完了，要不我俩再去买些来？"

之后，肖绪陪着宋裕新去买食材。十几分钟后，云诉没等到回来的他们，于觉却接到了宋裕新的电话。

宋裕新在电话里说："于觉，韦航天他们叫我们过去玩，你去吗？"

韦航天，高三（9）班的，就是今天在炸鸡店里发现云诉的那个男生。

于觉坐在云诉身边，距离她很近，手机音量有些大，她听得一清二楚。

于觉看了她一眼。

云诉自顾自地吞下最后一颗肉丸。

他回答："我不去了，你们去吧。"

锅里的东西已经全被吃完了。

于觉挂了电话，云诉转头问他："吃饱了吗？"

他从肖绪他们走后就没动过筷子，指尖不断地摩挲着桌边，突然抬眸："饱了。"

云诉点点头，起身开始收拾桌上的残羹剩饭，并将碗筷等一起放进水槽里。

她本性有点儿懒，自己一个人的时候倒还好，但碗多了就不想洗，更不想动，于是转身走出厨房。

于觉一只手撑在桌面上，起身和云诉擦肩而过，在水槽前站定。

云诉以为他要洗手，没在意，径直走进客厅坐下。

没一会儿，厨房里传来声音。

于觉在里面喊："云诉，你家洗洁精没有了！"

少年修长纤瘦的手腕上，蹭了点儿泡沫。

于觉垂眼，扯着唇角，打开水龙头，水流喷涌而出，一下子冲掉他手上和碗里的泡沫。

云诉站在一旁，半个身子靠着橱柜，看着于觉。她觉得于觉已经完全颠覆了她对"校霸"的认识，对方人前冷淡，背地里话很多，接触一段时间，人还挺体贴，会给她带一份面包，还礼貌地帮她洗碗，反正，就是好人吧。

云诉思绪陷得有些深。于觉用余光观察了她好久，洗好最后一个碗，歪头看去，小丫头两手撑在橱柜上，松松垮垮的马尾已经散了大半，几乎遮住了侧脸。

她牙齿咬着红润的唇，陷入沉思很久了。

窗外天已经暗下来，月光洒下来，铺在阳台上。世界突然安静，云诉回过神来，转头。

于觉眼睛盯着她看，说："云诉，还写作业吗？"

肖绪进门的时候，云诉和于觉已经睡着了。

云诉坐在地垫上，两手放在桌上，脑袋伏在上面，右手食指和中指之间还夹着一支笔，眼底下有些阴影。

于觉和她同款睡姿。

肖绪低头，笑了一下。

桌上摆着好几张试卷，化学、英语……各种科目的都有，上面是密密麻麻的笔迹，文字写得工工整整，那是云诉的。

引人注目的那几张试卷，正确选项上有钩儿，大题上没有解题过程，只有最后的答案，字迹似春风吹又生的野草般，那是于觉的。

于觉的字，肖绪根本没看懂几个。他走进房间，拿了两张毯子，轻轻地盖在他们身上。

而后，他站在一旁，双手放进裤兜里，盯着两人看了好久，怎么看都不顺眼。

"啧。"肖绪的表情有点儿不耐烦，他伸手轻轻地碰了碰于觉的肩膀。

于觉睡眠一向都不深，但今天睡得很沉。肖绪碰到他，他也只是动了动脑袋。

肖绪加重力道又碰了碰他。

于觉长长的睫毛颤了颤，眼皮抖动，晶亮的黑眸睁开，入眼一张白得透明的脸。眉眼舒展着，云诉浅浅地呼吸着，还睡得很熟。

于觉有些发愣。

"于觉。"有人忽然说话。

于觉怔了大约三秒钟，撑起脑袋，背靠在沙发上，黑眸看着站在一边的肖绪，猝不及防地有些窘迫。

两个人相视无言。

于觉脸上因为长时间的压迫有些痕迹，现在，还有了点儿明显却不想让人知道的红。

于觉不自觉地舔了舔嘴唇。

1分钟、2分钟、3分钟……屋中安静得诡异，落针可闻。

于觉坚持不下去了，心虚地开口："绪哥。"

肖绪蹲下身子，坐在于觉身边："于觉，云诉转学来这边也挺久了。"

"嗯。"于觉清了清嗓子，一下子不知道该说什么。

肖绪没看他，视线落在云诉身上："我们全家人都把她放在心尖上宠，我妈说怕她在学校住不舒服，所以就在附近给她租个房子住。"

于觉长腿一伸，微微倾身，没说话。

肖绪转眼看他，剑眉星目："是我让她租这间房的，就在你家对面。"

五月底，天空湛蓝，艳阳高照，闷热的空气中夹杂着蔷薇花香。

班主任在讲台上拿着课本公式化地念着课文。

"Body language is one of the most powerful means of……（肢体语言是最有力的表达……）"

云诉拿着笔一句一句地做着笔记，余光扫到旁边的于觉。

他一如既往地在睡觉，只是眉紧紧地皱着，脸发白，唇色尽数褪去，虚汗挂在额头和鼻尖上。

那天晚上云诉是在床上醒来的，没见到他人，就猜想他应该是回自己家去了，一直到今天来学校才见到他。

下课铃响，班主任停下，放下课本，双手撑在讲台上，表情严肃地说："和大家说一声，过几天进行正式的第一次月考。"

话音刚落，底下一片喧哗。

周杭歪靠在座位上："老师，这月考时间决定得那么突然，我都没时间复习呀。"

他咧着嘴在笑，明显口是心非。

谷泽一手抓着桌沿，头伸到周杭那边："杭哥，啥事都不突然，你再来个倒数第一就是完美！"

"滚——"周杭笑着一脚踹在他的桌角上。

班主任看了一眼周杭和谷泽，压着气，移开视线。

"希望大家都能在最后这段时间好好复习，争取考出好成绩……"每次月考前，老师例行官方发言。

云诉昨晚没睡好，梦游般地听着班主任的话，双手一摊，整个人趴在桌面上。

下巴抵着课桌，被硌得有些疼，她吸了吸鼻子，头一转。

扭头的瞬间，云诉撞上了于觉的视线。他像是刚睡醒，乌黑的双眼带着点儿雾气。两人同时一怔。

于觉笑了笑，靠过来，慢条斯理地拖着腔调说："小云朵露出马脚来了，眼神太明显了。"

云诉白了他一眼："要点儿脸吧你。"

于觉不怒反笑，身体往后退，站起来，若无其事地说："我去上厕所。"

云诉不客气地道："赶紧走。"

早晨沉闷闷的，不知不觉就过去了两节课。

云诉坐在座位上，伸手往衣兜里一摸，掏啊掏，掏了好久，微皱着眉头，有点儿不爽。

她转身拿过书包放在大腿上，拉开拉链开始翻。

于觉感冒了，有越来越严重的趋势，脑袋昏沉沉的，没怎么睡着。云诉找东西的动静有些大，他睁眼，沉声问她："找什么东西？"

云诉没抬头，手还在书包里找，回答："没什么，想吃糖了。奇怪，我明明记得还有两颗巧克力的。"

"叮——"的一声，上课铃声响起。

云诉叹气，把书包放好："算了，不吃了。"

高老头儿拿着课本已经走进了教室，于觉猛地起身，径直往外走。

高老头儿一下子反应过来，瞪圆了眼睛，尖着嗓子冲外面喊："于觉，你去哪儿？没听到上课铃响了吗？！"

于觉留下一句"老师，我有急事要出去一下"，就走出教室，任由高老头儿在身后骂。

班里鸦雀无声，没一个人敢说话。

周杭和谷泽默契地对视了一眼。

周杭碰了一下柴斯瑶的肩。

没一会儿，周杭忽然起身，大声喊："老师，我内急，要去上厕所！"

谷泽跳起来："老师，我也特别急，要尿裤子了。"

说完，不管高老头儿批没批准，两兄弟抬步就走。

高老头儿拿着课本抬手用力一扔，淡绿色的课本带着风飞越整间教室，可怜兮兮地在第3组最后边的墙脚叫着委屈。

高老头儿再次飙高音："你们这些7班的学生，眼中还有没有老师？下课不去上厕所，上课时间一到就去，厕所里面是有烤鸭还是烤乳猪？一个个抢着去，闻不到那香味，空虚寂寞冷是吗？"

周杭和谷泽两人一路跑到1楼。周杭拿出手机给于觉打电话，铃声响了很久于觉才接起来。

"觉哥，你干吗去了？"因为小跑，周杭呼吸有些急促。

于觉把钱递给阿姨，道了声谢，转身往回走："买点儿东西。"

"什么？我怎么有点儿听不懂？咦，不是，你干吗非要挑上课时间去买，高老头儿很生气，我和谷泽都跑出来找你了。"说完，周杭烦躁地摸了摸后脑勺，"你快点儿回来啊。"

于觉不回答，直接挂断了电话。

教室里，柴斯瑶转身和云诉说："于觉都感冒成那样了，这是要去干吗？"

云诉没吃到糖，心里的小怪兽在作祟，叹气："不知道啊。"

她本来想着，他感冒了肯定难受，她明明记着还有两颗巧克力的，正好一人一颗。

柴斯瑶还想说些什么，班里忽然响起一阵窃窃私语声。她眼神一移，瞟到于觉就站在教室后门。

他将手插在衣兜里，唇色白得有些不自然，哑声叫了句："报告。"

他身后的周杭和谷泽也屁颠屁颠地打了报告，还不忘朝于觉的后脑勺一直翻白眼。

高老头儿拿着课本正好讲到这节课的重点，瞪了他们好久，没好气地说："烤鸭和烤乳猪吃完了？刚才你看都不看我一眼，现在一声'报告'就想了事？"

于觉不作声。

周杭歪靠在墙上，嬉皮笑脸地说："老师，那您想让我们看您几眼？看完直接放我们进去行不行？"

他口无遮拦，一点儿都没有做错事的自觉。

班里一瞬间落针可闻，紧接着便是笑声。

热闹一瞬间的结局就是有人挨了高老头儿的"毛巾炸弹"，于觉三个人全都在教室外面罚站。

只是于觉自由自在习惯了，趁高老头儿转身在白板上写字，直接走进教室，坐下，手往抽屉里一伸，拿出了化学课本。

云诉歪头，移过去了一点儿，低声问："你不怕高老头儿罚你更重吗？"

于觉把课本放在课桌上，将右手从衣兜里拿出来，悄无声息地伸进她的校服口袋里，眼角溢出笑意："还好，不是很怕。"

云诉愣住了，打心里佩服他。

耳边依稀有同学们的议论声，高老头儿扶了扶他的老花镜，发现于觉就在座位上，怒吼："于觉，我允许你进来了吗？"

　　于觉站起来，走了两步，步子一缓，侧头看了高老头儿一眼，犹豫了三秒钟，抬脚，也拿了周杭和谷泽的化学课本，一本正经地扬起手中的书："老师，好好学习，天天向上，我们在外面听课。"

　　高老头儿、云诉和其他人皆是惊讶，心想：那你倒是拿上笔呀！

　　云诉的手一直放在于觉碰过的口袋里，紧紧攥着，没拿出来，她知道，于觉给她的是巧克力。她忍不住舔了舔嘴唇，慢吞吞地将手拿出来，垂下眼睫，摊开手——粉色的包装纸，草莓味的。

　　云诉猝不及防地呼吸一紧，心猛地一颤。

　　云诉侧头，远远地看着教室外的人，阳光明媚的早晨，少年垂着脑袋，逆着光。有风轻轻吹过，将他额前的发丝悄悄牵动。

　　于觉把东西给了云诉，难得老实地走到教室外面罚站，把手中的书扔给周杭，侧头咳了一声："罚站并不影响我们好好听课。"

　　周杭、谷泽惊得哑口无言。

　　借口，都是借口，于觉只是想让他们陪着他罚站而已。

　　周杭恶狠狠地把课本往地板上一扔，转头咬牙对谷泽说："谷泽，我可以把他揍一顿不？真的是要气死我了。"

　　谷泽点头："前提是你揍得过他。"

　　周杭伸手挽起两边衣袖："我真的是无语了，我俩还傻了吧唧地逃出来，生怕他出什么事，结果他就只是去给云诉买巧克力。你快捶我两下，我是不是还没睡醒？"

　　两兄弟抱怨得极其愤恨，于觉淡淡地看了一眼讲台，把课本翻到第32页，对两人的抱怨充耳不闻。

　　忽然，察觉到她的目光，他抬眼，嘴角无意识地轻扬，微微侧头。

讲台上，高老头儿在布置课后作业："今天的作业是练习册第40页和第49页。"

最后一节是体育课，同学们三三两两地结伴去操场上集合，教室里没几个人了。

头顶上大大的吊扇还在转着，带起阵阵凉风。

云诉放下笔，把东西贴在于觉桌上。

罚站了一节课，回到座位上，他又开始睡觉。

教室后门，柴斯瑶扶着墙探出脑袋："小云朵，快点儿了，要迟到了。"

"马上。"云诉回答。

云诉收回目光，起身走到第1组最后一桌，按下风扇开关，带上门。

于觉其实没怎么睡，但头晕得厉害，迷糊中耳边"唰唰"的嘈杂声好像没有了，这才睡得好些。

太阳当空，带过风，树叶在不远处"簌簌"直响。

全班人例行排队集合，报人数，队伍按高矮排序，共5排，男生2排，女生3排。

体育老师背着手站在队伍前面，说："怎么少了一个？"

李扬喊："报告老师，于觉身体不舒服，想请假！"

体育老师拧着眉："那他不会自己来和我请假？再有下次，他就不要再来上我的课了。"

体育老师象征性地训了一下，让他们绕操场跑3圈，就放他们自由活动了。

教学楼里，其他班都在上课，有"琅琅"的读书声。

云诉提着个袋子，走到3楼，拐弯，轻轻地推开门。

窗外蝉鸣，有些清风，有缕阳光偷了懒，爬到于觉脸上。

云诉走到窗边，把窗帘拉好，把袋子放在桌上，坐下。

她抬手轻轻地推了推他："于觉。"

于觉没动一分，睡得有些死。

云诉伸手摸了摸他的额头，指尖触到的皮肤烫得吓人。

她蹙眉，更用力地推了推他："于觉，你先起来，你发烧了。"

于觉脑袋昏昏沉沉的，恍惚地睁开眼。云诉一只手还在他的额头上，另一只手摸着自己的额头，在比较温度。

他闭着眼，声音沉下去，睡意浓浓："我没事。"

云诉把袋子里的东西一个个地拿出来——矿泉水、退烧药。

她轻声说："我去医务室拿了药，吃下应该会舒服一些。"

于觉掀了掀眼皮："我等会儿再吃好不好？"

说完，他转头咳了几声。

云诉拉过他的手，倒了颗药在他的手心："废话那么多，现在就吃。"

说完，云诉拧开矿泉水，递给他。

于觉看了她一眼，笑了，仰头把药吞下，明明因为感冒发烧难受得要死，心里却酥酥麻麻的，仿若甜到了骨子里。

目光所及，只有云诉，于觉问："他们人呢？"

她说："这节是体育课。"

"你逃课了？"于觉歪靠在墙上，眉峰微挑。

云诉白了他一眼："于同学，关心同学是我的本能。"看他脸色好像恢复了些，她起身，"那你继续睡吧，我回去上课了。"

她的脚步声渐渐远去。

云诉已经走了，于觉从一直看着的后门的方向上移开视线，看到桌上的便利贴，嘴角根本就控制不住地上扬。

淡蓝色的便利贴上，少女工工整整地用小楷写着："下周回来月考。"

云诉并不是第一次这样做，每次他醒来都会看到那么一张小小的长方形字条。

"化学作业是课本第 32 页第 5、6、7 题。"

"英语作业是试卷，我放你抽屉里了。"

…………

于觉拿起那张细细小小的字条，夹进了笔记本里。

第六章

诉爷得挺同桌

云诉走到一楼，突然下腹一紧，有点儿内急，快速地钻进了旁边的卫生间。她还没完全踏进去，里面传来很大的声音："你是哑巴吗？嘴巴张不开是吗？我在问你话，你快点儿告诉我，你把那天那女的约出来了没有？"

这是熟悉的声音。

云诉听出来了，这个女生是金颂柠。

那天云诉听程岚倾说了点儿她的历史，无非就是叛逆少女很爱欺负人，却出乎意料地被云诉教训了一顿，她估计早就想找云诉报复了。

云诉抬手碰了碰嘴角，笑出了声，真是有人每天都在惹事。

她走进去，歪着脑袋，整个人看起来懒懒散散的："听说你想约我？"

此时米雨思微微张着嘴，模样楚楚可怜。

云诉眯了眯眼。

金颂柠身后有五六个女生，都不是陌生的面孔，云诉有点儿印象。

米雨思看到云诉，睁大眼睛，不知哪儿来的力气，突然伸手推开金颂柠。

此时金颂柠和那几个女生都在张着嘴转头看云诉，没反应过来，一不留神被米雨思推得一个趔趄，后退好几步才站稳。

米雨思跑到云诉身前，拉着云诉就要往外跑。她哭起来，声音哽咽，浑身发抖："你……快走！"

金颂柠此时已经回过神来，根本不可能就这么让她们走了。

金颂柠趾高气扬，抱着手臂走过来看着云诉，用阴阳怪气的语调说："别呀，人都已经来了。我们早就想约你了，可是我们班学习委员太没用，连约个人都不敢"。

米雨思还在扯着云诉的手，眼泪根本没办法止住，泪腺像坏掉的水龙头似的，颤着声说："你快点儿走。你不能被她们欺负。"

云诉叹了口气，安抚似的拍拍她的手："没事，谁也欺负不了我的，以后也不会再有人欺负你了。"

米雨思抬起头来，死死地咬着嘴唇，鼻子哭得通红通红的，简直就是个小可怜。

云诉把米雨思往身后拉了拉，唇角一勾，眉眼嚣张地鄙视着金颂柠，余光瞥到洗手台下有一只淡蓝色的桶，里面装了半桶水，是刚刚金颂柠的姐妹们接好的。

"我觉得吧，事情闹大了不太好，我也不想在学校里出名，简单点儿解决。"云诉轻描淡写地说。

金颂柠挑着眉："本来呀，我就是想简单点儿解决，你给我道个歉！"

厕所门口三三两两地进来几个女生，呆愣地看着她们。

云诉用舌尖抵了抵牙关，笑了笑，声音沉下去："可以啊，这个简单。"

金颂柠神色略微惊讶，以为云诉是被吓傻了。

金颂柠身子微微后倾，笑声放肆，肩膀抖得有些夸张："你也会怕呀？我看你上次不是挺横的吗？"

云诉没回答，眼睛死死地盯着那半桶水，发呆似的："是你泼的水？"

一个穿着阔腿牛仔裤的女生冲上前，表情尤其自信，瞪大眼骄傲地说："我泼的，怎么……"

她的话还没说完，等米雨思反应过来的时候，云诉已经拿起那只桶，高高举起，"哗啦啦"的流水声响起，那半桶水从穿阔腿牛仔裤的女生的头上垂直淋下。

而后那只桶被云诉轻轻地放在地上——桶可是无辜的，要温柔体贴。

她稍稍偏过头，眸色阴沉，冷冷地看着那个女生在原地跳脚和尖叫。

金颂柠从小到大横习惯了，从没有人对她动过手，和她关系好的女生也不会被欺负。如今云诉使出这一手，她好几秒钟才回过神。她人长得倒是挺漂亮的，和云诉差不多高，脖子上戴着一条字母吊坠的项链，可浑身的叛逆气质怎么也遮掩不住。

金颂柠瞪大了眼，表情极其扭曲，把穿阔腿牛仔裤的女生往旁边一扯，厉声说："你胆子也太大了吧？竟然敢动我的人？欠揍是吗？"

云诉垂眼，笑吟吟地抬头，眼睛弯弯的，带着冷意："你得有那个本事才行。"

金颂柠的愤怒又上升了一个等级，她在心里已经把云诉暴打一顿了。

卫生间外有吵吵闹闹的声音，不知是谁通风报信："老师来了！"

云诉吐了口气，说："这桶水我先还给你，剩下的，慢——慢——还！"

说完，云诉没管金颂柠一行人答应没答应，转身拉着米雨思就往外走。

现在还没放学，加上米雨思全身都湿透了，云诉带着她回宿舍换衣服。

宿舍卫生间里，米雨思脱下湿掉的衣服，抬手擦了擦眼角还没能止住的泪水，说："云诉，都是我不好，等会儿你一定不要去，金颂柠她们认识很多不太好的人，我害怕你会出事。"

门外静悄悄的，没人回应。

下课铃已经打响，女生宿舍楼里逐渐传来笑声。

米雨思套上衣服，推开门："云诉？"

四人住的宿舍里，只有她一人。

米雨思心里"咯噔"一下，手上湿漉漉的衣服落地，立马跑出去。

上午放学，校门口聚集着成群的学生，云诉一个人走出去，抬眼就看到靠在路灯杆下的金颂柠和她的姐妹们——穿阔腿牛仔裤的女生没在，估计回去换衣服了。

云诉走过去，轻快地说："怕我跑了呀？放心，我对收拾你们这些小混混是很有兴趣的，"她唇角一勾，"半点儿'马虎眼'都打不得。"

金颂柠身后穿粉色T恤的女生仿佛被踩到了尾巴，抬步要上前。

金颂柠伸手拦下她。

她们朝着右边一直走，拐进一条小巷，就停在陈雨兴家门前那一片大大的空地上。样式独特的书店招牌依旧很亮眼。

云诉走近了才看到那块空地上还站着两个人——短发，男生。

那两个男生正蹲在墙角，低着头。她看不清他们的长相，但能看出他们很高。

金颂柠和那几个女生跑过去，低着头和他们说话。

云诉笑了：原来救兵不止两三个姐妹，还有壮汉呀，怪不得金颂柠那么趾高气扬。

他们说了几句话，那两个男生抬头，站起来朝云诉这边看过来，眯了眯眼。

云诉一看清那两人，嘴角咧开了。

这世界还真是小，叶明非和那天劝架的自然卷男生——唉，缘分来得太快，挡都挡不住。

云诉非常亲切地"关心"同校同学，表情似高老头儿一样和蔼又真诚："恢复得不错，继续加油，二中永远欢迎你。"

叶明非被激得怒极而笑了，骨子里仅剩的那点儿"绅士风度"似乎随风而逝，有点儿想揍云诉了。他听说金颂柠被欺负，被叫来撑场子，本来就想吓吓小姑娘。

叶明非伸着头，往云诉跟前凑近了一点儿："小姐姐，刚才金颂柠已经把话挑明了，干脆利落点儿，早点儿完事，大家好聚好散，嗯？"

"好的，没问题，但我得先说件事，今天过后，你们几个，我谁都不认识。"云诉看着叶明非，往后退了一点儿，"当然，你们也从来都不认识我，明白？"

安静了几秒钟，金颂柠理解了她的意思，笑得更放肆了，看着她，点头："可以。"

这件事过了今天翻篇儿就翻篇儿——她认定了云诉今天会很惨。

反正叶明非在这里，云诉再怎么厉害，也没有了优势。她毫不怀疑云诉今天会给她道歉。

云诉抬手，比了个"OK"的手势举到眼前，眼角微挑，闭起一只眼，轻轻说了一句话："你们是一个一个地上，还是一起上？"

云诉走后，于觉又昏昏沉沉地睡了一会儿。

于觉醒来的时候，手机正在抽屉里响。他眼睛都没睁开，懒洋洋地把手往抽屉里一伸，拿出手机放在耳边，没说话。

程岚倾声音很激动："觉哥，你同桌呢？你还关不关心你同桌了？"

于觉打了个哈欠。吃了药，他好多了，一时间还有点儿没理解程岚倾的意思。

程岚倾握着手机低头看了看身边站着的米雨思。小姑娘紧紧皱着眉头，很担心云诉，死死地咬着唇。

"云诉刚才被金颂柠堵在厕所里面，说是放学要在学校后面见面，现在怕是已经在那边了。叶明非也在。"

于觉一怔，瞌睡虫瞬间没了，猛地睁眼，起身，"砰"的一声，椅子往后倒在地上。

于觉看都没看椅子一眼，拿着手机就往外走："你们在哪儿？"

程岚倾"叽里呱啦"地说了地址。

"程岚倾，看好云诉，你可以受伤，但别让她受伤。"于觉说完迅速挂掉电话。

程岚倾本来还沉浸在替云诉着急的阶段，被于觉那句"你可以受伤"给说蒙了，张了张嘴，一个音都没能发出——于觉是什么意思，大家同学一场，能这样差别对待？

于觉是 5 分钟后到的。

放学高峰期，教学楼前人多得要命，程岚倾转着脑袋等着，一分一秒都很煎熬。

于觉走到程岚倾身边，没注意到他身边站着的米雨思，着急地说："走。"

米雨思小跑着跟上他们的步伐，视线怎么都没法从于觉的脑袋上移开。

出了校门，程岚倾赶紧伸手拉住他，往相反的方向指："觉哥，这边，陈雨兴家。"

于觉顿了一会儿，往那个方向走得更快了。

走了两三步，米雨思微微张着嘴，指了指于觉的脑袋，讶异地说："他……"

程岚倾抬眸，真的忍不住了，"噗"的一声笑出来，而后夸张地蹲在地上拍着地笑，眼泪都笑出来了。

可于觉看都没看他一眼，心里想的只有小丫头。

程岚倾用手背擦过眼角的泪水，蹲在原地，看着于觉睡得有些乱的头发。几撮毛正立在于觉的头顶，于觉一直戴在手腕上的小皮筋就绑着那几撮毛，他的左脸因为被长时间压着，有很深的痕迹，但这些丝毫遮掩不了于觉的帅气。程岚倾不用想都知道这是谁干的。

米雨思停在原地，看看于觉，又看看程岚倾，不知道该跟在谁身后。

她之前从宿舍里跑出来，莽莽撞撞的，清楚自己帮不了云诉，就想着去云诉班里找人求助。在教学楼下，她碰到了要去吃饭的程岚倾。

程岚倾站起身，抬手将食指抵在唇上，对米雨思说："别说。"

他大步跑上前，跟上于觉，并不提头发的事情："觉哥，你这一副没睡醒的样子，救得了你同桌吗？"

他分明就是故意的。

这个时间，程岚倾还很有调笑的兴致。

于觉看了他一眼，一言不发。

程岚倾自娱自乐："觉哥，真决定了？"

程岚倾眼睛炯炯有神地直盯着于觉的发顶。

于觉懒得理他，走得更快，快到程岚倾都小跑起来了。米雨思跑得大口喘气才勉强跟得上他们。拐了个弯，三人看到了云诉和金颂柠那帮人。

云诉背对着他们，蹲在叶明非面前，笑道："今天小姐姐我就教教你们怎么做个好学生。"

云诉松开手，撑着膝盖站起来，两手一揣兜，歪着脑袋和金颂柠说话："小姑娘，以后你再惹上什么事，就不要叫上他了。"她摇了摇头，"他不太行。"

程岚倾下意识地将视线往于觉的方向投去，看了看他的脸色，嘴角垮下来，颤声说："以后你可别再惹云诉了，这小姑娘太厉害了！还有……你惹她的时候可千万别带上我。"

于觉转头看了程岚倾一眼，面无表情，没有说话。

程岚倾往后退了两步，夸张地说："觉哥，我是认真的，千万别以为我在开玩笑。"

于觉继续不说话。

云诉叹了口气："真可惜，我们的雨思小朋友没来。"视线上移，她突然灵机一动，"要不我们给她录个小视频吧，还是你们现在亲自去给她道歉？"

金颂柠垂着脑袋，红了眼。

忽然，程岚倾的手机响起，云诉一怔，转头朝声源方向看，看到来人，扬了扬眉。

于觉三人就站在他们不远处，与他们几步路的距离。

程岚倾拿出手机，看都没看一眼，直接挂断。

于觉黑眸深沉，脸上没什么表情。

于觉已经走到她身后。云诉朝于觉笑了一下，对叶明非说："正好，小视频不用录了。金颂柠给我朋友道歉，叶明非也得给我同桌道歉。""家养小奶猫"眼睛弯弯的，"诉爷得挺同桌！"

天空透蓝，阳光明媚。

米雨思说要去学校门口的小超市里买东西。云诉和于觉走在后面。

程岚倾看着她，张了张嘴："云诉，你真的太飒了！改天我们切磋一下？"

于觉看了他一眼。程岚倾老实地在嘴上做了个拉拉链的动作。

云诉笑了笑，垂眼，抓住于觉的手。

于觉一顿，抬脚的动作下意识地停下，侧头看她。

一阵风吹过，蝉鸣声不绝于耳，空气中有栀子花的味道。

小丫头抬起细白的手腕，微微踮起脚尖，然后，于觉额上突然一热。

"好像已经退烧了。"云诉歪着脑袋对他说，"还难受吗？有没有好点儿？"

程岚倾目不转睛地盯着两人看。

于觉没想到她会有这番动作，一愣，几秒钟后才反应过来，压着声音说："嗯，好多了。"

忽然，她抬起手，踮起脚尖，猛地抓住于觉头顶的小鬏鬏，歪头笑得不行，道："于觉，你就顶着这发型来的呀？"

于觉整个人一僵。他现在真的是，对她一点儿辙都没有了。

她给他送药之后，他趴在桌上还没睡着时，隐隐约约察觉有人在靠近，带着点儿淡淡的花香。

醒来后，他拿着电话什么都顾不上，一路跑过来，就顶着这个"苹果头"。

云诉终于在现实中而不是梦里见到了扎"苹果头"的于觉。

云诉放下手，退开，捂嘴打了个哈欠，不逗他了，眼睛红红地道："我困了，先回教室了。"

程岚倾依旧在每天下午最后一节课准时出现在篮球场上。

他拿着纸和笔飞奔过来，模样非常另类，一屁股坐在周杭身边："兄弟们，我和你们说件事。"

陈雨兴脚下踩着一块黑白滑板，长腿一屈，两手张开一跃，滑板在空中转了两圈，"砰"的一声，回到地上，滑到他们面前。

程岚倾把笔和纸放在一边，伸手把陈雨兴从滑板上推下去，自己一屁股坐在上面，兴致勃勃地说："今天你们错过了一场好戏！云诉今天在那里的样子真的太帅了！一想到叶明非倒在地上的样子，我就笑得不行。"

周杭侧着身子扬眉："云诉比觉哥还酷？"

程岚倾踢了他一脚："废话。我刚刚去逛了会儿十三中的贴吧，就是云诉之前的学校。你们猜，十三中的'校霸'是谁？"

还没等人回答，他就自己公布答案了。程岚倾无比激动地拍了一下周杭的后脑勺："就是云诉啊！太牛了！我还从上面下载了一张图，是云诉上课睡觉被人偷拍的。"

谷泽伸手，双手在程岚倾身上摸了个遍。

程岚倾拍开他的手："乱摸什么？别动手动脚的，文明点儿。"

"就我俩的交情，你还提文明？手机呢？拿出来，看看云诉。"

谷泽反驳。

"等会儿，我们先办正事。"程岚倾抓起一边的笔和纸。

周杭伸手抢过纸笔，坏笑着吐槽："程哥，云诉霸气侧漏，你拿这东西来干啥？不符合你学渣的气质呀。"

程岚倾一步跨上前，将纸笔拿回来："给觉哥写遗书呀，内容我都想好了。"

陈雨兴、周杭、谷泽皆是惊讶不已。

陈雨兴笑着说："可惜觉哥已经回去了，不然你想怎么'死'，我还可以帮帮你。"

周杭也站起来，拿过那张纸，认真地思考了一下："反正于觉现在不在，来来来，兄弟们对遗书有什么想法？"

"快点儿，都动起脑来。"程岚倾顿了顿，看着周杭认真写字的样子，一点儿都不顺眼，抓过笔和纸："我来写。说真的，杭哥你那张年级倒数第一的脸，拿着笔的模样我真看不下去。"

周杭"啧"了一声，伸手扯住他的衣服下摆往上一拽，将他的脑袋罩在衣服里边，用力往外一推，一脚结实地踹在他的屁股上："你这倒数第二名还好意思说我？"

于觉走到校门口，伸手往口袋里一摸，空荡荡的——手机还在周杭那儿。他叹了口气，抬脚往回走。

他远远地就听到篮球场上谷泽的咆哮声。

"你们还是不是人？觉哥那么多家产，你们就给我分了个于觉写过的化学全套测试题？"

于觉脚步一顿，满脸不解。

程岚倾拍拍谷泽的肩膀，和蔼地安慰道："你又不是不知道，这封遗书就只是形式。觉哥这变态闭着眼都能把化学考满分，他写过的试卷可是比国宝熊猫还要珍贵，你多仔细研究研究他的做题思路，

155

成绩绝对进步很快。就一句话，你要还是不要？"

谷泽没有说话。

于觉两手插在衣兜里，慢吞吞地走过去，身子微倾，垂眸看了一眼。这几个人围着一张皱得没法看的白纸，上面是黑色水性笔写的歪歪扭扭的字：遗书。

于觉没有说话，视线往下移。

"1. 房子归陈雨兴。

"2. 宾利由程岚倾和周杭共同继承。

"3. 化学全套测试题，必须是谷泽的。"

最后一行："云诉，好同桌，请让我死得美丽一点儿，留个全尸就好。"

落款：于觉。

于觉微微眯起眼，几个人身后的温度瞬间降为零摄氏度。

于觉抬脚。程岚倾正坐着一块长板，是陈雨兴的滑板，于觉用力往前一踢，黑白相间的滑板一下子滑出去好远——带着程岚倾。

三秒钟后，程岚倾一屁股坐在地上，龇牙咧嘴，疼得吼出声来，终于从"遗书"中回神，转头骂起来："疼死我了，你谁啊？是不是有病……觉哥……你不是回家了吗？"

程岚倾真傻了。

于觉看着他，一字一顿，慢悠悠地说："云诉是你同桌？"

下午的时间一晃而过，转眼放学铃声响起。最后一节课，于觉和周杭他们不知去了哪里。

二中的晚自修不是强制性的，所以云诉都是看心情去的。今晚，她不太想去。

装好作业，云诉背着书包离开教室，走到楼梯口。人流拥挤，几个女生就走在云诉身前，手挽着手在聊天。

"你们听说没？这个学期都没人敢给于觉写信了。"

"传闻都已经那样了，谁还敢写呀？"

"想当初没有这些传闻的时候，他的课桌里可是堆满了信，结果人家连看都没看一眼，直接扔进垃圾桶里了。"

"听着好没有良心啊，不管怎样他也应该看看，太让人伤心了。"说这话的女生语气很是愤愤不平。

"我觉得也不一定是这样。如果他本来就不喜欢这样，成天被人烦，肯定不爽啊。"

几个人安静了好几秒钟，其中一个人像是顿悟了一般："说得也有道理，还好我没把我的那封交出去。"

云诉随着人流走到一楼，那些讨论的声音越来越小。

云诉不紧不慢地走出教学楼，嘴角扬着，心想：原来于觉是用这招儿来清理他防不胜防的桃花运的啊。

自从"大魔王"知道他俩是邻居后，每天早上7点钟准时打开家门，风雨无阻地跟着云诉一起走来学校，放学也和她一起回去。

今天难得地没见他的人影，云诉掏出手机，给他发了一条微信："我先回家了。"

一直到出了校门，拐进小巷，云诉都还在想着他们的关系未来的发展趋势。

正出着神，突然，耳边传来小小的谩骂声，云诉心一紧，停下脚步认真地听了听。那些声音有些青涩，有点儿像小学生的声音。

云诉循着声音，转了个弯，抬手摸了摸鼻尖。

角落里，几个长得不算很高、看上去五六年级的小孩儿，正低头坏笑着，围住墙角，一脚又一脚地踹着什么人。墙角的地上坐着一个小男孩儿，看着很小很小。

离得远，云诉看不清小男孩儿的五官，只看到小男孩儿咬牙死死地抱着书包不放手，圆圆的大眼睛瞪着那几个大点儿的孩子。

其中最高的那个男孩儿说："小朋友，你早交钱出来不就没事了，非逼着我们动手。"

说完，他又重重地踹了小男孩儿一脚。

云诉磨了磨牙：她今天怎么净遇到智障，还一个比一个欠收拾？

她快步走上前，扯着那最大的男孩儿的衣领往外拉，蹲下身，和地上的小男孩儿对视："不怕，没事的。"

小男孩儿眼睛又大又圆，嘴角有些青，嘴唇被咬得没有一丝血色，看着云诉没说话。

她叹了口气，扶着小男孩儿的肩把他拉起来，拍拍他身上的灰，垂眼看到他红肿的、渗着血的膝盖，用舌尖舔了舔嘴角。

那几个大男孩儿终于反应过来，在云诉身后叫嚣："阿姨，你多管什么闲事？"

云诉转身，笑了出来。

几个男孩儿都没发育成熟，身高堪堪到她胸前。

"阿姨？"云诉眉峰微挑。

最高的那个男孩儿一看云诉如此高挑，有些害怕，颤着声往后退："我大人不记小人过，今天就先放过你们。"

说完，他转身一溜烟儿地跑了。另外几个男孩儿一看老大跑了，相互对视三秒钟，也开始跑。

云诉吐了口气——现在的小孩子真是不让人省心。她转身，蹲在小男孩儿面前，软着声音说："姐姐请你吃冰激凌好不好？"

小男孩儿猛地抬头，眼睛一闪一闪的，好看极了，估计长大了得和于觉一样收信收到手软。

云诉笑了笑，拿过他的书包帮他好好地背在身后，转身，伸手钩住小男孩儿的腿，起身，把人抱起来。小男孩儿很轻，云诉抱起来完全不费力。

于扬扬怕摔下去，赶紧伸手环在云诉颈间。

云诉抱着人，一路都在说话，可于扬扬只偶尔回她几句。她并没有失落，说得很是起劲。

从这边走再拐两个弯就到云诉家了，所以，云诉抱着于扬扬来到楼下小小的便利店前。

把他放在店外边的长椅上，云诉进店买了两个冰激凌，撕开其中一个的包装递给他，嘴角一勾："吃吧。"

于扬扬看着那个冰激凌有些犹豫。云诉伸手就将冰激凌塞进他的嘴里，然后坐在一边，撕开另一个的包装纸也开始吃。没人说话。

于扬扬慢吞吞地一点点地吃着自己的冰激凌。

云诉没故意问他刚才那些事，反而自顾自地说起了自己转学来这边的事情。

半晌，云诉用脚轻轻地碰了碰于扬扬悬在半空的腿："小朋友，吃了我的东西，就要回答我的问题哟。"

于扬扬抬头看她，又咬了一口冰激凌。

"你叫什么？"云诉笑着问。

"于扬扬。"

"我叫云诉。"云诉吃掉最后一口冰激凌，起身想去扔垃圾，余光看到他的膝盖，蹙眉。

"你等我一下。"她抬脚过了马路，拐了个弯，不见了人影。

没一会儿，云诉就回来了，手上拎着个袋子，上面写着"老百姓药店"。

云诉蹲在于扬扬面前，把袋子放在长椅上，拿出药和棉签，抬头对他说："可能会有一点儿疼，可以忍吗？"

下午最后一节课是自习课，于觉被周杭拉着去了篮球场，打了两场球。退烧药的后劲有些强，他直犯困，就请假回了家。

睡了没多久醒来，他声音哑得厉害。他下楼想买点儿东西，没想到会遇见云诉，更看到了一个意料之外的小家伙。

云诉蹲在那儿，怕于扬扬疼，就只拿着蘸了药的棉签碰了碰伤口，碰一下抬头看他一下。

小朋友眼睛红红的，眼泪在眼眶里转了好几个圈，硬气地就是没流下泪来。

等到她擦完药，已经过去了 15 分钟。

云诉把药瓶拧好，余光扫到有人走过来。那人走到她身边，停下来。

她听到于扬扬叫了一声"哥哥"。

她侧了侧脑袋，抬起头——于觉站在长椅前，正垂眼看她。

云诉转头看向于扬扬，张了张嘴："你哥？"

于扬扬乖乖地点了点头。

云诉站起来，挑了下眉，睫毛一颤一颤的："觉哥，你该怎么报答我救你弟的这份恩情啊？"

于觉看着她，笑了笑，两手还揣在兜里，突然倾身凑过来，脸靠得很近："你想我怎么报答？"

他今天下午一直没怎么开口，加上感冒发烧，声音沙哑。

云诉沉默了几秒钟。

于扬扬被忽视了，努力找存在感："哥哥，你认识这个姐姐吗？"

闻言，于觉轻笑出声，直起身看着他，表情没了上一秒的漫不经心，没有回答他的问题，有些严肃地问："和爸爸说了？"

于扬扬瞬间低下头，咬着唇没说话。

云诉心想：他倒是否认啊——虽然在一个小屁孩儿面前说这些也没用。

下午6：30，电梯里，于觉背着于扬扬，云诉按了楼层按键，一时间没人说话。

于扬扬将下巴搁在于觉的肩上，看着云诉："我想和哥哥姐姐一起住，不想回家了。"

这可不行。

于觉深吸一口气："于扬扬小朋友，好好待着，再说话我就把你送回去。"

于扬扬和家里人闹了点儿小脾气，放学自己跑来找于觉。于扬扬嘟着嘴，在于觉耳边哼了一声。

云诉没忍住笑出声来，一副好姐姐、好学生的样子劝导小朋友，纯属故意调侃："小朋友，他不要你我要你。"

于觉往前走了一步："云诉，把我也领回家吧。"

云诉瞪了他一眼："说话注意点儿。"

"我说话怎么就不注意了？"于觉乐了。

晚上8点钟，云诉正好写完英语试卷，放下笔，直起腰靠在沙发上，伸了个懒腰。肚子在叫，她正想去煮碗泡面，门铃响了。云诉一顿，没想明白这个时间能有谁来找她，推开门，两个人一大一小，一高一矮，站在她家门前。

于觉看着她，脸上的表情很麻木。

云诉倒是没注意到他的表情，垂眼看着于扬扬："小朋友，怎么了？"

于扬扬笑着，小酒窝显在脸上，天真又无邪，估计已经从今天下午的事中缓过来了："姐姐，可以一起吃饭吗？我们订了好多好吃的。"

云诉扬眉，实在无法拒绝小孩子的好意。

两人一进云诉家里，她就去冰箱前拿东西，很热情地问："小朋友，你要吃慕斯吗？"

从头到尾，她没看过于觉一眼。

"吃。"于扬扬跟在云诉身后，眼睛发光地看着她手上的慕斯。

云诉拿了勺子，牵着于扬扬坐在地垫上，没注意到于觉还站在玄关，周围的气压很低。

于扬扬吃得很快，没几口就把慕斯吃完了，抬眼看到云诉拿着手机在发消息，也拿出自己的手机："姐姐你在干什么？"

云诉发好消息，抬眼看到于扬扬脸上沾着点儿慕斯，伸手给他揩掉。

于觉就靠在墙上，看着云诉纤长白皙的手指滑过小孩儿的脸颊。

然后，他的堂弟微微倾身，小小的脑袋时不时地靠在她的手臂上："姐姐你身上好香。"

闻言，云诉低头下意识地闻了闻："可能是沐浴露的味道吧。"

"姐姐你长得好漂亮！"

云诉"噗"的一声笑出来："谢谢。"

"于扬扬。"于觉这一声像是压着火气。

云诉和于扬扬两人都猛地一惊，抬头看着他。

于觉走过来，脚踏上地垫，弯腰，伸手把于扬扬往远离云诉的方向挪了挪，自己坐在云诉和于扬扬中间，转头一本正经地教育小朋友："男女授受不亲，男生不应该离女生那么近，更不能碰到女生。"

云诉转着眼珠看他："那你离我那么近干啥？"

于觉没理她。

于扬扬没敢反驳，嘟着嘴在那儿玩手机。

云诉觉着他今天可能是因为感冒太难受了心情不太爽，也就没放在心上。

然后，三个人就开始自己玩自己的手机。

没过几分钟，付银宇打了视频电话过来。云诉刚接通，付银宇大大咧咧的声音就传了出来。

"诉爷，小的给你请安了。"

于觉正打着字的手指一顿，抬眼。

云诉给了付银宇一个白眼："你是闲得慌还是怎么的，三天两头给我打电话？"

她边说边用东西把手机架在桌子上。

付银宇的父亲和肖年在同一单位，一起调动到别的地方，付银宇已经跟着转学过去了，这边就只剩下云诉和肖绪。

这下，于觉看清了手机那边的人——一个很帅的男生，皮肤白白的，嘴巴一直在不停地说，很能聊。

于觉觉得，如果今早他的体温有 38 摄氏度，现在估计得有 45 摄氏度。

手机上，宋裕新还在催着他回信息，于觉烦躁地把手机扔到桌上，手机发出"啪"的一声响。

云诉抬头看了他一眼，没看明白，继续转头和付银宇聊天。

镜头就对着云诉，付银宇没看到她那边的情况，有点儿好奇："刚才是什么在响？"

云诉伸手拿了个橘子，一点点地剥开，放进嘴里："没事。你最近过得怎么样，有没有想你诉爷？"

付银宇夸张地比了个手势："废话。你还是赶紧转学过来和我一起吧，不然我真的没救了。一天 24 个小时，我有 28 个小时都在想你。"

"你就胡说八道吧。"云诉脱口而出。

她话说到一半，于觉突然伸手拿走云诉手上的橘子。

云诉侧头，错愕地看了他一眼，嘴里的橘子还没吞下去，心想：这位兄弟今天是不是真把脑子烧坏了？不对劲啊。

虽然屏幕中的手一闪而过，但付银宇还是看出来了，那只手修长消瘦，根本就是男生的手。

他逮到机会，决不能放过。

"诉爷，刚才是谁呀？"付银宇笑着问。

云诉不喜欢有人和她发脾气，而且，她的脾气比任何人的都差。看了于觉好一会儿，她吐了口气，伸手拿了几个橘子，开始一个一个地剥，边剥边盯着于觉看，咬牙道："还吃吗？我都给你剥。"

如果不是看在他生病的分儿上，她才懒得理他呢。

于觉一怔，转头看她。忽然，他觉得自己神经病似的，不知道自己在气什么。他的脑子是不是真的被烧坏了？

云诉面无表情地剥好一个橘子，倾身向他靠近，伸手将橘子递到他手边，不带任何情绪地说："吃吧，赶紧吃。"

于觉觉得她像是在说"死吧，赶紧去死"。

他看着云诉，机械地伸手拿过。等他吃完了一个，云诉又开始面无表情地剥橘子。

两人一直这样，重复着这个过程。吃了十几个橘子，于觉吃不下了，胃里翻江倒海，估计以后看到橘子都想吐了。

云诉面无表情地看着他，问："还吃吗？还是想吃苹果？我给你削。"

她边说边伸手拿苹果。

于觉垂下眼，长长的睫毛颤了颤，倾身靠过来，抬手握住她已经抓着苹果的手，声音沉下去，很有磁性："我下次再也不敢了。"

程岚倾家的店里的外卖是在 5 分钟后送到的，于觉拿着手机走到门口。云诉和付银宇道了别就挂了电话。

她收拾着桌上的东西，于觉把外卖袋子里的东西一点点地摆出来。

这一餐饭，于觉难以下咽，没什么胃口。

云诉和于扬扬两人倒是吃得挺香，隔着他，有一搭没一搭地闲聊着。

于扬扬他爸晚上 10 点钟会来接他回家，他吃得饱饱的就想上厕所。

小朋友去上厕所了，房间里突然安静下来。云诉其实也没把刚才的事放在心上，不想尴尬，歪着头和于觉说话："你今晚睡觉前还是得吃药，万一半夜又烧了就麻烦了。"

于觉扬眉："你真是细心。"

云诉笑了笑："那是。"

第七章

于觉的秘密

第二天，天依旧亮得很早。

早上 7 点钟，云诉背着书包一步一步地跨上楼梯，来到 3 楼，拐了个弯，推开教室后门。

云诉觉得自己今天眼神可能有点儿不好使，平常都是踏着铃声进教室的 90% 的 7 班同学，今天竟然已经来了大半。他们也没像平时那样吵吵闹闹、各显神通，而是埋着头咬着牙，笔尖"唰唰"直响。第一组倒数第二桌的张丹丹同学身上最能体现这种怪异现象。

云诉疑惑地走到座位上坐下——她这一片区域人都还没来。

云诉心里有了答案：这些人正为了月考临时抱佛脚。

她之前的班主任是那种严厉得变态的老师，8 点上课，学生 7 点前必须到教室。但总会有那么一个人想凸显自己和别人不一样，违反了几次要求。班主任忍无可忍，让那人进教导主任办公室上了一星期的课，享受特别的待遇。

相比之下，现在的班主任对大家是真的很松。

云诉从抽屉里拿出英语课本，给牛奶插上吸管，再打开加了香肠的糯米饭，开始一边吃一边默写英语单词。没多久，剩下的人三三两两地进了教室。

谷泽一坐下就伸着头和她说话："云诉，昨天的作业你写完了吗？"

云诉停下笔，转身拉开书包拉链，看着他："要哪科的？"

"化学。"

云诉拿出化学试卷递给他，"咕噜咕噜"地开始喝牛奶，余光看到一个人影。

于觉拉开椅子坐下，把空荡荡的书包放好："我就去买了瓶水，你都不等我。"

不知道他是在跟谁说话。

云诉笑了笑，没说话。

于觉"啧"了一声，放了一根棒棒糖在她的桌上，趴下就开始睡。

铃声打响，开始早读，柴斯瑶还没来。

云诉拿出手机给她发信息，等了两分钟，没有收到回复，伸手拍拍前面周杭的肩膀。

周杭转过身来。

"斯瑶呢？"云诉问。

周杭抬手捂着嘴打了个哈欠，眼泪一闪一闪的："她昨晚发烧了，今天请假。"

云诉挑眉，看了看旁边那颗脑袋："估计是被这人传染了。"

周杭这两天玩得有些疯，晚上没怎么睡觉，困得脑袋都快撑不起来了："可能吧。我睡了。"

他转过身倒下就睡着了。

云诉又给柴斯瑶发了几条信息才收起手机，继续早读。

没过多久，云诉眼前闪过一片阴影，感觉肩膀被人戳了戳。

她转头一看，谷泽的脑袋"咻"地凑过来。

云诉下意识地往旁边一挪："我……"

于觉昨天写试卷一直到夜里一点才停下，本来已经迷迷糊糊地睡着了，忽然背上一暖，传来软绵绵的触感。

他睁开眼，少女细软的发尾蹭在他的肩上，柔软的身体靠在他的背上。

罪魁祸首谷泽同学的嘴巴已经张成了"O"形，他傻愣愣地看着云诉。刚才她刹那间往于觉身上一靠，他觉得，他的眼睛已经瞎了。

云诉一僵，感觉到那道投在她身上的目光，赶紧起身坐好，看着于觉："对不起，我不是故意的。"

她转头，眼神冷冰冰的。

谷泽咽了咽口水，一挪屁股，安分地坐在自己的座位上："不是，我真不是故意的，诉爷你大人不记小人过。"

云诉面无表情，没有说话。

谷泽小心翼翼地看着她的反应："我就是想和你借英语作业。"

云诉白了他一眼，手在抽屉里开始抓，"啪"的一声，将英语作业拍在桌上。

头一扭，立起课本，单手托腮，云诉没再读书。

于觉看着云诉，感觉到自己的心率一下子冲上每分钟120次。

他微仰下巴，不动声色地观察了一下云诉的反应，果然，云诉的耳尖又红了。

第二节课下课，有20分钟的课间休息时间，肖绪让云诉去找他。

她来到高三教学楼，站在肖绪班级的教室外面，没看到肖绪座位上有人。

云诉随便叫住一个正好出教室的女生："你好，请问你知道肖绪去哪儿了吗？"

那女生说："刚才他和宋裕新出去了，应该是去天台了吧。"

二中每栋楼的天台都锁着门，不知道这两人是想什么办法进去的。

云诉将手插在衣兜里，不紧不慢地开始往楼上走。

今天的太阳很热情，风也热情。

宋裕新懒懒地靠在墙上，咬了一口面包。他穿着一件黑色外套，拉链没拉，露出里面T恤的字母图案，干净利落的短发已经被吹成了中分发型，整个人的风格如同乡村风格与非主流风格的结合，还好人长得帅。

肖绪从口袋里拿了一根棒棒糖，撕开包装塞进嘴里。

宋裕新吃完最后一口面包，把包装袋放进衣兜里，感慨道："这妖风吹得真是的。"

他停了几秒钟。

肖绪看着他："什么？"

宋裕新勾唇："吹得我想去厕所。"

肖绪无言以对，心想：真有"文采"！

宋裕新看着他嘴里那根粉粉的草莓味的棒棒糖，忽然说："我也想尝尝。"

肖绪将糖咬在嘴里，手往衣兜里一伸，发现还有一根，抬眸，把糖递给他："给你。"

宋裕新眉峰一挑："我还以为你会说没有呢。"

每次他向肖绪要东西吃，肖绪不是说没有就是说吃完了。

宋裕新把棒棒糖拿在手上，撕开橙色的包装纸，放进嘴里，尝到了甜腻的味道。

天空中飘着云，惬意又悠然，学校的小花园里，花开得正好。

云诉身边走过三三两两的人，他们拿着篮球在地上拍，发出"咚咚"的声响。

云诉小跑在回教室的路上，双手揣在校服口袋里，眼神呆呆地看着地面，脑海里一直徘徊着刚刚的事。

课间的时间本来就不多，她从自己的教室走到肖绪的教室需要花上十分钟的时间，结果他竟然还跑到天台上。她刚爬上楼梯没多久，余光就瞥到了时间，发现还有一分钟就上课了，便没有再继续往上走，匆匆地往楼下跑。

云悠寄了好多东西过来，肖绪让云诉去拿，结果自己都忘掉了这回事——这个人可真能折腾她。

回到教室时，早就打过了上课铃，还偏偏是高老头儿的课，云诉停下脚步，推开教室后门，举起手轻声说："报告。"

教室里的声音戛然而止。此时应该是在小组讨论，好多人正转过身和后桌说话。

高老头儿喝了一口菊花茶，转头看她："干吗去了？"

云诉心想：见我哥那浑蛋去了，虽然没见到。

云诉是想这么回答来着，但做人得低调，心想：万一高老头儿一时上火，让她像于觉一样写1000字的检讨书呢？

云诉眨了眨眼，声音软软地道："对不起老师，我上厕所去了，肚子有点儿不舒服。"

其实高老头儿也没想为难她。云诉是7班难得的好学生，刚来没几天就一举拿下年级第一名，最重要的是他上次把她的试卷弄丢了，心里有愧，就让她回了座位。

云诉回到座位上坐着，看了讲台一眼，拿出课本翻开高老头儿正讲着的那一页。

"不舒服？"于觉忽然出声。

云诉愣了愣，看着他——刚才她坐下的时候他明明还睡着。

少年背靠在墙上，修长的手正慵懒地转着笔，转头看她，以为她又一大早喝可乐闹肚子了。

云诉拿起笔："没，肖绪让我去找他。"她忽然问，"于同学，我问你一个很严肃的问题。"于觉垂眼，伸手把她的练习册打开："你问吧。"

高老头儿正在讲课的兴头上，云诉不想成为焦点，挪着身子向他靠近了一点儿，压低声音说："要月考了，你这样天天睡觉，万一又考砸了怎么办？"

云诉怎么也无法放弃她的同桌。于觉每科都是 58 分，尤其是理综 3 科都是 58 分，分数再多一点儿就能及格了。虽然能感觉他是在刻意压分，但看他平常上课的表现，成绩应该会比这分数好一些，她身为学霸，就是要带着同桌共同进步。

鼻间有淡淡的牛奶和茉莉香混合的味道，是云诉身上的，于觉垂眸，看见几根发丝落在她白净的颈上。

他移开眼，嘴角牵出一抹笑："这么关心我？"

云诉没理他话语里轻佻的调调。

"每次我问你的问题都挺有难度的，但你全都解出来了。你要相信自己一定能摆脱 58 分的魔咒。"云诉认真地给他讲心灵鸡汤。

她想过于觉的问题。于觉写的作业她也看过，从来没有解题过程，就写着最后的答案，还有着出奇的正确率。他上课不是睡觉就是玩手机，很少听课。

她做题时，不会的一般只有最后一道大题。最后的大题通常是最难的，她问一次，于觉就会一次——神奇，真是太神奇了！

于觉认真地听着她的分析，眼睛盯着她，说："如果我说上天忌妒我的才华，就让我会你问的题目，你信吗？"

云诉嗤笑。

于觉眉眼一弯，伸手，单手托腮，低垂眼帘，用可怜兮兮的语调说："小同桌，那你关心得彻底一点儿好不好，让我每天都跟你补习补习？"

上午最后一节课是数学课，老师临时有事请假了，让学生自习。

整节课前面10分钟还好，后面教室里就越来越乱，还有几个男生在后面扎堆，组队玩游戏。

云诉写了一道数学大题，忽然，教室后门被猛地推开，门外那人没掌握好力道，门重重地撞上了墙，好多人的目光被吸引过去。

程岚倾右手抱着篮球，大大咧咧地走进来，停在谷泽后边，用力拍了一下他的后脑勺："谷大爷起床了！别睡了！"

谷泽估计是睡得很沉，被吓得猛地蹦起来，右脸有被课本压出来的一大块红印。

他看到叫他的人是程岚倾，身体又软了下去，重新趴回桌上，嘴里骂着："神经病！"

程岚倾玩世不恭地狠狠抓了一下谷泽的头发，扭头对于觉说："觉哥，打球去？"

于觉拿着手机在刷篮球新闻，闻言抬头说："走吧。"

前面的周杭也自告奋勇地起身："走走走，打球去。"

于觉起身时碰了一下云诉的手腕，她转头看他。

他将手搁在她的肩上，嘴角扯出一点儿痞笑："去看我打球。"

云诉想都没想就摇头："不去。"

"那去帮我拿衣服。"

"不去。"

于觉扬眉："那拿手机。"

云诉特别坚定地道："不去。"

程岚倾他们就站在旁边，一直看着于觉不断地被无情地拒绝，一副幸灾乐祸的表情。

传闻不近女色的于觉现在可丢脸丢大发了，当着全班同学的面接二连三地被无情"打脸"。可他的脸越被打越发光亮，嘴角上扬的弧度越来越高，他没脸没皮的。

于觉属于速度派，伸手拿走云诉手上的笔，放在桌上。

云诉皱眉，抬头，微仰着下巴，语气不善："'于校霸'，你打扰我学习了。"

于觉拉着她起身："有件事你必须得陪着我去做。"

走出教室，她奇怪地问："什么事？"

于觉一勾嘴角，慢条斯理地道："其他的事你不同意，那就只能让你陪我去上厕所了。"

云诉闻言，简直无言以对，跟上来的程岚倾他们更是惊诧不已。

云诉没再拒绝，无奈地跟着他们去了。

半晌，他们身侧路过一个人。一步，两步，脚一滑，那男生摔了一跤，而后淡定地站起来，走远了。

云诉灵光一闪，侧头和程岚倾说："程岚倾，要不就现在吧，他们去打球，我俩自己来。"

程岚倾脚步一顿，用疑问的表情回答了她。

"你之前不是想和我切磋吗？学校哪块地比较宽敞，不容易被发现？"她继续说。

程岚倾无言以对，麦毛道："你是要把我活埋吗？"

"噗。"谷泽发出一阵爆笑,"哈哈……"

周杭几个人全都被逗笑了。

这么一说,谷泽拿着手机点开程岚倾之前找到的帖子。

他眼睛亮得发光,崇拜之情油然而生,一点儿都不遮掩,看着云诉说:"诉爷,你在以前学校的丰功伟绩我可是都听说了,你还是'校霸'啊,真是牛啊!"

说着,谷泽把手机递到云诉面前。

云诉垂下眼睫,定睛一看。

那帖子是去年的,标题为"高一(2)班飒爽的女'校霸'"。

楼主描述的就是李毅东来教室找云诉麻烦的那个事件,还贴上了好几张当时的照片。这些照片几乎都只拍到了云诉的侧脸。

楼下有不少跟帖,不管是男生还是女生,大多在问楼主为什么不拍正脸照。

楼主可怜兮兮地回应:"我当时被吓得一句话都说不出口,记得给你们拍照就不错了,不要要求太多了。"

接着就是上百条回帖:

"这李毅东是怎么回事,还是不是男人?他脑子绝对不正常,欺负一个小姑娘。"

"你们看他的表情,哈哈哈哈,笑死我了!"

"本人有幸目睹了整个过程,当时李毅东人都傻了,全身抖得那叫一个厉害。"

"我支持正当防卫,我们女生也不是任由别人欺负的。"

这些都是夸云诉武力强大的,接着就是迷恋她容貌的回帖:

"这女生长在了我的审美点上。"

"你们瞧瞧,她长得也太好看了。"

"最主要的是,她的皮肤白得发光啊。"

“现在的漂亮小姐姐都这么厉害吗？”

…………

于觉低下头，认真地看着帖子里的图片。

云诉把手机推开，摇头：“我没进过十三中的贴吧，也不知道有这个帖子。”

她说的是实话。

那时她只有付银宇一个朋友。

忽然，“叮”的一声，周杭的手机响了一下，是微信消息的提示音。

程岚倾从口袋里掏出手机，奇怪地问：“谷大爷，你的手机也响了，怎么回事？同时收到了消息？”

云诉衣兜里的手机也微微振了一下。她拿出手机，滑开屏幕，点进微信，是朋友圈提示的信息。

点开朋友圈，她嘴角一抽，指尖僵了僵。

空气一瞬间安静了好几秒钟。

程岚倾扯着嗓子喊：“觉哥，你还是人吗？你得赔我眼睛，我要被你弄瞎了！”

于觉笑了笑，没理他。

于觉一分钟前发了个朋友圈：“这是柔弱的诉爷，我的同桌。”他在文字后面配了三个“得意”的表情包，还提醒了程岚倾他们注意查看。

配图是贴吧上云诉踹人的那张照片，他把下半部分截了，就保留了上面云诉善良的微笑，特别注意维护云诉“弱小”的形象。

傍晚，天边火红火红的，大地被镀上一层金色。

云诉留在教室里，拿着毛巾正擦着白板。今天另一组同学和云诉这组换了值日，但柴斯瑶请假了，所以就她一个人值日。

云诉把毛巾摊开放在讲台上，走到第 1 组，开始把椅子翻到桌子上。

天气闷热，云诉额间沁出了一点儿汗，忽然，余光看到教室后边走进来一个人。

于觉把书包放回自己的座位，从第 4 组开始，把椅子一把一把地往桌上翻。

云诉扬眉，看着他，清了清嗓子："你不是说要去你爷爷家吗？"

于觉今天下午翘了最后一节自习课——于爷爷嫌他好久没回家，今天给他打了好几通电话，让他回家一趟。

当时出租车已经停在家门口，于觉还没来得及下车，突然接到周杭的电话。

电话里，周杭说："觉哥，我现在和柴斯瑶在一起，她说今天是她和云诉值日。"

于觉没说话。

司机提醒道："同学，已经到了。"

"云诉真可怜，得自己值日，都没人帮帮她。"周杭还在继续说，"万一哪个男生还没回家，看到云诉一个人需要帮忙……"

周杭的话还没说完，于觉垂眼，挂掉电话，把手上拿着的书包放在座位上："师傅，回二中。"

云诉把扫把递给于觉，于觉从第 4 组开始扫地。

扫完地，云诉拿着垃圾铲往垃圾筐里倒垃圾。"哐"的一声，垃圾铲身首分离，杆子还在她手上，铲子已被淹没在垃圾里。

"这质量也太差了。"云诉吐槽。

她弯腰，想伸手从那堆垃圾里拿出铲子。

于觉伸手拦住她的手。云诉抬眼，看着他。

"我来。"他弯腰蹲下身，拿出铲子，接过她手上的杆子，转了转，把垃圾铲重新拧好。

云诉舔了舔嘴唇，眼神复杂："于觉。"

于觉抬眼，突然就笑了："小同桌，怎么了？"

"你的腰……"云诉屈起手指，讷讷地指着他的腰。

于觉一怔，瞬间握紧拳头，指甲陷进手心，眼神忽闪。他的灰色卫衣本来就挺宽松的，刚刚他弯腰时不小心露了一点儿腰，瘦瘦白白的腰上，有一道很长的疤，狰狞可怕，像是已经存在了很久。

安静了几秒钟，云诉咬唇看着他。

于觉叹了口气，抬手轻轻地敲了敲她的脑袋："没事，我去把垃圾倒了。"

夜幕降临，天已经暗下来。

12 年前，于觉再次撞见高纸意自残。高纸意生下于觉后，被公司强行辞退，从此便患上了很严重的产后抑郁症。

由于患病，她待过最久的地方就是医院。于觉从小没和高纸意一起住，因为她每次看到于觉状态就会不对。于觉已经习惯了她撕心裂肺地对着他喊"滚"。

后来，她和他爸爸离婚，于觉再没怎么听到过她的消息，也没见过她，直到叶明非不怀好意地告诉他，高纸意是自己的后妈。

云诉和于觉走回家。一路上，他都沉默不语，嘴角绷着，周身仿佛散发着刺骨的寒意。自上次看到他打叶明非后，云诉第一次看到这样的他。

"你还好吗？"云诉站在家门口，抬头看着他。

于觉垂眼，目光落在少女嫩白的脸上。

过道里的灯光颜色昏黄，给两人拉出长长的影子。少年黑眸沉沉的，看不清情绪。

他垂着眼睫，声音发哑，没了平时不正经的样子："嗯，还好吧。"

他根本就一点儿都不好。

"我是不是真的太差劲了？都没有人要我。"他低声说道。

云诉想都没想就反驳了他的话："没有，你很好，没有人会不要你的。"

闻言，于觉笑了一下，叹息似的说："那为什么我的爸爸妈妈都不要我了？是不是爷爷不收留我，我就没有资格活在这世上了？"

"没有，没有。"云诉拼命地摇头。

他深吸一口气，声音沙哑地开口："我腰上那道疤是我妈弄的。我从小就没和爸妈一起生活，一直住在爷爷家。我不能回家，也不敢回家，因为每一次我妈妈看到我，都会犯病。"

云诉指尖一僵，抬手轻轻地拍着他的背，安抚他。

"我妈是个职业女性，认为工作比家庭、丈夫、孩子都重要。但是她生下我没多久，公司就强行把她辞退了。对视工作如命的她来说，她接受不了。

"那之后，她患上了很严重的产后抑郁症，经常自残。4岁那年春节，我被爷爷带回家，不小心看到她在卫生间里拿着把刀。她发现我之后想都没想，就把刀划向我的身体。

"然后，他们离婚了。我再也没见过她，我爸也另组了家庭。直到这学期，叶明非转学来二中，告诉我她变成了他的后妈。

"是啊，她可以接受任何人是她的孩子，却唯独不能接受我。"

于觉扯了扯嘴角，无可奈何："我注定就不被人接受啊。"

云诉叹了口气，想帮他走出来，笑了笑，故作轻松地道："于觉，我们接受你，我们这些朋友会陪着你。你要知道，从今往后无论如何，我们都会在你身边的。"

将心里多年的伤疤一下子在自己喜欢的人面前揭开，于觉感觉好多了。

他眼角一挑："嗯？刚才你说什么？我好像没有听到'们'字。"

少年周身颓废的气息一下子烟消云散，眉峰微抬，眼底满满的玩味。

明明就听到了，他根本就是故意的。

云诉头一歪，后退一步："我什么都没说。"

于觉也不恼，笑了好一会儿，跨步向前："再说一次。"

她将手搁在他的胸前，隔开两人，微微用力想挣脱他："我才不说，你没听到就算了。"

于觉垂眸看她："你不说我就不让你回家。"

在隔壁住的阿姨正好买菜回来，路过他们身边时，嘴角的笑意一点儿都没遮掩。

他掏出钥匙，拉着云诉进了自己家。

落日金黄色的余晖洒进来，屋子里半明半暗。

云诉现在没心思观察于觉的家，一进到屋里就把手放在门把手上，想开门走人。

于觉怎么会允许她逃走，勾唇不正经地笑："你刚才说你会陪着我的。"

云诉抿唇不说话，羞红了脸，不敢看他："你等一下来找我，我帮你补习。"

于觉听到她轻声说的话，措手不及，整个人一怔，心脏在身体里"扑通扑通"乱跳，毫无规律可言。

趁他还没反应过来，云诉轻轻地把人推开，握上门把手，打开门溜了。

"砰"的一声，门被关上。

于觉左手抚上胸膛，感受自己一下又一下的心跳。

他真的太期待，从今以后的日子了。

思绪越飘越远，他靠在墙上，忍不住轻笑出声。

那天过后，于觉每天晚上都会来找云诉补习。

云诉觉得，理综各科提高 2 分，多简单的事，于觉认真一点儿就能及格了。

况且，于觉一坐下来就看着作业浑然忘我，不问问题，也不和她说话，在草稿纸上随便算一下，就把最后的答案写上，仅此而已。

她以为补习几个晚上就能结束，可于觉强制性地不让它结束。

所以，这天晚上，门铃响起的瞬间，云诉就一阵头痛，拿出手机，扫了一眼时间——7 点钟，于觉真的太准时了。

为了那几分，于大兄弟每天雷打不动，晚上 7 点钟准时按响她家的门铃。

有时云诉在屋子里面没听到，于觉就给她发微信消息：

"云诉，我来找你补习了。

"诉爷，你在屋里吗？给我开开门呗。

"你再不给我开门我就要叫了啊。"

"诉爷"这个外号是付银宇给她起的。自从上次她和付银宇视频通话被于觉听到，于觉就不知道搭错了哪根筋，喊她"诉爷"喊上瘾了。

云诉觉得于觉不拿奥斯卡最佳男主角奖真的太可惜了。两人一起补习了这么些天，他从来都不需要她。

有时她写着写着作业就很郁闷：这算什么补习？

于是，今天晚上，两人坐在客厅里写了一个小时的作业。

她放下笔，偏过头，眼神没什么温度地看了他一眼："于同学，我看你写题目写得挺顺畅的，没有什么问题要问我吗？"

"没有。"于觉答得极其自然，头都没抬。

他正想着一道数学大题。

云诉磨了磨牙，舌尖舔着上槽牙。

气氛安静片刻，手腕上起了一层小疙瘩，于觉心想是不是空调温度开得太低了。

他笔尖一停，抬头见小丫头抱着手臂靠在沙发上，唇角扬起一点点，眼睛盯着他，眉峰微挑——这是她耍毛的前兆。

于觉叹了口气："那要不，你给我讲讲这道题？"

于觉将手臂伸直，把他的试卷推到她面前。

云诉扫了一眼，他问的是一道三角函数题，但他把图形画好了，公式写好了，答案也非常正确。

他这种举动让云诉解读成了这样：你看我写的对吧？我根本用不着你来给我讲题。

云诉觉得，她得去买盒安神补脑液，因为她差点儿被气得晕过去。

一直到星期四，于觉终于意识到云诉已经两天没有跟他讲话了。

他们的语文老师是个个子不算高的女老师。语文老师最喜欢的就是点语文课代表的名字，让她拿着课本在座位上读得自我陶醉、激情澎湃。

语文老师就站在一旁看着语文课代表，表情十分满足，底下不少已经昏昏沉沉地趴下的脑袋丝毫没影响到她们。

反正语文老师基本不会点其他同学的名字。

于觉看着安睡着的诉爷的脑袋，心里莫名其妙地烦躁，抬手随意地抓了抓头发，觉也不敢睡了，手机也没玩，就趴在那儿看云诉睡觉。

可云诉不管是醒着还是睡着，都只给他留了个后脑勺——写着"我非常生气"的后脑勺。

时间过得慢悠悠的，下课铃声终于响起，语文老师走出教室的瞬间，同学们一扫上课时的死气沉沉。

班上有人在打闹，姚勤勤追着吴希权从第1组跑到第4组。

云诉昨晚没睡好，眼皮直打架，实在控制不住才在课上眯了会儿。

每节语文课都要读课文，语文课代表读课文的声音比催眠曲还要催眠，没犯困的人都要被她读得睡着了，偏偏谭耀文老师一点儿都没有发现。

云诉睡得昏昏沉沉，直到她的桌子突然被一股强大的力量撞歪了。

她一睁眼，就看到姚勤勤推着吴希权往她这边倒。

桌子抖得厉害，桌角的那瓶可乐倒下，盖子没盖紧，褐色的液体从瓶子里飞溅出来。云诉睁眼的瞬间，被泼得面颊一阵清凉，桌上的课本也被打湿了。

她直起身，紧紧地皱着眉，小小地惊呼一声，弹簧一样从座位上蹦起来。

几秒钟后，于觉才反应过来，长臂一伸，慌忙扶住瓶子。

周杭也被这么大的动静弄醒了，转着眼珠搞清楚状况，站起来烦躁地骂着那两人："你们就不能小心点儿？"

安静了几秒钟，全班人转头向这边行注目礼。

于觉眉一皱，转头看站着的云诉。小丫头眼睫湿漉漉的，几滴可乐从脸颊上滑落，身上的 T 恤和校服外套都湿了。

姚勤勤和吴希权闹得有点儿入迷，无意识地跑到了这块区域，被于觉的气势吓得一句话都不敢说，更被周杭吼蒙了，站在那儿，大气都不敢出。

柴斯瑶昨天睡了一天，感冒好得差不多了，听到周杭这么一吼才反应过来，转头从抽屉里抽出几张纸巾，起身递给云诉："小云朵，快擦擦。"

云诉接过纸巾，擦了擦脸上的饮料。

于觉眯着眼，目光落在她衣服上湿了的那块地方。

他无意识地按了一下食指，骨节"咯咯"作响，舌尖触在嘴角，起身挡在她身前，伸手抓住云诉校服的下摆，给她拉好拉链。这一系列动作，他做得行云流水、顺畅自如，云诉都没反应过来。

过了一会儿，于觉站在姚勤勤和吴希权面前，使劲蹙着眉，盯着两人看了半晌。

两兄弟看见于觉走过来，慌忙低下头——给他们一百个胆子他们也不敢和"校霸"对视。

于觉从来都没动过班上的人，但他的脾气大家有目共睹。

两个人紧紧地闭着眼，表情都是扭曲的，心里都有些后怕。

云诉伸手扯了扯于觉的袖口："没关系，我没事，擦擦就好了。"

刚才她也是没反应过来。于觉眼里的戾气让她怀疑他会动手。这都是小事情，她弄干净就行了。

于觉看了她一眼，叹气，用下巴向两兄弟示意云诉的方向："道歉。"

话音刚落，姚勤勤和吴希权两人终于活了过来，很诚恳地道歉："云诉，对不起，对不起。"

上课铃声正好响起，老师走进来，注意到这边角落的低气压，朝他们喊："你们那个角落在干什么，没听到上课铃响了吗？"

上课了，可胸口湿漉漉的，衣服贴着皮肤难受，云诉放下笔，抓着校服外套拉链的拉链头就要往下拉。

于觉转着笔，余光瞥到她的动作，暗骂了一声，哑着声音，神情没了平时的漫不经心："等一下。"

云诉一顿，手上的动作停下，盯着他看："嗯？"

几缕阳光从窗边跳进来，头顶的大吊扇没间断地扇出冷风，空气里有着淡淡的花香。

于觉压着声说："把衣服穿好。"

云诉一愣，好像明白了点儿什么，转过身面对着墙，低头把拉链拉下了一点点，纯白 T 恤清清楚楚地透着里面的黑色布料。

脑子瞬间死机，云诉迅速地把拉链一直拉到了脖子，转头拿起笔，听课！

下午第一节课下课，于觉和周杭一帮人照例不在教室里。

因为之前的补习事情，云诉还是不怎么理于觉，但此刻也拿着于觉给她买的奶茶边喝边写习题。

忽然感觉手腕被摇了摇，她吸了一口奶茶，鼓着腮帮子抬头。

学习委员拿着数学练习册坐在周杭的座位上，嘴角轻扬："同学，我想问问你这道题怎么做。"

陈雨兴的成绩原本是班里雷打不动的第一名，学习委员的成绩是雷打不动的第二名，然后，云诉的空降让两人的排名向后各推了一名。

云诉咽下奶茶，把杯子放在桌角，微笑着垂眼："哪道题？"

学习委员用手指指着题目："就是这道题，我想过用偶函数的方法，但怎么都解不出来。"

"这道题我是用……"云诉软着声音给她讲题。

云诉大致讲了方法，学习委员使劲地点头，比了个"OK"的手势："我明白了，谢谢你。"

说完，她拿着练习册回到自己的座位上。

云诉刚要伸手拿奶茶，继续边喝边写，柴斯瑶转过身，细白细白的手腕搭在云诉的桌上，嘴角弯着："小云朵，能当年级第一真好，学习委员都来问你题目了。"

云诉扬眉："学霸气场无处不在。"

柴斯瑶笑出了声："学习委员一直都是班里的第二名，虽然这次掉到了第三名，但也不意外。上学期的期末考试她也被刷到第三名了。"

当时陈雨兴变成了班里第二名，即年级第五名。

"那是谁突然考得那么好？"云诉好奇地问。

柴斯瑶拿起笔，在云诉的草稿纸上画了个圈："也不算吧，于觉的成绩一直都很好，他就是懒，考试一直在睡觉。

"上学期期末考试的年级第一名就是他，考了718分。"

云诉惊得说不出话来：718分？于觉考了718分？他考了718分还没脸没皮地找她补习？

这段时间以来，她能察觉到他的成绩不太对劲，知道他是在刻意压分，但真的没想到他能考这么高的分。

第二天早上，一场雨倾盆而下，豆大的雨珠砸在地面上，积成一个又一个小水洼。

周杭拿着手机坐在云诉的座位上，手指"噼里啪啦"地在屏幕上打着字。

周杭："我认识觉哥那么久，第一次踩中了地雷。我今早睡什么懒觉，来早一点儿什么事都没有了。我后悔啊，无助啊。"

谷泽："你哪天不是抱着一堆地雷在觉哥身边试探，生怕哪天没被他打死。"

程岚倾："什么情况，欺负我不是 7 班的？把话说清楚点儿。"

周杭他们几个兄弟有很多个群，有一个群是于觉和陈雨兴也在，一个人不差；但其他的群总是会少一个人，这个群少于觉，那个群就少程岚倾，套路比社会的水还深。

周杭："我正要说呢，你急什么，心急是吃不了热豆腐的。"

谷泽："这句话我喜欢，反正程哥离我们班远着呢，要想揍我们得等 20 分钟，趁这段时间把他的耐心耗光。"

程岚倾："咱们觉哥英明神武、风流倜傥，你怎么能阻挡我被觉哥的魅力给迷倒？"

谷泽："好像有那么一点儿道理。"谷泽又转向周杭："杭哥你别说，我来说，就是今天早上我们来的时候发现云诉坐在周杭的位置上，说是想今天和他换座位。然后，觉哥不知道是怎么一回事，拉过椅子发出好大的声响，估计是生气了。"

程岚倾："你完蛋了，'大魔王'生气了。"

周杭哆哆嗦嗦地放下手机，看着前边云诉的后脑勺，又看了看身边好像在睡觉，眼珠子却使劲动着的"醋坛子"。

两秒钟过后，于觉还转了个头，脸对着墙，就给周杭看他帅气的后脑勺。

周杭喉结上下滑动，在直面"大魔王"后心甘情愿地被于觉揍，和忍受一天于觉散发的冷空气中挣扎，最后觉得，干脆地被揍一顿比不知道何时被揍的结果更加壮烈一点儿。

所以，他轻轻地拍了拍于觉的肩膀。

于觉现在觉得精神病院就是专门为他开的。昨天下午第二节课和喜欢的人之间的氛围才缓和一点儿，放晚学后，他在操场上给云诉打电话，说他在校门口等她，两人一起回家。

云诉冷冰冰地给他回了一句："不用了，我现在看见你就觉得我是个智障患者。"

于觉没睡，感觉到周杭在叫他，慢吞吞地抬起脑袋，眼皮耷拉着，很烦。

于觉看着周杭，没说话。

突然，周杭猛地将脑袋凑到觉脸前："觉哥，你揍我吧。"

于觉只觉得莫名其妙。

周杭说："我今早不该睡懒觉，以后都不该睡懒觉。所以，你揍我吧。我真的是要烦死了，这种要死不死的感觉真难受。"

于觉一言不发。

后桌的动静挺大的，柴斯瑶转过身来看他们在搞什么。

云诉笔尖一顿，也没转身，事不关己高高挂起，继续写习题。

云诉也不知道自己在气什么。她之前就隐隐约约感觉于觉的成绩不太对——她每次问他题目他都会，年级测试、化学测试永远是58分，种种事情加在一起，答案似乎很明显。所以她不爽、烦躁，烦得想打人。

她不是因为他是学霸而生气，而是气自己，被人赖着帮忙补习，结果人家天天上课睡觉、玩手机都能考到718分。

她并不是从小成绩就好的人。但思想转变后基本回回年级前五的云诉，上学期期末考试发挥得非常好才考了685分。再想想于觉，她真的是……心情复杂……得了个年级第一却觉得自己是个无可救药的智障。

于觉直起身，背靠在墙上，好笑地看着周杭："我没事为什么要揍你？"

他的眼睛下意识地看向云诉的方向，结果她动都没动一下。

周杭一愣："你没事想揍我干吗？"

于觉无言以对。

忽然，云诉放下笔，转过身，手放在桌上，单手托腮。

自习课上的 7 班不会有安静的时候，嘈嘈杂杂，就几个人在写作业。

于觉好像很清楚地听到小丫头冷笑了一声。

云诉歪着头，眼睛一眨不眨地直盯着于觉，唇角牵起一点点，声音不紧不慢："觉哥，没多久就要月考了，这次打算考多少分？"

"348 分！"于觉下意识地就说出了这个分数，拿这个分拿得太顺手了，根本没细想。

小丫头主动和他说话就已经让他飘了。

云诉眯着眼，舌尖舔着上槽牙："啧。"

她转了一下脑袋，活动了一下筋骨，骨头"咯咯"作响，看着于觉："你确定要一次又一次地提醒我，我就是个智障吗？"

下午 4 点 30 分，最后一节课刚要上，云诉站起来开始收拾桌上的东西，将课本和练习册一本又一本整齐地放回抽屉里。

她能感觉到身边瞥过来的目光，就当没看见似的，若无其事地继续着手上的动作，拉好书包拉链，背好书包，准备走人。

没走几步，她身后就有人跟上来。

于觉肩上挎着干瘪瘪的黑色书包，伸手钩住她的书包。

云诉因为惯性，往后退了好几步，然后站定在他的前面。

周杭从座位上站起来，无可奈何地直摇头："觉哥这是开窍了啊。"

果然，下一秒，于觉笑得坏坏的："同学，还没放学呢，你背着个书包要去哪儿？"

云诉现在不想和他说话，白了他一眼："我有事，和老师请了一节课的假。"

她抬脚就走。

于觉默默地跟在她身后，脾气非常好："那我也请假了。"

于觉会请假？那是不可能的，他只会翘课。

云诉停下来，转过身："你这脑子不好使的话赶紧捐了行不行？"

于觉微俯下身，脑袋凑在她眼前："没关系啊，我同桌的脑子好就行，她还是年级第一呢。"

云诉的火气因为他这句话"噌噌噌"地直往上冒，她舔了舔嘴唇，厉声道："转过去！"

于觉没意识到四周气压不对劲，边说边往后转："云诉，我错了，我真的错了……"

云诉抬脚就踹了他的屁股一脚，磨着牙说："我也是真的想踹你。"

她没真用力，于觉也就稍微往前走了两步。

他站定，转身，没看见人，小丫头不知道一下子跑到哪儿去了。

于觉伸手了碰被她踹到的地方，心里莫名其妙地觉得甜。

他笑嘻嘻地转头问身后的周杭："被同桌踹的感觉还是可以的，你们要不要试试？"

周杭简直惊掉了下巴。

出于自身生命安全的考虑，云诉是真的没敢用力。她一路跑到一楼，天气炎热，额上出了点儿汗。

傍晚的空气里夹着点儿夏天的花香，还有一点点清凉。

她踏出教学楼的瞬间，就听到一道熟悉的声音："找到你了。"

云诉一顿，顺着声音看了过去——付银宇穿着黑色T恤，就站在不远处。

云诉愣了几秒钟。

付银宇脸上挂着大大的笑容，高举着手向她打招呼，朝她跑来，嬉皮笑脸地就给云诉一个拥抱，松开她："诉爷，惊不惊喜，意不意外？我来看你了！"

云诉朝他翻了个白眼，踹了他一脚："不是说下午5点才到吗？我刚要去接你。"

付银宇"哎哟"两声，没脸没皮的，一手搭在她的肩上："都说了是惊喜，当然不能告诉你准确时间了。"

身侧气压太低，付银宇探头看去。

于觉不知道是什么时候来的，就站在云诉左边，紧紧地挨着她的肩膀，非常安静，眼神冷飕飕的，直盯着付银宇搭在云诉肩上的那只手。

付银宇心想：诉爷怎么走到哪儿桃花就跟到哪儿？

付银宇蹙眉，放下手，向前走了两步，伸手想把于觉推开："兄弟，为了幸福着想，我奉劝你站得远点儿。"

付银宇单手触到于觉的肩，一用力……嗯？怎么还推不走的？付银宇抬头，和于觉对视了三秒钟。

于觉稍稍歪头，双手插在兜里，目光冰冰地看着付银宇。

付银宇放弃推于觉，转身把云诉拉过来，牙关打了个战，俯身和她低语："这位兄弟是谁？我这么好心地奉劝他离你这个危险女子远一点儿，怎么感觉他还恨起我来了？"

云诉白了他一眼，朝于觉看过去："这是我同学。"云诉肩膀一移，付银宇的手从她的肩膀上掉下去："于觉，这是我初中同学。"

于觉认得出来，这是之前和她视频通话的那个男生——误会解除。

付银宇非常热情地套近乎："兄弟你好呀，我叫付银宇，云诉最好的兄弟。"

于觉移开视线，声音一下子沉下去，淡淡地道："于觉。"

突然，付银宇凑到于觉身边，低声好奇地问："兄弟，你和诉爷相处得怎么样？"

过了一会儿，他拧着眉，继续说："我好好奇你是怎么活下来的。云诉以前在我们学校的时候，'校霸'这名头都不关男生啥事情。"

他就非得这么揭她老底吗？云诉叹着气，表情极其无奈，抬脚，干脆利落地踹过去："你够了没？再嚷嚷今晚让你睡大街。"

付银宇想了想，觉得大街太冷清，配不上他诉爷小弟的身份，机智地噤了声。

才安静了几秒钟，付银宇献宝似的开口："诉爷，为表达我对你的思念之情，我还特意为你作了首诗。"

云诉眉眼一挑，瞬间来了兴趣："哦？"

她是真的特别好奇，一个语文考了12分的家伙，作出来的诗会是怎样的。

"我念给你听。"付银宇说。

于觉站在一边，一直没说话。

付银宇从兜里掏出手机。他在百度上查了好久，才作出了这么一首诗，为防忘记，把诗记在了备忘录里。

付银宇兴奋地看了云诉一眼，清了清嗓子，照着手机念："云想衣裳花想容，我想你踹我的那些年。"

云诉一脸无奈。

付银宇越念越激动，当然，声音也越来越大，引得路过的同学纷纷停下脚步注视。

他在独自陶醉："坐看牵牛织女星，你看我眼睛为你眨眨眨。"

而后，云诉看到他的眼睛抽搐了似的，眨了眨。

于觉一脸嫌弃的表情。

"致我最爱的诉爷——高一（7）班的云诉！"

少年的声音越来越大，震耳欲聋。

四周路过的同学都不知道究竟发生了什么。

云诉抬手，痛苦地扶了扶额：她就不该相信这货能干出什么好事。

付银宇自我感觉良好，内心激情澎湃，难以平静，看着云诉说："我就猜到你肯定超喜欢这首诗。要不是来不及准备，我肯定给你拉条横幅。是不是还意犹未尽？来，我再给你念一遍。"

云诉翻了个白眼。

安静片刻，云诉一只手拿过付银宇手上的手机，那手指细白纤长，指甲修整得干干净净。

云诉不动声色地删了那几行诗，又将手机放回他手里，咬牙切齿地道："上天就是派你来整我的。"

第八章

催眠曲

回到家的时候，于觉面对着云诉家的门站着，明显不想回自己家。

付银宇终于察觉到了端倪，目光在两人身上来回转，扯着嗓子喊："诉爷，你这桃花怎么到哪儿都不消停？"

云诉安静了几秒钟，抬头直盯着于觉的眼睛看，突然就笑了起来："非常好。"她向前走了一步。

云诉抓过于觉的手，又扯过付银宇的手，让两个男生的手慢慢地碰到了一起，然后，十指紧扣。

于觉、付银宇皆是一愣。

小丫头笑得狡猾，说得认真："你帮我收留他一晚。"

云诉说完这句话，不等两人反应过来，雷厉风行地从兜里掏出钥匙开门，"砰"的一声，把他们关在门外。

于觉被声响惊得回了神，触电般地甩开付银宇的手。

付银宇也不介意，扒在门上大声喊："诉爷，你干啥呢？我把你当兄弟，你却把我关在门外！你干的是人该做的事吗？"

他喊了一会儿，喉咙突然有点儿干燥，转头看着于觉："兄弟你有水吗？给我喝一口，我再继续喊。"

于觉没有搭理他。

15分钟后，程岚倾拿着自家的外卖出现在云诉家门口，只见于觉懒洋洋地靠在墙上，手里把玩着手机，付银宇坐在地上，表情很是忧愁。

程岚倾走过去，不明所以地问："觉哥，这是啥情况？"

于觉垂下眼，目光扫到他手中的东西，扬眉："云诉订的？"

程岚倾点头。

于是，受"校霸"之命，程岚倾去敲了云诉家的门。

"咚咚咚"的声音回荡在空旷的过道里，过了5分钟门才被打开。

云诉走出来，接过程岚倾递过来的外卖："谢了。"

她垂眼。

付银宇可怜兮兮地抬头看她："诉爷，你真不打算收留我了？"

云诉将一只手伸到付银宇眼前，声音有些软："起来吃饭。"

付银宇转了转脑袋，活动着颈骨，勾唇，抬手拉住她的手。

云诉顺势把他拉起来。

程岚倾就站在于觉身边，狐疑地看了他们好久。

见付银宇进了屋，于觉抬脚也开始往里走，一直走到云诉身后，两人离得很近。

"你不回家吗？"云诉扭头，疑惑地看着他。

于觉伸手把门关上，眼睛盯着她看："你说过让我收留他，所以今晚我得和他待在一起。"

于觉口中的"他"是谁再明白不过。

付银宇啃苹果的动作一顿，朝他们看了一眼。

晚上躺在床上，于觉两手垫在脑袋下边，视线停在天花板上。

他今天赖在云诉家里没走。虽然付银宇口口声声说对云诉已经没有非分之想了，但孤男寡女共处一室，于觉到底还是不放心。

他选择不再做人。

"咚咚咚"，门口传来敲门的声音。于觉起身开门，呼吸一顿，上下打量着面前的她。

云诉穿着白色的睡裙，刚洗完澡，头发松松软软地披在肩上，脸颊因为水汽的作用，有点儿红。

云诉就着手上的毛巾擦了擦还没干的头发，问他："你是回家洗澡还是在这里洗？我这里没有你可以穿的衣服。"

于觉："帮你吹头发？"

他答非所问。

付银宇不知从什么时候开始站在他们身边，变戏法似的把吹风机递给于觉："去吧。"

于觉看了他一眼，接过。

付银宇转身进了房间，"砰"的一声关上门，没过几秒钟又打开门，露出一颗黑溜溜的脑袋，身体歪歪扭扭地靠在墙上。

付银宇看着他们轻声说："你们吹完头发赶紧睡吧，明天还要上课呢。"

云诉就站在于觉面前，反应了好久，舔了舔嘴唇，看着付银宇："你怎么突然担心这个了？你不是从来不担心的吗？这么久没见，你是不是又瞒着我干了什么事？"

付银宇"啧"了一声，不耐烦地拍了拍墙："我关心你不行吗？我可是你的好朋友。你可别跟我说，我们这么久没见，我都不能关心你了。"

安静片刻，他看着云诉："行了行了，我要睡觉了。"

说完，"砰"的一声，付银宇关上了房门，云诉手上的毛巾应声而落。

于觉拿着吹风机通了电，抬手停在她的脑袋上方，垂眸，微挑的眉眼藏着光："你今天请假就是要去接他？"

云诉闷闷地"嗯"了一声，耳朵红红的，任由他吹着头发。

吹风机在她耳边"嗡嗡"作响，于觉只开了最小的挡。

他修长泛白的手指穿梭在她的发间，动作轻柔，表情认真又细心。

"他不上课吗？怎么这个时间过来看你？"

云诉有点儿害羞，心脏"怦怦"直跳，仿佛下一秒就要冲出胸腔，完全控制不住。

云诉完全不知道该怎么办，该说些什么，该怎么把话题继续下去，脑海里一片空白。

慢慢回过神，她压低声音回答："他逃课逃习惯了，不怎么在乎这些。"

头发吹干了，于觉关掉开关，吹风机停止运转。

夜里的空气有些潮，窗外枝叶上有花苞探出脑袋。

于觉把吹风机放下，问："那他什么时候回去？"

他声音里略带无奈。

云诉张了张嘴，想回答他来着，但兜里装着的手机响了起来。

于觉叹了口气，身体往后倾，拉开两人之间的距离："我回家拿衣服。"

他说完这句话就出去了。

兜里的手机还在不厌其烦地响着，云诉依稀听到了外面门被打开的声音，掏出手机，接通。

"喂。"她声音轻轻的。

云悠听起来心情非常好："云诉，吃过饭了吗？在学校过得怎么样？"

"吃过了，挺开心的。"云诉调整好状态，身子顺势往后一倾，躺在床上。

"我听说付银宇去找你了，你可要好好说说他，也告诉他一声，这次他爸妈是真的生气了，他竟然一声不吭地就跑回去了。"

电话那头传来肖年很无奈的声音："那都是别人家的事情，轮不到我们来管。你不是应该先关心我们的女儿，先问她学习上的事情吗？"

云诉笑出了声。

云悠懒得理他，继续和云诉说："高中这么重要的阶段，学习当然很重要，但交朋友也非常重要。"云悠看了肖年一眼，"别学你爸那种老古板，你们这个年纪的友谊是很难得的，要珍惜。"

"我会说他的，让他给叔叔阿姨打个电话。"云诉躺在床上，软绵绵的暖色被子触感很好，"爸妈，你们最近怎么样？工作还顺利吗？"

"你不用担心我们，我们都很好。你和你哥在那边要好好照顾自己，按时吃饭。"

云诉点点头，谨记他们的叮嘱，又闲聊了几句，便挂断了电话。

没多久，手机响了一下，云诉定睛一看，是付银宇发来的消息。点开屏幕，她脸上猛然现出无语的表情。

她手机屏幕上的消息："你在和谁聊天呢？我在房间里都能听到。你肯定聊到我了，毕竟，我长得很帅。"

消息下面还有个"极致好奇"的表情包。

云诉心想：这个没正形的家伙。

她懒得理他。

门口传来敲门声。

云诉起身去开门，见于觉扬眉靠在门上，身边立着个行李箱。

云诉看着那巨大的行李箱发愣，抬眸："你怎么拿那么多东西过来？"

于觉用舌尖舔了舔下唇，笑着，醉翁之意不在酒。

于觉拿过行李箱走进屋子，在床边打开。云诉瞟了一眼箱子里面那一大堆乱七八糟的东西，一看就是胡乱塞进去的，最上面是几件黑色长袖。

过了一会儿，于觉去浴室里洗了个澡。

将毛巾搭在肩上，于觉抬手擦着头发走进云诉的房间，安静的夜里，些许雏菊花香一点点飘散。

云诉闭着眼，柔软的昏黄灯光下，她侧着身子，一张小脸白皙娇嫩，长长的睫毛覆盖下来，投下一片阴影——小丫头睡着了。

他走出去关好门进了另外一个房间。

周五早上上完两节课，有 20 分钟大课间时间，学校上周临时下了跑操的通知，学生们要绕着田径场跑 5 圈。各班在田径场入口排着队，一列一列地走进去，开始跑操。

有些班主任在前面领着自己班级的队伍，但他们班的班主任不见人影，所以，高一（7）班跑得乱七八糟：女生跑着跑着开始散步，男生嬉皮笑脸地你追我打。

云诉体力还行，跑了 3 圈开始喘粗气，步子慢了下来。7 班几乎没人按照队伍顺序跑，分明就是男女混搭，跑的速度任由自己。

于觉跑到云诉身边，总想和云诉开玩笑。

云诉不想理他。

于觉毫无眼力见儿，还是不快不慢地跑在云诉旁边。

云诉慢吞吞地说："觉哥，跟你说个事。"

"什么事？"于觉高兴起来。

云诉道："快要月考了，我有点儿不想当年级第一了，换你来当行不行？"

于觉很明白，她这根本就是要耍毛的表现。

他舔了舔嘴唇："你知道的，我成绩不行。"

云诉一字一顿、慢条斯理地说："从今往后，你要是再在试卷上留空白，我就不理你了。"

于觉被噎了好一会儿，语气很坚定地说："放心，你不会有这样的机会。"

跑完操回到教室里，云诉放在抽屉里的手机一振，声音在教室里回响着。

付银宇的电话进来了，他来这边也好几天了，只是一直待在云诉家里。

"醒了？"她问。

付银宇说："诉爷，你几点放学？"

云诉依稀听到电话那头传来关门的声音，接过于觉递过来的打开的水，说："11：40，我中午不回去了，冰箱里有吃的，你自己找。"

她仰头，喉头一动，一口水下肚，唇上透着水光。

付银宇脚上是云诉的粉色的小拖鞋，打开冰箱，无奈地道："你这冰箱里可是除了饮料就是冰激凌，敢问诉爷，小的该吃什么呀？"

云诉把水还给于觉，食指在唇上蹭了蹭："我觉得，你最好的选择是饿着吧。"

她的声音平静自然，没等他回答，她就挂断了电话。

于觉坐在座位上，指尖一动，黑色水性笔在他的指间转了几圈。他声音淡淡地问："付银宇？"

云诉"嗯"了一声。

于觉的表情有点儿微妙，他心想：付银宇什么时候回家？他来这儿都已经三天了！

窗户没关严，风很大，桌上的课本被吹得"唰唰"作响。

于觉抬手关窗。下节是英语课，云诉伸手在抽屉里拿书。

于觉两手相扣着放在桌上，自然地问起："他什么时候回去？"

"不知道啊。"云诉用手指敲敲课本，笑了，"怎么，你想把他赶走？"

于觉认真地看着她，点头："可以的话。"

表情极其平静，他想了想，忽然又说："让他去我那儿住吧。"

云诉眼睫一颤，忍不住笑道："你俩要同居呀？"

"不是，我搬到你那儿去。"于觉转头，声音低得云诉差点儿没听到。

他这几天都是借着付银宇的名义住在她家。要是付银宇回去了，他一点儿都不想收拾行李，更不想回到自己家里。

这时，谷泽忽然扔了一本笔记本在于觉的桌上，撑着云诉的课桌边缘，低头瞧着他们："你俩聊什么呢？什么你家他家的？"

于觉眼神冷冷淡淡的，瞥了他一眼。

突然，云诉生出一种奇怪的感觉，小腹一疼，一股热流开始往下涌。

她几乎没记过自己例假的准确时间，都是靠预感判断的。云诉最讨厌每个月的这几天，因为每次都要"元气大伤"。她死死地抿唇，拉开书包最外边的拉链，掏出卫生棉，偷偷摸摸地塞进口袋里，起身要往外走。

于觉问她："你要去哪儿？"

"厕所。"云诉小跑起来。

云诉刚进卫生间，上课铃声就响了。她咬牙，但没办法，只能迟到了。

等到她弄好出来，站在教室后门时，班主任已经讲了一道大题。

云诉硬着头皮抬手，轻轻地叫了声："报告。"

班主任看到是她，没说什么，让她回了座位。

弄了这么一出，云诉一点儿学习的心思都没有了，小腹一阵一阵地疼，腰上也开始传来酸痛感。她不想坐着，但又不能蹲着，简直如坐针毡。

于觉侧头看着她，见她眉头皱得紧紧的，唇色苍白得可怕，额间开始冒出虚汗，一滴一滴的。

他蹙眉，拉着椅子靠过去："你怎么了？哪里不舒服？"

云诉将下巴撑在手背上，有气无力地说："就女生每个月的那个，肚子和腰都疼。"

于觉不怎么了解这方面的事情，掏出手机，手指在屏幕上动作。

没一会儿，云诉没坚持住，放下笔趴在桌上，昏昏沉沉地睡过去。

云诉迷迷糊糊间，听到于觉放低声音说："问你个事。"

周杭凑过去，没注意音量："咋了觉哥？"

"小声点儿，我同桌在睡觉。"于觉用长腿在桌下踹了他一脚。

周杭撇了撇嘴，嘀咕："对，你同桌睡觉是大事。"

于觉稍稍偏头，注意到小丫头的眉头又皱紧了些。

他说："我们在手机上说。"

于觉向来任性妄为，周杭只能憋屈地转过身拿出手机。

没一会儿，手机振了一下，周杭垂眼一看。

"睡得不好应该怎么办？"

周杭的嘴角微微抽搐，他这种闭眼就能做梦的生物非常不能理解这样的感受。

周杭抬头转身，视线停在于觉的脑袋上，又转回来，回复他："吃药啊，还能怎样？答案除了这个还能有别的？"

于觉放下手机，轻轻地叹息，心想：早该知道周杭是个智障的。

放学铃声响起，同学们挽着手，搭着肩，成群结队地打算去填肚子。教室最前边，只有三三两两的女生还在写作业。安静的教室里，有轻轻的"唰唰"写字声，还有窗外风吹过的声音。

教室后边，第4组最后那个角落，于觉终于在百度上找到了一个较满意的答案。

阳光透过树冠照进教室，远处错落有致的树，落下参差不齐的影子。

风扇"呼呼"作响，教室里响起又低又轻的声音，仔细听才能听到。

于觉一手放在桌上，俯身，脸贴在桌面上，勾着唇，脑海里闪过自己会的唯一一首摇篮曲，一向冷淡的声音柔软了起来，清亮又尖细——

"我在马路边，捡到一分钱，把它交到警察叔叔手里边。叔叔拿着钱，对我把头点。我高兴地说了声，叔叔，再见。"

云诉到底还是没忍住，嘴角一弯，不厚道地笑了。

谁家的摇篮曲是《一分钱》，于觉明明就是去捡破烂儿的！而且，这简单得不能再简单的调都能让他给唱跑了。

"扑哧"一声，云诉笑出声来。

于觉一点儿都没觉得尴尬，收了声，问她："醒了？"

云诉掀了掀眼皮子，脑袋从臂弯上抬起来，揉了揉眼睛。

其实，她也不知道自己睡着了没有，只是昏昏沉沉间，听到他的声音下意识地就清醒了很多。

于觉单手托腮，眉眼慵懒，手指微微施力："有没有好点儿？"

于觉拿过她桌上的杯子打开："我上网查过了，据说喝姜糖水会好受一些，试试？"

云诉垂眼，只见杯子里满满的都是混浊的褐色汁水，空气里顿时弥漫着浓郁的姜味。

她不喜欢吃姜，很不喜欢，每次来例假从不会主动去泡这个喝。

云诉紧紧地皱眉，把杯子挪远了一点儿，道："味道太难闻了，我不想喝。"

于觉拿过杯子"咕噜噜"地喝了一口，然后说："味道还可以。"

于觉扬眉，把水杯递给她："听话。"

云诉白了他一眼，吐了口气，心一横，仰头将姜糖水一口气全喝完，喉咙上下滚动，微甜又辛辣的褐色汁水滑过喉咙，浓厚的姜味充满口腔。

于觉把他的杯子递给她："温开水。"

云诉仰起下巴喝水，口腔里难闻的姜味散了些。

钟表指针指向下午 1 点钟，于觉打开桌上的外卖盒，看着她："我让周杭打包了点儿粥，吃一点儿？"

云诉点头。

吃了一会儿，云诉突然笑起来，语速很快："觉哥，我问你个问题呗。"

于觉答："什么？"

云诉歪着头问："你要帅气到什么程度？"

四目相对，两人安静了四五秒钟。

空气里有淡淡的花香，清风吹过少年耳边的发丝。

下午的语文课上。

"嘿，小云朵，想什么呢？肚子还疼吗？"柴斯瑶转身，一手在云诉眼前摇了摇，打断她的神游。

云诉在于觉的照料下好了很多，唇色恢复了些，视线从桌角移开，看着柴斯瑶："啊，嗯，没那么疼了。"

周杭一脚踩在桌腿上，背靠着云诉的桌子和于觉说话："觉哥，语文老师怎么就爱小组讨论这套？烦死了。"

于觉闻声看过去，没说话。云诉抬头，看向讲台的位置。

语文老师坐在椅子上，喝了一口菊花茶，往下扫了一眼，冷冷地说："还有 5 分钟啊，前后桌为一组，请一个人做代表站起来回答对方的长处，抓紧时间。"

教室里如同菜市场般嘈杂。

柴斯瑶把自己的草稿纸递给云诉，摊在她桌上："小云朵，你记笔记快，你来写吧。"

云诉拿了笔在上面写上他们几个人的简称，写到于觉的时候，顿了一下，就写了个"觉"字。

云诉舔了舔唇："你们说。"

于觉垂眸，皱了皱鼻子："云诉，我不喜欢这个简称。"

云诉没理他，对柴斯瑶说："斯瑶，你？"

柴斯瑶跷着二郎腿，两只手分别搁在云诉和于觉的桌上，深思熟虑道："嗯，让我想想。"

柴斯瑶轻轻地踹了周杭一脚："周杭，你觉得我的长处是什么？"

周杭想都没想，脱口而出："除了'母夜叉'还能有啥？"

一本语文课本砸在他的肩上，柴斯瑶瞪眼："你再说一次？"

云诉被两人逗笑，嘴角咧开，肩膀微微抖着。

被小同桌忽视是一种什么感受？于觉极其不爽，非常烦躁。中午休息时怕她会更难受，于觉没敢睡，直到刚才看她脸色好了很多才眯了一会儿，老师让小组讨论的时候才醒过来。

柴斯瑶转头看云诉："小云朵，你记下来了没有？等会儿周杭来回答。"

云诉愣了一下："啊？"

他们刚刚在说什么，她根本就没听。

柴斯瑶垂眼看着云诉桌上空白的草稿纸，用脚尖踢了踢周杭："再说一次。"

"那行吧。"周杭看着天花板想了一下，"我觉得我的长处是游戏玩得好，觉睡得多……"

周杭滔滔不绝。

云诉拿着笔在草稿纸上一点儿一点儿地记着周杭的长处。

"时间到。"语文老师伸手拍了拍讲台，目光在教室里扫了好多圈，"都讨论好了没？"

讲台底下安静片刻，语文老师看到终于没在睡觉的周同学，仰了仰下巴，指着第4组后排的方向："周杭，你每次都给我拿倒数第一，我的课真有那么难懂？要不你来说说你的长处。"

柴斯瑶偷偷地笑了一声。

云诉看了一眼自己的笔记，知道周杭的"优点"和于觉的一样，没忍住，也笑了一下。

周杭两手撑着课桌桌面，慢吞吞地站起来，伸手拿过云诉桌上那张白色的草稿纸，眼睛看着上面的几行字，玩世不恭地念起来：

"我的长处就是游戏玩得溜，觉睡得好。"

这句话一出来，班里有人被逗笑了。

谷泽膝盖抵着抽屉，背靠椅子，肩膀笑得一抖一抖的："杭哥，再添一个，稳居年级倒数第一。"

语文老师走下来，停在周杭身边，瞪了谷泽一眼。

谷泽撇撇嘴，忍着笑，识相地闭了嘴。

下一秒，语文老师气急败坏地看了周杭一眼，担心又无奈，已经不知道该说什么了，转身走回讲台，继续上课。

第九章

他的陪伴

下午5：30，放晚学，教室里已经没几个人了。有股风吹过指尖，云诉放下笔，开始收拾桌上的东西。

"嗡嗡"一阵响，手机在抽屉里振动。云诉垂眸掏出手机，看了一眼来电提醒，没有名字，是陌生号码。

"不接？"于觉坐在座位上，偏头，不动声色地瞥了一眼她的手机。

云诉没说话。手机响了很久，半晌才没了动静。

这段时间一直有陌生号码给她打电话，云诉都没接，把通话记录都删了。

她垂眸，手指在手机屏幕上滑动。手机又响了起来，还是刚才那个号码。

云诉心想：谁那么闲？

她叹了一口气，按下接听键，将手机放在耳边，漫不经心地"喂"了一声。

"是云诉吗？我是苏一帘的妈妈。"

闻言，云诉难以置信地瞪大眼睛，张了张嘴，却没发出一点儿声音。

"我现在在宁城，能见你一面吗？"

云诉顿觉世界都安静了。

电话里的人继续说："明天是一帘的忌日。"

云诉脸上的血色瞬间褪去，脑子一片空白。不知过了多久，她才找回自己的声音，颤声说："阿姨，我记得。"

池资娴冷笑了一声："你敢忘记吗？"

云诉紧紧地咬着唇，没有说话。后来，她挂了电话。

于觉早就察觉不对劲了。云诉愣神的样子落在他眼里，让他不由得为她担心。

一直等到通话结束，于觉稍稍侧头，紧紧地皱着眉，俯身凑过来，十分担心地问："云诉，你还好吗？"

他出声的瞬间，云诉就反应过来了。

她"啊"了一声，苍白着脸，摇头道："我没事。"

她把手机放进兜里，拉上书包拉链。

她抬眸看着他，装作没有事的样子，说："于觉，我们回家吧。"

傍晚天边昏黄，枝叶被照得闪着光。

每天都要走的路上，车辆川流不息，云诉背着书包，一路沉默，宽宽大大的校服外套裹在她单薄的身体上。

"你想不想吃点儿东西？"于觉慢悠悠地跟在她身后。

他们往路边的奶茶店走。

店里的装修是灰色系，墙上挂着几块黑板，每块板上分别用不同的颜色和字体工工整整地写着：黑糖奶茶、鲜榨柠檬汁、红茶奶盖……

于觉扫了一眼菜单，偏过头问她："你想喝什么？奶盖喜不喜欢？"

店里播放着轻缓的音乐，零零散散地坐着几个人。

云诉吸了吸鼻子，与他对视一瞬，低声说："熊猫奶盖。"

"两杯熊猫奶盖。"于觉转头对店员说。

片刻后，于觉伸手接过两杯奶茶，插好吸管，递给她。

云诉接过奶茶，喝了一口。

于觉的目光一直落在她身上，他轻声问："好喝吗？"

看他小心翼翼的样子，云诉忽然就笑了，点头："好喝。"

风中有清淡的花香，云诉和于觉一前一后地上了电梯。

于觉按下楼层，偏过头上下打量在角落站着的小丫头。

"叮"的一声，电梯门打开，云诉先走了出去。于觉兜里的电话响起来，她没等他，一直往前走。

"喷，你等等我！"他迈开步子，在云诉身后喊。

小丫头腿长，走得还真快。他转了个弯，听见"啪"的一声，清脆响亮的巴掌声响在过道上。

那年，在苏一帘的葬礼上，池资娴死死地抓着云诉的衣领，摇晃着云诉的身体，尖厉的指责声不断地响在云诉耳边。

"你是什么东西，凭什么让我女儿去帮你买东西？

"如果不是你，我女儿根本就不会死！

"都是你的错，全都是你的错！"

…………

云诉站在那里，紧紧地抿着唇，任由池资娴拉扯，没发出一点儿声音。

是啊，全都是她的错。那个人酒驾了又怎样，闯红灯了又如何？要是她没有给苏一帘发信息……

后来的很长一段时间里，云诉都把自己关在房间里，不说话，不见人，不去上学，整天整夜地发呆。

加上池资娴难以承受打击，精神越来越不正常，时不时就会跑到云诉家里，大力地拍打云诉家的门，撕心裂肺地哭喊……云诉心中这块疤，过了那么久，终究还是难以愈合。

云诉知道池资娴是带着目的来找她的，但池资娴并没有说会直接这样找上门。

看到池资娴站在家门口的瞬间，云诉一下子觉得有一口气堵在心口，拿着奶茶的手瞬间握紧，奶茶都溢了出来，一直流到手腕上。

池资娴穿着一袭红色长裙，手上挽着黑色包包，站得笔直，在不远处怒气冲冲地上下打量着云诉。

云诉慢吞吞地走过去，吐了一口气，清了清嗓子："阿姨，好久不见。"

云诉没得到对方言语上的回应。

池资娴抬手，一巴掌打在云诉的脸上。

左脸火辣辣地疼，有刺骨的灼烧感，云诉下意识地偏过头，松散的头发遮住脸，看不清表情。

池资娴抬手，用食指点了点云诉的脑门儿："云诉，搬家了那么多次，还不是让我找到了？对了，我还真是感谢你，竟然还记得我们家一帘。"

云诉闭了闭眼，没说话。

池资娴嗤笑地看着云诉："还有，我得告诉你一声，要不是因为你，我也不会离婚，也不会一次又一次地被人喊疯子。"

云诉抬手碰了碰嘴角，哑着声说："对不起。"她抬起头来，盯着池资娴看，突然就笑了出来，"您收了那个酒驾司机的赔偿金，几百万元，所以就这么原谅他了，是吗？"

池资娴瞪直了眼，被一个小姑娘这样说，家长的威严荡然无存，瞬间成了"被踩到尾巴的老虎"。

池资娴抬起手，就要打下第二巴掌。

云诉闭上眼，没打算躲开，心想：是不是让池资娴扇得尽兴了，她就不会再来了？自己心口的疼，也会轻那么一点点？

意料之中的疼痛感没有传来，她睁开眼。

于觉的眸子黑得可怕，他抓着池资娴抬起的那只手，利落地一甩。

云诉愣住了。

池资娴被突然出现的人甩得往后退了几步才勉强站稳，张了张嘴，还没反应过来。

于觉伸手把云诉往身后一拉——池资娴的身影被挡住，云诉就只能看到他宽阔的肩膀。

于觉转过身，紧紧地皱着眉，整个人看起来冷极了，眼里是十足的戾气。他看着她红肿的左脸，沉默了几秒，无奈地叹气，接着声音低哑地说："对不起，我来晚了。"

云诉喉咙发紧，在听到这七个字的瞬间眼眶就湿了。

过道的灯昏暗发黄，把少年的身影拉得细长。云诉看到于觉动了一下，然后转过头去看池资娴。

他声音冷得没有一丝温度："云诉的过去我并不是很了解，也从来没有听她提起过你的存在。我不管你是谁——云诉是我的朋友，所以在我这里，不管你们之间发生过什么，我的朋友不能任凭你欺负。"

云诉僵住了。

池资娴也是第一次这样被人说，呆滞了好久，不可思议地看着于觉。

"咔嚓"一声，云诉家的门被打开，付银宇嘴里咬着一根冰激凌立在门口："怎么了？发生什么事了？"

池资娴站定，双手抱胸，目光讥讽地在他们身上来回转："云诉，我还真是小瞧你了！"

她话里羞辱的意思太明显，付银宇当场就炸毛了："阿姨，你是谁啊，怎么能这么说话呢？"

云诉不想解释，也没打算解释，站在于觉身后，声音淡淡地道："您来找我有什么事？"

池资娴把手腕上的包拿下来，抓在手里："我下次再来找你。"

高跟鞋踩在地上发出的刺耳的声音渐渐远去。

于觉深吸一口气，转过身拉着云诉就往电梯方向走。他脸上没什么表情，嘴角绷得很紧，周身溢出来的寒意还没消失。

付银宇站在原地，朝他们喊："你们要去哪儿？又不管我了？"

云诉乖乖地被他拉着离开。云诉没有被池资娴打蒙，他刚才说出的那番话一直萦绕在她的脑海中，久久没有散去。

于觉进了电梯，按下一楼。

云诉死死地咬着唇，一言不发，只是看着他，眼里的泪水打着转。沉默了两分钟，她终于还是忍不住，别开眼，泪水簌簌落下。晶莹剔透的泪水，滑过少女白皙的脸颊。

于觉叹了一口气，想抬手帮她擦眼泪，又觉得不太合适，软声道："你别哭，嗯？不哭了，我比谁都渴望能照顾好你。虽然我不知道你们之间之前发生了什么，但这些都会过去的。"他看她的泪水还在一颗一颗地往下滴，"云诉，别哭了，嗯？"

少年的声音很低，他无奈地叹了气。

云诉伸手抓着他的衣服，手指用力，哭笑不得："我也不想哭啊，但是控制不住。"

"没事，你还有我呢。"他勾唇笑了笑。于觉看着她，抬手摸了摸她的头："我一直都在的，没事。

"这些事一定会过去的。"

他自说自话地嘟囔了好久，四周一片安静。于觉越说越委屈，声音都低沉下来。

云诉都有点儿怀疑刚才被扇巴掌的不是她了。

"唉，我都这么安慰你了，你也不给我回个话？

"我这校霸当得好失败。"

云诉忽然扯了扯嘴角，松手，微微推开他："于觉，还好有你。"

天色已经暗了下来，路边昏黄的灯光也亮了起来。

云诉和于觉坐在车子的后座上。司机开的速度并不快，她伸手一按，车窗打开。

一股又一股的风吹过来，于觉偏过头，见少女柔软的身体软绵绵地靠在椅背上，显得十分瘦小。

车子拐了个弯，速度有点儿快，没多久，停了下来。

于觉结好账，打开车门走下来。

云诉也跟着下车，抬眼看了一下，"宁城机场"四个大字立在眼前。她心里一惊：他怎么会知道？！

少年轻轻笑了一下，伸手微微扯了一下她的衣角："走吧。"

云诉就这样跟着他走，所有不好的情绪一瞬间都消失不见了，鼻子有些酸，张了张嘴，问："你怎么会知道我今天要去禾市？"

5月2日，苏一帘离开的日子，云诉每年都会去禾市看她。

于觉说道："之前你把手机放在桌子上，没锁屏，我不小心看到你订了今天的机票。"

"所以，你就给自己也订了一张？"云诉侧着头看他。

他淡淡地"嗯"了一声。

"那你为什么都不问我？"

于觉勾唇一笑，说："问你，你肯定不让我陪你去了。"

飞机上，云诉安静地坐在椅子上，窗外浮着一片片云朵，往下一看，灯火辉煌。

她肩上那人的呼吸声很轻。于觉上了飞机后没多久就睡着了，整个身体靠过来。

云诉抬手，轻轻地摇了摇他的肩："于觉，我们到了。"

其实，他早就醒了。

于觉将脑袋微微动了动，往她那边倒。

云诉一把推开他的脑袋，站起身："你继续在这儿睡吧。"

说完，她没顿一下，径直下了飞机。

于觉瘫在椅子上，舌尖碰了碰嘴角，心想云诉这脾气可真够火暴的。垂头笑了一下，他立马站起来，追上去。

出了机场，两人拦了一辆出租车。坐上车，云诉报了地址。于觉转头看了看她，没有说话。

没多久，车子停下，于觉付好钱，两人下车。

沿着街道走了一会儿，云诉停在一家花店前。没一会儿，她走出来，怀中抱着一束蓝色的满天星。

云诉对他说："走吧。"

夜很深，风很凉，此时早已过了 12 点，昏黄的灯光打在街道上，路上已经没有多少行人。

于觉走在云诉的身侧。忽然，她停下脚步。于觉抬起头，"禾市五中"四个大字出现在眼前。

他们站在斑马线旁，云诉蹲下身，把怀中的满天星放在白色的线上。

她扎起的马尾散开了一些，几缕发丝微微遮住她的侧脸。云诉伸手，指尖触及地面。她小心翼翼地呼吸着，声音破碎又无力："对不起。"

苏一帘说过的，她最喜欢满天星。

好久好久，云诉只是蹲在那里，什么都没说，于觉也什么都没问。

忽然，云诉侧过头，撇着嘴，对蹲在她旁边的于觉说："于觉，我得和你说个不好的事。"

于觉反应过来，往她那边靠了靠，轻声问："怎么了？"

云诉身体晃了晃，表情有些不对："我腿麻。"

于觉笑出了声，伸手扶她，带她到一边的长椅上坐下。两个人休息了一会儿。

云诉问于觉："你来过这边没？"

于觉摇头："没有。"

"我在这边住过几年，带你去玩儿？"云诉笑着问。

"好。"

眼前一片五颜六色的灯光，热热闹闹，人山人海，云诉带于觉来了江边。

她记得这里会热闹到很晚。凉意有些黏人，伴着风来。跟着人流，两人沿着江边一直走。

小道两边摆放着好多小摊子，玩儿的、吃的，应有尽有。四周熙熙攘攘，大多是学生，一眼望过去，只有云诉自己穿着校服，显得有点儿突兀。

明天是周末，云诉没有了早起的顾虑。两人眼前走过一个小女孩儿。她那小小的手被大人牵着，脸上眉开眼笑，高高扎着的马尾上绑了一个粉色的氢气球。

云诉笑了一下，狭长的眼尾弯起来，看着于觉："于觉，你看那个小朋友，好可爱。"

于觉顺着她的话说："嗯，你比她还可爱。"

云诉面不改色，抓着他的衣角摇了摇："我也想你那么可爱。"

"可我不想那么可爱。"于觉故意皱了皱眉。

云诉当然知道他是故意的，没说话，引着他往前面的摊子走，指着被绑在一起的氢气球对他说："于觉，你喜欢什么颜色的？我买给你。"

于觉答非所问："我不要。"

云诉瞪着他："粉色、蓝色，你选一个。"

"一定得选蓝色吗？"

云诉道："正经点儿，快选一个。"

于觉勾唇："好吧，那就蓝色。"

云诉转身对摊主说："老板，我要一个粉色的。"

于觉闻言有些诧异。

摊主是个年纪不大的女生，拿了一个粉色的氢气球递给云诉，眼睛有意无意地瞟着在云诉身边站着的于觉，小脸儿就有些红了。

这人还挺招小姑娘喜欢的，云诉在心里暗自吐槽。

身边有几个人经过，于觉把云诉往他这边扯了扯，掏出钱包："要两个粉色的。"

他接过氢气球，轻轻揉了揉她额前的发："走吧。"

云诉"嗯"了一声，迈着步子跟上。

没走两步，于觉拉着她往旁边一站，垂眸，长长的睫毛覆盖下来，把一个气球绕在她的手腕上。

云诉以前就来这里玩儿过一次，这次和上次的感受大不相同，那些烦心的、想不通的事一瞬间被忘掉，竟感到了极其少有的、难以言喻的兴奋，也许是因为站在她身边的是他。

于觉给云诉绑好气球，还甚是满意地观赏了一会儿："你怎么就那么可爱呢？"

云诉歪了歪脑袋："来，我也给你绑上。"

于觉十分配合地把气球放到她的手里。

他太高了，云诉站着给他绑有些吃力，便引着于觉来到一边的木椅旁，将手按在他的肩上，让他坐在椅子上。

她站在他跟前，拿着白色的细细的线，出其不意地伸手拽过他的衣领子，将于觉一下子拽到她眼前。云诉轻声说："于觉，你再低下来一点点。"

他身边是涌动的人潮，耳边是少女温软的声音。

云诉眼睫低垂，眼睛清澈明亮。她和他对视了好久，眼底映着斑斓缤纷的灯光。

于觉耳根处一片红晕。云诉笑着，就站在他眼前。

于觉听话地将脑袋又低下来了一点点，瘦长的两条腿伸着，两手随意垂着。云诉看到他闪过光的黑眸。

周围很嘈杂，有过路人朗朗的笑声，不远处的小摊前，人潮汹涌。微凉的夜风肆意地吹过，两个人的心似乎也有了涟漪。

云诉两只手捏着氢气球的细线，抬起手臂，坏笑地说："我给你绑在头发上了。"

少年没反驳一句。细长的手指擦过少年乌黑的发丝，软软的，云诉捏着他的一小撮头发，将细线缠绕在他头上。没一会儿，云诉垂手。

于觉还坐在椅子上，皮肤很白，眼角稍翘。

云诉仰头看了一下，漆黑的头发上绑着的细细的线连着一个不大不小的粉色气球，和他冷淡沉郁的气质一点儿都"不冲突"。

但是，云诉最会学习于觉的得寸进尺了。云诉看着他，两手在空中画了一圈："于觉，我让你可爱到'爆炸'好不好？"

话音刚落，云诉抬眸往他身后瞧了瞧，扯着他的衣服又往不远处的小摊走，散发着木香的架子上，有各式各样的面具。

云诉拿了一个米奇的、一个厄厄的，这回不再征求于觉的意见，动作迅速地掏出钱付款，又拉着他回到刚才那个椅子前。

于觉看着她手上的厄厄面具，眯了眯眼。

云诉最擅长的就是挑战校霸的极限，嘴角邪恶上扬的弧度已经说明了她一定要让"大魔王"戴上这个面具。

两人安静好久，对视了几秒。

于觉叹气，又坐回刚才的木椅上："戴吧。"

云诉轻轻地笑，抬起手腕，指尖触到他稍凉的耳朵。于觉怔了一下，放下手。

她没让面具遮住他的脸，就只是虚虚地遮住他的额头。

云诉满意地看着他头上的那个厄厄面具，视线上移，又看向那个粉色的氢气球。

云诉心里很奇怪：这奇丑无比的面具是褐色的厄厄形状的，粗制滥造，能闻出一点点胶味，但是这么丑的面具也遮挡不住他的帅气。

她舔了舔唇，拿起那个米奇面具，戴在自己头上。

"云诉。"于觉忽然说话。

云诉低头"嗯"了一声。

不远处的喇叭播放着她不知道歌名的流行歌，四周嘈嘈杂杂。

他将脑袋凑近，说："别离我太远，丢了找不到。"

这明明是一句再普通不过的话，云诉整张脸却突然一热，心"怦怦"直跳。

夜晚的集市越发热闹，灯光五彩斑斓，人山人海。

他们肩并肩，百无聊赖地逛着，路过一个卖糖葫芦的摊位。

云诉转头问："老板，糖葫芦多少钱一串？"

"5元一串。"小摊老板是个中分发型的中年男人，笑眯眯地对她说。

云诉掏钱买下一串，两人继续往前走。云诉咬了一口糖葫芦含在嘴巴里，腮帮子被撑得满满的，举着那串糖葫芦，问他："你吃不吃？"

于觉勾了勾嘴角。

小丫头穿着宽松的校服外套，乖乖地拉着拉链，嘴边沾着点儿糖葫芦的糖渣。

于觉俯身，伸手整理了一下她的面具："你吃吧，我不吃。"

不远处很是热闹，不知道是个什么小摊子，一层又一层地围着人，让人看不清里面。

云诉对那边没兴趣，眼睛转向前面不远处的两个摊子，也不管于觉跟没跟上，径直走了过去。

她刚刚在摊位前站定，就听见一连串"丁零零"的响声，这是代表胜利的声音。正中靶心的是位年纪稍大的老爷爷，他身边站着眼角有点儿皱纹的老奶奶。老奶奶转身看了老爷爷一下。老爷爷用肩膀蹭着老奶奶的肩膀，乐呵呵地问："帅不帅？"

"帅，风采不减当年。"老奶奶无奈地摇头。

老爷爷拿好赢得的玩偶，牵着老奶奶的手，走远了。

这是一个射飞镖的小摊子。

云诉伸着脖子往摊位上看了一眼，上面的奖品意料之中地有些丑，很多钥匙扣、杯子、饮料、大小不一的玩偶。

不过没关系，还是有云诉看中的奖品，有一个小皮筋上的装饰和于觉头顶上的那玩意儿一模一样，小小的、褐色的，一坨屁屁。

她今天就是要走上"不归路"。云诉觉得就得给他配齐一整套装备。

"于觉，我把那个小皮筋送给你好不好？"云诉伸手指了指摊子角落的那个褐色的小东西。

她垂下眼帘，视线移到他的手腕上。

此时于觉将手揣在兜里，小皮筋上面的蝴蝶结微微探出一点儿。

"然后你把你手腕上的这个还给我。"她继续说。

于觉站在她身后，看了她一眼，是那种看精神病的眼神，发话道："不！"

他想都没想就拒绝了。

云诉咬了一口糖葫芦，咀嚼了两下，眨了眨眼睛。

少女长长的睫毛扑扇着——云诉难得撒娇。

于觉叹了一口气，说："你怎么就那么钟情于……"

他没把话说完。

云诉咬了一下唇，藏着光的眸子亮晶晶的。

"你送吧。"于觉放弃挣扎。

摊主已经把靶子上的飞镖全拿下来了，听到两人的对话后，表情逼真地安慰道："小伙子，你别看它是一坨屁屁，可它堪比真的大便，非常逼真，玩儿不玩儿？"

闻言，于觉无言以对。

云诉兴致特别高，在原地跳了两下："老板，我要玩儿，多少钱？"

老板瞬间笑得满脸皱纹都快连在一起了："好嘞好嘞，5元10个飞镖。"

于觉看了一眼最里面架子上趴着的毛绒绒的灰白色狗玩偶。

玩偶很大，穿着紧身牛仔外套，拉链没拉上，露出里面蓝白条纹的毛衣。

于觉抬了抬下巴："那个怎么拿？"

"想要这只狗呀？你看，"老板侧身往摊位中间几个空着的靶子一指，"要赢那只狗得用到两个靶子，10支飞镖，每个靶心中5支，太难了。那只狗放在这儿半年了，还没人能拿走。"

老板骄傲地说："要是你能拿到30环，小皮筋你就拿走，拿到40环杯子和玩偶自己选一个。"

于觉没说话。

云诉歪头看他。见于觉抿着嘴，不知道在想什么，云诉又转头看了看那只大狗玩偶。

云诉觉得，于觉不太行。

这家小摊是他们一路过来看到的唯一一家飞镖小摊，木制的板上挂着一排排黄黑色的靶子，环数在上面标得清清楚楚。

云诉付了10块钱，目标明确，就是那个皮筋。

她扭头，左眼一闭，勾唇："觉哥，看我给你赢屉屉。"

于觉说："我把那只狗赢给你，大便我就不要了。"

云诉哼了一声："狗和大便都是你的，因为你是坏人。"

于觉无言以对。

10支飞镖，云诉全拿在手里，声音又小又轻："这么嫌弃？"

于觉没有回答。

"那行吧，咱俩比赛，你赢了我，我就不送你了。"云诉觉得自己真是越来越欠教育了，话说得那么满，也不知哪儿来的自信。

于觉点头："行。"

他也拿起架子上镖尾是红色的飞镖，用手指在空中比画了一下："你射这两个，我射那两个。"

云诉举起飞镖，左眼眯起，瞄准。

"咻"的一声，靶子最外围五颜六色的灯亮起来——飞镖正中靶心。

云诉笑了，眼睛亮晶晶的，仰着下巴朝于觉哼了一声。

于觉垂眸笑着，舌尖触了触嘴角，抬手在她脑袋上揉了一下，举起手来，瞄准，"咻"的一下。

云诉都还没反应过来，就听到不知是谁惊叫了一声："这么厉害？！"

云诉猛地转头，见刚才还在他手中的飞镖，现在正稳稳地扎在红色靶心上。

她看了足足有 5 秒钟，才转头看向于觉，眼里的意思很明确——你刚刚不是在看我吗？你刚刚就是在看我呀！

这灯光是怎么亮起来的？这飞镖怎么可能会在那靶心上？

于觉笑了笑，低声说："不厉害一点儿，怕被小瞧了。"

说完，他又拿起飞镖，镖尖朝上举了举。

两人对视了一会儿，少年迎着暗黄的灯光，一扯嘴角。

四周热闹非凡，云诉的世界里却出奇地安静。

她只听到几声连续的"嗖"，然后是周围人的惊叫声。

于觉漫不经心地说："觉哥是规则。"

云诉呼吸一滞，脑海里似乎炸开了一朵又一朵的烟花，不断萦绕着少年的那句话——觉哥是规则。

她愣了几秒，身后突然响起热烈的起哄声。

云诉扭头一看，本来小摊周围只有几个人看热闹，不知不觉间，看热闹的人围了几层。其中有一个妈妈左手牵着一个男孩儿，右手牵着一个女孩儿。男孩子说："妈妈，这个哥哥好厉害！"

那位妈妈笑着说："嗯，你以后也要像哥哥这么厉害。"

小男孩儿继续惊呼："妈妈，我也要像哥哥一样在头发上绑气球！"

小女孩儿奶声奶气地说："哥哥头上的面具也好看！"

云诉侧头笑出了声。她神气地转头举起飞镖，学他瞄准，扔出去，瞄准，扔出去。云诉算了一下自己的成绩，正好30环，环数低，真的就只得了那个小皮筋。

她抱着那只毛绒绒的狗玩偶走在于觉前面，出神地看着摊位上的冰激凌，抬头说："于觉，我要吃这个。"

云诉紧紧地抱着狗玩偶，玩偶耳朵上白色的长绒毛搭在她的肩上，她的侧脸被遮了一大半。

于觉伸手，拿过她的玩偶，利落地付钱，把冰激凌交给她。

云诉张嘴咬了一口冰激凌，见身前走过两个人，头上都戴着小熊头箍。

云诉挑眉，笑了一下，走上前，将手搭在少女的肩上："雨思。"

米雨思惊了一下，猛地转过身，没想到会在这里遇见云诉。米雨思的老家在这边，家里有点儿事，陈雨兴便陪米雨思过来了。

云诉看看米雨思，又看看陈雨兴，眼神狐疑地问："你们两个怎么在一起？"

陈雨兴赶紧接话："是我非要跟着她来的。"

少年声音冷淡低沉。

米雨思不知如何回答，脸红红的。

云诉凑到米雨思耳边，低声细语："他说的是什么意思啊？你竟然瞒着我。"

米雨思羞得一低头："没有！"

于觉伸手抓上云诉的后衣领，把她往自己的方向拉："别说悄悄话。"

云诉扭头，瞪了他一眼。之后，四个人一起玩儿，陈雨兴和米雨思走在前面，于觉和云诉跟在后面，那只玩偶也一直被于觉拿着。

深夜很快过去，云诉和于觉赶到机场。坐在候机厅里，云诉完全没有困意，眼睛乱转。大大的玩偶自己趴在另一张椅子上。于觉坐在她身侧，轻轻地笑着。

云诉咬了一口面包，奶油味弥漫在口中，猛地想起来什么："对了，给你的小皮筋。"

于觉嘴角轻轻抽搐。

云诉将手伸进校服口袋里摸了摸，把带着褐色厄厄装饰的小皮筋摸了出来，嫩白的手掌在他眼前摊开。

于觉叹了一口气："戴上。"

云诉眯眼笑了笑，将面包咬在口中，抬手把黑色的头绳套在他的右手腕上。

少女耳侧的几缕发丝随着她的动作落在侧脸上。

于觉笑着说："你认真的样子还挺好看。"

云诉一时没反应过来，愣了几秒，脸开始有些红，说："你不要总是乱说话。"

于觉继续耍赖，刻意加重了语气，弯唇用气音说："我不管。我心里怎么想嘴上就怎么说。"

第二天上午十点，云诉回到家。见付银宇还在房间里玩游戏，云诉洗漱好就回了自己的房间。

不知道为什么，直到现在她都没有一点儿困意。她坐在书桌前，做了几道化学题才觉得困，双臂大大地张开，懒懒地伸了个懒腰就上床了。

室内的温度刚刚好，但也容易着凉，云诉盖了一条薄薄的毯子，闭上眼，不知不觉地想到了池资娴。时隔许久，再次见面，池资娴给云诉的感觉更陌生了。那么多年了，云诉以为池资娴不会再来找自己了。然而池资娴能原谅酒后驾车肇事逃逸的司机，唯独不能原谅云诉。

床头的灯光昏黄，手机被扣在书桌上，微微露出几丝光来。"叮咚"一声，微信消息提示音响起，手机振了一下。

云诉拿过手机，看到于觉发来的消息。

"睡着了？"

手指按在手机上，云诉正要回复，又收到了几条消息——

"居然睡得那么快。

"你一定不知道，我正站在你家门口。

"你家里可还有另一个人，你要有点儿戒心。"

这人就是爱乱说话。看到这里，云诉笑了一声，拿着手机翻了个身，心里想着：要是她没回复，他会继续说什么？

提示音接连不断地响起，最后一条消息是语音。

少年穿着墨蓝色睡衣，长腿微屈，靠在房门上，睫毛垂下来，表情慵懒，将手机靠在唇边，笑了笑："好眠，云诉。"

那天，云诉睡到很晚才醒，晚上起来吃完饭，没多久又去睡了。夜里1点钟，云诉头挨着床沿，身上的毯子已经到了脚边，慢悠悠地转醒——她有起夜的习惯。

穿好拖鞋，云诉眼神迷离地打开房门，走进厕所。出来时，云诉发现旁边的房门没关紧，细小的门缝里透出房内暗黄的灯光。

云诉心存疑惑，悄悄将门推开了一点点。

窗外的路灯依旧亮着，室内光线昏暗，空气中浮着微小颗粒。

月亮挂在半空中。

原来是于觉不知道什么时候过来了。他两手放在书桌上，脸伏在手臂上面，乌黑的眼睛闭着，呼吸平缓——他睡着了。

云诉放轻步子，没发出一点儿声音，走到窗边拉上帘子，又停在他身边，垂下眼睛。十几张试卷乱七八糟地堆在桌上，他手下还七零八落地压了几张。

她仔细看了一下，这些试卷上的内容都是老师还没讲到的。果不其然，后面的大题他只写了最后的答案。

书桌一角，高高地堆了几本笔记本，他的手边也有一本，是黑色皮革封面的。

云诉拿起笔记本，翻开第一页，右下角写着一个大写字母"Y"。她继续往下翻，一直翻了好几页。每一张纸上都有密密麻麻的黑色字迹，全是笔记，少年将化学题目的解析过程写得工工整整。

这些全是老师说过或没说过的非常重要的题型。

云诉顿了几秒，几乎下意识地就把视线移到于觉身上。他没有醒来，还睡得很熟。快翻到最后一页时，她目光一顿，发现笔记本里夹了几张便利贴——

"今天的作业是写练习册第 14、15、16 页，老师让下午第一节课交。"

"英语试卷发了两张，我放到你抽屉里了，记得写。"

"今天上午你没来，老师说明天要做物理小测试。"

便利贴上都是她的字迹。

云诉一僵，大脑死机了好几秒。

他也不是旁人看起来的那么轻松，718的恐怖高分也不是随便取得的，这本笔记就是最好的证明。而他把她写过的便利贴全夹在了这个笔记本里。

那个晚上，云诉轻轻地给于觉盖了条毯子。她坐在他床边，翻过一页又一页，看完了他书桌上所有的笔记本。

第十章

年级第一

时间一晃而过，转眼就迎来了月考。

五月底，阳光一如既往地明媚。

月考开始那天是周一，前一天晚上于觉被于爷爷叫回了家，因此云诉今早是一个人来的学校。

她今天起得早，在开考前 30 分钟就进入了考场。她所在的考场和上次一样，是最后一个——上次只是年级小测试，学校懒得重新排考场座位。

所以，她出现在考场后门的时候，有那么一瞬，乱哄哄的考场安静了一下。

程岚倾和周杭还没来，云诉轻车熟路地走到自己的座位坐下。

这次月考是全校统考，并不强制学生穿校服。于是，一眼望过去，大家全穿着自己的衣服。

云诉坐在后排，所以后排的同学没敢窃窃私语，但前排的同学一点儿顾忌都没有。

一个穿粉色卫衣的女生说："这就是空降的年级第一啊，长得还这么好看。"

戴鸭舌帽的女生说："年级第一是重点吗？我觉得她那张脸才是重点。"

穿粉色卫衣的女生拍了一下戴鸭舌帽女生的脑袋："你以为年级第一那么容易拿到？"

戴鸭舌帽的女生咬牙切齿："我说了多少次，别拍我脑袋！"戴鸭舌帽的女生又说，"你这个'二货'，那你以为随随便便就能长出那张脸？"

…………

云诉懒得理这些闲谈的话，将下巴搁在课桌上，眼睛盯着后门，心想：于觉怎么还没来？

5分钟后，后门闪过一个身影。云诉抬起头，眼睛迷茫地眨了眨，这人竟然穿了校服？穿着简简单单的黑白校服的人一瞬间在考场里显得格格不入。

于觉刚要抬脚走进来，身后露出两颗脑袋——程岚倾和周杭。他们也和于觉一样，穿着校服。

学校要求穿校服的时候，觉哥死都不穿；学校不要求穿了，觉哥非要穿。

于觉低垂着眼，表情冷冷的，走了进来。

云诉捂嘴打了个哈欠。她昨晚复习得有点儿晚，睡得也不是很好。

于觉坐下，长腿碰了碰她的桌角，压低声音说："云诉，我忘记带笔了。"

云诉凑过来，小声地说："下次不要忘记了。"

她从笔袋里掏出一支黑笔递给他，于觉还没接过，前排男生开始撒欢儿——

"这年级第一散着头发也太好看了。"

"清纯的小仙女啊。"

"学霸的颜值也太高了。"

…………

那几个男生像是没看到于觉在和云诉说话似的。程岚倾看看那几颗脑袋，叹息似的摇头，心想：他们真是眼瞎。

考试时间，云诉在写口语交际题的时候就发现旁边的哥们儿不对劲，脖子伸得像个长颈鹿似的，眼睛直往她这边瞟。

上次考试倒没有这样的情况，但现在，全校学生都知道云诉的真实水平了，学霸坐在身边，不抄白不抄。

云诉也没刻意遮着卷子，任那位兄弟"自由发挥"。这次试题的难度和上次差不多，云诉做起来没费什么劲，等把题全部答完抬起头的时候，距离考试结束还有一个小时。

云诉放下笔，单手托腮，扫了一眼在她右边坐着的于觉。"大魔王"垂着头，将笔在指尖转了两圈，而后单手撑着下巴，身子往桌边一靠，正面对着她，他的目光定在试卷上，看着很认真。

忽然，感觉到了她落在他身上的视线，于觉掀了掀眼皮。两人四目相对了两三秒。

云诉动了动嘴唇，无声地说了一句话。

考场里静悄悄的，入耳的只有接连不断的笔尖"唰唰"掠过纸张的声音，但于觉听懂了来自同桌的威胁：别忘了说好的事，小心我不理你。

考试结束，于觉和云诉一前一后地走上去，把试卷交到讲台上。

于觉将试卷放在讲台上时，云诉瞄了一眼，答题卡被一片密密麻麻的黑字填得满满当当。

云诉挑了一下眉。两人一起出了考场，一步一步跨下楼梯。见云诉离他有一个拳头的距离，有点儿远，于觉移了移。两人一直走到校门口，决定去吃麻辣烫。

云诉刚将右脚踏出校门，兜里的手机振动了。她掏出手机，手指一动，按下接听键。

肖绪低低的声音传过来："你考得怎么样？现在在哪儿？"

云诉还没来得及回答，那头肖绪手中的电话被宋裕新抢过去："妹妹，哥哥想请你在教室里吃个泡面。"

云诉走上教室所在楼层时，肖绪靠在墙上，眼睛低垂着，双手揣在兜里，整个人看起来懒洋洋的。

看到云诉和于觉来了，宋裕新扬了扬眉，"哎"了一声，说："妹妹你总算来了。你看，我这个月所有的零花钱都给你供上了。"

随即他便将身子往旁边一侧。

走廊上，四盒桶装的老坛酸菜牛肉面高高地摞在一起。

宋裕新耍宝似的从兜里掏出四根玉米肠："我还专门给你加了配料。"

云诉无言以对，扭头看了于觉一眼，往后退了一步，抓过他的衣袖，把他拉过来，交流了三分钟。

云诉很疑惑，表情极其嫌弃："咱们为什么要回来吃他们的泡面？"

于觉思路清晰，说："没事，下次让他们请咱们吃大餐。"

这次考试的试题不难，肖绪提前交了卷，一出考场就收到了宋裕新发来的消息。所以，他们在这里等云诉挺久了。

云诉忽然瞪着眼，扯了扯于觉的袖口，声音不算大，就是他们四个人都能听到的音量。

云诉说："于觉，有件事我瞒你很久很久了，其实我不是一个乖乖女，没事总爱调侃别人，特别是像你这样长得帅的。"她补充道，"我开玩笑的时候，内心绝对毫无波澜。"

于觉扬了扬眉，一只手搭在她的肩上，整个人往她那边靠："诉爷，我差点儿忘记和你说了，我也不是一个乖小孩儿。"

这和说好的剧本不一样，云诉白了他一眼："我们家不只我不乖，我哥更不乖！"

肖绪抬起头来，有些躺着中枪的感觉。

"只不过还是我更顽皮一些。"云诉像没看到肖绪的表情似的继续说。

于觉笑了："好巧，我也觉得我更顽皮一些。"

肖绪和宋裕新疑惑不解：这俩人究竟在搞什么名堂？

月考持续了三天，月考结束隔天，学校举行了篮球赛，上课时间照常，下午最后一节课比赛。

篮球赛的流程上星期学校就贴了公告说明，文理班级不分开比赛，抽签决定对手。

非常幸运，云诉他们班的体育委员第一场就给他们抽到了8班，有着四个校队队员的8班。

铃声打响，云诉跟着队伍来到篮球场上7班和8班的比赛场地。

云诉属于那种在学习中"醉生梦死"、无法自拔，极其没有班级荣誉感的人。所以在比赛开始的前十分钟，她才通过柴斯瑶知道了篮球赛的存在。站在球场边线外，云诉手里拿着周杭在教室时给她的小旗子。红色的旗子上印着方方正正的黑色正楷字"7班最棒最帅，加油！"，这口号明显就是女生想出来的。

记得高一时，付银宇也是缠着云诉想口号，她就给了他八个字："感天动地，1班加油。"

忽然，四周爆发出阵阵狂热的欢呼声，都是女生发出的。

云诉转头定睛一看，于觉和周杭他们几个走进来，除了于觉，其他人都穿着黑色的球衣。

于觉径直走到云诉身边坐下。

云诉看着他，问："你不打吗？"

于觉勾了勾唇角，还没来得及说话，周杭就抻着脖子冲这边喊："觉哥肯定得打呀！他要不在，我的手感就飘走了！"

云诉、于觉及其他同学皆是一笑。

7班打篮球好的男生就于觉、周杭他们几个。

谷泽手上还拿着一件黑色的球衣，上面印着大大的"32"。

云诉扬了一下眉，看着他："那你怎么还不换衣服？"

于觉垂手，声音带着笑："想知道我为什么不换吗？"

"嗯。"云诉点头，老实巴交地承认。

比赛还有十分钟就开始了，谷泽早就明白了于觉的意图，将球衣在手上甩了一圈，球衣掠出一道完美的抛物线，被丢进于觉怀里："赶紧的。"

云诉看了那球衣几秒。

于觉将球衣拿起，垂眸看她："这不是在等你吗？"

买完水回来的柴斯瑶正好听到他这句话，踢了他的小腿一脚："大庭广众的，请你自重。"

视线移到场上，于觉站起来。

柴斯瑶把好几包零食塞进云诉怀里，咬着一根棒棒糖："哎，小云朵，你说咱们班会赢吗？"

云诉拧开水瓶盖，想了一会儿，弯唇笑道："会的。"

他就是规则。

篮球场上，比赛开始。于觉穿着黑色球衣，戴着黄色护腕，和队友们一起迎战。陈雨兴起跳，抢到第一个球。周杭拿到球，越过一个人，目光捕捉到谷泽的位置，手上的球下一秒就要传过去。忽然，周杭看着面前拦截他的人，勾唇笑了一下，出其不意地做出一个假动作。于觉当时已经站在三分线外——周杭将球高高地抛出去，于觉接球，手臂抬起，起跳，上半身有点儿后倾。将篮球抛出去，他没再看球一眼，径直转身，将视线投向云诉的方向。

他稍稍偏过头，用右手拍了拍胸口，握紧拳头，大拇指和食指贴着，比了个简单的爱心，然后伸手指向观众席的位置。

"唰"的一声，橘红色的篮球稳稳地落进篮筐——空心球。这人看都不看篮筐一眼，胜利的姿势倒先摆上了，真是骚得没边儿了。

篮球场上陷入几秒钟的寂静，紧接着，吼叫声和尖叫声惊天动地。

7班同学的声音最大，柴斯瑶激动地摇着小红旗。

周杭几个人激动地冲到于觉身边，跳起来，用肩膀和他的肩膀相撞，这是他们独特的庆祝方式。

云诉站在原地，两人隔得很远。她没有说话，但心里像炸开了烟花般，嘴角无法控制地翘着。

程岚倾站在和云诉隔了一个人的位置，拿着一个白色的喇叭，边上还有点儿红色，是为了这场篮球赛特意去买的。上次付银宇来找云诉，程岚倾深受付银宇的影响，立志向其学习，也要给于觉作首诗。

程岚倾嘴对着喇叭，张开手臂对着 7 班的位置喊："7 班的同学们，跟着我唱！"

程岚倾算半个 7 班的人了，全班同学满眼兴奋，就等着跟他唱。

程岚倾转身，身后的几个男生会意地点头，高高举起手中的扫把。扫把并成一排，红黄蓝绿全都有，阵势非常惊人。

程岚倾慷慨激昂地唱："风在吼，马在叫！"

7 班同学紧接着唱："风在吼，马在叫！"

那排扫把往左边晃了一下。

程岚倾震耳欲聋的声音又响起："觉哥在撒娇！"

7 班同学跟唱："觉哥在撒娇！"

那排扫把往右边晃了一下。

程岚倾唱："撒不出就咆哮！"

7 班同学唱："撒不出就咆哮！"

扫把不间断地左右摇晃。

云诉、于觉及篮球场上其他人满心诧异。

云诉在心里想：她当年给付银宇想的八字口号，已经很帅了。

程岚倾的口号让观众席上一直保持着热烈的气氛，比赛最后以 63∶52 的比分落幕，7 班赢了 8 班。

裁判把最后一声哨子吹完，于觉用手背擦着下巴上的汗水，朝休息区走去，来到云诉的对面。

周杭和谷泽几个人在后面兴奋地击掌，嘴角的笑意根本控制不住。

"实践出真知，有觉哥在，果然输不了。"

"废话，你又不是没看到他今天的三分球有多跩。"

"你见他以前这样过吗？还不是因为云诉在。"

围观的学生散去了很多。

虽然不怎么懂篮球，但云诉现在难以控制自己的心情——史无前例地兴奋，想越过篮球场，想立即冲到他身边。

云诉把手中的小旗子递给柴斯瑶，刚一抬眼，就看到几个女生红着脸害羞劲十足地往于觉他们那边冲。女生们停在于觉眼前，将什么东西递了过去。

于觉坐在椅子上休息，两只手撑在腿上，弓着腰，脑袋低垂着，汗水顺着侧脸流下来。他抬眼，将视线移过去。

几个女生脖子都红了。

"那个……于觉同学，你辛苦了。"

一瓶瓶水被递到他面前，女生们争抢着说。

"这是我给你买的水。"

"这是我的。"

"这是我的。"

…………

那些水他都没有接。他漫不经心地捏着球衣下摆，抬手往上一撩，擦过额间的汗，露出小腹上结实的腹肌。

果然，下一秒，场上就响起众女生高高低低的尖叫声。

云诉隔着这么远看见球场另一边的情形，非常非常不爽。

递水的几个女生深吸一口气，脸红得跟猴子屁股似的，胆子更大了，一股脑儿地把水塞进他怀里，把手机立在他面前，亮出微信二维码，用意再明显不过。

看到这一幕，柴斯瑶几乎是条件反射地偏头看了云诉一眼。

于觉看到云诉盯着这边看了好一会儿。

她笑着，抬手打开本要给他的矿泉水，仰头"咕噜噜"一口气喝了大半瓶，垂手盖上瓶盖，身体一转，抬起手腕，矿泉水瓶在空中掠出弧线，"哐"的一声，稳稳地落入不远处的垃圾桶内。

然后，云诉转身走了。

于觉赶紧追上去。

周杭小跑到柴斯瑶身边，将一只手随意地搭在她肩上，看着于觉追出去的方向，止不住地笑："觉哥完了。"

柴斯瑶拿着手机举到他面前："我已经订好了。"

"订什么？"周杭没明白。

"你觉哥的棺材。"

周杭惊讶不已。

突然，柴斯瑶瞥了周杭一眼："要不，也给你订一个？"

云诉从篮球场出来，才走了三四步就被迎面赶来的高老头儿拦下了。高老头儿是 10 班的班主任，10 班今天也有比赛。

高老头儿眉开眼笑地拉着云诉站到一边，刚想跟她提成绩的事，突然转了话题："你怎么不好好穿衣服？手去哪儿了？"

她刚把两只手缩在衣服袖子里面了。

心虚了一瞬，云诉乖乖地把手从袖口里伸出来："老师，您要和我说什么事？"

因为她的话，高老头儿终于想起了正事，眼角的皱纹都笑出来了："云诉同学，你这回月考比上次考得还好呢。"

高老头儿的手里拿着一本书，他抽出里面夹着的成绩单，将白色的纸张迎着扑面而来的风甩了甩。

高老头儿将成绩单平整地放在书上，给云诉看清楚："虽然这次排名变了，但分高了很多，你也不要灰心。这次的试题，各科老师都说了，比上次难了点儿。"

云诉垂眸。

高老头儿用食指指着云诉的名字所在的那一行："你看看，你化学这次 96 分，比上次进步了。"

云诉右手紧紧地握着拳头，吐了口气，眼睛死死地盯着第一行。

她的名字排在第四行……

身后有脚步声传来，高老头儿抬眼一看更乐了，招着手让那人过来："于觉，来得正好，你终于让老师放心一次了，没再给我考58分了。你知不知道，老师现在做梦都能梦到你那58分……"

脚步声靠近，于觉站在云诉身边，视线下移，落在成绩单上——白纸黑字，他的名字在第一行。

高老头儿声音越来越高："于觉你的总分是688分，年级第一。你化学满分，不错，老师好几年没见到满分了。"

程岚倾不知什么时候跟了上来，搭着于觉的肩，没脸没皮地说："觉哥这次放大招儿，终于发挥出正常水平了。"

云诉已经神游天外，面无表情了。她这次的分数确实低了点儿，总分646，年级第四，班级第三。比起上次的38分，她和于觉之间的差距又多了4分……这分数差得越来越多了，她真的很烦。

做学霸多年的云诉同学有了前所未有的无力感。

连着两次都这样，想到以后的分数差可能越来越大，云诉这个星期都不想再看到于觉这个人了！

云诉忽然笑出来，声音轻轻的，眉眼弯起来。

高老头儿看得一愣一愣的。

云诉轻声说："老师，谢谢您告诉我成绩，那我就先走了。"

没顿一秒，云诉抬脚就走。

于觉跟高老头儿说了一声就赶紧跟上去了。

高老头儿抬手，还想挽留，再给于觉灌会儿心灵鸡汤。程岚倾伸手把高老头儿拉进篮球场："高老师，您班的比赛快开始了。"

云诉回了教室，推开后门走进去，于觉跟在她身后。

"咔嗒"一声响，后门被他关上了。

云诉坐在座位上。

于觉走进来，拉开椅子坐下，将脑袋靠过来，垂眼。两人之间的距离很近，他压低声音问："生气了？"

云诉没说话，眯了眯眼，转头看他。

她的反应有些有趣，于觉扬着唇角，看起来心情非常好。

云诉涨红了脸。

于觉笑出声，也不说话。

云诉听到他笑出了声，更生气了。

云诉其实很清楚自己是怎么回事。一直以来，她都把自己的情绪控制得很好，但是一碰到于觉，就彻底乱了方寸。

云诉看着他，请教道："那我该怎么表达我的不高兴？"

"为所欲为。"他轻声说。

云诉眨了眨眼睛，目不转睛地看着他。

于觉认真地观察着她神色的变化："不生气了？"

这本来也不值得生气，但云诉不想让他太得意，将目光游移到课桌上，口是心非地答："还行。"

晚上是英语晚自修，下午大家一举赢了篮球赛，班主任挺开心的，就和陈雨兴说晚自修可以播放电影。

云诉和柴斯瑶在校门外吃完饭就回了教室。

夜幕来得正好，晚风中夹杂着丝丝凉意。

可能因为刚考完试，加上赢了球赛，同学们格外兴奋，刚过了六点教室里就热闹起来。

电脑是锁着的，他们自己打不开。

云诉坐在座位上，手臂下压着一张英语试卷，黑色水性笔在试卷上留下一串整齐的英文。

柴斯瑶手里拿着一包原味的薯片咀嚼着，"咔嚓咔嚓"的声音在空气中蔓延开。

她屈着腿，靠在谷泽的桌边和云诉说话："小云朵，听说这次月考成绩出来了。"

云诉的笔尖一顿，她哼笑了一声："嗯，高老头儿给我看了成绩。"

她差点儿都忘了于觉考年级第一这件事了。

柴斯瑶还想说什么，周杭不知道什么时候进来了，伸出手自然地搭在她肩上，表情非常自豪和崇拜："斯瑶，我和你说，觉哥这次没在考场上睡觉，年级第一绝对是他的。"

柴斯瑶看了他一眼，又塞了一片薯片进嘴里，含混不清地问："你不是说，你睡到离考试结束还差半个钟头才醒吗？你怎么知道于觉没睡？"

"因为我睡的时候他还没睡。"周杭伸手，也拿了一片薯片塞进嘴里。

柴斯瑶给了他一记白眼，于觉正好走进来，拉开椅子坐下。

柴斯瑶仰着头问他："于觉，这次你年级第一？"

于觉伸手在抽屉里拿出英语课本，抬眼，脸上没什么表情："嗯。"

云诉低着头，长长的睫毛垂下来，看不清表情。他没注意到云诉瞬间将手中的笔握紧了。

"多少分？"柴斯瑶歪着头问。

"688 吧。云诉考得也很好，646 分，排名就在我后面一点儿，年级第四。"于觉不忘夸一下自己的同桌。

柴斯瑶想了想，口中咀嚼的动作一顿，视线下移。果然，下一秒，云诉松手，将笔扔在桌面上，发出"啪"的一声轻响。

柴斯瑶眼皮一跳。同是女生，她知道女生的这些小心思，拉着周杭赶紧往外走，嘴里找着借口："走，陪我去买水喝，渴死了。"

两人的脚步声越来越远。

云诉稍稍歪头，两手插在衣兜里，身子懒洋洋地往后面一靠，看着于觉，眼睛眯了眯："于觉。"

于觉抬眼。见云诉勾起食指，于觉往前凑了凑，拉近距离。

少女的眼睛笑起来弯弯的，她屈起手指让他靠过来的样子像个小狐狸。

云诉抬腿，将膝盖撑在书桌边，将视线从他身上移开，落在讲台的位置，不看他："从现在开始，我要生气两个小时。"随后，她抬腕，垂眸，"现在是6：15。"

于觉的表情很是无辜，他想不明白自己是哪里惹她生气了，篮球场上那件事已经翻篇儿了，肯定不是因为那事。

于校霸将价值万两的脑袋转了好久也不知道自己犯了什么错，开口："那商量一下行不行？一个小时？"

他说话的声音本来就低，故意柔和下来在这吵吵闹闹的教室里更显得没分量。

云诉心一软，转头："行啊，从现在开始你别和我说话。"

于觉说："不行。"

见班主任走进教室扫了一眼，讲台下的同学们识时务地闭上嘴巴，都回到自己的座位。

班主任打开电脑，调好电影，清了清嗓子说："看电影的时候别吵，别的班还在上课，别影响别的班学习。"

简单说了几句，班主任就走了。

教室里的灯已经被关掉，教室里漆黑一片，7班的人要是真能听话，那就是撞鬼了。

电影在上边放着，下面就像菜市场，非常吵，好多人换了座位。

周杭依旧没心没肺、吊儿郎当的，没注意到后桌安静得有些诡异的氛围。

他拿着手机，将手臂放在云诉的桌上，转头和她说话："诉爷，老师放的这部电影也太无聊了，你要不要和我们玩游戏？"

班主任放的这部电影，云诉之前看过了，没多大兴趣，点头："好呀，什么游戏？"

"《××荣耀》啊。"

眼前走过一个人，周杭抬头在那儿咋呼："哎哟，我说林妹妹你干吗呢？你的座位不是在前边吗，你来我们这后边干啥？"

林柳丛站定在云诉的桌边，说："我找云诉有事。"她低头说："云诉，老师说找不到你的作业，你找找，是不是忘记交了？"

云诉上次确实忘记交作业了，手在抽屉里摸了一会儿，掏出作业本递给林柳丛："给你。"

她低头拿起桌上的手机，点开《××荣耀》。这个游戏她是会玩儿的，只是很久没玩儿了。

林柳丛看到他们在玩游戏，有些兴奋："可以带我一起玩儿吗？我也想玩儿。"

周杭想都没想，点头："好啊。"

见林柳丛极其自然地坐在了云诉的座位上，于觉紧紧地皱了皱眉。

此时是上网高峰期，网速不是很好，几人等待游戏开始的时间有些漫长。周杭跷着二郎腿，单手托腮，伸手把手机放在桌上，歪着脑袋和于觉说话："觉哥，我给你讲个故事吧，今天斯瑶给我说的，还挺好笑的。"

于觉没说话。

"是这样的，一个女生学习成绩很好，她和一个男生关系挺好，本来以为那个男生是个学渣，没想到那个男生竟然是个学霸。"周杭越说越激动，整个人就要站起来了，"那个男生前几次考试成绩都不怎么样，其实是在装，懒得考，乱写一通。但是吧，那男生最近一次考试发挥得很好，直接拿下了年级第一。"

于觉的眼皮猛地跳了一下。

周杭瞪大眼睛，拍了拍桌子："你说好笑不好笑？而且那男生直接比女生多了 42 分，42 分呀。还有还有，那个男生每次认真考试都比那女生多几十分，上学期期末考试比那女生多了 38 分，'3''8'这俩数多吉利。"

于觉舔了舔唇，问："你知道这俩人是谁吗？"

周杭摇头："我就知道那男的好像是姓于。"

"对啊。"柴斯瑶过来了，将一只手搭在周杭的肩上，"叫于觉。"

于觉、周杭满脸诧异。

林柳丛愣愣地眨着眼睛，看着他们，手机上的游戏已经开始了。

柴斯瑶本来是要拉着云诉回座位的，但小云朵转身去了厕所。柴斯瑶视线下移，垂眼看着坐着的林柳丛，吐了一口气。

柴斯瑶直接把手中的 iPad 扔在云诉的桌上，"啪"的一声，发出轻微的声响。

林柳丛抬起头来，而后又垂眼，没看到似的："于觉，快点儿呀，游戏开始了。"

柴斯瑶眯了眯眼，将林柳丛从座位上拽起来："你难道看不出来？"

她没把话说明，怕会有各种各样的流言蜚语。

他们闹出这么大的动静，教室里瞬间安静了下来，同学们集体向这边行注目礼。

柴斯瑶人缘很好，和男生、女生都玩儿得来。大家都没见她发过这么大的火，不由得有点儿傻眼。

林柳丛个子不高，娇娇弱弱的，被扯得一个趔趄。

柴斯瑶不想发脾气，更不想欺负人，叹了一口气，对着角落里的人骂："于觉，你就是个智障。"

云诉出了教室，迈开腿，一步并作三步地往上爬。柴斯瑶往云诉的座位那边走时，云诉就悄悄地出了教室，一下子上到五楼。五楼都是实验室，现在没人。

走廊的灯光昏黄，晚风吹得她额前的发有些乱。云诉吐了一口气，人与人之间的关系真的很复杂，也很影响心情。她很烦躁，特别烦。

刚才在教室里，她并不觉得冷，脱了外套，现在身上就只穿了件 T 恤衫。一阵风吹过，云诉没忍住打了一个寒战，手臂上生出小疙瘩。她弯腰趴在走廊的窗台上，弓着身子往下看，过道两边成簇的枝叶被吹得"簌簌"直响。

她耳边传来某班"琅琅"的读书声："褒禅山亦谓之华山。唐浮图慧褒始舍于其址，而卒葬之；以故其后名之曰'褒禅'。今所谓空禅院者……"

这是《游褒禅山记》里的句子，今早他们也刚刚学了这篇课文。突然，有拉链被拉开的声音，云诉身后有脚步声传来。

云诉一顿，转身。于觉把身上的黑色外套脱下来，罩在她肩上，动动唇，声音莫名有点儿委屈："柴斯瑶说我是智障。"

堂堂二中校霸，于家"大魔王"，被人当着全班人的面骂。

柴斯瑶还真是一点儿面子都没给他留。

云诉被他逗笑了，嘴角一咧："活该。"

于觉无奈地说："是啊，我活该。"

其实，在看到他的那一瞬间，她就消气了。不过云诉不想那么容易被哄好。

她抬腕，看了一眼时间，转移话题："现在是 8：10，我还得再生五分钟的气。"

云诉前脚刚坐下，于觉后脚就进了教室。他刚坐下，云诉就出乎他的意料地凑了过来："别和我说话。"

回去的路上，她没再和他说话，连个眼神都没给他。

于觉慢悠悠地跟在云诉身后，距离不远，就一步。

入秋的夜，凉意森森。两人身侧的路灯洒下昏黄的灯光，树叶随着风晃动。

"云诉。"她的书包拉链上挂着帆布鞋样子的小挂饰，于觉伸手抓住。

云诉感觉到身后轻微的力量，背影依旧冷漠又无情，脚步顿都没顿一下。

于觉笑出声："诉爷脾气这么大？"

云诉猛地转身，瞪了他一眼。

见她吃醋了，于觉的心情难以言喻地好，他整个人仿佛要飘起来了。

两人走到公寓楼下，云诉走进电梯，按下楼层，于觉跟进电梯。

他抓着她的挂饰没松开。

电梯"叮"的一声响，云诉走出去，走到自家门口，右手在口袋里掏了掏，拿出钥匙开门。

这段时间两人都是同进同出的，所以于觉没想过问她要钥匙。

云诉刚踏进屋，于觉就紧跟上来，一手撑在门上。

云诉紧紧地攥住门把手，不让他进门，侧头看他："你干吗？"她微微眯眼，继续说，"我记得我说过这星期你别想进来。"

于觉垂眼："我找不到钥匙了。"

云诉心想：这是借口，赤裸裸的借口。

云诉才不会信他，脱口而出："关我什么事？"

云诉心想：行啊，蹩脚的谎言一点就破，这人还不承认，不过没关系，诉爷多才多艺。

空气中带着点儿花香。邻居阿姨不知从哪里回来，从走廊上走过，朝他们笑了笑。

于觉微微颔首。然后他看到小丫头舔了舔唇，变魔术似的，不知从哪儿拿出了一根细小的铁丝。

云诉捏着那根铁丝，走到于觉家门口，微微蹲下身，把铁丝伸进钥匙孔里，转啊转，没一会儿，"咔嗒"一声响。

于觉在心里叹气：这小丫头怎么什么都会？

云诉微微挑眉，看了他一眼，嫩白的手搭在门把手上，往外一拉，于觉的家门打开了。

于觉当时的感觉就是很无奈。

云诉用眼神示意他：好了，门开了，你可以进去了。

于觉嘴角一勾，漫不经心地开口："那我不是更危险了，万一晚上你撬锁进来劫色怎么办？"

"想得美。"云诉提防着他，快速地回了家，"砰"的一声把门关上。

于觉在门口站了好久，看着小丫头家的门，微微叹气。

窗外月光皎洁，晚风阵阵。

少年的表情有些无奈，牵起的嘴角带着难以忽视的宠溺感，他转身走进自己屋里。

云诉洗完澡出来的时候，收到了于觉的微信，是一条语音消息。

周围安安静静的，少年讲话的声音有点儿软，带着回音："云诉，咱俩差几十分的事情我听说了。"

云诉回复："然后呢？"

那边没有回应。

云诉拿着毛巾擦头发，走过去坐在沙发上，把自己发的那三个字看了好久，心想：如果自己是他也不知道回什么呀，她这回复不是缺根筋吗？

云诉想了想，补充道："其实也没什么的，我就是莫名有点儿不爽而已。"

于觉懒洋洋地靠在岛台上，倒了杯水，把玩着手机："那我下次再努力点儿。"

云诉深吸一口气：这家伙不是要给她放水吧？她也不是输不起的人。学渣一下子变成了学霸，还是个甩了她几十分的学霸，她只是一下子有点儿接受不了而已。

她直起身，指尖在手机屏幕上敲着，一段"于觉你绝对不能为了我放弃年级第一"的文字还没发出去，于觉就回复了。

于觉："我这次粗心了，数学错了一道选择题，下次不会了。"

云诉看到他的回复不知道如何回答。

于觉又发来一条："争取下次比你再多几分。"

云诉气得把手机扔在沙发上，差点儿没缓过来。他不是想方设法地把分数差降低，而是千方百计地想把分数差提高——可恶的坏人，改天她就去把他那几本笔记本给偷了。

第二天，云诉起得有些晚，随手抓了一件衣服就往身上套。她急匆匆地洗漱好，拿着桌上的小皮筋，背上书包就出门。

刚关上门，云诉就听到身旁传来熟悉的不正经的调侃声："睡过头了？"

云诉猛地转头，看向声音的主人。于觉双手插兜，微微仰着下巴，懒洋洋地靠在墙上。

云诉没说话。看她抬脚就要走，于觉急忙走到她身前，转身倒着走。

云诉怕他摔倒，低声说："你好好走路，快点儿走了，要迟到了。"

果然，他们到校门口的时候，大门已经关上了。

云诉来到这边快两个月了，其间和一个门卫叔叔闲聊过几句。不过今天的门卫不是她熟悉的那个。感情牌打不出来，可她不想榜上有名……二中对早上迟到抓得特别严，谁要是迟到被抓到了，星期一在领操台上，校领导就会"亲切"地叫他的名字，那也太难为情了。

云诉背着书包转身。路边拐角处的早餐摊前，于觉还在买早餐。

云诉走过去，心想：这人心还真大，校门都锁上了，还在这儿悠闲地等阿姨给他拿糯米饭。

她伸手扯了扯他的衣角："于觉。"

于觉抬眼。

"你打算怎么进去？"云诉问。

于觉接过糯米饭，放在她手上："翻墙啊。"

云诉叹气，好像也只有这个办法了。

二中的围墙贼高，学生拿张椅子站在上面都不一定翻得过去。

两人在外面绕了一圈，终于找到了一段可以尝试翻越的墙。两人站在稍矮的围墙前，墙上的爬山虎长得正好，只能隐约看到黑色的、长有苔藓的墙面。一段墙比其他的墙矮大概 50 厘米，但云诉不知道墙里面是学校的哪个角落。

云诉仰着下巴看了一会儿墙，心想：这墙靠自己那是绝对爬不上去的，她能不能踩在于觉的肩膀上？

天阴沉沉的，忽地来了一阵风，带着细小的雨珠。少女抬头看着于觉，慢吞吞地说："你的肩膀借我踩踩。"

少年没反对。

"还有点儿矮。"云诉不满地说。

"这样行吗？"于觉踮起脚来。

"行了行了。"云诉两手抓住墙沿，一只脚踩在于觉的肩上，另一只脚往上一迈，整个人真的就要上去了。忽然，她停了下来，垂着头放肆地笑，看着下方的脑袋。

云诉双手撑在墙上，一用力就爬上去了，坐在墙头，晃悠了两下腿。

于觉还站在墙外，垂头深吸一口气。突然，"咚"的一声，有东西砸在他的头上，落在他脚边滚了一圈，是一只红边的小白鞋。

于觉的身子稍稍往后一倾，他抬头，眯着眼，表情有点儿严肃："云诉！"

云诉蜷了蜷脚趾，嘴一撇，很无辜地说："它是自己掉下去的。"

于觉叹了一口气，弯腰蹲下，一点儿脾气都没有："你真的是，一次又一次刷新我的底线。"

他抬手，一手抓过她的脚踝。她在上，他在下，就这样帮她穿鞋。

云诉移开目光，侧头往里面看了一眼："我拉你上来。"

扭头的瞬间，旁边就坐了个人，她惊呼："你怎么上来的？！"

于觉径直往下跳，站稳后就张开手臂："跳下来，我接住你。"

云诉脚一蹬，正准备往下跳。

突然，她听到他幸灾乐祸地道："我站的这个地方，是男生厕所。"

云诉一顿，猛地抬头，不远处有一幢小小矮矮的屋子，白色的墙上有两个用红油漆上去刷的英文字母：WC。

"WC"旁边画了一个男生的标志。

刚才她还真没注意到这个。

程岚倾和班上的男生正好从厕所出来。几个大男生看着坐在男厕所外的围墙上的云诉，愣了好几秒，心想：她这又是什么新玩法？

下午的自习课，于觉逃课出来，和周杭几个人打了几场球后，坐在篮球场外的椅子上休息。

程岚倾屁颠屁颠地跑过来，好奇地问："觉哥，你今早和诉爷是怎么回事啊？"

于觉从兜里摸出一根棒棒糖，没回答。

程岚倾继续和周杭他们几个人唠叨，一点儿都不避讳。

"你们说，觉哥和诉爷既是同桌，还是邻居，关键两个人都是独居。"程岚倾一边观察于觉的反应，一边继续说，"这是什么缘分啊。"

周杭看了一眼于觉，调侃道："觉哥，你到底行不行呀？这些家伙都在怀疑你呢。"

于觉抽掉嘴里那根橙色的塑料棒，把糖嚼成碎渣，让甜味在口中蔓延开来，半晌才慢悠悠地开口："周杭，你和柴斯瑶关系挺好是吧？"

周杭想了想，说："是啊。"

"你们认识多久了？"于觉继续问。

“快一年了。”

于觉点了点头，伸直长腿，身子随意地往后一靠："我和云诉认识多久了？"

周杭有种不妙的预感，不太想回答："三个月。"

“那我们成为要好的朋友多久了？"于觉问。

周杭喉结上下滚动，咽了咽口水，意识到入了于觉的套，闷闷地说："两个月。"

于觉平静地看着周杭，勾唇笑，语气极其平淡："所以是我不行，还是你不行？"

周杭无言以对。

于觉站起身来，一巴掌拍在程岚倾的后脑勺儿上。

慕凉决 著

下
册

青岛出版集团 | 青岛出版社

第十一章
校运会

　　篮球赛持续了两周才结束，而后最重大也是学生们最期待的校运会就要来了。

　　下午四点，骄阳似火，阳光下，地面蒸腾着火辣辣的热气。

　　最后一节是体育课，云诉站在队伍里听体育老师在前面交代校运会的事情。

　　体育老师背着手，叉着腿，语调十分沉重："今年的校运会，是你们高中生涯的最后一次校运会了。去年你们像白纸一样的报名表我就不多说了，今年你们得有点儿集体意识了。你们还那么年轻，那么有活力，不应该踊跃报名吗？"

　　谷泽歪着头，吊儿郎当地说："不应该。出去玩儿不好吗？"

　　队伍里有人被逗笑了。

　　体育老师瞪了谷泽一眼，食指一指，火气十足地冲谷泽喊："倒是你千万别给我报名，三天两头儿就骨折，参加个校运会还不得残废？"

这下，刚才忍住没笑的同学全笑了，队伍里闹哄哄的。

谷泽没被说得心虚，坦荡得很，摸了摸鼻子，扭头和侧后方的于觉说话："嘿，他不让我参加，我还偏就参加了。"

于觉将目光落在云诉耳边被风吹起的几缕头发上，没回答。

烈日当头，站得有些久，云诉的脸颊红通通的，她抬手，用指腹擦了擦额角的汗水。

体育老师把手上的报名表递给体育委员，看学生在下面讨论得激烈，欣慰地笑了笑，以为大家是被他说动了，清了清嗓子："看到大家那么激动，老师很是欣慰呀。好了好了，我也不多说了，震惊全校又夺人眼球的方法我都给你们想好了。"

周杭抻着脖子叫："老师，斗胆问一句，什么妙计？"

体育老师："男扮女装啊。"

"嘘。"同学们发出一阵嘘声。

大家显然一点儿都不喜欢这个方案。

体育老师拍了拍手："行了行了，体育委员自己组织一下校运会的事，解散。"

终于解散了，体育委员一点儿也没着急，把报名表往旁边一放，男生们都打球去了。

柴斯瑶坐在篮球场外的长椅上，两手撑着椅子，长腿伸直，看着场上的人："刚才体育老师的话说得那么宽，我敢保证，这次校运会还是会像以前一样，毕竟咱们班那帮人，懒得无法形容。"

云诉笑了笑。

如柴斯瑶所言，那节体育课后，关于校运会的事，没有人再提起。体育委员也是在一个星期后，也就是校运会的前一个星期，才想起这件事。

篮球场上，周杭做出一个假动作后迅速往后退，退到三分线外，小腿肌肉用力，起跳，手指往下一压，橘红色的篮球脱手而出，精准地落入篮筐。

周杭歪头，嘴角一挑，倒退着往后小跑，食指和中指扣在一起点了点太阳穴，朝云诉她们这边一甩，前所未有地跩，意思太过明显。

云诉侧头，用肩膀碰了碰柴斯瑶的肩，勾唇扬眉。

柴斯瑶竟然难得地脸红了。

谷泽伸手拍了一下周杭的屁股，调侃："兄弟，别看柴大人了，你没看到她一直看着你吗？赶紧的，回防。"

周杭移到拿球那个同学身前，伸手拦截，拍球回防："你柴大人在我这儿，永远都是第一位的。"

篮球场边有几个女生经过，停下脚步，互相挽着小声讨论。

"刚才那个男生是谁？好帅啊，我的老天，我之前怎么没注意到他？"

"他不是和于觉一起玩儿的吗？叫什么来着？周杭？"

"对对对，好像就是他。"

"我有点儿想认识他，怎么办？"

闻言，云诉看了一眼柴斯瑶。

柴斯瑶笑了，扬着眉，动作缓慢地双手抱胸，跷起二郎腿，漫不经心地开口："妹妹。"

那几个女生一顿，歪着头，一齐朝柴斯瑶的方向看过去，表情很是迷惑。

柴斯瑶食指往场上一指："想认识他啊？"

穿蓝色百褶裙的女生使劲点头，脸瞬间通红，小心翼翼地说："同学，你认识他吗？"

"认识啊，当然认识了。"柴斯瑶露出"亲切"的笑容。

没一会儿，那几个女生就满眼遗憾地走了。

时间像流水一般，转眼一周就过去了。

云诉吃了午饭回到教室的时候快下午一点了，教室里没什么人，就零零星星的几个人趴在桌上补觉。

她走到自己的座位坐下，将脑袋放在桌面上，闭眼就睡。

云诉是在一片嘈杂声中醒来的，转转脑袋，把脸埋在臂弯里，缓过那股劲才抬头，揉了揉眼睛。

柴斯瑶转过头来，看到云诉醒了，笑着说："小云朵，下周就是校运会了，你要参加什么项目吗？"

此时体育委员正拿着报名表站在周杭的课桌边，闻言也转头看云诉，眼睛突然亮得吓人，像是看到了希望。

7班的学生集体荣誉感不强，大家都想自由地各玩儿各的，体育委员本身也没什么积极性。所以每年的校运会都是前一周体育委员才催着人报名，也只是勉勉强强凑够数。所以，他非常看好新同学。

云诉摇头："不想。"

她的回答冷漠又无情。

体育委员嘴角一僵，但马上重燃斗志，在他的意识里，云诉比柴斯瑶好劝，脾气也更好。

体育委员耐着性子说话："同学，高中三年很快就会过去的，我们应该在这段时间好好活跃活跃不是吗？高三之后，你再想参加也不可能了。"

"那不是还有高二吗？"

体育委员无言以对。

云诉垂眼看了看那张只有寥寥几个名字的报名表，咬牙道："那行吧，帮我报个跳高吧。"

云诉话音刚落，于觉和周杭正好从后门进来。

周杭凑过来道："体育委员，有进步啊，比去年提前一天催人报名。"周杭抬头看向刚坐下的于觉："觉哥，你参加不？"

于觉没说话，把手里的奶茶放到云诉的桌上。

云诉笑了笑，软软地说了声："谢谢。"

她转头，对体育委员说："于觉说他想报 5000 米。"

于觉抬头，满脸疑惑。

体育委员看着于觉，一副很紧张的样子，话都说不完整："真……的吗？"

于觉漫不经心地歪靠在墙上，看着云诉："你想我跑这个？"

"特别想。"云诉点头。

于觉勾唇："跑！"

"海阔凭鱼跃，天高任鸟飞，今天阳光明媚，我们迎来了宁城二中第 82 届秋季校运会。同学们，今天是你们的主场，你们就是主角，请发挥你们的力量，挥洒青春的汗水。"

运动会开幕式过后，很快就到了男子 4×100 米接力项目，谷泽和陈雨兴作为队员，去跑道上排队。

云诉坐在跑道外不远处的阶梯上，看场上的同学们挥洒汗水。

柴斯瑶在一边玩儿着手机："小云朵，你跳高那个项目是在什么时候？"

云诉想了一下，说："下午，于觉跑完 5000 米就到我了。"

被点到名字的于觉抬了一下头。

周杭跑过来拉着于觉转头想跑："觉哥，走走走，咱们去给谷泽和陈雨兴加油。"

云诉和柴斯瑶拿着手机在自拍。

云诉身上穿着前段时间定制的班服，简简单单的白色 T 恤衫，中间印着端端正正的红色小楷："青春飘扬，7 班不老。"

于觉甩开周杭的手："不去。"

然后，在周杭不可思议的眼神中，于觉走到云诉身后，入了镜。

柴斯瑶高举着手机拍了几张照片，把手机拿到眼前定睛一看，照片中二人身后惊现某位姓于的人。

于觉眉眼间带着三分笑意，嘴角懒懒地一勾，左手插在衣服兜里，右手比了个"剪刀"的手势。

因为角度的关系，于觉的右手正好举在云诉的脑袋右上方。阳光打在少年身上，留下阴影。他逆着光却依旧闪耀，帅气根本挡不住。

柴斯瑶"啧"了一声，极其嫌弃地转身吐槽："于觉，你少嘚瑟一会儿不行吗？"

云诉没良心地笑出了声。

"男子 4×100 米接力，各就各位，预备——"

"砰"的一声枪响，陈雨兴作为第一棒，弓着身子迅速冲了出去。

见米雨思正好走过来，云诉拉着她坐在自己身边，低声问："不去给陈雨兴加油吗？"

米雨思红着脸，视线随着跑道上的陈雨兴移动，声音又轻又缓："下午他要跑 5000 米，我到时再给他递水。"

"快了快了！"周杭站在于觉身边伸长脖子看，摇着身子激动地喊着，"谷泽拿到接力棒了！"

谷泽是最后一棒，拿到接力棒之后扭头就往前冲，速度贼快。风把他微长的头发吹成了中分发型。他龇着牙，表情尤其狰狞，不知道的人还以为他是要去打架呢。

谷泽冲在最前面，甩了第二名挺远。就在这时，离终点 20 米处忽然跑出一个小男孩儿，就停在谷泽那条跑道上，本来还在疯狂地喊着"加油"的同学们瞬间倒吸了一口气。

谷泽一惊，两眼瞪得圆溜溜的，立马刹住车，身体往旁边一侧，但还是因为惯性，整个人直往前冲，闷哼一声，重重地摔倒在塑胶跑道上。

二中校运会是允许家长进来看的，不知是哪位家长没看住小朋友，让小孩儿跑到了跑道上。

趁着谷泽摔倒的这个空当，身后其他班的同学接二连三地越过谷泽，冲到了终点。

小男孩儿的家长着急地跑进来抱走小男孩儿，连连对谷泽道歉。

谷泽笑笑，不在乎似的，双手撑着地面站起来，拍拍身上的灰尘："没事，小朋友没受伤吧？"

他周围围着 7 班的同学，其中有几个女生红了眼。

陈雨兴在一边喘着气，双手撑在膝盖上，半弓着身子，起头喊："7 班不败，谷泽最帅！"

安静了 3 秒，7 班的同学疯狂地跟着喊："7 班不败，谷泽最帅！"

他们一直喊到谷泽瘸着右腿，大汗淋漓地走到终点。

谷泽被陈雨兴带到医务室检查，没什么大碍，就是膝盖被蹭去了好大一块皮。

他坐在床上，头朝旁边一扭，不敢看正在上药的膝盖："咱们班体育老师简直就是乌鸦嘴，差点儿又被他咒成骨折了。"

下午三点，太阳灼烧着整个操场，热气冒上来。

女子 3000 米长跑过后，便是男子 5000 米长跑。

体育委员领了号码牌，分发给等会儿有比赛的同学。

发到于觉的时候，明明于觉就站在旁边，体育委员却干脆利落地转过头，装瞎装到底，小跑到离得稍微有点儿远的云诉身边，将于觉的号码牌递给她："云诉，你帮我把号码牌给于觉吧。"

云诉不明所以。

周杭站在一边，给体育委员竖起了大拇指："兄弟真有眼力见儿。"

五秒钟后，云诉拿着那张号码牌和别针走过去。于觉机智地背过身，意思很明显。

云诉捏着别针，把号码牌往他背上一拍，用别针固定住号码牌上边的两个角。

于觉稍稍偏过头，目光定在小丫头的脸上。少女被阳光晒了许久，脸颊多了点儿粉色。她低着头，嘴角微微勾着，高高绑着的马尾辫触到她白皙的耳郭，看得于觉心都酥了。

云诉抬头，对他说："你等等，我再去和体育委员要两个别针。"

没一会儿，她就跑回来了，捏着两根别针把他号码牌下边的两个角也固定住。

少年身形挺拔，逆着光，背上"032"三个数字像是被染上了金色，耀眼夺目。

于觉转身，垂眼看她："米雨思等会儿要给陈雨兴送水。"

云诉微微仰着头，从这个角度能看到他乌黑的眼睛，他的眼睫微微地颤着。

她歪头一笑，听不明白似的，不冷不热地"哦"了一声。

秋风夹着凉意，云诉站在他面前，肌肤嫩白，唇色鲜艳。于觉越来越忍不住，向四周看了看，确认没人看向他们这个方向，俯身低声说:"在终点等着你同桌。"

"男子 5000 米,各就各位,预备——"

发令枪响的瞬间,十几名运动员飞快地冲出起跑线。

于觉跑在队伍中间,不紧不慢,无时无刻不忘展露他慵懒的气质。

所有同学都将目光聚焦在他身上,跟着绕了一圈又一圈。

"觉哥这速度慢得有点儿过分了。"周杭转头望了望。

柴斯瑶嘴里咬着糖,眉宇间尽是嫌弃:"这俩人是在散步吗?都快倒数了。"

话音刚落,于觉和陈雨兴猛地加速,一连超过前面三位选手。

见此状况,周杭和程岚倾两个人瞬间扭着脑袋,疯魔似的大喊:"我觉哥真是帅炸了天,老陈酷到家了,啊啊啊啊啊!"

于觉又跑了两圈。

等第三圈于觉靠近的时候,云诉探头喊了一声:"于觉是规!"

少女的声音细细小小的,不算很大,被淹没在其他声音里,于觉却听得清清楚楚。

他抬眸,嘴角的笑意渐浓,一边跑一边面朝 7 班这个方向举起右手,在耳边转了两圈,做了个"聆听"的手势。

在其他人还没反应过来的时候,周杭和程岚倾两个人先扯着嗓子喊道:"二中是校,于觉是规!"

二人的带头作用很强,7 班的其他同学也摇着小红旗齐声喊:"二中是校,于觉是规!"众人连续喊了四遍。

女生尖细的声音强势地压过男生的吼叫声。

最后一圈,于觉的潜质完全发挥了出来,成功甩第二名大半圈,冲向终点,稳拿第一名。

他没停在终点。云诉站在前方，离他不远。他一直冲到她跟前，好不容易才"刹住车"站稳。

跑 5000 米需要很强的耐力，各班同学都很关心本班的运动员，而 7 班同学看于觉根本不需要他们的关心，便去关心其他运动员了。

云诉把水递给他："先歇一会儿，再喝水。"

"帮我拧开。"于觉不要脸地继续提着要求。

云诉直接把水瓶放到他手上，冷漠地说："你爱喝不喝，不喝的话我可以倒你头上给你洗个澡。"

于觉眼角轻轻一挑，依旧吊儿郎当地说："诉爷总是能给我惊喜，我倒是不介意你帮我洗。"

云诉默默地往后退了一步，心想着哪天等他睡着了，在他额头上写上"不要脸"。

二十分钟后，到了跳高这个项目。

云诉进卫生间换好运动衣出来，和柴斯瑶一起去跳高场地检录。

跳高这项目开始得很快，比得也迅速，云诉是第四小组最后一个选手。

裁判念到她的名字时，云诉举手示意，站在横杆不远处，深吸一口气，目光定在杆子上。

第一场比赛，杆子摆得不高，看着挺轻松，她没什么压力。

云诉摆手，跑起来，脚跟施力，身体微微后倾，整个人一跃，跃出标准的弧线。

她没蹭到杆子，背部稳稳地落在垫子上。

跳高这个项目是不受欢迎的，大多数人是被逼着参加的，有的人甚至从杆子下钻过去，蹦都没蹦一下。所以，这一群来应付差事的学生谁都没从少女这炫酷的落地方式中回过神来。

前几组学生跳得根本就不忍直视，有趴着落地的，有青蛙式落地的，各种各样，就是没有正确的。

　　连负责记录成绩的老师都愣了，目不转睛地看着她。

　　程岚倾站在一边，最先反应过来，吹着口哨，无比激动地鼓掌："诉爷可以啊，简直帅爆了！"

　　周围响起了热烈的掌声。

　　后知后觉的云诉小跑到于觉身边，骄傲地挑着眉，嘴角微扬："诉爷我帅不帅？"

　　于觉双手插兜，稍稍倾身，眯着眼睛笑起来，真心地承认："帅！"

　　仅一秒钟，他直起身，站好。

　　第二轮跳高比赛已经开始，选手一个接一个地上场。

　　火辣辣的阳光照在云诉的脸上，忽然，一块阴影进入她的视野——于觉一手举到她额前，遮住了太阳。

　　云诉听到他幸灾乐祸地说："原来你跑起步来那么丑。"

　　云诉闻言一顿，踢了踢他的脚，有些恼："重点不是这个。"

　　是的，云诉跑步姿势非常丑，憨憨的，两只手甩不起来，脚步也跨不出来，一跑起来，显得傻里傻气的。付银宇就经常吐槽——青蛙跑起来都比她跑步好看。

　　于觉好不容易发现了一个她的缺点，嘴角大大地咧开，不怀好意地笑道："我们诉爷果然帅，特别是跑步，非常帅！"

　　闻言，云诉瞪了他一眼。忽然，感觉腰侧被人碰了一下，于觉转头看见一个女生。女生看起来娇娇小小、柔柔弱弱，红着脸站在他身边，眼睛直盯着前方，看都没看他一眼。

　　觉得她可能只是不小心碰到自己的，于觉也就没在意，谁知身后传来几个女生很小的议论声——

"陆玉溪你太强了，不愧是曾婷的好朋友，直接把人推到于觉身边了。"

陆玉溪偷笑："哎呀，刚才太挤了，我不小心推的。"

……………

身后细细碎碎的议论声落进云诉的耳朵里，云诉眼角微微一挑，看着于觉。

于觉瞬间烦躁起来，扭头见程岚倾与他们站在不远处："程岚倾——"

程岚倾"啊"了一声。

于觉垂眼，意思很明显。

程岚倾瞬间就明白了于觉的意思。

"哎，这位同学，不好意思啊，我找我们觉哥说几句话。"程岚倾站在曾婷身前，嬉皮笑脸的。

曾婷点点头，往后退。

程岚倾站在她刚才站的位置，没说话，继续看比赛。

于觉一直不太喜欢女生的靠近，云诉是个例外。要是从前，他抬脚就走了。

他们在一起的事他们并没有明着说出来，但明眼人都能看出端倪。

跳高比赛很快进入半决赛，云诉这次跳得比较快，身子一跃，没有碰到杆子，但计划赶不上变化，她的背部竟然直接触到地面。

跳高比赛用的垫子是由四组小块垫子拼凑成的，由于前面有比赛，垫子有些松散了，云诉正好整个人落在垫子间的缝隙里。她神色一僵，狠狠地摔在地上的瞬间下意识地惊呼一声。

几张垫子叠加在一起，小丫头被夹在中间，只露出小半个身子。

周围的同学们一阵惊呼，纷纷冲上前关心她的情况。

"同学，你没事吧？"

"有没有受伤？"

"天哪，这垫子是谁弄的啊？明明刚才还好好的。"

…………

见有好几只手伸到自己面前，她两手撑在地上，慢慢地坐起来，颔首对同学们笑笑，就要自己站起来："我没事。"

忽然，一只精瘦修长的手伸到她面前，指甲修得整齐干净。云诉顺着那只手看过去，只见于觉半弓着腰，紧紧蹙眉，脸上没什么表情。

她把手放在他的手心里。于觉微微用力，把她拉了起来。

动作牵扯到腰，云诉"嗯"了一声，声音很轻很轻，但于觉听到了。

"哪里受伤了？"他低声问。

程岚倾站在一边，注意到云诉腰后侧的运动服上渗出几丝血，担心地说："诉爷，你腰上出血了，赶紧去医务室看看吧。"

程岚倾这句话一说出口，于觉脚下一移，走到她身后，低头看了看她的腰，"啧"了一声，小心地把手放到她的腰上，就要把人抱起来。

他的动作已经很轻了，可云诉还是痛呼了一声，于觉手指一僵。

她是直接整个人摔在塑胶跑道上，腰部估计是被蹭破了好大一块皮，脚也崴了。

烈日下，云诉的脸有些白，她抿了抿唇："你扶着我点儿，我慢慢走过去。"

于觉不敢碰她的腰了，把她的手臂环在自己的肩上，让她倚在自己身上，然后带着一瘸一拐的她走出田径场。

周杭跑完 100 米，柴斯瑶赶到了跳高场地。

人群已经散去，跳高比赛继续。

没看到云诉和于觉，就只看见了程岚倾，柴斯瑶微喘着走过去："小云朵呢？"

程岚倾正盯着于觉离开的方向发愣，听到问话终于反应过来了："觉哥扶她去医务室了。"

柴斯瑶惊讶地问："什么？小云朵也受伤了？"

两个人小跑着追上去。

程岚倾跑得快，甩了柴斯瑶大半个操场的距离，看云诉一步一顿，实在走得艰辛，这样下去，不知何时才能走到医务室。

程岚倾想上去帮忙，手就要碰到云诉空出的那只手，于觉淡淡地瞥过来一个眼神，那眼神，实在太有恶意了……

程岚倾瞬间话都说不顺了："哎，不是……我就是看你们走得太慢，想帮帮忙。"

"我有洁癖。"于觉声音很平静。

闻言，程岚倾、云诉和正好赶上来的柴斯瑶皆是一愣。

程岚倾站在原地跳脚："我又不是碰你！而且，你什么时候有的洁癖？我还记得，去年我帮你洗了一个星期的裤子！你哪儿来的洁癖？"

安静了好一会儿，于觉神色未变地看着程岚倾："云诉也有洁癖。"

几个人无言地看着于觉，表情难以形容。

于觉这无中生有的本领还真是优秀。

柴斯瑶走上前两步，一把推开程岚倾，扶着云诉。

于觉又将凉凉的目光落在她身上。

柴斯瑶怒道："别废话，我没碰你，难道小云朵对我还有洁癖？"

云诉忍不住笑了。

于觉想了想，一本正经地说："那行吧。"

几个人没多久就走到了医务室。云诉的伤在腰上，要上药，于觉拎着程岚倾出去等。

云诉挺能忍痛的，一会儿就上好了药。校医去了田径场后，于觉和程岚倾走进来。云诉这样子肯定是不能继续参加校运会了，便和于觉打车直接回家了。

于觉一路扶着她上了楼，站在云诉家门口，空出一只手卸下背上的书包——云诉的。

于觉拉开书包拉链，在里面翻了一会儿，拿出钥匙开门。

进门后，云诉松手，一手撑在墙上，脱掉小白鞋。

于觉弯腰把拖鞋放在她脚边。

她穿好拖鞋后说："我先去换件衣服。"

她身上的运动衣脏了，还被蹭破了一个小洞。

她扶着墙，慢慢地移动着，忽然腰间一凉。她一惊，侧身："你……"

于觉没说话，黑眸沉郁，抓着她的衣服，无意识地收紧。

小丫头嫩白的腰肢上贴着一块又长又宽的纱布，中间的部分还在微微地渗出血来。

于觉深吸了一口气，用指尖很轻很轻地碰了碰纱布的边缘，声音沙哑："对不起。"

于觉的声音无力，云诉心一颤。

"明明我就在你身边，却还是让你受伤了。"

云诉转过身，慢慢地抓过他的衣角，摇了摇："我没事的，一点儿都不疼，这不怪你。"

云诉小心翼翼地观察着他的神情："你没错，是我自己不小心摔的。"

于觉叹了一口气，不发一言，只是怜惜地看着她。

看他全身上下都散发着自责的样子，云诉撇了撇嘴，点头："那行吧，都是你的错。"

于觉眨了眨眼，有些不解。她这态度变化得太快，他还没反应过来呢。

云诉用食指点了点他的脸颊，"自责"地说："你的错就是我的错，唉，我就是个千古罪人，竟然让鼎鼎有名的于校霸这么自责，真是罪过。"

于觉失笑，抬手轻轻敲了敲她的脑袋："是啊，你可真是犯了大错！"

云诉往前走了一步，安抚似的说："好了，我现在要去换衣服了。"

回了房间，关上门，云诉随便找了一件T恤衫想换上，抓着衣服下摆，手往上一动便牵扯到腰上的伤口，控制不住地"嘶"了一声，烦躁得很。

门口传来几声敲门声，于觉担心的声音响起来："怎么了？"

云诉一边忍着疼一边动作，回答他："没事，就是动作放不开。"

于觉笑了笑，仰头靠在门上："要不要我帮你？"

云诉好不容易把运动衣从头上扯了下来，问："你要帮我做什么？"

他抬手摸了摸鼻子："比如帮你拿衣服。"

云诉猛地打开门，半倚着墙，踹了他一脚："我才不想要你的这种帮助！"

傍晚六点，云诉和于觉两个人都不会做饭，照例点了外卖，吃完饭，一起坐在客厅里看电视。

最近没什么电视剧可看，云诉便找了个综艺节目看。腰上的伤口只要不碰到就没什么感觉，所以她都是直直地坐着。

看了许久电视，她忽然发现于觉眼睫微垂，歪靠在沙发背上，长腿屈起，膝盖上搭着一张化学试卷。他用中指和拇指捏着黑色按动签字笔，一压，签字笔在指间转了几圈——这是他思考时会有的动作。

过了一会儿，于觉嘴角微扯，动笔，果然，就写了最后的答案。

云诉沉重地叹了一口气，心里有些受伤——虽然看过他书架上一本又一本的笔记本，她的成绩也提升了一点儿，但两个人的分数差得还是太多了。

认识他之后，她感觉自己就是个学渣。

"心情不好？"于觉把试卷和笔放到一边，侧头看她。

云诉眼睛盯着电视机，声音闷闷的："是啊，不想看到你，太让我感到自卑了。"

没听明白她的意思，于觉朝她那边挤了挤："我记得，今天我挺规矩的。"

闻言，云诉转头看了他一眼，心想：就他今天的所作所为还叫规矩？

半晌，她才说："我请求你，一直保持这个状态，离我远点儿，千万别犯病。"

小丫头生个闷气都这么可爱，他扯了扯唇角，又凑近了一点儿："说说，心情为什么不好？"

"你先给我削个苹果，我再告诉你。"云诉指着桌上的果盘说。

于觉利落地起身，拿了苹果和水果刀，长长的苹果皮一直蜿蜒到他的腿上。没一会儿，于觉把削好的苹果递给她："吃吧。"

云诉接过苹果。

"你成绩一直都这么好？"她啃了一口苹果，不可思议地发问。

于觉点头："差不多吧。我从小就对数字比较敏感，看过一遍基本就记得了。"

"那行吧，你这样说我心里就好受多了。"云诉回答道。

于觉笑了笑："你心情不好是因为成绩？"

云诉一边吃苹果，一边翻白眼："那不然呢？一个学渣突然变成甩人几十分的学霸，还不能让我心里难受一下吗？"

于觉苦笑，拿过她吃剩下的苹果核，扔进垃圾桶里："当然可以了。"

云诉用脚轻轻碰了碰他的小腿："于觉，冰箱里还有没有好吃的？"

于觉两手撑着沙发站起来，去冰箱里拿东西。

云诉拿着遥控器边调电视机边对厨房里的人说："其实我之前是想选文科的，要不我调去文科班吧。那样的话，咱们就是'二中双杰'，理科第一是你，文科第一是我。"

于觉从厨房里走出来，手里拿着一个冰激凌。

他挑了挑眉，坐下来，撕开包装纸，将冰激凌递给她："那你之前为什么会选理科？"

"不知道，当时没想那么多。"云诉咬了一口冰激凌，冰冰凉凉的奶油融化在口中。

她吃了很大一口，腮帮子鼓鼓的，于觉忍不住抬手捏了捏。

"那你想考哪所大学？"他问。

"F大。"

"好，那我们一起。"

他话音刚落，云诉还想说些什么，"叮咚"一声，门口传来门铃声。

云诉咬冰激凌的动作一顿，抬起眼皮看了一眼时间，想不到这个点儿会有谁来找她。

于觉起身去开门。

"咔嚓"一声，门被打开了，许久，于觉没说一句话，门口那边静得诡异。云诉觉得奇怪，身子往左边一侧，伸着脑袋往门口的方向看，看见他就立在门口，一言不发，周身散发的是那种凉飕飕、让人心惊的戾气。

感觉不对劲，云诉起身往门口走，问他："于觉，是谁来了？"

云诉就快走到门口，门外的人微微错开了一步，从于觉的遮挡下露出头来。

云诉瞬间一怔。池资娴非常平静地看着云诉，说："我想和你谈谈。"

和上次不同，池资娴今天穿了一件白色长裙。云诉发现，池资娴的脸色似乎有些不对劲，不自然地白。

云诉面无表情地跟在池资娴身后，进了一家粤菜馆。抛开刚吃完晚饭不久这个因素，云诉也没什么胃口。

池资娴翻了两页菜单，抬头对服务员微笑，说："就给我们上这些菜吧。"

说完，她十指交握放在桌面上，冷笑了一声："没想到你会乖乖地跟我出来。"

敲着桌边的手指一顿，云诉将目光移到池资娴脸上，看了许久。

"云诉，如果帘帘还活着，她也和你一样，没多久就要高考了。"池资娴望向窗外，像自言自语似的。

听完这句话，云诉抬了抬眼睫，没说一个字。

有些事，始终是无能为力的，她只能努力去接受现实。

服务员把菜陆陆续续地端上来。

池资娴抬头对服务员微笑着说："请给我们添一份餐具，还有一个人要来。"

说完，池资娴拿出手机发了一条语音消息，声音娇弱、酥麻，和训斥云诉时的语调完全不一样："亲爱的，我们已经到了，你快点儿过来吧。"

云诉看了池资娴一眼，心想：苏叔叔也来了？

菜上齐没多久，池资娴身边站了个人。

池资娴站起来，笑了笑，往里面挪了挪："你来了。"

云诉侧头看向来人。此人不是苏一帘的爸爸，是她从来没见过的人。

那人坐在云诉的正对面，将视线定在她身上，眼角弯起来。

云诉觉得那目光很恶心，就又往里面挪了挪。

陪他们吃了好久，云诉放下水杯，平静地说："阿姨，有些事你该放下了。"

正在互相喂饭的池资娴和新欢一顿，看了云诉一眼。这种状态已经持续很久了，自那新欢来了之后，两个人一直"老公"来"老婆"去的，恩爱秀得极其自然，声音刺耳得很。

云诉也极其想不通，池资娴怎么会让自己见她的新欢。

云诉知道自己对不起苏一帘，对不起池资娴，可这并不影响自己对池资娴的反感，自那新老公露面之后，反感更甚。

池资娴的新老公看着还很年轻，长得马马虎虎，但挺白的，看着比池资娴要小好几岁。

池资娴直接说："云诉，以后你就是我们的女儿了。"

闻言，云诉嗤笑，身子习惯性地往后一靠，牵到腰上的伤，有痛感传来。

云诉没露出一点儿马脚，看着池资娴，说："您认为您女儿因我而死，所以您现在是要我把自己赔给您吗？"

池资娴给新欢夹了一块猪蹄，继续说："不应该吗？"

云诉稍稍侧了侧脑袋，没说话，看笑话似的。

池资娴认真地看着云诉，伸手就要碰到她的脸颊，神情有些不对："你们俩披散头发时，多像啊。"

云诉及时地侧过脸，池资娴没碰到。

苏一帘出事后的这几年，池资娴不止一次地找上云诉。因为这个，他们一直在搬家。后来，慢慢地，云诉的生活恢复了平静，池资娴也像是消失了一般，肖年和云悠才放心让云诉待在宁城。

云诉一言不发，好久后才出声道："我不是苏一帘，更不是她的替代品。"

云诉一字一顿地提醒池资娴。

池资娴被激怒了，猛地将筷子摔在桌子上，发出一声脆响。

那么久了，池资娴轻易地原谅了肇事司机，偏偏就揪着云诉不放，简直可笑至极。

云诉叹了一口气，不想和池资娴掰扯，更不想浪费时间："您以后不要再来找我了。"

新欢此时终于有了点儿存在感，撞了一下池资娴的肩膀，挤着眼睛示意。

池资娴跷起二郎腿，抱胸，身子往后一靠："我说过的，事情不能那么简单解决，你家那么有钱，一条人命的钱肯定付得起。"

云诉心想：这人简直就是精神病。

"一帘不是您要钱的工具！"云诉厉声道。

说完，她猛地站起来，椅腿在地面上摩擦，发出刺耳的声响。

她抬脚就要走人。

云诉路过男人身边时，池资娴站起来，越过新欢抓住云诉的手，表情狰狞："你不能走，把女儿赔给我！"

云诉呼了一口气，紧紧地握拳，扭头甩开池资娴的手："女儿？您真的把一帘当作女儿吗？那晚一帘躺在医院里的时候，您在哪里？您以为我不知道吗？"

池资娴惊得瞪大眼睛。

"您以为能瞒天过海吗？一帘早就发现您不对劲了。她每天回到家，一直都是只有叔叔在家，您在哪里？她活着的时候，您不会关心她；她现在不在了，您还让她不得安宁，一直来挟我！"云诉说。

池资娴抬起右手，"啪"的一声，一巴掌打在云诉的脸上。

池资娴用足了力道，云诉的脸顺势往旁边一偏。

不知为何，云诉觉得脸上一点儿感觉都没有，倒是心里边一揪一揪地疼。

池资娴指着云诉说："你还有理了？"

在池资娴开口提这件事的瞬间，云诉就真的放弃了，放弃了池资娴还有一点儿人性的想法。

云诉抬起头，面无表情地说："以后我不会再见您了。"

说完，她转身就走。

看到云诉离开，池资娴急了，狠狠地踢了新欢一脚，示意他让开。

云诉走到门口时，被追上来的池资娴抓住衣服往后扯："你不准走。"

云诉扭头看池资娴，眼神是冰冷的："阿姨，您不会是忘了吧？我考过跆拳道黑带。"

云诉没直接回家，而是打车到了海边。

于觉走下车就看到了不远处海岸边的小丫头。她赤着脚，任由浪花冲刷她的脚背，海风吹乱了她额前的发丝。她安安静静，目光沉沉地看着海面。

一波又一波的海浪冲过，流沙被带走，云诉的脚丫不断地陷下去，露出浅浅的小坑。

云诉站得有些久，腿有些麻，便移了个位置，想蹲下来揉揉腿，身子才微微弯了弯，腰上就传来疼痛感。

她苦笑着叹道："唉。"

她都忘了自己有伤在身。再次见到池资娴，云诉真的觉得特别无力。

云诉叹了一口气，没注意到少年身上的气息。于觉抬手轻轻地碰了碰她的脸颊，紧紧地皱着眉，看着那红印子，声音低哑地问道："她又打你了？"

云诉被吓了一跳，扭头看他。

云诉实在是不想提池资娴见自己一次就扇自己耳光一次这种不开心的事。

她清了清嗓子，转移话题："啊，她还带新老公来见我了。"顿了一会儿她又说，"她还想让我把自己赔给她做女儿呢。"

于觉看着她，没说话。

云诉摇摇头："算了算了，不提这些了，影响心情。"

云诉之前跟他简单地提了提自己和苏一帘的事。

于觉觉得云诉能来到他身边是他的幸运。

云诉伸手在口袋里掏了掏，没掏出什么，便伸手把嫩白的手心摊开在他眼前，眼里满是期待，道："觉哥，我是在问你有没有糖，我想吃了。"

于觉直起身子，往前走了一步，勾唇："我知道有种东西比糖还甜，你要不要试试？"

少年眼角带笑，云诉觉得好像有点儿不妙。

路边昏黄的灯光照耀着海岸，两个人脚下冲过一波又一波的海水，海边的夜风带有几分凉意，两个人的手腕上浮现小小的鸡皮疙瘩。

被她打败了，于觉叹了口气，说："不逗你了。"

云诉本打算今晚预习下周的功课，可回到家时已经过了十一点。所以，她得熬个夜。

当她坐在客厅里预习得差不多时，于觉过来了。

云诉没抬头，笔尖摩擦着纸张，发出"唰唰唰"的声响。她边写边说："于觉，校医给我开了药，帮我拿过来。"

于觉扬了扬眉，出声："我也可以帮你擦的。"

笔尖一顿，云诉侧过脸，看了他一眼。

安静了几秒，云诉又极其平静地垂下眸，继续写字。

于觉一噎。

客厅里灯光明亮，灰色的地垫衬得小丫头的脚丫更白嫩了。阳台的窗没关上，凉风吹进来，桌上的书本又翻过好几页。

丝丝缕缕淡雅的花香弥漫在空气中。

于觉自然地走到她身边："药你放在哪儿了？"

闻言，云诉浅浅地笑了一下。

"书包里。"她若无其事地继续预习，头也没抬。

"就一支小药膏。"她补充道。

云诉的书包被于觉放在地垫靠沙发的角落。

于觉一手撑着沙发，倾身越过她拿起书包，翻出药膏，又走到电视机前，拉开最下面的抽屉。

他走回来，抬手，轻轻敲了敲她的脑袋："起来了，擦药。"

云诉放下笔，屈腿想起来，谁承想，坐在地上太长时间，脚一阵一阵地发麻。她撇撇嘴，两手往于觉那里伸："我脚麻，你扶我一下。"

于觉把手中的药膏和棉签放在一边，拉她起来。

云诉坐在沙发上，等着那股麻劲过去。

窗外夜色昏暗，月色如水，流泻到枝叶上。

于觉正要开口说话，突然听见一声细微的响声，桌上的手机亮起来。

云诉转身想拿手机。于觉坐直身体，伸手拿手机递给她。

云诉接过，看着手机，滑开屏幕，按下接听键："喂。"

于觉顺势淡淡地瞥了一眼云诉的手机屏幕，是肖绪的电话。

"我听说你今天受伤了？好点儿没？"肖绪转了个身，背靠在栏杆上。

今晚班里有同学过生日，大家在宿舍里热闹了好久，后来程岚倾打了电话过来，肖绪才知道她今天出事了。

云诉把手机放在耳边，动了一下，换了个舒服的坐姿："没什么事，只是破了点儿皮。绪哥，我这都摔了老半天了，你半夜的才打电话过来关心我呀？"

肖绪笑了笑："那改天给你赔罪，带你去玩儿？"

云诉回答肖绪："就这周末吧，你有空吗？"

于觉竟然和肖绪聊起天儿来："绪哥，我觉得我平常没少被你欺负。"

肖绪沉默了一会儿，将右手伸进兜里，垂头摸出一根棒棒糖，撕开包装纸将糖放进嘴里："然后呢？"肖绪抬腕看了一眼时间，问于觉，"现在是晚上十一点半，你为什么会在我家？"

"事先声明，我只是过来和云诉一起学习的。"于觉赶紧解释。

肖绪松了口气。其实肖绪对于觉是放心的。

他对着电话说："行了，很晚了，赶紧睡觉吧。"

云诉转身，将脚放在地垫上，看了一眼时间："太晚了，你回家吧，我要涂药了。"

云诉转身回了自己的房间。

第十二章
离　开

　　第二天是周末，天光大亮时，街道上响起车子的鸣笛声。空调的温度开得有点儿低，阵阵凉气吹了又吹。阳台上清爽的花香飘进来，客厅里的灯还没关。

　　云诉穿的睡裤有些短，只是过膝。她觉得有些凉，不安稳地动了动身子。

　　桌上的手机微微振了一下，亮了起来，是肖绪的微信消息。

　　"妈已经到楼下了。"

　　这条消息上面还有一条，是肖绪凌晨一点发来的。

　　"爸妈说明天来看你，顺便来看我。"

　　"叮咚——"，门铃声回响在整间屋子里。

　　被扰清梦，云诉不耐烦地皱了皱眉，脑袋只是稍稍一动，想继续睡。

　　云悠和肖年站在门外，很有耐心地又按了一次门铃。

　　于觉慢慢地清醒过来，睁开眼的瞬间，发现自己竟然在云诉家的客厅沙发睡了一晚。

云诉听到门铃声，残留的睡意瞬间全无。她睁开眼，揉了揉眼睛，坐起来，穿上鞋去开门。

云诉刚走出房间，发现于觉还在她家里，正想说他又在她家蹭沙发睡，手机就响了起来。

她接起电话："喂。"

"云诉你不在家吗？我和你爸爸在门外站了好久了。"电话那边传来妈妈讲话的声音。

肖年和云悠离开之前并没有把备用钥匙拿去。

云诉在这时耳朵出奇地尖，非常清楚地听到了门外和电话里云悠的声音，当场一僵，挂了电话直接把手机扔到沙发上，慌忙冲过去拉起于觉。

少女用细细白白的手抓着他的衣服。于觉垂下眼，不知道发生了什么。

云诉就这样抓着他把人拖到房间里："我爸妈就在门口，你待在里面别出来。"

云诉安顿好于觉后立马去开了门。

门一打开，云悠眉开眼笑，宠溺地惊呼："小可爱，想不想妈妈？"

说完云悠就走上前把云诉抱了个满怀，抱了好一会儿才松开手，上下打量着云诉："怎么感觉你好像又瘦了一点儿？"

云诉勾唇笑着道："爸爸，妈妈。"

走进屋，云悠坐在沙发上好奇地问："你是刚醒吗？我们按了好久的门铃你都没回应。"

云诉心虚地笑，点头："昨晚睡得有些晚。"

云悠站起来："你哥哥说等会儿他要过来，走，带我去看看他的房间。他是不是都没有好好收拾？他这人就是不让人省心。"

肖绪很少回家过夜，怎么会需要收拾？

云诉心急如焚地跟在云悠身后："没有，哥哥有好好收拾，平时也会帮我。"

云悠扬眉，道："真的？"

两个人站在房门前，云诉呼吸一顿，张了张嘴，刚想说这间不是肖绪的房间，云悠已经推开了门——云诉已经拦不住了。

云诉绝望地闭上眼，却听到云悠赞许的声音："这家伙终于会把衣服好好挂进衣柜了。"

云诉睁开眼睛，看到云悠就站在衣柜前，眨了眨眼，心想：于觉人呢？这房间里没什么能躲的地方，衣柜也不大，他个子那么高，根本进不去。

她走进去，目光四处扫视一圈，都没看到他的人影。

云悠关上衣柜门，有些奇怪地问："你在看什么？"

云诉僵了一秒，讷讷地道："啊，没什么。妈妈我们出去吧。"

然而事与愿违，云悠走到书桌前，随意地拿了一本笔记，翻了几页，蹙眉："肖绪的字什么时候变得这么丑了？"

那笔记本是于觉的。

云诉小步着上前，瞥了两眼，扯了句谎："这是他借同学的。"

说完，她伸手拿过笔记本，顺势把其他笔记本也抱在怀里，面不改色地说："我帮他收好。"

她走到椅子旁，伸手就要拉开抽屉，余光一扫，手上的笔记本落在地上——于觉整个人坐在地上，书桌下面的空间有些小，他的双腿屈起，脑袋微微抬着，神色复杂地看着她。

书桌是正对着门口摆放的，椅子靠着窗户，云悠只有走到窗户这边才能看到桌下的于觉。而他此刻就坐在桌下那小小的空间里。

云悠立在桌前，抬脚想走过来："云诉，怎么了？"

云诉伸手揽住云悠的肩，往前走几步，让云悠坐在床上，面色自然地说："没什么。妈妈，咱们好久没见了，聊聊天吧，好久都没聊了。我先去把肖绪的笔记本收拾一下。"

云悠笑了笑，点头："好。"

话音刚落，云诉赶紧抬脚走过去，把散落在地上的笔记本捡起来，拉开抽屉，放进去。

她身子一弯，顺势坐在椅子上，把椅子往前挪了一点儿，尽量遮住桌下。

云诉两手搭在桌边，非常淡定地说："你们怎么突然过来了？也没提前和我说一下。"

云悠看着云诉，疑惑地道："我和你哥讲了，他没和你说吗？"

云诉笑起来，在心里给肖绪记上了一笔。说是说了，但他偏偏要等她睡着才把"炸弹"扔过来。

"我们一家人分隔两地这么久了，我们想你就过来了。"云悠嘴角一勾，问起她最关心的事情，"对了，你之前说的和肖绪关系不错的那个男生是谁？你和他相处得怎么样？"

上午十点钟，窗边又有几缕阳光偷溜进来。天空蔚蓝无际，清风拂过，吹散了空气中淡淡的花香。

云诉安静规矩地坐着，两条细白的长腿伸到桌下。于觉坐在她腿边，眼睛明亮，眼睫微垂，看着她白皙的小腿。淡蓝色的睡裤稍稍过膝，她膝盖无意识地动了一下。

过了一会儿，他听到她说："挺好的，我们现在已经是好朋友了。"

于觉勾唇，视线上移，能看到她尖尖小小的下巴，她单薄的袖口上落了几缕偷跑进来的阳光。

云诉心不在焉，但云悠还想继续问关于于觉的事情。当事人就在自己腿边，云诉不太想继续说这个话题。

云诉站起来说："妈妈，你先去客厅坐会儿，我去趟卫生间。"

门被关上，云悠也走远了。

云诉推了推于觉的脑袋："你先起来。"说着，她站起来，顺势把他给拉起来，"等会儿我们会出去吃东西，你就先回家吧。"

于觉叹了一口气，点头："好。"

下午三点，云诉一家在外面吃完饭，又在商场里逛了一会儿，才打车回家。

一进门，肖绪便问："你们几点的飞机？"

云诉喝可乐的动作一顿，问："你们这就回去了？这么快？"

肖年拿过沙发边的行李，云悠走过来抱了云诉一会儿："我们要去外面旅游，顺路过来看看你们。"

云诉心想：原来是这样。

她无语了一阵，妥协似的道："那好吧。"

两兄妹一起把人送到电梯里，和父母道了别便往回走。

云诉把肖绪堵在墙角，语气不善地说："以后你有事能不能早点儿说，也把话说完整？"

肖绪一只手插在兜里，抬起另一只手揉了揉她的脑袋，嘴角露出笑意："你怎么还怪起我来了？"

云诉白了他一眼，问道："你今晚还回学校吗？"

肖绪往前走了几步，推开门："不回了，我要监督你俩。"

云诉洗好澡出来已经快十点了，肖绪在房间里不知道是在和谁打电话。

她走到冰箱前，从里面拿了一罐饮料。

门铃响起，她嘴角一弯，小跑到门前。

半小时前，她给于觉发了消息，以为是他过来了。

云诉打开门，下意识地开口："于觉，你——"

顿了几秒，云诉尽力维持着脸上的表情，慢慢反应过来，说："爸爸妈妈，你们不是去机场了吗？怎么回来了？"

云悠皱着眉，语气叹息似的道："云诉。"

云诉侧身让他们进门："出什么事了？"

氛围沉重，云悠和肖年坐在沙发上沉默了半晌，都不知道该怎么开口。

云诉心想：肯定是不好的事。

云诉有些按捺不住，问："怎么了？到底出什么事了？"

肖年抬起头来，眼神中带着些不忍，注意着她的反应："我刚才在楼下碰到你池阿姨了。"

云诉抿着唇，没说话。

肖年叹了一口气："你怎么不和我们说她又找上你了？"

云诉心一颤，抿着唇没说话，心想：还是没瞒住。

云悠思索着该怎么劝说，拍拍云诉的肩，轻声道："这么多年，我们搬了那么多次家，就是不想让她再来骚扰你。现在你自己在这边，我和你爸爸很不放心……所以，你要不要和我们回家？"

云诉死死地咬着唇，一下子就慌了："我已经和池阿姨说了，让她以后不要再来找我。"

她不想离开这里。

"她答应你了？如果她答应不再来找你，刚才怎么会出现在楼下？"肖年沉声说。

云诉低下头，没有说话。

云悠伸手把云诉的手包在手心里："云诉，妈妈知道你在想什么。我不反对你和朋友相处，你爸爸也不反对，但是，你自己在这边我们真的很不放心。"

肖绪站在一边，道："妈，我在，我会照顾好云诉。我从学校里搬出来。"

肖年摇头："我刚才让人查过了，池资娴的男朋友认识一些不太好的人。那个男的……池资娴她也……"

云诉心一沉，有些不好的预感："池阿姨，她怎么了？"

池资娴毕竟是苏一帘的母亲。

肖年叹着气，无奈地说："帘帘不在以后，你池阿姨的状态就有些不对，但我真的没想到，她会变成这样。"

云诉看着他，一字一顿地问："池阿姨她怎么了？"

"吸毒。"

这两个字砸进云诉的脑海，她愣怔了好久，人都是恍惚的。

屋内的几个人谁都没有说话。云诉死死地咬着下唇，心想：原来是这样。

怪不得池资娴会一直来找云诉。那么多年了，池姿娴从来没有放过云诉，发病了找云诉，想女儿了找云诉……

可一切终究还是因自己而起，云诉闭了闭眼，心想：就是因为吸毒，池资娴的脸色才会如此憔悴。

把云诉的反应尽收眼底，尽管心疼，肖年还是想让她知道全部事情："她这几年过得怎么样我都查过了。她接触那个东西很长时间了。但是云诉，你不要怪自己。你已经怪自己太多年了，有些事是无法挽回的。

"她现在这个状态，我们真的不放心，还是想把你接到我们身边……"

云诉耳边"嗡嗡"作响，低下头，有些出神。

云悠推了肖年一下，让他别说了。

肖年住口。

半晌，云诉笑了一下："爸爸，你让我想想。"

回到自己的房间里，云诉很轻地带上门，眼眶一下子就红了。她稍稍仰头，不让眼泪流出。终于，她的身子乏力地滑下，她整个人直直地坐在地上。

月光照进来，让昏暗的房间里有了一点点光。

许久，窗外的光线似乎弱了些，像云诉渐渐黯然的心。

云诉不可能让肖年和云悠整天提心吊胆。

有好长一段时间了，云诉每天都能接到池资娴的电话，对方不是骂人就是提钱的事。云诉被池资娴堵在家门口也好多次了。

云诉的手机微微振了一下，屏幕亮了起来。

于觉发来的信息："云诉，我明天可能不能去学校了，于扬扬那个小家伙发烧了，家里没人照顾他。"

周一去学校，云诉脸色不太好，眼睛底下有很重的青色阴影。

上午放学铃声打响，柴斯瑶想挽着云诉去吃饭，低下头去看她："小云朵，你昨天睡得不好吗？例假又来了？"

云诉摇了摇头："没有。"

她站起身，开始把抽屉里的东西全搬出来，缓缓地一点点地把它们放进书包里。

见云诉的状态太奇怪，柴斯瑶追问："你怎么把书都装起来了？"

云诉抿了抿唇，抬头："斯瑶，我要走了。"

柴斯瑶疑惑地看着云诉："你要去哪儿？我陪你。"

云诉沉默，垂下眼睫，将东西全装进书包里。

"我爸爸现在在老师的办公室，给我办转学手续。"

柴斯瑶的笑僵在嘴边，她下意识地看了一眼某人的空座位："你和于觉说了？"

云诉摇头："我不知道怎么和他说。"

柴斯瑶掏出手机："我给他打电话。"

云诉拉住柴斯瑶的手："来不及了，我们等一下就去机场了。"

宁城机场，肖年排队取好票，走到一边的休息区，把票递给云诉。

云诉接过票。她需要自己一个人待着。

云悠抬手摸了摸云诉柔软的发丝："我们在里面等你。"

不知过了多久，休息区传来广播的声音："女士们、先生们，请尽快过安检……"

云诉坐在椅子上，好久好久，才拿过放在一边的书包，小腿用力，站起来往前走，步子很小、很慢。

空气轻轻流淌，她身后突然传来急促的脚步声。

云诉被人从背后拉住，她的鼻腔中是薄荷的味道——他身上的香味。

云诉一怔，捏紧手中的书包，眼眶瞬间泛红，视线都开始模糊了。

过了一会儿，她才找到自己的声音，嗓子有些哑："于觉。"

她也不知道自己是怎么回事，想回头看看他，却不敢回头。

他没回答，却收紧力道，越抓越紧。

云诉眨了眨眼，控制住自己的情绪，挣扎了一下，想回头看看他："于觉，我——"

于觉打断她："你先别说话。"他讲话的声音因为跑得太急微微带着喘息声，低沉而沙哑，"我要好久见不到你了。"

因为这句话，云诉刚憋回去的泪又出来了。她仰头，抬手蹭了蹭湿润的眼角，转身。

这次于觉没阻止她。他就站在她面前，眼睫垂下来，看着她。

云诉动了一下，想上前一步。忽然，他往后退了一步。云诉一下子就慌了，抬脚向他走去。

于觉没给她这个机会，又退了一步。

云诉死死地咬唇，看着他，没敢再往前。

于觉盯着她，整个人看起来非常平静："是不是肖绪不给我打电话，你就真打算这样走了，一声不吭的，什么都不和我说？"

接到肖绪那通电话时，于觉整个人脑子都是空白的，急急忙忙地把于扬扬交给邻居阿姨，打了车就跑来了机场。

他掏心掏肺地对小丫头，结果她连走了都不和他说一声，一条信息、一通电话都没有。

云诉顿了顿，仓皇失措地走上前："不是，我想和你说的。"

于觉沉默。

"我只是觉得这些话我应该当面跟你说，但是你在忙。"云诉不知所措地捏了捏手指。

他闭了闭眼，将声音压得极低，极力按捺住火气："你回去了还是读理科？"

他的这句话有些无厘头，云诉愣了一下，没反应过来。

于觉看着她继续说："我这段时间可能不会再联系你了。"

他这句话砸得云诉呆了好久。

她张了张嘴，还想说些什么。

口袋里的手机在振动，她拿出来看，是肖年的电话，但没接。

在与她相隔不远的距离，于觉出声："走吧，飞机要起飞了。"

云诉抬头看他。

于觉终究还是忍不住，抬手，用指尖不断地摩挲着她的肩膀，黑眸沉沉，眼里的情绪很浓。

他的力道很重，云诉被抓得生疼。

云诉仰头看着他，脑袋稍稍一歪，眼前的这个少年一如既往地俊秀帅气。他皮肤很白，鼻梁挺拔，薄唇颜色浅淡，眸中藏着光，里面映着她小小的身影。

风轻轻地吹，吹散了空气中清淡的花香。

云诉抓住他的衣服，声音嘶哑无力："我们还会见面的。"

于觉想说些什么。

她抿了抿嘴唇，那句话再次说出口："我们还会见面的。"

话音落下，云诉不敢再看他，将视线移向别处，转身就走，步子很快、很轻，不敢回头——她怕再看一眼自己就走不掉了。

云诉是最后一个登机的。

舷窗外的光线很亮，一层一层的云堆积在一起，机舱里有细碎的说话声。封闭的环境中，气氛有些沉闷。

云悠盖了一条毯子在云诉身上。

这一路，云诉一直盯着窗外看，记忆那么多，脑子里却一片空白，好像就只有于觉压着火对她说的那句话一直萦绕着。

棉质毯子盖在身上，她却觉得好冷。

于觉走出机场，今天的太阳很大，有些刺眼。他抬头望了望天空，视线中闯进一架正在缓缓爬升的飞机，心想：她就在那里吧。

他将双手往兜里一放，动了动唇，声音轻得几乎听不到："要记得想我。"

而后，他叹息似的说："我已经开始想你了。"

她没有说离开的理由，但他依稀能猜到，是因为池资娴。

不管是什么原因，他们都分开了，不是吗？他没有保护好她。

他要等，要努力，要足够优秀，出色到任何人、任何事都无法把他们分开。

当天下午三点钟，高一教师办公室。

7班班主任推了推眼镜，笔尖一移，又在教案本上写下几个字。

轻微的"沙沙"声响中，办公室的门被敲响了。

她抬头，看到于觉站在门口，吓了一跳，放下笔："进来吧。"

于觉走进来，眼皮耷拉着，眼睛里布满了红血丝，看起来很憔悴，声音很低："老师，我想求您一件事。"

班主任愣了愣，怎么也想不到"求"字能被这个少年说出来。

她仔细地盯着他看了一会儿，突然就想起，于觉之前谁都不放在眼里，很是嚣张，可现在的他看起来很颓丧，让人完全想不到之前眼睛都不眨一下就把高老头儿的教案扔下楼的就是他。

"什么事？你说吧。"班主任放轻声音说。

于觉后颈绷紧，像是在压抑着什么："你能不能……先不要安排人坐云诉的座位？"

班主任沉默了一瞬："好，我答应你。"

于觉抬了抬眼皮，顿了顿，哑声说："我想转去文科班。"

从宁城来到楠市，云诉面对的是陌生的环境、陌生的学校。她刚才去报到时，老师和她说了教室和座位的事。

云诉一进教室，身前冷不丁就冲出来一个人。

她没躲开。

付银宇将手搭在她的肩膀上，低下头去看她的眼睛，扯着嘴角，语调轻快地道："诉爷，我好想你。"

云诉笑了一下，淡淡地"嗯"了一声。

付银宇还在叨叨："你来这边怎么都不提前和我说一声？"

云诉没理他，背着书包走到自己的座位，坐下后，有些机械地把书包里的书一本一本地拿出来。

班主任本想让她坐在教室中间的位置，是她自己提出要坐在讲台正前方，老师的眼皮底下，什么小动作都不敢做、不能做的地方。

付银宇走到她身边，垂眸，看她课桌上摆放得整整齐齐的书，脸色沉了下来："你们闹掰了？"

云诉一愣，终于有了反应，抬头，目光有些呆滞。

付银宇见不得她这样的表情，紧紧地皱着眉，伸手往口袋里掏，拿出手机来。

云诉注意到他的动作，问了一句："你要干吗？"

付银宇开始往自己的座位走，语气冷冷地说道："买机票。"

突然意识到他要干什么，云诉有些慌，跑上前扯着他的衣袖。

付银宇转身看她。

"我们没有闹掰。是因为别的事，这只是暂时的。"

她坚定的声音传到付银宇的耳边。

付银宇怔了怔。云诉微仰着下巴，双眸黯然，眼下的阴影很重，带着倔强之色。

付银宇从未见过她如此坚定的模样。

半晌，他叹了一口气，别过眼，实在不忍心看她的表情，叹息一声。

云诉松开他，两手自然地垂在身体两侧，忽然笑了一下，唇色苍白，整个人似乎下一秒就要破碎。

她清了清嗓子，近乎乞求地说："你这段时间能不能……先不要和我提他？"

付银宇拍拍她的肩，道："好。"

时间一晃而过，两年过去了，云诉升到了高三。

来到楠城后，云诉把自己的时间安排得满满当当，晚上下了自习就去补习班，周末去跆拳道班，根本就没有喘息的时间，也没有胡思乱想的机会。偶尔，柴斯瑶会给云诉打来电话闲聊几句，说说自己的生活，但他们都很默契地没有提到那个人。

于觉说不会联系她，她也默契地没再联系他，有些时候实在想他了，就看看两个人之前的聊天记录，看看他的照片。

高三的日子过得很快，忙忙碌碌，就连付银宇都规规矩矩地把作业写完，没再三天两头地被老师请去办公室"喝茶"。

在校园里，大树下、走廊边、教室墙上，随处都有励志语录。

高三的教学楼上挂着的两条条幅被雨水冲刷得褪了一点儿颜色。

升到高三后，学业很重，陈雨兴每天早上都会提前半小时来教室，然而每天都会有一个人比他先到。

陈雨兴慢慢地走过去，停在那人身边。

窗外小雨纷飞，雨滴打在玻璃上，发出"滴滴答答"的声响。

于觉坐在座位上，目光呆滞地望着前方，不知道保持这个状态多久了。

雨丝从窗外飞进来，落在他的手臂上，留下一颗颗水珠。

察觉身边有人，于觉有些发抖，又觉得不可能，尽管觉得身边的人不是她，还是没忍住扭头去看。

没看到想看到的人，于觉笑了笑，失落感在眼底蔓延开："是你啊。"

陈雨兴俯身往抽屉里看了看，好像又多了一根棒棒糖。

云诉走了之后，于觉每天都是第一个进教室，时间每往前走一天，她的抽屉里就会多一根棒棒糖。

于觉起身，想回自己班上去。

陈雨兴拉住于觉："先去吃早餐，我陪你。"

他摇头："我的课本还没背完。"

安静了几秒，于觉继续说："她还在等我。"

他说话的声音很轻很轻。

晚上下了课，云悠照例把车停在补习班拐角的地方。

云诉走在夜色中，微笑着和同学道别，转身走了几步，拉开车门坐进去。

待云诉扣好安全带，云悠把刚买的奶茶递过去，问："今天在学校过得怎么样？"

云诉接过奶茶，笑了笑："挺好的。对了，模拟考成绩下午就出来了。"

云悠点点头。她对这孩子一直都是很放心的，也捧在心尖上疼。云诉回来之后，成绩越来越好，晚上在书桌前做题的时间也越来越久。每次云悠半夜起来，都能看到云诉房间里还亮着灯。这样的云诉让人心疼。

云悠发动车子，过了一个红绿灯，语气很轻地说道："过几天就高考了，别给自己太大压力。"

云诉的嘴里被奶茶和珍珠塞得满满的，她点点头。

车子又拐了一个弯，云悠坦诚地说："你池阿姨不知道从哪里找到了你爸爸的电话，今天又打来了。她有没有联系你？"

云诉降下车窗，看向窗外，任由晚风吹过脸颊，很平静地回道："没有。"

云诉回到家的那天就把池资娴拉黑了。

"你爸爸明晚有应酬，我明天在学校那边会很忙，不知道赶不赶得及来接你。"

"没事，我自己回家就好，其实你们不用每天都来接我的。"

云悠伸手握了握云诉的手，目光还定在前方："明天我尽量赶过来。"

第二天是星期四，夜里十点，云诉和同学一起走出补习班。

同学家和她家的方向是相反的。

云诉站在路边等了一会儿，没看到肖年和云悠，从口袋里掏出手机，又掏出耳机戴上，转身往回走。

她在这边打车的话司机要绕好大一圈，所以打算走到对面打车。

云诉低着脑袋，手指在手机屏幕上滑动，耳机中的音乐才响起前奏，身后就传来声音。

"云诉。"

她身形一顿，唇角绷直，犹豫了几秒才转身。

池资娴就离云诉几步远，脸色惨白，眼窝凹陷下去，憔悴极了。

云诉记得，上次见池资娴时，她不是这个样子的。

云诉把耳机摘下来，走上前，什么都没说，伸手扯过池资娴的手腕，抓起袖子就往上拉，瘦到皮包骨的手臂上，是一排排大大小小的针孔。

池资娴每次来找云诉都穿着长袖，所以云诉什么都看不到。如今看着这触目惊心的针孔，云诉深吸一口气，看着池资娴："你一次又一次地过来找我要钱，就是为了做这些事？"

池资娴神色有点儿慌，想甩开云诉的手，可云诉不让，死死地抓着池资娴。

池资娴没想到云诉会知道这件事，使了蛮力挣脱了云诉。

云诉被甩得后退了几步。

她神色淡淡的，两手插进兜里，话语没有一丝温度："你一直缠着我不就是为了从我这里拿到钱去吸毒吗？你无可救药。"

池资娴定定地看着云诉，视线有点儿模糊，整个人开始颤抖。

看着池资娴的眼神，云诉意识到不对劲，开始往后退。

池资娴毒瘾上来了，理智荡然无存，惨白着脸笑了笑，伸手想抓云诉。

云诉一侧身，躲过了。

池资娴冲上前，双手紧紧地握着云诉的肩，表情狰狞得可怕："云诉，你害死了我的女儿。我不管，从今往后你就是我的女儿。是你先对不起我的！他不要我了！他把我弄成这样就跑了。我本来就没什么钱，他还把那些钱全带走了。

"我去你家找你，都没有人在家，打你电话永远都是关机。

"你可真是会躲呀。后来我打听了好久才知道你来这边了，你得偿还我一辈子！"

云诉被池资娴抓得生疼。池资娴比云诉高一点点，此时微蹲下身子，可怕的表情近在咫尺。

云诉有些害怕，但她强作镇定，说："我不是你的女儿。"

她手指用力，一点儿一点儿地掰开池资娴的手。

池资娴找了云诉太久，现在也不打可怜牌了。

池资娴用力抓着云诉的手，有深红色的印子显出来。

池资娴看着云诉，眼神很可怕，手往包里伸："是你，就是你！我就是被你弄成这样的！我不好过，肯定也不会放过你！"

云诉突然不知怎么的，无法推开池资娴。

池资娴掏出一根注射器，云诉骤然睁大眼，还没回过神，针就要扎下！

正好赶到的云悠急忙跑上前，伸手抓住池资娴的手。动作被阻挠，池资娴回头看去。

云悠趁池资娴出神，另一只手赶紧抢过那根注射器，往旁边一甩。针管滚得好远好远，一直到路中央，被车轮直接轧过，发出清脆的破碎声。

云悠把池资娴推得好远，一把把云诉揽入怀中，轻轻拍着云诉的背安抚，声音却很颤抖："没事了没事了，妈妈来了。"

路边的灯光昏暗，周遭的花草树木颜色暗淡，月明星稀的天空似乎又暗沉了些。雨滴飘洒下来，砸在地面上"滴答"作响。

云悠把云诉护在怀里，能感觉到她的身子在微微发颤，垂眼看去。

云诉唇色惨白，不敢看云悠，一只手紧紧地攥着云悠的衣服的下摆，动了动唇，声音近乎破碎："妈妈，报警吧。"

一直以来，云诉太纵容池资娴了。

云诉是从云悠身上掉下来的一块肉。云悠早就想采取措施了，但云诉念着苏一帘，一直不让。

这一刹那，云悠心疼得不行。这两年，纵使云诉不太情愿，云悠还是每天接送女儿上下学，没想到仅一个晚上没能准时赶来，就发生了这样的事情。

云悠不敢想象，如果自己没来，云诉该怎么办。如果那根针就这样扎进云诉的身体里，云悠该怎么办？

不能再让池资娴威胁云诉，云悠强迫自己稳定住心绪，掏出手机，立即拨打了110："你好，这里是……"

在听到云诉说要报警那一刻，池资娴就怕了，赶紧冲上前想把云诉拉过去，嘴里叫着："云诉，你不能报警！孩子，你别报警！"

云悠心一狠，用力一推，将池资娴推倒在地。云悠厉声呵斥："你凭什么把所有的罪过算在云诉身上，难道她承受的还不够多吗？！"

云诉垂着眼帘，看都没看池资娴一眼。

池资娴什么都没听进去，慌慌张张地从地上爬起来，跌跌撞撞地想跑。

目睹了一切的路人抓住她："做了这么丧尽天良的事还想跑？"

没多久，街道上出现了旋转的红蓝两色的灯光，路边缓缓停下一辆警车。

池资娴被带上车前都还在朝云悠母女俩嘶吼——

"云诉，就是你害了我！

"云悠，我一定不会放过你的！"

…………

夜深了，灯火阑珊。

雨越下越大，月光慢慢地淡了，云诉的全身被淋透，发丝紧紧地贴在额头、耳侧、脖颈，她重重地呼了口气。

后来，云诉怎么都想不起那天是怎么回家的。她只记得，她被人拥在怀里，那怀抱很暖、很静。她全身的力气好像都被人抽走了，只能依靠在那个怀抱里。

那个晚上，云诉彻夜高烧，云悠也感冒了。云悠和肖年两个人照顾着云诉，忙得不可开交。

那天之后，云诉没再去学校。第一天、第二天、第三天……她体温降了很多，但依旧处于低烧状态。

云诉意识混沌，一直昏睡在床，醒过来的时间很少。

昏昏沉沉间，云诉突然听到了那个熟悉的声音。那声音很轻很淡，带着她熟悉的低哑。她都怀疑自己是真的烧坏脑子了。

门被带上，传来轻微的声响。云诉听到"窸窸窣窣"的声音，然后床的一侧沉下去，身上的毯子被轻轻地掀开，她的手被握在一只宽大温暖的手中，感受到了熟悉的暖意。然后，她似乎真真切切地听到了那轻微的叹息声。他指尖微凉，捋了捋她额前的发丝。她急切地想要求证，那一遍又一遍地闯进她的梦境中的人如今是不是在她身边。

慢慢地，云诉睁开了眼。

见她醒来，于觉扯了扯嘴角，揉捏着她细白的手指，故作轻松地道："你醒了。"

云诉看着他，表情极其平静，无波无澜。

于觉看她的反应这么淡定，不禁失笑："看你这反应是一点儿都不意外啊？"

"于觉。"云诉打断他的话。

于觉没立即反应过来，扯着眉："嗯？"

云诉将手缓缓地从被子里拿出来，张开，又说了一声："于觉。"

她近乎哀求的声音传到于觉的耳朵里。

他垂下眼帘，俯身前倾，抓了抓她的衣服，心中是从未有过的安稳感。

云诉低头看了看被他抓住的地方。

她闭了闭眼，深深地吸了一口气，鼻腔中是他身上的薄荷香味。

云诉动了动，向他靠近一些，声音嘶哑，有气无力地道："于觉，你还好吗？"

于觉刚要说话，就有泪水一滴接着一滴，落到他的手上。

于觉整个人一怔，被眼泪烫得手指蜷缩起来，抓着她衣服的力道加重，心口也灼烧起来，疼得无法呼吸。

云诉就这样看着他，细细地喘气，哭得身子微微发颤。

云诉也不知道自己是怎么回事。池资娴纠缠自己那么久，她没哭；针头就要扎进手腕，她没哭；于觉说高考前不会联系她，她没哭。但现在，他重新出现在她眼前，简单地露出一个笑，就轻易地让她溃不成军，泪腺的"开关"像是被打开了，眼泪怎么都止不住。

她颤抖着身子，鼻子一抽一抽的，说出的话差点儿连不上。

"于觉……

"我好害怕。

"我还能参加高考吗？"

…………

她说出的一字一句，直撞于觉的耳膜。

他安抚着她，声音低沉沙哑："别怕，我来了。"

房间里很安静，一阵风吹过，树叶被吹得"簌簌"作响。月光流泻，淹没了两个人。

好久好久，云诉慢慢地调整好情绪，抬起头来，用手背擦过眼角残留的泪珠。

她吸了吸鼻子，看着他，忽地就问了个特别傻的问题："你怎么来了？"

于觉不知如何回答。

云诉说这句话的时候差点儿咬到自己的舌头，但仍是继续问了下去："你不是说，我们高考前都不要联系吗？那你什么时候走？"

于觉盯着她看，没有说话。

他眉峰微挑，嘴角一勾，似笑非笑地说："你盼着我赶紧走呀？"

云诉低头看了看自己的手，淡淡地"哦"了一声，伸手去抓他的衣服。

面对云诉时隔许久的口是心非，于觉松开手，掏出手机看了一眼时间："我坐三个小时后的飞机。"

云诉神色一顿，眉宇间有些惊慌。

于觉看出来了，安抚似的拍了拍她的肩，调笑着说："你是不是真把脑子烧糊涂了？明天高考你该怎么办？"

云诉觉得她的脑子是真的被烧坏了，迟钝得很，突然"啊"了一声，然后推开他，抓过他的手机按亮屏幕，现在是晚上十点钟。

于觉低下头，伸头探了探她额头的温度，喃喃自语："下午的时候就已经退烧了，现在也不烫了。"

云诉舔了舔干裂的唇瓣，叫了一声："于觉。"

"嗯？"他应道。

"如果明天我还没退烧，还醒不过来的话，没能参加高考——"

于觉忽然抬手，用手指戳了戳她的脸颊，不让她把话说完："那我陪你，明年咱们再考。"

云诉忽地心里一揪，抬眼看他。

房间里光线昏暗，窗外树叶疯狂摇摆。

她能清清楚楚地看到于觉眸中的坚定。

两个人距离很近，于觉生怕她不信，动了动唇，重复一遍："我会和你一起高考，不管是今年还是明年。"

房间里就开着一盏小台灯，风吹进来，书桌上的试卷被吹得发出声响。

少年坚定地说着，他的话一个字一个字地传进她的耳朵里。

云诉一直盯着他看，不知道是没听到还是没听清楚。

于觉抬手捏了捏她的脸颊，受了委屈似的："信不过我？"

像是害怕他下一秒就会消失，云诉用带着热度的目光打量着他——她刚才都没能好好看看他。

于觉穿着简单的白色T恤，下颌线条流畅，人似乎又瘦了一点儿，头发也短了很多。

两个人距离很近，她能闻到似有若无的清淡的香味，是洗衣液的味道。

他又抬手敲了敲她的脑袋："傻了？"

她回过神来，拿开他的手，清了清嗓子，说："既然你很快就要走了，让我揍一顿再回去吧。"

于觉的动作一顿，他满脸疑惑。

云诉稍微挪动了一下身子，又靠近了他一些，声音轻缓，"就当是给你明天高考加油了。"

于觉没有回答。

少女乌黑的眸子里有光。她正直勾勾地盯着他看，没有半点儿玩笑的意思。

室内很安静，云诉和于觉都没注意到，门被人推开了一点点，发出轻微的声响。

肖绪站在门口说："于觉，先去吃点儿东西，等会儿你还要——"

两个人顿时一僵。云诉反应过来，一用力，猛地推开于觉，听到"咚"的一声响，也没低头看看是怎么一回事。

她掀开被子，整个人往里钻，将脑袋完全藏在被子里，两眼一闭，双手痛苦地捂脸，心想：太丢人了。

明明他们什么都没做，就只是正常聊天，云诉却莫名地心虚。

于觉坐在地上，眨了眨眼，极力忽视屁股上的疼痛感，喉结上下滚动，抬手擦了擦唇边的水渍，也没站起来，转身看肖绪。

肖绪强装镇定，语气淡淡地道："哦，既然醒了，那就一起下楼吃饭吧。"

肖绪现在已经是一名大学生了，今早下课后回到宿舍，刚把手机开机，就接到了来自亲妈的电话。

肖绪接通电话，云悠强压火气的声音传来。

"你是怎么回事？我都打你电话一早上了。"

肖绪一只手把书放进书柜里，坐下，换另一只手接电话，老老实实地交代："我昨晚忘记给手机充电了，没电了。"

云悠站在云诉的房间门口，压低嗓音说："行，这件事我先不跟你计较。你现在马上去机场，我已经给你买好了去宁城的机票。"

肖绪顿了一会儿，没反应过来。

"云诉发烧好几天了，一直没退下来，"云悠继续说，"所以你有一件必须做的事情——现在立刻马上去宁城把她那个同学接过来。"

吃完饭，于觉就去了机场。

深夜车流稀疏，暖色光线在眼底掠过，于觉偏头看向窗外。

车里播放着广播，司机在前面搭话，于觉不想理。

手机被他握在手心，亮光在狭小的空间里散开，屏幕上是云诉发来的消息："到家了和我说一声。"

他视线上移，目光停在上一条信息的发送时间上——两年了。

他死死地盯着上面的时间，像是被按了停止键一般，手指不自觉地蜷缩，迟来的后怕浮在心间。

他真的不敢想象，要是云诉的妈妈没有及时赶到……

巨大的无力感侵蚀着他。他闭了闭眼，脸上的血色尽数褪去。

第十三章
文理双杰

走出考场时，阳光很刺眼，云诉抬手遮在额头上，眯了眯眼睛。

她身边是接连不断地走出考场的考生，有人哭，有人笑，但大多数人嘴角挂着笑。

终于，高考落幕了。

那天晚上，云诉睡得很早，第二天醒来后，在床上玩儿了很久的手机才起床洗漱，正换衣服时，桌上的手机振动了一下，传来细小的声响。

云诉低头一看，是于觉发来的微信消息。

"诉爷，小懒猪，起床了没？"

他又发过来一个定位。

云诉仔细一看，呼吸瞬间一顿，眨了眨眼睛，有点儿难以置信。

于觉的消息不断发来——

"我都在你家睡一个晚上了，还得等到第二天才能见到你。

"你爸爸妈妈全都去上班了，奈何我家诉爷还没睡醒，我只能一个人待着。"

于觉靠在床边，长腿懒散地伸着，嘴角笑意明显，将手机握在手里，还在编辑着消息。

忽然，门被推开，轻轻的声响传到耳边，于觉抬起头来，看见云诉茫然地站在门口。

她盯着他看了好一会儿，才想起要问的话："你怎么会在这里？你不是……"她又问，"不是昨天才考完试吗？你现在怎么会在这儿？"

于觉笑了一下，抬手敲了敲她的脑袋："前两天我走的时候阿姨和我说，随时欢迎我过来。我本来想让你先忍几天的，但没办法，我自己忍不住。"

"我出考场就打算订机票，阿姨正好打电话过来，说已经帮我订好了。"

云诉完全没想到，于觉和妈妈的关系已经这么好了。

云诉发自内心地感谢："妈妈对我好好。"

于觉点头："嗯，妈妈对我也很好。"

云诉皱了皱眉："你妈妈？"

于觉理直气壮地说："啊，按咱俩今后的关系，你是我的人，那你妈妈不就是我妈妈？"

云诉羞恼地说道："谁是你的人？"

于觉伸手轻轻地捏了捏她的脸，笑道："你啊。"

云诉立即否认："我不是！"

于觉叹了一口气，语气无奈又有几分骄傲："那行吧，我是你的人。"

云诉无言以对。

"于觉，池阿姨她……"云诉有些难以启齿，"进戒毒所了。"

于觉又靠近了一点儿，抬手在她背上上下安抚："我知道。"

云诉重重地吸了口气，抬眼看了看他，不知道该怎么开口，但不想瞒着他。

于觉低声说："没事，不想说就不说。"

高考成绩出来的时候，云诉还在床上睡着懒觉，迷迷糊糊地接到了班主任的电话，听完老师的话，她的瞌睡虫瞬间都跑没了。

五中出了省理科第一名，就是她。

挂断电话的时候，云诉还有点儿蒙，没反应过来。

她前几天脑子都烧成那个状态了，竟然超常发挥，拿到了那么高的分数——比平时高了十几分！

她的分数终于比当初于觉的分数高了，云诉整个人从床上蹦起来，身子挺直，打开手机浏览器。

好不容易分数比于觉高一次，不想从他人嘴里得知，她要自己查查他考了多少分。

10分钟后，云诉的浏览记录中留下了好多痕迹：高考理科省前5名、省前10名、省前100名。

云诉翻了很久都没看到于觉的名字。不对啊，按他平时的成绩不可能连省前100名都进不了。

云诉不信邪，两条长腿一伸，躺在床上继续翻刚才的名单。

于觉在云诉家住了好几天了。肖年不在家的时候，于觉比在自个儿家时还要随意，有事没事就和云悠有一搭没一搭地闲聊。

肖年是不反对云诉和于觉交往的，但是也不会这么简单地把女儿交给于觉。当然，肖年也不会冷待于觉。只是每次肖年在家的时候，家里的氛围会稍微沉闷一些。

于觉和肖绪买了点儿水果回来，才进门就看到云诉坐在沙发上。她眉头紧紧地皱着，看起来心情很不好。

于觉走过去，俯身把东西放在桌上，抬手敲了敲她的脑袋："怎么了？不开心？"

云诉没说话，准确地说，应该是不知道该怎么开口。

她微仰着下巴静静地看着他，脖颈的线条柔和，唇角抿直，一副可怜样儿。

半小时前，于觉也接到了自己班主任的电话。

他似乎是猜到什么了，没等云诉回答，身子一弯，径直坐在她的身边，声音坚定："我不会去没有你的地方。你在哪儿，我就在哪儿。"

云诉一顿，"听懂"了他的意思。两个人相顾无言了一会儿。

云诉很纠结，在脑海里不断地思考着怎样说才能不伤害他。她努力地组织着语言，开口："成绩并不代表一切的……"

她眼神飘移，声音低得几乎听不到。

于觉抬手触到她的背，上下安抚着，压低了声音说："没关系，我再查查分数稍微低一点儿的学校。"

肖绪也在一边坐了下来，正好看到妈妈给他发来的关于云诉的高考成绩的消息。他垂手，嫌弃地看着他们："你俩在演什么？"

云诉茫然了一瞬，心里那点儿沉闷的情绪愈演愈烈，没好气地控诉："你不会懂的！你高考考得那么好，肯定不会懂那种考砸了的心情！"

四周一片安静。

"是不太懂。"肖绪挺直了腰板儿，将目光移到于觉的脸上："文科第一名，你懂那样的心情吗？"

没等于觉回答，云诉捕捉到了肖绪话中的信息。

她猛地扭头，感到不可思议，不自觉地提高了音量，看着于觉说："文科第一名？！"

于觉伸手从桌上拿了一个苹果削起来，声音平淡地说："后来我转文科了。"

云诉突然意识到了什么。

空气沉寂了一会儿，温度也上升了一点儿。

云诉就坐在于觉旁边，视线微抬，看了看于觉的侧脸。下一秒，他修长的手指一移，将手中的苹果抵在她的唇边。

云诉没有反应过来，脑海里不断地闪过之前她说过的话——

"我有想过学文的。

"要是我转去文科班的话，那我们就是文理双杰。"

原来，他都记得。

她随口说的话，他全都当真了。他无声无息地替她做了她很想做的事情——即使她不在他身边，即使那时他因为她没有提前告知就离开非常生气。

他对数字那么敏感，不可能毫无征兆地就转去文科班。

云诉的心跳在不断地加速……心脏似乎一下子被人捏住了，大脑有一瞬间的空白，她双手握拳，手指陷进沙发里，留下小小的指印。

云诉闭了闭眼睛，用门牙咬住下唇，就这样一直盯着于觉看，突然说："肖绪你把头转一下。"

肖绪削苹果的手一顿。他看了看她，不明所以。

云诉扭头对他说："我现在就只想看到于觉一个人，你让我们单独说说话。"

肖绪感觉呼吸骤然停顿，有点儿难以置信：这是人能说出的话吗？这小姑娘怎么能这么毫无预兆地就欺负人？

　　"我现在真的很想。"云诉的良心已经消失了，她继续说。

　　肖绪深吸一口气，从她脸上移开视线，看了看于觉。

　　于觉已经乐开了花，抬手触了触嘴角，笑着看肖绪："要我赶你走，还是你自己走？"

　　肖绪太憋屈了，心想：这儿到底是不是我家？我当初到底为什么要把妹妹转到于觉所在的班级？

　　肖绪在恼羞成怒地离开之前，还不忘用眼神对于觉攻击一番。

　　于觉失笑，转头去看云诉，想问问她要和他说些什么。

　　结果云诉掏出手机正要打电话，之后声音传到他耳边。

　　"爸爸，你现在在办公室吗？

　　"我想让你帮我打印一点儿东西。

　　"你晚上帮我带回来吧。"

　　没等她打完这通电话，于觉的手机也响了起来，所以后来云诉和肖年说了什么于觉都没注意听。

　　当天晚上七点钟，一家人吃完晚饭。肖年正要上楼加班，云诉问起他那件事："爸爸，你带回来了没有？"

　　肖年从公文包里拿出她想要的东西，有些奇怪："你不是都考完了吗？还要这个干什么？"

　　云诉接过那一沓纸，眉眼一弯，神秘兮兮地转移话题："你赶紧上去工作吧。"

　　于觉正好从卫生间里出来。

　　云诉走过去把那沓纸放进他怀里，语气极其自然地说："写吧。"

于觉脸上闪过一丝困惑。

云诉眨了眨眼睛，示意他打开看看。

顺着她的意思，于觉垂下眼，用手指捏住纸张，轻轻一翻。

等到看清那明晃晃的标题时，他嘴角有些抽搐，表情很僵硬。

8开的纸张上是密密麻麻、方方正正的黑色字体，最上面的标题是"2016年普通高等学校招生全国统一考试·理科综合能力测试"。

于觉继续往下翻，她给他的是今年高考的全套理科试卷。

云诉伸手，细白的手指轻轻点在那沓试卷上："之前的考试我都没能考过你，你现在把高考理科试卷全做了，看看我高考能不能超过你。"

于觉很是无奈。

云诉用眼神威胁他，继续说："不能拒绝，你一定要写。"

于觉都学了两年的文科了。对方要是普通人，云诉不会这么欺负人，但他是于觉，是对数字过目不忘的于觉。

她总觉得咽不下这口气。她真的不信自己高考还考不过他，还能再差个几十分！

第二天太阳很大，房间里的空调不间断地吐着冷气。

于觉坐在书桌前，脊背挺直，黑色水性笔在指腹上又转了一圈，写上最后一题的答案。

于觉放下笔，拿起试卷迅速地扫了一眼，起身走到床边。

云诉就坐在铺着墨蓝色毯子的床上，两手撑着床边，两条长腿懒洋洋地伸直，脚懒洋洋地晃了晃。

她的手边放着好几张试卷，都是于觉写好的，她也从网上找了答案帮他批改好了。

于觉把最后一张试卷递给她："我写好了。"

闻言，云诉抬了抬眼睛，将视线转移到他身上，伸手接过卷子。

她走到书桌边，刚才已经看了答案，靠着记忆，用红色水性笔不断地在试卷上留下深红色的大钩。在心里，她默默地把觉的各科分数加起来。

没一会儿，她放下笔猛地扭头，起身气势汹汹地向于觉冲过去，整个人贴上去，两只手掐在他的脖子上。

"你都学了两年的文科了，为什么高考还会比我多12分？！"

云诉屈起一条腿，半跪在床边，于觉顺着她的力量直接倒在床上。

此时此刻，她就坐在他身边对他兴师问罪。

于觉苦笑，任由她闹。

没过一会儿，云诉不再掐他，身体转了方向坐在床边，于觉也坐起来。

云诉的一颗心沉下去，她盯着他看，声音很低："你会不会觉得很可惜？"

于觉很清楚她在说什么，微微叹了一口气，抬手一下又一下地揉着她的后脑勺儿，贪恋地嗅着她身上的味道，语气轻松地说："我做的所有关于你的事，都不后悔。"

听到他这句话，云诉控制不住地蜷缩起手指，动了动唇想说话。

风吹着树叶的声音格外响，云诉听到他继续说："那是在为下辈子还能遇见你积攒运气。"

转眼，时间又过去了一个月，于觉三天两头就坐飞机往云诉家跑。

光是想想这件事，云诉就有点儿脸红。

早上十点钟，云诉慢悠悠地从床上起来，洗漱好下楼。

她依稀能听到门外的对话。

邮递员真心地祝贺道："恭喜你们。"

于觉笑起来："谢谢。"

道别后，他关上大门，转身，神色稍稍顿住，而后弯起嘴角："你醒了。"

意识到他手里的是什么东西，云诉出神地看着他，眸子里有光，握住栏杆的手不自觉地蜷缩，心一颤。

她明明早就料想到，明明已经知道结局，这两年来心头的苦涩一瞬间堆积起来，在空气中蔓延开来。

于觉手里拿着东西，微微侧头，眼睛里映着她的身影，眉眼间写满轻松。

云诉安安静静的，小心翼翼地呼吸着，害怕眼前的情景下一秒就会消失。

于觉走到她面前，拉过她的手，把手中的东西放到她的掌心。

于觉笑了，认真地看着她，语调轻松："我这辈子就赖在你身边了。"

云诉眉梢弯起来，眼睫垂下来。

清晨阳光明媚，天际飘着一层又一层的云，清淡的花香在空气中飘散。

还好，他们谁都没有放弃，还好，努力得到了回报。但她知道，于觉真的付出了很多很多。

云诉嫩白的手心上，躺着两张录取通知书，来自同一所学校。

他们未来四年，会一起在 F 大走下去。

当初填志愿的时候，两个人是一起填的。三个志愿，他们都只填了第一志愿。

于觉把要收录取通知书的邮寄地址写成云诉家地址的事告诉于爷爷时，于爷爷毫不意外，于觉的班主任倒是打了电话过来问他是不是被诈骗了。

肖年和云悠忙于工作，晚上才会回来。

两个人走出家门，站在路边，拐了个弯，撞上了突然出现的付银宇。

付银宇看着他们，不咸不淡地问："你们这是要去干吗？"

"吃早餐，你吃过了没？一起去？"云诉自然地反问道。

付银宇点头，没一会儿又嬉皮笑脸地靠上来，抬起胳膊，就要搭在云诉的肩上："你们想吃什么？我突然好想吃——"

看着那只就要落下的手，于觉反应迅速地把云诉往旁边一扯。

计划落空，付银宇和空气搭了个讪，话也被打断。

付银宇不满："于觉，云诉是我兄弟。"

于觉脸不红心不跳，有力地反驳："云诉是我的人。"

"她是你的人碍着做我兄弟什么事了？"付银宇眯眼回话。

于觉很冷地看了付银宇一眼，平静地说："你再说话，我让你从她的世界里永远消失。"

"你试试。"付银宇愤愤地盯着于觉。

…………

云诉就站在一边，看着两个人你说一句我回一段，谁也不服谁，心里很无奈，忍不住打断他们。

"你俩别吵了。"她说。

他们同时转头看了她一眼。

几个小学生从三人身边走过，脸上都洋溢着笑容，手里都拿着蛋糕，香甜的味道在空气中蔓延开来。

云诉摇了摇于觉的手："于觉，我想吃蛋糕。"

于觉抬手敲敲她的脑袋，勾唇笑道："我去买。"

说完，他四处看了看，发现马路对面有家蛋糕店。

于觉抬脚离开。

碍事的人一走，付银宇开心地把手往云诉的肩膀上一搭，苦口婆心地建议："诉爷，你可绝对不能迷失自我。"

云诉转头看他，没说话。

"我看于觉那家伙都在你们家快住了两个月了吧？"付银宇咂嘴，不可思议地道，"吃软饭？"

云诉一脚踹过去，嫌弃地一抖肩膀，把他的手抖下去："你胡说什么？"

付银宇开始咧嘴没脸没皮地笑。

于觉这两个月基本是在宁城和楠市之间来回跑，云诉家里也准备了个房间专门给他住。

云诉想走到马路对面去等于觉，才抬脚走了几步。

"我的天哪！"

云诉身后突然传来"扑通"一声巨响。

云诉猛地扭头一看，还没看清是怎么一回事，眼前就飞过一个东西，蓝白相间的。

完美地掠出一道弧线后，那只鞋落在不远处的树上，开始"噔噔噔"地往下落，闹腾了几秒钟，绑着蝴蝶结的白色鞋带稳稳地钩住了树枝。

这表演真是精彩！

云诉把视线往下移，她的脚边此刻正躺着一个大活人——黑不溜秋的脑袋面朝地，整个人呈"大"字形趴在地上——正是付银宇这一米八三的傻子。

他大概趴了五秒钟才抬起头，额头正中央被摔得有点儿红，皱着脸撇嘴道："诉爷，救我。"

云诉除了无语还是无语：他都多大的人了，在平地上还能摔跤？

艳阳高照的中午，大榕树下有两个身影。

"往左边一点儿。"

"不对，再往右边一点儿。"

"不行不行。"

…………

云诉抱胸站在一旁，眼皮半合着，表情极其嫌弃地看着面前光着脚蹦跳了好久的付银宇。

地面被太阳晒得有些烫，宽大的脚板直接触地面，付银宇龇牙咧嘴地苦恼着。

他手里拿着另一只鞋，扔了捡，捡了扔。反复持续了十分钟，树叶都被打下来好多，散落了一地，可他那只心爱的球鞋始终没能下来和他团聚。

付银宇又扔了三分钟。

云诉实在看不下去了，走过去，伸手："我来。"

付银宇笑出了声，得救似的把球鞋放到她手里，还不忘捧场："你早就应该说这句话了。"

云诉懒得理他，抬手，一只眼眯起来，瞄准，手上的球鞋脱手飞出去，一道完美的弧线出现在空中，蓝白相间的球鞋"砰"的一声精准地砸到了树上的那只鞋。树上那只鞋晃了晃，终于掉落下来。

付银宇吹着口哨儿欢呼："诉爷果然牛啊！"

两个人将视线定在被抛上去的那只鞋上，它飞得很远，"砰"的一声，正好砸在刚过完马路的于觉的脸上。

见此，三人皆是惊叹，气氛安静了一分钟，落针可闻。

于觉一手揣在兜里，另一只手上拎着三个蛋糕。他闭了闭眼睛，才睁开眼看她，而后又垂眼去看了看脚边的那只鞋。

云诉微张着嘴，不停地眨着眼，心里暗自想：怎么那么准？

她只是太嫌弃付银宇了，才亲手把鞋抛出去，树上的鞋被砸下来不意外，意外的是竟然能砸到人。

于觉站在不远处，呼了一口气，马路上车流汹涌，喇叭声不停。

云诉听到他不紧不慢的声音传来："你忍了那么久没揍我。"

云诉咽了口唾沫，眨了眨眼睛。

于觉压着火气继续说："所以你现在是为了别的男人打我？"

为期近三个月的暑假就要过去，7班聚了一次会。

转去文科班后，于觉在7班的人气也丝毫不减。

周杭磨破嘴皮子才让于觉从楠市回来，趁热打铁，就将聚会定在了当天晚上，地点是程岚倾家开的位于市中心的那家餐馆。

他们来的时候有点儿急，下了电梯，云诉让于觉先进去，自己去卫生间，可他不愿意先进去。

包间里，7班的男生们正堆在门口，七嘴八舌地议论着。

周杭手里正抓着一个巨大的礼花筒，安排工作道："人都到齐了是吧？就差觉哥了。等会儿门一开，大家就把手中的礼花筒使劲往觉哥脸上喷，知道不？"

谷泽拿了杯水喝，问："杭哥，你到底问清楚了没有？大伙都等这么久了，觉哥怎么还没到？"

这话一说出口，周杭就想骂谷泽啰唆。

"吱"的一声响，门轻微地晃了晃。

众人迅速反应过来，手一伸，所有礼花筒对准大门方向，接连不断的声音在空气中炸响。

大家齐声欢呼："恭喜觉哥，夺得文科第一名！"

然后，于觉的脑袋被他们盖上了一层又一层五颜六色的彩带和彩纸。

于觉瞥到他们手上的东西时瞬间就反应过来，身子一侧，站在云诉面前，抬手遮在她的脑袋上。

他动作太快，好多人没看清他挡住了谁。

周杭咋呼的声音在欢闹声中响起，语气特别欠揍："觉哥，你竟然真的有别人了，我真是看错你了。"

于觉一言未发。

高考结束后，于觉就经常玩儿消失，总是找不到人，也不说去哪里。

那年云诉离开的时候大家都在，只有他不在，加上云诉亲口承认她是不辞而别，所以大家都在猜测两个人是不是闹掰了。

结果云诉离开不到一天，某人就直接转去了文科班，这不就是绝交，连回忆都不想去触碰的表现吗？

见于觉一点儿反应都没有，周杭继续说道："觉哥，我怎么感觉比起诉爷，你更——"

云诉稍稍错开身体，露出脑袋来，抬手和众人打了个招呼。

她抿唇笑道："好久不见。"

看清于觉挡住的那人后，周杭当时就如被雷劈了一般，愣了好久。

女生们见云诉突然出现，都兴奋起来，拉她到座位上坐下，你一句我一句地开始聊天。

于觉拿着饮料喝了一口。

谷泽跑过去献殷勤："觉哥觉哥，难道你消失的这段时间就是去找诉爷？"

于觉笑了笑，点头。

周杭还在纠结遗书的问题，想了想，说："那你们还那么好，你当初为啥突然就转去文科班了？我们还以为——"

于觉朝角落那桌看了一眼——云诉在那里。

他动了动唇，打断周杭的话："她说过的，她想学文。"

所有她想做却没法儿做的事，他都会替她去完成。

晚上十点钟，聚会的氛围到了高潮。

谷泽已经喝上头了，脸颊透着红，拿着酒杯站起来："来来来，大家一起敬咱们'文理双杰'一杯！"

他这句话点到了重点。

一群人吵吵闹闹地起身。

周杭这样的学渣对第一名的世界很好奇，隔着大大的圆桌问云诉："诉爷，虽然我们大家都知道你的成绩一直很好，但你到底是怎么考的，怎么就考得这么好？"

闻言，云诉往身边的人身上一瞟。

于觉也转头看她。

云诉眉宇间的笑意散开。她撞了撞某人的肩："文科第一名让给我的。"

被点到名的于觉笑了。

其他人开始起哄——

"这是我们羡慕不来的！"

"校霸和学霸，惹不起惹不起。"

....

后来，见男生们都闹着要去玩游戏，柴斯瑶拉着云诉去了卫生间。

出来后，两个人站在洗手台前，打开水龙头，指尖传来冰冰凉凉的触感。

柴斯瑶感觉云诉比起之前更瘦了，伸手捏了捏云诉的脸："小云朵，恭喜你了。"

刚才在包间里，人太多，她们都没怎么能好好说话。

云诉笑笑："谢了。"

"你知道吗？于觉当初把我们大家都吓了一跳。"柴斯瑶转身靠在洗手台上，提起那件事，有些不忍，继续说话，"你走之后，他什么都没和我们解释就去了文科班。每次我们去找他，他都是待在教室里写作业，叫他吃东西也不吃，叫他去玩儿也不去，整个人就像着了魔似的。"

云诉抿了抿唇，无言，脸却白了一些，任由水流冲刷着手指。

看云诉恍惚的样子，柴斯瑶闭了闭眼，回忆起于觉的这两年，真的不知道他是怎么熬过来的。

最爱的篮球不碰，明明对数字过目不忘却整天就是背知识点、写试卷，还好他也能把文科学得很好。但大家都知道，这远远没有那么简单。

有一次她和周杭他们去于觉家里找他。

一出电梯就看到云诉家门口坐了个人，大家都吓了一跳。于觉什么也没说，什么也没做，就只是那样坐着，如同整个人突然没有了灵魂，只剩下躯壳一般。

后来，柴斯瑶对于觉的印象只有"不停地写试卷""坐在门口等不归人"。

那两年，于觉没有提云诉，云诉和柴斯瑶聊天时也没有提于觉。

柴斯瑶叹了一口气，走过去抱住云诉，拍拍云诉的背："你们一定要好好的。"

还有两天就开学了，云诉和于觉打算在开学前出去玩儿一趟，然后直接去学校报到。他们提前订了第二天的机票。

结果大家那天彻夜狂欢，聚会结束后天边已经泛白。两个人急匆匆地赶去机场。

飞机在目的地度城降落。

这是一个风景绝美的城市。

坐车赶到酒店时，云诉整个人已经虚脱，房间是什么样的也没注意看，放下背包直接往床上倒。

窗帘大开，房间里光线明亮，云诉抬手遮了遮，喃喃道："好亮。"

于觉勾唇，把行李箱搁在床边，抬脚走到床边，将浅蓝色的窗帘缓缓合上。

一夜未眠，她很快就睡过去了。

于觉有些无奈，身上这么黏都能睡着？

从昨天一直到现在，身上大汗淋漓，黏糊糊的，很难受，他走到床边拿起遥控器打开空调，而后走进卫生间。

没一会儿，他拿着拧干的毛巾走出来。

云诉侧躺着，呼吸轻浅。头发披散在白色枕头上，发尾散在侧脸上有些痒，她伸手碰了碰。

注意到她的小动作，于觉伸手把那缕发丝别在她耳后，收手前还轻轻捏了一下她的耳垂。

之后，他把毛巾摊开，动作轻柔，擦好她的脸颊和脖颈，再掀开被子，将云诉细白的手腕握在手心，一点儿一点儿地帮她擦拭胳膊，最后重新给她盖好被子。

云诉醒过来的时候，入目便是一片漆黑，脑子空白一瞬，有点儿没反应过来。

她抬手揉了揉眼睛，正想伸手拿手机看看现在是几点，身旁细微的动静传到耳边。

云诉能感觉到被子被掀开，床垫开始陷下去。云诉朝外侧挪了挪，身后响起某人的笑声，他哑着声说："你跑什么？"

没等她回答，他动作迅速地伸手，把人捞进怀里，垂眸看她："抱抱你不过分吧？"

昨晚的聚会实在是太热闹了，他们玩儿得都很累。酒店是于觉订的，还是下了飞机后临时订的。云诉当时满脑子就只想睡觉，在飞机上根本就睡不够，压根儿没注意他订的是几间房。

但她完全没想到，他只订了一间房。

黑暗中一片寂静，谁都没有说话，周围的空气似乎在慢慢升温，温度还有越来越高的趋势。

云诉咽了咽口水，极力忽视察觉的异样："你也是刚睡醒吗？"

她声音很低，竟然还有些发颤。

早上于觉洗了个澡就睡下了，只是比她先醒几分钟。

于觉"嗯"了一声，伸手环住她的腰，力道很大，像是要把人镶进自己的身体里似的。

因为这个动作，云诉的心脏急速跳动，她紧张得不敢看他。

云诉面色红润，突然想到了什么，缓声说："不许乱来啊。"

于觉用下巴蹭了蹭她的发顶，有些好奇地问："什么乱来？"

"不就是……"云诉没把话说完。

闻言，于觉笑出了声，配合地问她："是什么？"

云诉咬唇不语，抬手抵在他胸口，拉开二人之间的距离，想把他推开一点儿。可某人一点儿都不顺从，纹丝不动。

云诉深吸一口气，放弃了挣扎的想法，反客为主。

"哥哥。"

四周幽暗寂静，她的声音带着淡淡的睡意，几乎是一瞬间，云诉就感觉到了异样，脸红得要滴出血来。

她在心里想了想，再这样下去就真的一发不可收拾了，于是伸手往床头一拍，房间里忽然一亮，光线柔和却刺眼。

云诉眯了眯眼睛，待看清时，入眼的便是额角青筋明显的于觉。

她在他怀里小心翼翼地呼吸着。

后来什么都没发生。于觉伸手摸了摸她的脸，身体后倾，起身去了卫生间。

云诉还躺在床上，眼睛直直地盯着天花板，将一只手放在胸口上，平复心情。

过了好一会儿，她才坐起身，身子一侧，手往床头那里一伸，余光扫到旁边还有一张床。原来于觉订的是双人间，她还以为……

门被推开，细微的声音传来。

于觉冲了个凉水澡出来，抬头，对上云诉的目光。

他走过去，坐在她的床边，温声问："怎么了？"

于觉穿着灰色睡衣，身上带着似有若无的凉气。

云诉一本正经地说："你既然只订了一间房，怎么还要带两张床的？"

于觉用舌尖触了触嘴角，伸手掀开她的被子，玩味地看着她，声音也刻意压低了些："你想要一张床的？"

云诉"哈哈哈"地一阵坏笑。

于觉问她："你还不起床，想在床上一直躺到开学？"

云诉没有回答。

过了一会儿，见云诉拿着衣服也想进卫生间，于觉抢先一步，挡在她面前。

云诉茫然地看着他："我要洗澡。"

"我知道。"于觉眉峰一扬，伸手拿走她的衣服，拖腔带调地说，"我之前不是教过你了吗？洗澡的时候要故意忘记拿衣服，那样我才能给你送。"

云诉简直无语了，懒得理他，直接把衣服拿过来转身进了卫生间。

等他们整理好能出门时，时间已经来到晚上九点。

街道旁灯火通明，光线是透过树冠照下来的，一簇簇的枝叶在地面上落下深浅不一的阴影。

他们坐车来到一条购物街，路程并不远，出租车行驶了二十分钟就到了。

下了车，云诉和于觉随着人流走动。一路上，各个店面前都站着一位在吆喝的老板，声音洪亮。

云诉放慢脚步，兴致勃勃地看过去。

他们还没吃东西。

"想吃什么？"于觉垂眸看她，忍不住伸手握住她的手，将人拉过来。

她还没决定好吃什么。于觉眉眼弯起来，一直盯着她看。

云诉牵着他往前走了一会儿，眼睛到处看，突然看到什么，勾唇笑道："吃酸辣粉可以吗？我好久没吃了。"

"走吧。"他没有意见。

风夹着热气，云诉径直走进店里，被黑色皮筋绑着的马尾辫搭在肩膀上晃了晃，温柔又充满活力。

一对情侣从他们身侧走出去。店铺很小，里面只有两三张桌子并排放着，却很干净，桌子和椅子都被擦得锃亮。

他们走到里面的角落坐下，点了两份招牌酸辣粉。

店里走进来两个少年，都穿着蓝色边纹的校服，眉宇间满是轻松之色，在邻桌坐下。

没一会儿，酸辣粉被端到两个人的桌上，于觉抽了一双筷子递给她。

云诉怕烫，所以吃得很慢。

整个过程，他们俩谁都没有说话，安安静静的。有时，云诉抬头对上他的视线，二人便相视而笑。她小心翼翼地吃完大半碗酸辣粉时，于觉已经在一边等了好一会儿了，正在拿手机看篮球新闻。

抽了张纸巾擦擦嘴角，云诉又低下头吃了几口，身边传来那两位少年的讨论声。

"哎，你到底什么时候才表白？"

被问话的男生害羞地一低头："我怕她会拒绝我。我……没把握的。"

"不会的，我觉得她是对你有意思的！要不我教你点儿办法？"

"什么办法？"

"我看网上都说在女生心动的时候表白是最容易成功的，比如喂她吃东西的时候。"

…………

二人讨论的声音越来越小，少年们的脚步声远去了。

于觉放下手机突然说话："要不我们也试试？"

　　云诉把嘴里的东西吞咽下去，神色茫然，不太明白他的意思："什么？"

　　于觉弯唇，伸手把她的碗移过来，把勺子拿起来，盛好汤汁，递到她嘴边。

　　"心动了吗？"

第十四章
开　学

　　走出购物街时，云诉刚吃完一串棉花糖，手里还捏着剩下的小木棒。

　　她四处望着，转过身，走到垃圾桶前。

　　于觉就跟在她身后，还在纠结刚才的问题："想不到你是这样的人，心动了还死不承认。"

　　云诉觉得好笑，看着他没说话。

　　"嘴这么严的啊？"他不依不饶。

　　云诉争不过他，承认道："好好好，我心动了。"

　　看她抿着嘴笑，于觉控制不住地伸手捏了捏她白嫩柔软的脸颊，动作亲昵又自然。

　　他们站在那儿说话，眼里只有对方，没注意到身边不知不觉间站了个人。

　　女生讲话的声音细细柔柔的："你好，请问要买花吗？"

　　云诉把头一侧，视线移过去，惊呼："林柳丛？"

林柳丛手里捧着一小桶玫瑰花，隔着几步路的距离看到不远处站着一对情侣，就想过来试试，没想到竟然是云诉和于觉。

　　林柳丛眉眼舒展开，抿唇笑："好巧，你们过来玩儿吗？"

　　于觉对林柳丛有印象，松开手，对云诉说："你不是说想喝奶茶吗？我去买。"

　　随后，他就走远了。

　　身边走过一群人，云诉拉着林柳丛站在一边无人的角落，垂眼看了看她手上的玫瑰花。

　　林柳丛稍稍抬了抬手，笑出来："我高考完就搬到这边来了，家里条件不是很好，就想挣点儿零花钱。"

　　顿了一会儿，林柳丛继续说："我之前和于觉表白了。"

　　云诉舔了舔嘴角，没说话。

　　林柳丛抬眼看向天边，叹了一口气："他拒绝我了。"

　　林柳丛喜欢于觉的事，大家都知道。他会拒绝她，也是必定的。

　　把话挑明，林柳丛也算给自己青春的暗恋画上了一个句号——她已经不奢望他的回应了。

　　她拿出一枝花递给云诉，语气很平静："之前，我对你做了一些不好的事，对不起。"

　　云诉拿着那枝花，摇头道："那些都过去了。"

　　林柳丛想起他们刚才亲昵的样子，声音轻缓："后来你离开了多少天，他就在你的抽屉里放了多少根棒棒糖。我还记得，你俩做同桌时，他每天都会给你一根的。"

　　听到自己从来都不知道的事，云诉僵了僵。

　　"你们还在一起，真好。"

　　林柳丛还想说些什么，她们身边突然停了一对情侣，男生询问道："这花怎么卖？"

林柳丛用眼神对云诉道了声抱歉，微笑着转身："10元一枝。"

于觉回到原地的时候，四处寻找，没有看到云诉。

他心一沉，心里突然一阵急躁，正要拿出手机给她打电话。

忽然，一只手握住他的手腕，于觉猛地回头。

他身边是熙熙攘攘的人流，云诉就站在他身边，微仰着下巴，乌黑的眸子中似乎带着点儿水雾。

四目相对，过了几秒，于觉抬手捏了捏她的耳垂："你跑哪儿去了？"

"有人来买花，我就去那边没人的角落等你了。"她轻声回答。

把奶茶递给她，于觉低声问："要不要去那边逛逛？"

云诉反应淡淡的："我们回去吧。"

后来，他们回到酒店时已经快十二点了。夜深人静，大堂里只有前台服务员。

出了电梯，云诉被于觉拉着走。他拿着房卡先走进去，把房卡一插，房间里瞬间明亮。于觉弯腰拿出拖鞋放在她脚边，可云诉根本就不在乎这个。

他正想说些什么，刚抬眼，就见她微微踮起脚，双手揪住他的衣领往下扯。她声音很低："今晚奖励你一下。"

所有的所有，她想把自己的全部都交给他。

于觉愣了好久。她白净的小脸近在咫尺，一点点清淡的花香萦绕，让他心头一颤。

"于觉。"

云诉合上眼亲吻他的唇，二人紧紧相贴，话语在唇齿间含混不清。

被她亲了许久，于觉直接掌握了主动权，忍不住加重力道，不知过了多久，后颈都不自觉地酥麻。

慢慢地，云诉被推着靠在墙上。

云诉缓缓地睁开眼，目光中稍带迷茫，话语中夹杂着喘息声："于觉，以后你保护我，我照顾你，好不好？"

话音刚落，于觉把头抬起来，冷色调的光线映着他的脸。少年鼻梁高挺，唇色很深，目光微敛，认真地看着她。

云诉的眼眶有些红，她紧紧地搂着他不愿松手："我知道，这两年，你过得一点儿都不好，是我不对。我当初走的时候——"

没等她把话说完，于觉偏头堵住她的唇，声音很哑，像是压抑着什么："不要再说'走'这个字，我再也不让你离开了，不准你离开。"

于觉猜到她全都知道了，但那些没有她的日夜已经过去了。这两年，他疯狂地做题，一直背书到深夜，努力让自己长大，极力地把自己的自责感压下去。他每次看着手机发呆，不断地打下又删除文字，拼命地忍住不联系她，就是为了把最好的自己交给她。还好，他们谁都没有放弃。

十分钟后，于觉放开云诉，退开少许，手从她腰间抽离。

云诉用乌黑晶亮的眸子盯着他看，极其平静地说："你变了。"

于觉心想：这话不就是强迫着我继续做下去吗？

之前住在她家里因为有家长在场，不好做什么过分的事，他也没想着那些事，但完全没想到这回小丫头会直接说出来。

夜色很美也很静，微风轻拂，阳台上有一片花瓣掉落。

于觉清清楚楚地看到，小丫头说完那句话的瞬间就低下了头，根本不敢看他，耳根子已红了一片。

他在笑，声音很轻很轻，将自己的气息压下去。

"滴滴答答"的声音响起，窗外似乎下起了雨，不大。

云诉和于觉洗完澡，躺在各自的床上，有一搭没一搭地说话。不一会儿就都睡着了。

窗帘并没有拉得太严实，被夜风吹得轻轻摆动，有淡淡的月光照进来。

这一夜，云诉睡了好久，悠悠转醒时室内光线昏暗，窗帘被紧紧地拉住了。对于陌生的环境，她都懒得思考，睡了太久，脑袋昏昏沉沉的，不想动。

闭眼缓了一会儿，喉咙发干，云诉转头很轻地咳了咳。

于觉听到她的声音，放下手机，垂眼去看她的脸："嗓子哑了？"

云诉动了动，换了个舒服的姿势，回答："嗯，有点儿。"

于觉起身走到客厅，回来时拿着一杯水。他坐在床边，掀开床上的被子，握着某人的手，想把她拉起来："起来喝水。"

云诉顺从地坐起来，接过水杯低头就喝，满满一杯水下肚后，把杯子还给他："我还想喝。"

于觉把水杯搁在床边的桌上，突然笑了一声，调侃道："昨晚你也没怎么说话啊，怎么就变成这样了？"

在度城又玩儿了一天，云诉和于觉直接去学校报到。

盛夏时节，空气滚烫，清风微拂，吹散了一点儿空气中的燥热。

云诉的行李不多，前几天已经快递到学校了。他们下了飞机，打车到学校。

校门口人山人海，热闹非凡，好多小车挤在一起，许多学生拿着行李正往大门里走。

他们全新的生活就要在期待中开始。

天气炎热，手心渗出汗珠，黏得难受，云诉挣脱于觉的手，从包里抽出纸巾擦手，擦了一会儿，见于觉伸手将白净的手心摊在了她眼前。

云诉又抽出一张纸认真地帮他擦拭。

阳光肆意，云诉被晒得汗水止不住地往外冒，额角的小水珠顺着侧脸往下滑。

于觉抬手，手指触到她细嫩的耳朵尖，帮她把头发别到耳后。

报到以后，去行李寄存处拿行李出来，两个人开始找宿舍。

宿舍区很大，找了一会儿，云诉觉得口渴，就让于觉去买水。

她站在树下阴凉的地方，抬手不断地扇着脸上的热气，试图让体温降低一些。这天气也太热了，她感觉下一秒自己都能蒸发了。

云诉靠在树边休息，身边冷不丁地站了一个人，把她吓了一跳。

那男生还挺高，只是长相偏凶，直勾勾地盯着她看。

云诉一点儿都不怕他，上下打量着男生，慢慢地，视线往后移，看到他身后有几个男生饱含期待地看着这边。

他们还挺大胆，云诉心想。

那男生张了张嘴，说："同学你好，我是大二的学长，你的宿舍在哪儿？要我帮你把行李搬上去吗？"

拒绝的话还没说出口，脸上突然一凉，云诉侧过头，下意识地抬手接过那瓶矿泉水。

于觉的表情很不好，他语气冰冷："不需要。"

这一段小插曲结束后，两个人走进云诉的宿舍。

云诉的寝室所在的楼层不高，三楼而已，两个人进去的时候，一个人也没有。她有点儿纳闷儿——这会儿也不早了呀。

云诉四处看着，宿舍是四人间，铁架床，干干净净，木质的书桌和衣柜上是床铺。

她见于觉放好了行李，就催他回他的宿舍去。

于觉站在原地不动，目光跟着她移动。云诉整理了一会儿东西，终于感到不对劲——某人眼里的意味很明显。

她走过去，亲了亲他的脸颊，没敢多停留，怕室友们会突然进来。

不出所料，于觉刚走五分钟，室友们就纷纷进来了，还是在十分钟内全员到齐。

大家简单地做了自我介绍，就闲聊着开始整理东西，聊自己从哪儿来之类的话题。

室友们都很好相处，宿舍里的氛围其乐融融。

云诉是最后一个整理好东西的。云诉坐在椅子上休息，一只白净的手伸到她面前。林素蕾歪头对云诉笑。

林素蕾是个头发很长的女生。

云诉接过饮料，微笑着说："谢谢。"

室友王金巧洗了把脸开始化妆，提议道："等会儿你们要干吗去？不然大家一起出去逛街吧？"

"好啊好啊。"

没人反对，大家一边休息一边聊天。

昵称"巧克力"的王金巧将脸凑到镜子前，抹着口红，问道："咱们宿舍是不是就我一个人没有男朋友呀？"

云诉仰头，"咕噜噜"地喝了几口饮料。

"小蕾子"，也就是林素蕾加入话题，转身趴在椅背上："我也没有。"

汪赞羽头发很短，拿着薯片的动作一停，扭头说："不好意思，本人也没有。"

然后，三个人都将目光落在云诉身上。

她坦诚地道："我有男朋友。"

她这句话一说出来，立马引起一众单身人士的好奇心。

巧克力直接放弃化妆，转过身来看云诉："是咱们学校的吗？"

云诉点头："今天是他帮我把行李搬上来的，但当时你们不在。"

小蕾子仰头悲愤地说："我为什么不来早一点儿啊？"

汪赞羽分析道："我的直觉告诉我，你男朋友绝对很帅。"

一听这句话，云诉脑海里猛地闪过某人痞帅的模样，不置可否，笑了笑："改天带你们见见。"

今天出了太多的汗，身上黏得难受，云诉起身想去洗个澡。

云诉洗好澡出来，巧克力已经化好妆，另外两个人也已经整理好，就等着云诉。

她正想去穿鞋，放在书桌上的手机微微一振，拿起来看，是于觉的消息。

"等会儿要干吗？"

云诉拿着手机回复他的消息，汇报了今晚的行程，让他自己一个人去吃饭，然后便和室友们一起出门了。

商场三楼，云诉抱胸站在一边，巧克力又试了一件裙子出来。巧克力长得有些娇小，选的裙子风格都很清新，来回试穿几次，最终敲定了第一次试穿的小白裙。

她们吃完烤肉出来，就一直在逛街。除了云诉，其他人都买了两条裙子。

逛完街时间还早，几个人打算去看场电影。

电影院在商场五楼，四个人乘电梯上去，选片子大概花了五分钟，敲定片子后，云诉和小蕾子去买了奶茶和爆米花。

她们要看的电影在 4 号厅放映。

云诉陪巧克力去了趟卫生间，出来时已经开始检票了。她们四个是最后走进去的。

影厅的座位区分上下两个区域，中间隔着一条挺长的过道。

因为选的座位在上半区的最后一排靠右边，到最后一排再从座位中间走过去太麻烦，所以她们先从过道走到右边去。

云诉走在队伍最后面，跨上一级阶梯，灯光一暗，银幕上开始播放影片。

云诉跟在巧克力身后认真走路，也没注意四周。

忽然，有人用一只手握住她的手腕用力一扯，往怀里带。

云诉被扯得猝不及防，额头撞到那个人的胸口上，直接坐在那人腿上。她咬唇在心里惊呼：谁胆子这么大，竟敢公然耍流氓？

于觉注意到她的动作，意识到刚才自己的力道太大，抬手温柔地揉了揉她的额头，又轻轻笑了一声，低下头凑到她的耳边说话："不是说去逛街吗？"

电影放映厅里，画面转换，背景音乐的声音很大，掩住了黑暗中细小的声音。

她看到是于觉，才安下心来，但还是控制不住地探头去看，怕有人注意到这边，还好没有……云诉在心里想着，头一转。

巧克力她们就站在阶梯上，三个人手上都捧着奶茶和爆米花，三颗脑袋整齐划一地一歪，往他们这边看过来。

她们的嘴巴都已经张成了一个小小的"O"形。

云诉脸一热，整个人害羞起来，两只手搭在于觉的肩上稍稍用力，就要站起来。

下一秒，于觉将手按在她的腰上，又把她往他的怀里带了带，让两个人的身体贴得更紧，霸道极了，宣示主权似的。

于觉仰了仰下巴，侧头，朝巧克力她们那边看了一眼。他唇角弯着，微微颔首。

小蕾子也机械地点了点头，眼睛眨了眨，一看云诉那状态就猜到那人是谁了，拉着巧克力她们赶紧走。

于觉旁边的谷泽的咒骂声憋在喉咙里，谷泽只是想安静地看个电影，不知为何，身体突然一僵，猛地转过头，眼睛直盯着银幕，不敢往旁边看。他内心挣扎：他坐在这儿是不是不太好？

他不自觉地为于觉考虑好了一切，也联想到了很多。

还好这个场次人很少，除了他们六个人，还有两对情侣，都坐在前边，没有注意到他们这边的动静。

云诉坐在于觉的腿上，整个人处于僵硬的状态。她动了动唇，想开口说话，于觉抬手点了点她的下巴，温声道："吃过饭了没？我还没吃。"

他的这个架势，是要继续聊下去了，如果她现在回巧克力她们那边，肯定免不了被一顿审问，还能继续看电影吗？这是个应该思考的问题。

云诉歪头往旁边的座位上看了看，没人，顺势坐过去。

她又稍微凑近于觉一点儿，压低声音说："我们吃完才上来的。你不是说要去食堂吗？"

于觉的目光还停留在她的脸上，他将手往旁边抬了抬："谷泽过来找我。"

被点到名的谷泽终于恢复正常了。他侧头，笑了笑："诉爷。"

云诉也笑了笑。

看到云诉给他发的消息后，于觉下一秒就决定去食堂了。

没过多久，谷泽来了消息，说是让于觉陪着去看新上映的电影。

于觉也没细想就答应了，反正云诉也不在。

云诉没说话，从口袋里掏出手机，给小蕾子发消息："我可以不过去了吗？"

那边很快回消息："意料之中。"

云诉不知如何回答，过了几秒，又收到了一条消息。

"如果你过来了，不自在的就是我们了。"

手机屏幕的亮光照在云诉白皙的脸上。她没回那条消息，收起手机。

影片偏温情，节奏缓慢却很吸引人，云诉看得津津有味，眼睛盯着宽大的银幕，注意力全在前边。

爆米花是于觉买好的，放在一边，云诉拿了几颗塞进嘴里，甜甜的。吃了一会儿，她听见身边有"窸窸窣窣"的声响，偏过头去看，于觉正把爆米花移到另一边。她有点儿不爽，皱了皱眉："我还想吃。"

于觉抬了抬眼，身体快速坐直，朝她那边挨近："等会儿，先让我吃一点儿。"

两个人靠得很近。他将视线定在她的脸上，唇角勾着，又靠近了一点儿。

云诉的目光还在爆米花那儿，听到他细小的呼吸声，她下意识地看了于觉一眼。

他的眼神……察觉不对劲，云诉迅速往后撤，紧张地压着声音："谷泽还在。"

"他走了。"于觉笑出声来。

闻言，云诉下意识地朝他那边看，他的身边空无一人。

怕打扰到其他人，云诉几乎是在用气音问他："他去哪儿了？"

"卫生间。"

这个影厅有两个出口，估计谷泽是从另一边出去了。

云诉还在思考，下一秒，于觉单手撑在椅背上，整个人贴上来。带着侵略性的气息压下来，他用唇瓣擦过她的锁骨，滚烫的气息喷洒在她的颈侧。她感到皮肤像是被灼烧了一般，一阵火热。

她耳边是他压低的笑声，伴随着一点点电影的声音。

云诉沉浸在谷泽随时会回来的担忧中。她又开始往后退，却退无可退。

忽然，于觉猛地抓住她的手腕，一用力，把人往怀里扯，偏头去亲她的唇角，另一只手扣在她的后颈上。

浅浅的一个吻后，于觉退回去，眼神中似乎带着些不太满足的意味，将手移过来，揉捏着她的耳垂。

他沙哑的声音回响在她耳边："有点儿饱了。"

这人怎么这么不知羞？云诉气得伸手推开他，将整个背贴到椅子背上，不再看他，眼睛直盯着大银幕。

于觉顺着她的力道坐回座位，看到她的反应，嘴角控制不住地上扬，笑了一会儿，也不再逗她了，转头继续看电影。

谷泽回来的时候，看见于觉一双长腿伸直，脚慵懒地搭在地面上，晃了晃，看着心情很不错。

云诉则捧着那桶爆米花一颗一颗地往嘴里塞，听到他这边的动静，便侧头看了看，眼神中带着迷茫。

谷泽叹了一口气，不用想都知道于觉做了什么。

好像过了好久，银幕上振奋人心的片尾音乐响起，男女主角重逢拥抱，急切地互相亲吻。

谷泽下意识地坐直了身体，头稍微偏了偏，看向身边的于觉。

察觉到谷泽的目光，于觉视线一移，二人对视三秒。

于觉嘴角一勾，眉峰一扬。

于觉果然就是个祸害，谷泽在心底想。

电影已经结束，四周的灯光亮起来，所有人开始往外走。三个人走到大堂时，巧克力她们已经在那里等着了。

本还在闲聊的三个女生在看见于觉的瞬间立刻安静下来。

云诉走过去，表示歉意："不好意思了，放你们鸽子了。"

小蕾子这会儿哪有心思计较这些，控制不住地晃着汪赞羽的手臂，惊呼："这不是咱们学校那个很帅很帅的文科学霸吗？！"

于觉礼貌地勾着唇："你们好，我是云诉的男朋友于觉，法学院的。"

女生对帅哥极为敏感，特别是学习好的帅哥。影厅里光线很暗，她们刚才没能看清于觉的五官，只是感觉他长得很帅，加上三个人的大脑那时正处于错愕的状态，反应都比平时慢了半拍。

今天云诉去洗澡时，三个人就是在讨论 F 大这次进了多少个第一名，佩服云诉的同时，也看起了帅哥。

学校贴吧里就有这样的帖子，里面盘点了每一年的文理科第一名。

因为那张脸，于觉被捧到了一楼。

有些人甚至翻出了他高中时的相片，只有两张，但热度绝对碾压其他人。

汪赞羽也在笑："你好，我们是云诉的室友，和她一样，都是新闻系的。"

其他人也简单地介绍了自己。

巧克力偷偷地凑到云诉耳边说："你们真的好般配。"

女生音量很小，于觉却听得清清楚楚，笑了笑："谢谢。"

话音刚落，云诉看了他一眼。

顿了顿，于觉提议："你们饿了吗？一起去吃东西？我请客。"

三个人还沉浸在震惊中，听到他的话，表情一滞，反应过来后纷纷转头看向云诉。

云诉觉得无所谓，她们和于觉迟早是要见面的，反正都碰上了，正好可以凑到一起。

下午吃完烤肉去逛街，到现在她也有点儿饿了。

她拿出手机一看，九点了。

云诉征求意见，看向小蕾子："想吃什么？"

"要不咱们去学校附近吃？估计吃完也挺晚的了，回学校也方便些。"小蕾子提议道。

所有人都没有提出反对意见。一行人出了商场直接打车回学校。

谷泽的学校离F大比较远，一场电影看下来，他被"狗粮"塞得也没什么胃口了，就回去了。

半个小时后，他们走进一家小餐馆，店面虽不大，但里面环境很好，布置得也很温馨。

其间，于觉去了趟卫生间，让她们先点菜。

巧克力迟迟不敢点："我现在好饿，但又不敢多点。"

云诉笑了笑："客气什么？你想吃什么就点什么。"

于觉解决好个人问题回来，坐在云诉身边，刚坐下，椅脚摩擦地面发出声响——于觉朝云诉那边挤了挤。

汪赞羽忍住没笑，目光往小蕾子那边飘，想找她说说话。

她实在想不到于觉这么黏人。

"你靠得太近了。"云诉觉得有点儿不好意思，压着声音说。

于觉像没听见似的，让老板上菜。

谁都没有说话，气氛一时间有点儿安静。

巧克力先开口："不好意思啊，让你破费了。"

于觉笑笑："迟早要请的。以后云诉就拜托你们关照了。"

汪赞羽连忙摆手："不会不会，肯定是大家互相关照。"

菜上得很快，没一会儿就上齐了。

云诉怕她们拘束，就一直找话题，有一搭没一搭地和她们闲聊着。于觉话不多，给云诉夹着菜，偶尔插上几句。

时间久了，巧克力她们三个人都觉得，于觉真的是人帅又体贴，虽然没怎么开口，但真的让人感觉很舒服。

吃完东西已经很晚了，于觉结好账，几个人一起走到宿舍楼下。

巧克力挥手和于觉道别："今天真的谢谢你了。云诉，要不你陪于觉在学校里走走吧。"

小蕾子和汪赞羽也附和地点头。小蕾子说："对啊对啊，你们俩慢慢约会，我们就先上去了。"

三个人的脚步声逐渐远去。

云诉歪头看他："这才开学第一天，你收买我室友的手段竟然比我还厉害！"

夜深，有风。

于觉弯唇笑，俯身亲了亲她的脸："小意思。"

他们在校园里走了一会儿，温度开始降下来，有风轻轻吹过。

夜色弥漫，昏黄的灯光下，清淡的花香飘在空气中。

走过一个十字路口，于觉牵着她的手，走到路边的长椅前，坐下。

两个人贴得很近，云诉觉得有点儿热，就稍微退开了一点儿，懒洋洋地靠在椅背上。

就这样坐了一会儿，云诉偏过头，用肩膀撞了撞他："觉哥，有糖没？"

于觉伸手在口袋里掏了掏，拿出一根橙子味的棒棒糖，拆开包装纸递到她嘴边。

云诉眼睛稍垂，张嘴将糖含在口中，甜甜的味道在嘴巴里蔓延开来。

突然想起了什么，她问他："后天就开始军训了，你买防晒霜了没？"

于觉根本都没想过这个问题："没有。"

"我不喜欢黑皮肤的男生。"云诉咬着棒棒糖继续说，"我当初就是看你很白才喜欢你的。"

这种奇怪的理由，云诉就是乱说的。

于觉沉默了一下，伸手点了点她的下巴："放心，我晒不黑的，所以你一辈子都得喜欢我。"

云诉抿着嘴角笑，肩上沾了点儿绿色，是飘落的树叶。

她有些好奇地问："当初你是怎么喜欢上我的？说说，我什么地方是最吸引你的？"

于觉一挑眉，俯身靠过来，温热的气息吐在她耳边："不知道，但我知道你是我始料未及的全部例外。"

云诉的心被他撩拨得柔软起来，她笑得越来越灿烂。

谁知于觉突然绷着脸，表情严肃地说："云诉同学，就算现在咱们已经上大学了，也请你停止散发魅力，不要乱加男生的微信。"

云诉歪头，眨了眨眼睛。

于觉将手指放到她的掌中，挠了挠："今天才开学第一天，就有男生来搭讪你了，请多给我一些安全感。"

经他提醒，云诉想了好一会儿，才想起来还有这么一回事。

她脑子迅速运转，思考该怎么去收这个场，毕竟于觉吃醋不是小事情。

　　"我都把你介绍给我的室友们了，"云诉侧头去看他，眉毛往上挑，眼睛笑得弯弯的，乌黑的眸子染上了一点儿妩媚，十分勾人，目光缓缓地往下移，"当然不会乱加人了，是要对你负责的。那你呢？没有女生要加你微信吗？"

　　两个人的视线对上了几秒，于觉没出声。

　　云诉没想到于觉会把这事记得这么清楚，既然都提了，那自己反客为主一下也是可以的。

　　她腿一抬，跷起二郎腿，重重地叹了一口气："觉哥，你不老实啊。"她抬了抬眼皮，语气特别无奈地继续说，"肯定有女生来找你加微信了。你必须都拒绝，而且要告诉她们你有女朋友了。"

　　于觉笑了笑，没想到竟是搬起石头砸了自己的脚。不过今天确实有人来向他要联系方式，他当然拒绝了。

　　"安全感是要互相给的。"云诉耐着性子给他解释，将腿放下，坐直了身体，表情认真，"要不你以后对我负责好了，我不用对你负责。"

　　她话音落下，气氛安静了三秒。

　　于觉"啧"了一声，一手扣着她的脑袋往自己的肩窝里按，温热的气息弥漫过去，在她耳边说："想都不要想。"

　　"负责负责。"云诉心里痒痒的，仰头去看他的眼睛，"只对你负责。"

　　于觉笑着去亲她的眼睛："怎么负责，嗯？"

　　他这语气，简直就是在调戏人。

　　第二天上午，云诉早早地起了床。太阳依旧很大，晒得地面下一秒就要冒烟似的。

老师在班级群里发了通知，吃过早餐，云诉她们一起去教学楼前排队领军训服装，然后要去田径场集合，老师会交代一些新生的注意事项。

校领导在上面讲着话，其中法学院的院长话特别多。

阳光直接晒在大家光裸的皮肤上，汗水像不要钱似的一直流。

好多同学渐渐不耐烦起来，你一句我一句地低声吐槽。

云诉戴着迷彩帽，伸手把帽檐往上一抬，让被困在帽子里的发丝透了点儿气，两只手猛烈地扇着风。

新闻学院和法学院的队伍相隔不远，她转过头，眯了眯眼睛，寻找某人的身影。

于觉和三个室友站在一起，都排在队伍后边。

老蒙就站在于觉的前面，视线一转就看到了往这边瞧的云诉。

小姑娘侧着脑袋，直勾勾地看向于觉的方向。

老蒙没转身，视线还停在她脸上，往后退了一步，肩膀轻轻地撞在于觉的肩上："她看过来了。于觉于觉，你看那姑娘，长得太好看了。"

于觉垂着脑袋有些犯困，被老蒙这么一撞，抬起头来，清醒了好多。

老蒙不忘和其他两个室友分享见闻："我来这边好几天了，这个是我见过的最好看的，就超级有气质的那种。"

除了云诉，其他女生对于觉来说都是空气——他懒得搭理她们。

见于觉没什么反应，老蒙不放弃地拍拍于觉的肩膀："于觉，真的，你就看一眼……"

老蒙话还没说完，不知为何，于觉下意识地侧眸，却直接撞上云诉的视线。

于觉站在队伍的最后面，两手插在兜里，一身迷彩服穿在身上，肩线流畅，皮带束着细腰。一身普普通通的迷彩服都能被他穿出不一样的感觉。

云诉往他那边看了好久了，见人终于有了反应，心里难言地开心，笑起来，微微侧过头，点了一下，明目张胆地勾引人。

老蒙这边的几个人深吸一口气，被迷得神魂颠倒的。

大徐猛地摘下帽子，抬手把头发往后捋了捋，雀跃地向于觉炫耀："于觉，你说那小姑娘是不是看上我了？哥的颜值当初在我们学校可是数一数二的。"

于觉哼笑一声，没说话。他抬起手，食指和中指并拢，轻轻地点了点太阳穴，朝云诉那个方向一甩，一如既往地帅。

云诉乐得身子直接靠在小蕾子的背上。小蕾子被吓了一跳，扭头问云诉怎么了。

云诉只是笑着，摇头不说话。

于觉上个大学，还变可爱了，有进步。

他的那个动作做得很熟练也很帅，但云诉就是觉得他可爱极了。

老蒙他们几个人没注意到于觉暗地里的动作，还在讨论着云诉是在示意谁。

于觉懒懒地勾着嘴角，困倦感被某人勾引得消散不见。

大徐终于发现于觉笑得不对劲，很直接地问："于觉，你笑得那么开心干什么？你来说说，那姑娘到底是在看谁？"

于觉眼睫垂了垂，又抬起头来看着他们，坦白道："是我。"

三个人反驳的话就要说出口，下一秒，于觉语气特别平淡地道："他们家对我这女婿很满意。"

大徐、老蒙被惊得哑口无言，安静了好久，这才知道原来于觉和那姑娘早就开始恋爱了。

老蒙和大徐看着对方。老蒙"拿得起放得下","豁达"地说："天涯何处无芳草，换个目标。"

校长又在上面讲了十几分钟，终于宣布解散。之后新生便开始了为期两周的煎熬。

他们的军训是按专业分组的。

宽敞的田径场四周，绿葱葱的树整齐排列。

烈日炎炎，阳光炙烤着皮肤，新生头上的汗水不停地从下巴滴落。

云诉他们的教官不算很严格，每次都能在恰当的时候让他们休息。有时邻班的同学没能休息，他们就一边闲聊一边观赏他们站军姿。

云诉站在阴凉的树荫下，抬手擦了擦脸上的汗水，又把帽子摘下来，擦了擦额头上的汗水。

借巧克力的小风扇吹了一会儿风，云诉口渴得嗓子要冒烟，俯身想拿水喝，但是抓在手里的水瓶空荡荡的。

云诉转身对并排坐着的室友们说："我去买水，你们要不要？"

小蕾子摆手："我还有大半瓶呢。"

云诉一个人走到田径场外的贩卖机前。有几个人已经买好了水，从云诉身边经过。

云诉站在贩卖机前，看了看里面摆放好的饮料，选了好一会儿，拿出手机扫码，按下按钮。

"哐当"一声，饮料落下来。

云诉弯腰想拿，忽然，一只被晒得通红的手伸到眼前，她的那瓶饮料被人握在手中。

云诉一愣，视线顺着那只手往上移。一个又高又瘦的男生站在她身边，穿着和她一样的迷彩服。

那男生对她笑了笑："可以请我喝瓶水吗？"

这是一张陌生的面孔，云诉下意识地就要蹙眉。

云诉心想：我认识你吗？招呼都不打一声就让我请你喝水？

实在是不太舒服，按捺住不爽，云诉礼貌性地微笑，语气里带着凉意，随口说："你喝吧。"

转过身，她想再买一瓶。

可是那男生直接往云诉面前挤，想拿手机出来扫码，对她说："礼尚往来，你请我这瓶，我也给你买一瓶吧。"

云诉心想：这人是不是有病？

她往后退了好几步，眯了眯眼睛，有些不高兴。

那男生不知道是真瞎还是假瞎，把自己买的水递到云诉眼前："还给你。"

云诉没接，仰了仰下巴，语气不善地说："你想干吗？"

目的被拆穿，那男生也没觉得不好意思，一直在笑："能不能给我你的电话号码？刚才训练的时候，我就看到你了。"

云诉嗤笑一声，目光下垂，又回到他脸上："这水你还是还给我男朋友吧。"

目光放远，正好看到熟悉的身影，她仰了仰下巴，示意他身后的方向："他来了。"

那男生一愣，朝她说的方向看过去。

于觉个子很高，两手漫不经心地放在兜里，快速走到云诉身边，表情不友善，目光非常冷漠，把云诉往身后一扯，唇角绷直，声音像是结了冰："有事？"

那男生估计是被于觉吓到了，连连摇头，快速跑开了。

于觉转过身来，垂着眼看她。可能是嫌热，此刻他没戴着帽子，发型没被压乱，额前是细碎的头发，依旧很帅。

云诉眨了眨眼，抬手点了点他的下巴，调戏道："觉哥，怎么这么巧，你也是来买水的吗？"

他抬手敲了敲她的脑袋："我是来追回我女朋友的，又散发魅力了。"

云诉反驳道："我哪有？你也看到了，我今天明明就只对你一个人散发魅力的。"她眉眼笑得弯弯的，"我家觉哥不吃醋了。"

于觉看着她不说话。小丫头穿着单薄的迷彩 T 恤衫，衣肩很宽，显得身材很清瘦，宽大的衣摆被塞进裤子里，驼色的皮带勾出其纤细的腰肢，领口往上，脖子的线条柔软——于觉越看越喜欢。

云诉都把人亲上了，他还是一点儿反应都没有。她也不哄了。

她退开一步，漫不经心地朝贩卖机上一靠，思索着开口："于觉，你觉得我比较有魅力还是你比较有魅力？我这才来学校两天，已经有好几个人在打我的主意了。"云诉上下打量着他，摇摇头，"你到现在还没有？你这表现不行呀。"

于觉为了能有点儿面子，老实交代："刚才班里有好几个女生向我要电话号码了。"

云诉像是瞬间抓住把柄似的，迅速站直，抬脚踢了踢他的小腿："你看你看，你成天在外面拈花惹草，我都还没说你呢。"

于觉当即有种搬起石头砸自己脚的感觉，欲言又止。

云诉摆摆手："行了，这事翻篇儿了。"

于觉被她的样子逗笑了。他能怎么办？自家小丫头，他只能宠着了。

两个人一起走回去。

云诉怕超过休息时间，走得有点儿快。

路过一棵树时，于觉拉过她的手腕，强迫性地把人往怀里扯：

"才把我哄好，你就这么急不可耐地走了？"

他们再走几步就到田径场了，好多班级已经结束休息，重新排起队来了。

他们的教官是不太严，但她明目张胆地犯错就不好了。

云诉挣脱他的手："迟到就完蛋了。"

于觉眼睛低垂着，两个人距离很近，身体似乎下一秒就要贴上，他的视线一直定在她身上。

他今天流了不少汗，头发都被汗水打湿了。

于觉皮肤又白又好，被晒了那么久也只是红了一些。

每次有女生从他身边经过，脸都忍不住红一番，小声夸赞他。

云诉扭头看他，二人对视了几秒。

云诉吐槽："妖孽！"

于觉抬手揉了揉她的脑袋，很认真地说："我这妖孽专属于你。"

云诉拍开他的手："回你班上去吧。"

见她说完就想跑开，于觉一手搭在她的肩上，把人拽回来，不让她走，抬起手把她的帽子整理好，忍不住提醒道："诉爷，你的室友们可是吃了我的饭，得好好发挥作用。"

云诉对他眨了眨眼睛，像是没听懂。

"所以，记得和你的室友们说一声，让她们帮忙多多宣传。"于觉速度极快地俯身在她的脸侧亲了一下。

云诉疑惑地问："宣传什么？"

"我过几年是要和你领证的。"

闻言，云诉惊喜得不知如何来回答他。

两周过去，煎熬的军训终于结束。这天正好是周末，云诉都是在宿舍里休息。

热烈的阳光照进阳台，白色的瓷砖渐渐升温，墙边的空调"呼呼"地吹着冷气，整个宿舍里清凉又舒服。

云诉在八点的时候就醒了。见其他人还没醒，她也懒得动，躺在床上漫不经心地玩儿着手机。

时间又过去了一个小时，巧克力醒了，坐在床上发呆，小蕾子也有了动静。云诉看大家都醒了，起身叠好被子，小心翼翼地下床去洗漱。

大家动作都很快，没几分钟就整理好了，之后便一起出门去食堂吃早餐。

东区的食堂共有三层，三楼的餐食是最贵的，也是最好吃的。

这个点儿，食堂里没什么人。

云诉从阿姨手中接过餐盘，走到巧克力旁边坐下。

小蕾子剥着鸡蛋壳，好奇地问："星期一就是开学典礼了，你们听说新生代表是谁了吗？"

巧克力喝着小米粥，一脸茫然地说："不知道，但按前几年的惯例，是从成绩最好的学生里挑选的。"

这句话音一落下，三个人一齐看向云诉。

云诉吃包子的动作一顿，老实交代："不是我。"

小蕾子放下手中的鸡蛋，朝云诉凑近了一些："那会不会是于觉，你有听他提起过吗？"

云诉摇头："没有。"

话音刚落，兜里的手机响了起来，云诉拿起一看，竟是班主任的电话。

他们在军训开始前就开了班会，每个人都存了班主任的电话号码。

云诉把口中的包子咽下去，清了清嗓子，接起电话："老师，你好，我是云诉。"

二人通话时间并不长，就几十秒。

汪赞羽好奇地问她："老师打给你的？她说什么了？"

云诉如实回答："她问我现在有没有空，没什么事的话就去办公室找她。"

"她没说是什么事吗？"巧克力问。

"没说。"

简单地填饱肚子，云诉站起来，把餐盘放在餐车上，就去办公室找班主任了。

办公室离宿舍并不远，云诉一直走上四楼，停在办公室门前。见班主任正低头写着字，云诉抬手轻轻地敲门。

轻微的动静让办公室里的人一齐看向门口。

于觉回头看到是她，歪了歪头，嘴角轻轻地勾了起来。

来的路上，云诉一直在想老师是因为什么事找她，就没细看办公室里都有谁。当所有人的目光聚集在她身上，她才注意到于觉也在里面，就坐在沙发上。

班主任是个三十岁出头的女性，抬头看着云诉，让云诉进来，自己也从椅子上站了起来，坐在于觉对面的沙发上。

云诉走进办公室坐下。

班主任开门见山地说："星期一就是开学典礼了，学校安排你们俩作为新生代表发言，你们看可以吗？"

他们自然不会有意见。

班主任便交代他们回去准备稿子，准备好后发给她检查，要求是二人配合发言，简而言之，就是云诉说一段后，于觉也说一段，然后两个人一起总结。

之后，云诉和于觉便撤了。二人一起走下楼梯。

云诉侧头看他："你怎么会在我的班主任的办公室里？这件事不应该是你的班主任和你说吗？"

"我也不知道。班主任打电话过来，让我去找那位老师，准备发言的事。"于觉说。

走到一楼，云诉转过身，一边倒着走一边和他说话："那待会儿你还有事吗？咱们一起去图书馆准备稿子？"

她的身后有棵树，于觉伸手拉住她："小心点儿。走吧，先去吃早餐。"

"我已经吃过了。"云诉说。

于觉霸道地把她往怀里扯："那就陪我吃。"

这个季节，树木葱郁，校园里花香四溢。

云诉和于觉一直走到西区小吃街。这个点儿并不是小吃街热闹的时候，只有几家店在卖早餐。

西区的这条小吃街很长，道路两侧都有店铺。左侧晚上才营业，主要是卖一些小吃，比如烤串、手抓饼等；右侧那排主要是一些小超市和餐馆，生活用品和吃的一应俱全。

二人一直走到小巷里的一家馄饨店，于觉点了一碗鲜肉馄饨。

这家店并不大，老板是一对老夫妻，面相慈祥，店里摆着几组干干净净的木色桌椅。店虽不大，却透着烟火气和温馨感。

等待的时间并不久，没几分钟老板便把馄饨端到了桌上。

于觉抬眼看她："你真不吃？"

于觉这人很狡猾。每次云诉说不吃东西，就只点他的那份后，他都会问好几遍她吃不吃。每次云诉都禁不起诱惑，最后也吃起来。

但这次，云诉才不要受他的诱惑。

她摇头："不吃。"

于觉追问："真不吃？闻着好香。"

云诉咽了咽口水，坚定自己的回答："不吃。"

这次，于觉直接把盛着馄饨的勺子递到她嘴边："你确定不吃？"

云诉白了他一眼，张嘴吃下那颗馄饨。

于觉满意了，开始认真地吃起早餐来。

那天，一直到下午两点，他们都在图书馆里准备稿子，写好后发给云诉的班主任检查。班主任对他们写的稿子并没有太大的修改意见，只是叮嘱他们趁这两天一起好好练练，练好后让她听听。所以，云诉和于觉决定去找间空教室练习。

一路走上教学楼，他们都没有遇到什么人，偌大的教学楼里空荡荡的。

一直上到三楼，云诉探头去看转角的教室，里面空荡荡的。

云诉回头和于觉说："这间没人，咱们就在这间教室里练习吧。"

于觉点头，他们一起走进去。

时值炎热的夏季，窗半开着，阳光偷溜进来，一点点地跑到桌角，天花板上的吊扇"呼呼"地转着。

云诉和于觉认真地对稿。有时他还搞怪逗她，云诉只是摇头笑笑，叮嘱他要认真。

两个人效率很高，练过几遍就没有卡壳的情况了，就等着明天老师来验收了。

星期一那天，烈阳当空。

田径场上，草坪和跑道被太阳晒得滚烫。田径场边缘中心的位置，庞大的白色铁架挡板遮住阳光，挡板下是一个演讲台。演讲台两侧有阶梯，阶梯上有座位。

F大所有的学生聚集在田径场上，按院系排列，每支队伍的前排都有一位同学拿着本系的牌子。这次，新闻学院的队伍和法学院的位置离得有些远。

开学典礼有序进行着，五星红旗缓缓升起，所有人都将目光聚集在那抹红色上。

主持人是一位大三的学姐，很有气质。

典礼进行到第三项，云诉站在演讲台侧后方，不知为何有些紧张。

于觉就站在她身侧，扭头看她，察觉她有些紧张，牵着她的手，轻轻地揉了一下。

云诉抬头看他。

于觉嘴角微勾，温声对她说："有我在。"

然后，不知为何，云诉心间的那股紧张感就没有了，整个人都轻松了不少。一直以来，只要有他在，她就没有什么需要担忧的。

云诉笑了笑，握着他的手晃了晃："等会儿就到我们上去了，你紧张吗？"

于觉挑眉："不紧张。"

开学典礼照常进行，云诉和于觉还在后台有一搭没一搭地聊天，但下面的学生讨论的焦点并不是开学典礼。

今天的太阳太无情，大家的汗水一直往外冒，巧克力拿着自己的小风扇，正对着脸吹，依稀听到旁边中文系大二的几个女生在讨论。

"听说今年的新生代表是法学院的？"

"有两个，还有一个新闻学院的。"

其中一个长发女生惊呼："怎么会是两个人一起发言？咱们学校不是一直只有一个人发言吗？"

站在她身边的短发女生摆手："不知道啊，学校可能要改变传统了吧。"

有男生也加入了话题："法学院的，应该就是最近贴吧上很火的于觉，新闻学院的是谁？"

"好像是叫云诉吧。"

一个正在玩儿手机的女生忽然抬起头："哎哎哎，我看到了一个帖子，说是于觉和云诉在一起了。那他们一起发言，不就是饱我们的眼福吗？"

几个人将脑袋凑过去，一起看着手机屏幕。有人小声地惊呼："天哪，郎才女貌啊。"

听到这儿，巧克力骄傲地笑了一下。她们的云诉当然很优秀了，她在心底这样想着，拿出手机，也进了 F 大的贴吧，发现关于云诉和于觉的那篇帖子竟被顶到了榜首。

巧克力点进帖子去看，大家的留言很多，讨论度非常高。

台下的讨论声还在继续，演讲台上，主持人宣布："接下来，有请我们今年的新生代表发言——他们是法学院的于觉、新闻学院的云诉，大家掌声欢迎。"

话音一落，台下的掌声此起彼伏，所有人都像是在烈阳导致的昏昏欲睡中苏醒过来一般，将目光聚焦在云诉和于觉的身上。

云诉和于觉缓步走上演讲台。云诉穿着简单的棉布白裙，带着少女的清雅。于觉穿着干净的白衬衫，退去了少年的青涩感，但整个人还是带着那股慵懒劲，漫不经心的。

上面有两个演讲台，深木色的，云诉和于觉并排站着，各自站在演讲台上。

于觉轻轻一瞥，注意到云诉的话筒有些高，便伸手帮她把话筒拉低了一些，这简简单单的一个动作让台下掀起了一阵起哄声。

云诉侧头看他。二人四目相对，相视而笑。

他们一起对着话筒说："尊敬的各位领导、老师，亲爱的同学们，大家上午好！"

云诉："我是 2016 级新闻 1 班的云诉。"

于觉："我是 2016 级法学 4 班的于觉。"

…………

青春很短，操场上的阳光、教室走廊上的风、讲台上老师赞许的目光，似乎一切都被包含其中，以后，他们会一起走下去，会一起变得更优秀。

第十五章

他是要和她领证的

开学典礼过后，课程表也安排下来了。

云诉这几天课很多，加上军训刚结束不久，每天从教室回到宿舍，累得饭都不想去吃，似乎闭上眼下一秒就能睡着。

今天是星期五，上午下课后，推开宿舍门，云诉把课本往桌上一放，换上拖鞋去洗漱，再爬上床，头沾上枕头就睡了。

她睡着之前还在想：今天下午终于没课了，真好。

这一觉睡得特别舒服，就是脑袋有些晕，她吸了吸鼻子，翻了个身，睁着眼一直盯着墙——墙面很白。

她有点儿没反应过来自己身在何处，就这样躺着发了挺久的呆，才慢慢地回过神来，手往枕头边一伸，想看看现在是什么时候了。

手抓了个空，手机没放在枕边，云诉想了一下，应该是中午回来时顺手放在桌上了。

她慢慢地从床上爬起来，宿舍里已经没人了，不知道巧克力她们三个是什么时候出去的。

五分钟后，云诉站在洗手台前，一边刷牙一边给于觉发消息。

于觉这段时间也在忙，两个人几天没见面了，所以她打算洗漱好就去找于觉约个会。

云诉用指尖在手机屏幕上快速地敲动着："觉哥，今晚有没有约？"

发出消息后，她把手机放在一边，继续刷牙。

那边回复得很快，云诉垂下眼睫去看："我可以理解成，今晚你想约我吗？"

云诉嘴里叼着牙刷，不自觉地翻了个白眼，还没来得及回复，于觉又发来一条："今晚打算怎么安排？"

云诉当时正拿着杯子漱口，看见消息差点儿被呛到。明明某人不在场，但她还是会不自觉地脸红。

云诉洗好脸，把毛巾挂好，清了清嗓子，打算发个语音消息。

看到消息的瞬间，他就笑了，靠在桌边，长腿慵懒地钩着凳腿，点开语音消息，少女柔软的声音传来："今晚你来安排好不好？"

刚进入游戏的三个室友不约而同地抬起头来，满脸惊讶。

不知什么时候，于觉的手机音量被调得很大，老蒙他们三个都把云诉的话听得一清二楚。

于觉抬了抬眼皮，看了他们一眼，眼皮又垂下去，不动声色地把音量调小了些。

与此同时，老蒙放开鼠标，大徐合上电脑，小秦摘下耳机，三个人不约而同地看向于觉。

云诉出门的时候是下午四点，阳光依旧火辣，她的头顶都是发烫的。她没和于觉说会过去找他。

男生宿舍区。云诉没去过于觉的宿舍，但记得他说过他在四栋，没一会儿就找到了。

她站在树下，身子一歪，往树干上懒懒地靠了靠。

云诉掏出手机，给于觉打电话。

一分钟后，云诉撇了撇嘴，他竟然不接她的电话。于是，她又给他打了一次，这次他倒是很快接通。

云诉直接进入主题："觉哥，原来咱们学校帅哥这么多的，你再不下来，你家女朋友可就要被迷走了。"

于觉一顿："你在我宿舍楼下？"

她只是说约在四点半见面，于觉正好要出门去她的宿舍找她。

云诉肩膀一耸，低下头，鞋尖触到细细小小的石子，轻轻地踢了踢："那不然呢？我都等你好久了。"

云诉今天约他见面，于觉是心情雀跃的，现在一听这话更是欢喜得不得了。

他快速地从椅子上站起来："等我，马上到。"

五分钟后，于觉下了楼。

云诉正蹲在树下玩儿手机，耳边有股风吹过。她用余光瞥到有个身影正在靠近，然后眼前停了一双黑白配色的运动鞋。

云诉仰起头来。于觉停在她面前，垂下目光去看她，两手懒懒地在口袋里揣着，看见云诉的脸，扬了扬眉。

云诉今天给自己化了个淡妆，浅浅地打了点儿粉底，补好眉尾，眼影也很淡，唇色加深了些。

看到于觉的瞬间，云诉眼角勾起来，不自觉地染上点儿媚，像个勾引人的小狐狸。

于觉俯身把她拉起来。

蹲的时间有些长，小腿肌肉一用力，一阵酸麻，站起来的瞬间有些晃，她整个人直接往于觉身上靠。

于觉顺势将双手揽在她的腰上，把人抱在怀里。

就这样抱了一会儿，云诉仰起头来，下巴在他的胸前蹭啊蹭，眼睛弯起来："于觉，你看我今天化的妆好不好看？"

于觉抬起一只手来，手指穿过她柔软的发丝，轻轻地揉了揉，又低头亲了亲，说："好看。"

于觉很少见她化妆。不化妆时一张素白的小脸都能把他勾得心痒痒，现在有了妆容的衬托，她只是看他一眼，他都觉得她是故意的。

于觉遵从内心的欲望，将嘴唇贴上她的额头，吻了吻，道："你还有一个时候特别好看。"

"什么时候？"云诉被挑起兴趣，好奇地问。

于觉勾着眼角，笑了，温声说："耳朵靠过来，我告诉你。"

云诉立马踮起脚，侧过头，将小小的耳朵靠过去。

仿佛有一股风吹过，温热的气息压下来，他很轻地说了一句话，然后，云诉的脸瞬间涨红。

傍晚六点整，他们来到市里最大的商业街。入夜后，街道格外热闹，各色的灯光亮起来，一声声鸣笛声响在耳边。

于觉牵着云诉的手，穿梭在拥挤的人流中。

数不清的服装店前有售货员在微笑着招徕客人，有的甚至用上了小喇叭，声音大得有些刺耳。烤肉店、日料店，各种各样的餐馆排列在一起，让人看着很有食欲。

于觉把她嫩白的手握在手心，视线很随便地在四周扫了扫。

走了几步路，云诉歪头看他："想吃什么？你看到喜欢的了吗？"

"你呢？喜欢吃什么？"于觉问。

云诉摇了摇被他牵着的手，似乎在寻找着什么，眼前一亮，抬手戳了戳他的手臂："咱们先去吃个甜筒吧。"

"嗯。"他应了一声，便任由她牵着走。

不远处卖甜筒的店铺前排着短短的队，就五六个人，大多是大人带着小孩儿在排队。

云诉拉着于觉站在队伍里，没一会儿，伸手接过了一个香草味的甜筒。

于觉不是很喜欢吃甜的东西，就只给她买了一个。

云诉把甜筒拿到嘴边，张嘴咬了一口，冰冰凉凉的奶油在口中化开。

她把甜筒递到他唇边，试探性地问："你要不要吃一口？很好吃的。"

于觉就站在她身边，目光微敛，垂下眼睛，看着抵在唇边的甜筒，又抬眼去看她，小丫头的眼睛里带着期待。

于觉嘴角一勾，笑起来，对她说："你再吃一口。"

听意思就是他会吃，云诉迅速地拿过甜筒又咬了一口，正要抬眼和他说话，一道黑影压了下来。

于觉往前走了两步，将脑袋凑过来，轻触她嫣红的唇瓣。

"我教过你的，你真的是一点儿都不长记性。"于觉抬起一只手来，用指腹蹭了蹭她嘴角残留的奶油，语气就跟当年高老头儿在讲台上训人一般。

云诉愣了愣："什么？"

于觉温柔地敲了敲她的脑袋："八百年前就和你说了，喂我吃东西要这样喂才行。"

云诉眨了眨眼睛，没有说话。平时她都有点儿招架不住于觉的行为，要是真的都按他说的去做，他还不得更无法无天？

云诉沉默了片刻，特别平淡地"哦"了一声。

"我下次再决定要不要这样做。"

听她说完这句话，于觉一乐，笑出了声："那我就教到你会为止。"

顿了一会儿，他想了想，说："你还是别学会了，这样我每次——"

没等他把话说完，她直接打断他。

云诉恼羞成怒地踹了他一脚："于觉，你这个妖孽，闭嘴！"

两个人进了一家火锅店。店里客人爆满，他们走进去的时候正好还有一张空桌。

被服务员领着进去，穿过长长的过道，他们坐在窗边的桌前。

他们去的这家火锅店在市里很有名。小蕾子是本地人，刚才发消息知道云诉在那里后，就推荐云诉来这家店。

店里的装修风格很大气，方桌两边的黑色皮质沙发坐着很舒服，他们坐在同一排，云诉在里面。

二人下单没多久，菜上齐了。

于觉拿着碗给她盛汤，放到她面前。云诉低着头，眼睛看着碗里，一勺接着一勺地将汤送入口中。

她喝了一会儿汤，见他没动筷子，催促道："你吃呀。"

于觉将视线往下移，落在她的碗上，意思特别明显。

云诉无奈，也给他盛了一碗汤，心想：这人越来越让人捉摸不透了，还不如自己盛自己的呢。

于觉一只手放在桌上，撑着脑袋侧头看着云诉，忍不住捏了捏她的脸，笑着说道："我怎么感觉你特别不情愿呢？"

云诉把碗放在他面前，淡淡地吐槽："还好你没眼瞎。"

"情趣知不知道？"他说。

吃了好久，她有点儿撑得难受，就不想吃了。

于觉用肩膀碰了碰她的肩："我去一下卫生间。"

然后，他便起身走了。

云诉一个人坐在座位上，手肘撑在桌面上，漫不经心地托住头，眼睛垂下去，看着锅里烧开了的汤汁。

于觉之前和她说过，在知道她想来 F 大时就让于爷爷买了学校附近的房子。具体的他也没和她多说，她就知道有这么一回事。

没一会儿，于觉就回来了。他紧紧地挨着她坐着。

云诉觉得有点儿闷，往旁边退开了一点儿，问他："你吃饱了吗？"

"吃饱了。"于觉回答。

"那我们走吧。"

于觉眨了眨眼，有些不解。

走出火锅店，两个人一直沿着街道往前。

他们身旁经过一个小女孩儿，手里拿着用白色细线连着的氢气球。"砰"的一声，氢气球炸裂了，于觉脑海里的理智也随之被全部炸碎了。

清淡的烟草味混合着薄荷香，是他身上的味道，月光透过层层黑云照射下来。

云诉还将视线放在他身上，坦坦荡荡的，可脸已经通红一片了。

于觉一直盯着她看，良久没有说话。

四周热热闹闹的，云诉的心里却出奇地安静，被他看得有点儿不好意思，她侧过脸，眼神躲闪，又不知道该往哪里看。

于觉"啧"了一声，用力抓过她的手腕，脚步很快。他看到一条小道，牵着她走进去，没走几步，转身把人扯进怀里。

他声音低哑地说："先亲一下。"

他揽着她的腰，低头亲上去，品尝着柔软又如蜜一般的唇瓣，欢喜得不行。

小道里漆黑又安静，四周隐隐有暗淡的光线照过来，滚烫的热气浮在空中，远处的喧嚣声不断传来，一丝丝清淡的茉莉花香播散开来。

于觉听到她说："哥哥。"

走出商业街，两个人站在路边。

夜里的气温慢慢降下来，马路旁并排的树枝丫交错，昏黄的灯光透过枝叶间的缝隙落在地面上。

于觉伸手拦了一辆出租车。二人坐上去，他向司机报个地址，像是一个小区的名字。

"要去哪里？"云诉转头问他。

于觉将她的手放在大腿上，把玩着她的手指："我们的家。"

车子不知拐了多少个弯，好像过了很长时间，终于停下。

下了车，于觉伸手捏了捏她的脸："咱们先去买点儿东西。"

云诉任他牵着走，边走边观察着周围的环境。

路灯亮着光，他们走进小区前的一家超市。

云诉觉得他可能是想买一些生活用品，毕竟是新房子，有些东西可能还来不及买，就正好把该买的都买了。她一进去就往零食区走。

于觉拿出手机，低头看了一眼时间，还不算晚，看云诉兴致勃勃，也不打算催她，推着购物车跟在她身后。

开学有多久，云诉就有多久没吃零食了。

二人之前直接从度城来学校，加上这段时间实在太忙，她连买零食的心思都没有了。

于觉知道她爱吃零食，之前她家里总是备着好多零食。

云诉开始了"扫荡模式"，一直把零食往购物车里塞。

于觉随便瞥了一眼，随口说了一句："买多了也挺好。"

云诉转头看他，想了想，说："我好久没吃了，嘴馋。"

二人把零食货架一个一个地看完，购物车已经被装满了大半。

云诉满足地说："我买好了，走吧。"

于觉扬眉，没说话，径直往收银台走。

他们买完东西就直接回家了。

云诉跟着于觉走进电梯，瞥了一眼他的动作。

于觉按了十四楼的按键。

夜深人静，电梯里没有其他人。

云诉低头看着他手里的袋子，凑上前整个人趴在于觉的背上，两只手慢慢地环在他的腰上。

于觉笑了笑，由她抱着，什么也没说。

云诉趴在他身后，夯着胆子问："于觉，我觉得好幸福。"

他道："我保证，你会幸福过头的。"

"叮"的一声响，电梯到达十四楼。电梯门打开，于觉牵着云诉走出去，从兜里拿出钥匙开门。

推开门，于觉从鞋柜里拿出拖鞋，放在云诉的脚边，她也顺从地换上鞋。

屋子里黑漆漆的，没有开灯，云诉看了一会儿，奇怪地问："你不开灯吗？"

话音刚落，于觉就伸手打开墙边的开关，室内瞬间亮起来。

房子不算大，暖色系的壁纸，又长又大的灰色沙发上摆着几个抱枕，沙发前的茶几上什么都没有。

云诉侧头想说话，结果于觉直接把她往里面牵。

第二天，天光大亮，云诉睡得天昏地暗，悠悠转醒的时候，身体的知觉渐渐复苏。

她为什么突然觉得似乎比前几天更累了？她在心里想，这都"幸福"过头了，身心疲惫啊。

云诉躺在床上发了一会儿呆，懒洋洋地转了个身，眼睛四处看。

整个房间里，只有她一个人。又愣了几分钟神，她才回过神来看房间。

这应该是个主卧，壁纸依旧是暖色系，窗帘是淡蓝色的，外面有一层纱，白色衣柜在墙边立着。

她爬起来，慢慢坐直了身体，灰色毯子随着动作往下滑。她的脚底刚触到地面，门被人从外面推开了。

云诉将视线移过去。于觉看到她这副模样，嘴角缓缓一勾，笑出声来，迈开步子走到她面前。

云诉速度极快地钻进毯子里躺下，就露出一颗脑袋。

于觉身子一弯，坐在床边，抬手轻轻地揉了揉她的脑袋。

云诉一只手垫在脸下，侧头和他说话："帮我拿衣服。"

于觉从衣柜里随便拿了一件 T 恤衫，走回床边。

他隔着毯子拍拍她："起来。"

于觉将目光定在她好看的锁骨上，声音低沉，不紧不慢又理直气壮地说："要不我帮你穿上吧？"

云诉直接白了他一眼，拒绝了他的"建议"。

云诉套上衣服后，走进卫生间洗漱。

洗手台上，两个水杯并排立着，里面各有一支牙刷。

云诉把紫色的那支拿起来，挤了一点点牙膏在上边，正要拿杯子漱口，于觉也走进来了。

于觉进来也没干什么，就只是站在一边看她刷牙，没有一点儿动静，有点儿奇怪。

云诉洗好脸，偏过头去看他的脸，硬着头皮问："你进来干什么？"

闻声，于觉走过来，用身体紧紧地贴着她的后背，抬手抵在她的肩上，把人转过来往怀里按："我进来和你一起刷牙呀。"

国庆节假期后不久，气温渐渐降下来，好多同学穿起了外套。

下午下了课回到宿舍，云诉推开门，一股淡淡的玫瑰花香扑鼻而来，她的眉微微一挑，看到巧克力的桌上有一束很大的玫瑰花。

她把课本放在桌上，抱胸懒懒地往桌边一靠："你这段时间可以呀。"

有一个大二的学长，一个很清秀的小伙子，从两周前开始追巧克力，送了玫瑰花。巧克力捧着脸笑，有些羞涩："我俩从今天开始就算正式在一起了。"

云诉走过去拍拍巧克力的肩："恭喜恭喜。"

"于觉送过你花吗？"巧克力站起来和她平视。

云诉将嫩白的手心向上摊开："我家那位似乎没那个浪漫细胞。"

巧克力"啊"了一声，眼皮耷拉下去："那行吧。"

她那语气真是可惜得不得了。

云诉被巧克力逗笑，抬手捏了捏巧克力的脸，笑着道："没收过花的是我，怎么你看着比我还伤心？"

巧克力努努嘴，不甘心地说："我还以为于觉挺浪漫的呢。"

其实，云诉自己都不太在意这些，但又想让于觉开心开心。

云诉走回座位，坐下来，拿出手机给他发消息："你现在在哪儿？下课了吗？"

那边几乎是瞬间回复："刚回宿舍，一起去吃饭？"

云诉抬起一条腿，跷起二郎腿，漫不经心地晃了晃，手指在手机屏幕上继续敲着："那你到校门口等我吧。"

过了一会儿，她补上一句："给你一个惊喜。"

于觉是提前半个小时到校门口的，也没有催她，懒洋洋地往树上一靠，玩儿着手机等她。

云诉大老远就看到他了。他穿了一件简单的白色 T 恤衫，一只手插在口袋里，另一只手拿着手机，低头安静地玩儿着。

云诉步子顿了顿，走到他面前。

于觉抬起头来，看到她怀里抱着一束玫瑰花，眯了眯眼睛，拿着手机的那只手垂下去，声音有点儿凉："这是怎么回事？"

其实于觉心想：这是什么惊喜？！

云诉有点儿无语。她怕被他看到，可是特地跑到另一个校门口买的花。他没给她送过花，那就她送呀。

没等她开口，于觉继续说："你都有这么帅的男朋友了，说说，为什么还要接受别人送的花？"

云诉想了想，盯着他的五官看，若有所思地说："嗯？他长这样的：双眼皮，浓眉，高鼻梁，皮肤很白，头发也很短。"

她顿了一会儿，补充道："对了，他的嘴唇还很软。"

云诉就站在他面前，不自觉地皱了皱眉："这么说估计你也不知道他是谁，我亲他一下吧。"

说完，她一只手揪住于觉的衣领往下一拽，唇触到他的唇，轻轻贴合。将人推开少许，云诉眨着眼看他："现在你知道他是谁了吗？"

闻言，于觉眼角向上一勾，笑出来，后知后觉地反应过来。他实在没想到，女朋友会给他送玫瑰花，但……只要是她送的，他都喜欢。

于觉把她手中的花拿过来，问道："你怎么突然想起给我送花了？"

云诉淡淡地说："也没什么深意，刚才看到巧克力收到花，就想也给你送一束。"

她这理由也太牵强了。

于觉低下头，看着手中的花，突然就有点儿嫌弃了——一个大老爷们儿拿着一束花，似乎……有点儿怪。

他沉默了几秒："其实你可以送点儿别的，这玩意儿……那么少女。"

"我这人没有少女心态啊，"云诉伸手点了点一朵花的花瓣，用乌黑的眸子盯着他看，表情认真，"所以你得替我有。"

于觉无言以对。

天空暗下来，阵阵凉风似有若无地吹来。树叶飘落在地上，脚踏上去，有细碎的声音。

两个人没去远的地方，就去了学校附近的商业区。这里离学校不算很远，他们慢悠悠地走十几分钟就能到。

于觉自然地牵着云诉走，侧头问她："今天吃点儿清淡的吧？"

"好。"云诉点头。

最后，两个人在一家家常小菜馆解决了晚餐。

一餐饭吃完，他们手牵着手漫无目的地走着。

风带着凉意，清清凉凉的，她眉眼放松，白皙柔软的脸蛋儿上挂着浅浅的笑意。

于觉忍不住凑上前亲了她一口。

两个人身侧是来来往往的行人，于觉用鼻尖细细地磨蹭着她的脸颊，还想更进一步。

云诉被他弄得有点儿脸红，伸手去捏他的脸往外推："注意点儿，还在外面呢。"

一路跟着人流走，二人不知不觉就走到了江边。

不远处立着一座大型摩天轮，五彩缤纷的灯光照射下来，不间断地变换着颜色，好看极了。

她还没和于觉坐过摩天轮呢。

云诉突然想起关于摩天轮的某些传说。

云诉偏过头，正想开口，于觉便先问她："想不想去坐一次？"

见云诉点头答应，他捏了一下她的脸便直接牵着她往前走。

队伍很长，排队的大多是紧紧相依的情侣，但等的时间并不久，没一会儿就到他们俩了。

把手里捏着的两张票递给检票员，他们便一前一后地走进小座舱里。

摩天轮开始慢慢旋转，透明狭小的空间里，流淌着很能渲染气氛的情歌。

座舱一直朝上移动，有轻微细小的声响发出来，云诉将视线往下移，看到脚底来来往往的人、川流不息的车辆。

天空似乎近在咫尺。

于觉坐在云诉对面，身体懒懒地往后一靠，目光从始至终都在她的身上，对身边好看的夜景一点儿都不感兴趣。

座舱就快到达顶端了，云诉才想起来坐摩天轮的目的，将视线从好看的夜景中收回，眨着眼睛和他说："你听说过没？情侣在摩天轮顶端接吻后，就能一辈子在一起。"

于觉一挑眉："邀请我？"

云诉点头，张了张嘴，想继续说话。

于觉打断她："自己过来亲吧。"

云诉听他这话中有极其不情愿的意思，脾气也上来了，眯了眯眼睛："活得太久了？"

于觉一看某人炸毛，被逗笑，凑过去温柔地亲了亲她的眼睛，然后一路往下。

"轰隆"一声，漂亮的烟花瞬间炸开。而后，声响便接连不断，一簇接着一簇的烟火照亮了黑漆漆的夜空，四下散开的火星一点点往下坠。

云诉只能感觉到他温热的呼吸。不知过了多久，于觉才放开她。

于觉往后退了退，一只手放进口袋里。云诉注意到他的动作，眉稍稍一抬。

于觉拿出一个小小的黑色盒子，放在她嫩白的手心上，温声道："给你的回礼。"

见状，云诉轻轻抿起嘴角："我还以为你不记得了呢。"

于觉抬手，指尖碰上她的耳垂，轻轻地捏了捏："打开看看。"

云诉垂下眼睫，小心翼翼地打开盒子，里面是一条红色的链子，上面有细小的带子，还有一个云朵形的挂饰，简单又好看。

云诉将链子拿出来，又仔细地看了一会儿，开心地问他："这是手链吗？"

于觉抬手敲了敲她的脑袋："这是脚链。"

云诉觉得有些好笑："人家情侣不都是送手链、项链这些吗？你怎么给我送了个脚链？"

"我们是例外。"

她喜欢他的脚踝。她喜欢的一切他都铭记于心。

于觉心情非常好，弯腰抓住她的腿往上抬，放在他的大腿上，撩开裤脚，让云诉细腻透白的脚踝露出来，又抬头去看她："来，我给你戴上。"

云诉眼睫微动，舔了舔唇角，乖顺地把链子递给他。

于觉接过脚链，垂眼给她戴好，用指腹摩挲着她的脚踝，特别满意地欣赏了一会儿。

他一系列动作完毕，摩天轮也正好停下。

他们回到家时已经过了十点。

于觉洗好澡出来，云诉正坐在沙发上看电视剧，手里抱着一包薯片在那儿吃，看到他动作一顿。

于觉走过去，把她往怀里抱。

云诉乖乖地坐在他的腿上，拿出一片薯片递到他嘴边："你吃吗？"

他一挑眉。

云诉一顿，瞬间反应过来，直接把薯片往他嘴里塞："就这样吃。"

于觉一噎，倒也听话，咀嚼了一会儿便咽下了。

他慵懒地往后靠了靠，抬起一只脚来放到桌上，"砰"的一声，有东西落到地上。

云诉从他身上爬下来，弯腰去捡，余光一瞥，身形猛地定住，久久不动。

他脚踝靠下的位置有一个小小的文身，是一朵很简单的云，云的左下方还有两个字母和一串数字：YS 0509。看颜色，他似乎文了很久。

这个学期两个人的课表排得满满当当，云诉来公寓的次数不多，就没注意。

于觉看她保持那姿势挺久了，一点儿反应都没有，伸手想把她拉起来："怎么了？"

云诉抬起头来，看了他好一会儿，抿着唇没说话。

她的眼角有点儿红，于觉抬手蹭了蹭。

云诉吸了吸鼻子："你什么时候去文身的？"

于觉一滞，弯唇笑出声，又把她抱回腿上："你走的那天就去了。"

云诉整个人贴在他身上，下巴抵在他肩上，声音闷闷地说："那你怎么不和我说，是在考验我的观察力吗？"

于觉侧头亲了亲她的后颈。

"那数字是什么意思？"云诉好奇地问。

"一个值得纪念的日子。"

云诉两手抱着他的脑袋，将脸埋在他的颈间，沉声说："那我们这算是情侣款了。"

"嗯。"

过了好一会儿，云诉似乎还没从震惊的情绪中走出来。于觉将手偏离了方向，往下滑，一直探到衣服里面。

云诉顿了顿，身体瞬间坐直，抓住他的手往外甩："我还没感动完呢。"

闻言，于觉轻轻笑出声。

客厅里光线明亮，电视机还在不断地传来声响，立式空调不间断地吹着冷气。

云诉拍开他的手，站起来说："我要去洗澡了。"

说完，她便走进房间里拿衣服去洗澡。

于觉坐在沙发上，笑了笑，拿起遥控器换了个台，看起电视来。

他眼睛盯着电视看，脑海里却一直回想着云诉脸红的样子。小姑娘之前在生人面前一直摆脸色，让人无法靠近，现在身上的棱角已经收敛了很多，就只是脸红，都能让他心跳加速。

他真是太喜欢她了。

第十六章
始料未及的例外

    大学生活匆忙，所有的不适早已过去，他们每天都在数不尽的作业和课程中度过。

    云诉的专业课比于觉的稍微多一些。

    这个月 10 号，云诉他们系和 C 大有个交流活动，活动在 C 大举行。班上有好几个人被选中，云诉就是其中一位。

    C 大并不在本市，离本市还有些远，因此最近于觉心情并不是很好。他和云诉已经快两周没见面了。近段时间，她一直在忙着交流活动的事情，每天上完课就和班里的同学一起待在图书馆里忙，和大家交流，只能偶尔回于觉几条微信。

    这天，消息发出去半个小时了，放在桌上的手机还安安静静，微信提示音并没有响起，于觉越想越觉得烦躁。

    今天是周末，他没课，本想着约云诉出去，可一直没有得到她的回复。

    于觉已经陪室友打了好几把游戏，再也没有继续玩儿下去的心情了，放下手中的鼠标，然后起身走到阳台，双手扶着栏杆，微弯着身子，看着外面的风景，陷入沉思。

天空湛蓝，白云一簇连着一簇，宿舍前的林荫小道上人来人往，好多学生背着书包外出。

阳光打在树梢上，光线透过枝叶的缝隙，星星点点地落在地上。

忽然，于觉耳边传来很轻的振动声，是手机振动的声音。

于觉很快走到书桌前，把手机拿起来，轻触着点开屏幕，看到了云诉发来的消息。她说是还和同学在图书馆里，今天估计都没空了。

于觉心里一阵失落，但也没说什么，指尖点着屏幕回复她，让她专心学习。

约会计划泡汤，于觉伸手把电脑关掉，回头问对面的老蒙："去打篮球吗？"

还沉浸在游戏中的大徐倒是很痛快地接受了于觉的邀约："等我打完这把。"

落日的余晖已经把天边染成了橘红色，如画一般。

于觉小腿用力，轻盈地跳起来，把手中的篮球抛出去，在半空中掠出完美的抛物线，"嗖"的一声，篮球精准地落进筐里。

大徐激动地跑过来，一把抱住于觉："于觉，你太神了！"

两个人都出了一身的汗，此刻被人抱在怀里，于觉只觉得难受。于觉轻皱着眉，把大徐推开："难受。"

被人拒绝了，大徐并不在意，自顾自地继续说："这可不是第一次和那几个小子切磋了，他们几个是不是和咱们杠上了？只要你在，他们都会输，所以下次你一定得在。"

和他们打球的是新闻学院的学生，其中一个还和大徐在追同一个女生。两个人偏偏每次都能在篮球场碰上，就这样结下了梁子。

　　于觉扯着衣领擦了擦脸上的汗水，然后走到边上，想喝水。大徐跟在于觉身后，还在絮絮叨叨地说着什么，于觉没认真听。

　　于觉坐在椅子上，拿起一边的矿泉水瓶。瓶子很轻，他这才意识到水喝完了。

　　于觉侧过头，刚想叫大徐一起去买水，脸颊突然一冰。他身形一顿，抬眼一看，云诉抱着书站在他身旁，眼里是掩不住的笑意。她看着他笑，轻声问道："你们打完了吗？"

　　于觉点了点头，没有说话，然后接过她手中的水，仰头喝了起来。

　　他这是什么反应？这么冷淡……云诉在心里想着。

　　大徐依旧是"气氛制造者"，把水瓶放到一边，站起来和云诉说话："云诉，我和你说，你家于觉真的是神了，最后那个三分球，特漂亮！"

　　云诉一挑眉："他一直都很神。"

　　大徐瞬间一脸嫌弃："怎么感觉我莫名吃了一把'狗粮'？"

　　云诉笑笑不说话，低头看了看坐着的于觉：这人怎么一直不说话，看到她不开心吗？云诉心里有一点点不爽。

　　今天中午他还给她发了好多消息，这么快就冷淡了？云诉抬手看了看时间，这才过去四个小时啊，男人真是善变。

　　大徐并没有察觉于觉和云诉之间微妙的气氛，依旧有一搭没一搭地和云诉聊着天儿。

　　"你明天就去C大了是吗？祝你顺利。"大徐朝她比了个胜利的手势。

　　这个话题简直就是于觉此刻的雷区。

他瞬间就抬起了头。

云诉也回了大徐一个加油的手势："谢谢。"

话音刚落，于觉快速地站起身，牵着云诉离开，他的嗓子有点儿哑，声音又低又沉："我们先走了。"

云诉有些猝不及防，赶紧回头跟大徐道别："下次再聊！"

于觉和云诉走出篮球场后，手牵着手一直往前走，漫无目的。

学校的小道边上，一排排槐树身姿挺拔，树叶微微泛黄，风一吹过，枝叶"簌簌"地响。

现在正值晚餐时间，好多学生往食堂的方向走。

他们不停地往前走，谁都没有说话。云诉回想起这段时间两个人的相处模式，慢慢地就想通了：她近段时间确实冷落了于觉，他是在闹脾气呢，得哄。

明天她就去 C 大了，时间再长一些，于觉还不得炸掉?

云诉偷偷地瞄了于觉一眼，见他的表情还是有些严肃——嘴角紧绷着，整个人看着不太好惹。他走得很快，带着风，牵她的手很用力。

云诉越想心里越愉悦——他吃醋的样子可太难见到了，好想逗逗他。

突然，云诉拉着他小跑起来，改变路线，牵着他往旁边的小道跑去。一直跑到池塘边，她才停下脚步，放开于觉的手，微喘着气，看了看四周，这里安安静静，就只有他们俩。

云诉抬头看着于觉，微挑着眉："你生气了?"

于觉立马把头转向一边，不看她："没有。"

云诉怀里还抱着书，指尖点着下巴，大脑高速运转，一本正经地分析道："一般情况下，某个人板着脸说他没有生气时，那绝对就是生气了。"

于觉看着她，没有说话。

"那我是不是得哄哄他呢？"云诉踮起脚，脸颊向他凑近。

二人的距离拉近，于觉低眉看着她，女孩儿长长的睫毛扑扇着，乌黑的眸子里仿佛闪着星光，里面有他小小的影子。

云诉勾起嘴角，笑了笑，亲了亲他的唇瓣："觉哥，你忍心不理你的女朋友吗？而且，我是明早八点的飞机，你不来送我吗？"

于觉表情有些不自然，声音有些哑："我是在生我的气。"

云诉有点儿想不明白，歪了歪头，问他："为什么？"

于觉叹了一口气："刚才在篮球场的时候，就应该把你狠狠地抱在怀里，可是我忍住了。"

云诉直接翻了个白眼：这是什么鬼逻辑？

她把书放到旁边的椅子上，走回来直接抱住于觉。

"那我来抱抱你吧。"她声音很轻，也很低。

于觉心一颤，抬手回抱住她，其中一只手轻轻地抚在她的脑袋上，想到自己都那么久没见到她了，明天她又得走了，心里就很沉闷。

云诉将脑袋贴在他的胸膛上，看不到他的脸。她想看看他此刻的表情，便抬起头，可还没来得及看清，脑袋就被他的手给按回去了。

云诉也没有计较，手上的力道大了一些，紧紧地抱着他的腰。

后来，他们谁都没有说话，就这样一直抱着彼此。

于觉的呼吸声很轻，他将气息喷在她耳边，令她感到很热。

池塘边依稀走过几个人，看到他们后稍稍地停了一下，便走开了。

云诉的耳朵追随着离开的脚步声，她有些不好意思，想推开他。于觉皱了皱眉，并没有放开她，反而抱得更紧了。

"要去几天？"于觉将下巴贴着她的额头，蹭了蹭。

"一周。"云诉回答道。

"那么久？"

"等我回来咱们就去约会吧。"

"也行。"

第二天早上，云诉五点就起床了，半小时后提着行李箱下楼。箱子有些重，她提得有些费力，便停在楼梯口，透过窗户看了看外面的风景。天还没大亮，一半是灰白色，一半是深蓝色。

好久没起这么早了，云诉就这样安静地看了一会儿风景，才继续下楼。

时间太早，宿舍大门还没打开，云诉叫了宿管阿姨来开门。她一边拿着箱子一边回头和阿姨道谢，没注意四周。

突然，手里的重量减轻，云诉错愕了一下，转头看向身边的人——于觉就站在她身侧，接过她的行李箱，跟着云诉颔首向阿姨道谢。

宿管阿姨毕竟在这里工作了好多年，见过不少男生，在看到于觉时，不是眼前一亮，而是认真对云诉说："你男朋友很会关心人。"

于觉笑着说了声："谢谢阿姨。"

出了宿舍大门，云诉和于觉去往图书馆。老师交代在图书馆前集合，参加活动的学生统一坐大巴去机场。

云诉扯了扯书包的肩带，扭头看着他说："你怎么还过来了？不是说了不用送我吗？"

虽说云诉昨天的确说了希望于觉能来送送她，但后来想到，如此一来，天还没亮他就得起来。而且今天他有一整天的课，她便不让他来送她了。她没想到，他这么不听话。

其实云诉心里还是挺开心的，好想告诉大家，她真的特别特别喜欢于觉。

清晨的风很轻，只依稀飘过几缕，带着一片落叶，安静地落到云诉的头上。

于觉伸手把那片树叶拿下来，揉了揉她的脑袋："我想见你。"

云诉点了点头，说："那好吧。你是不是到楼下很久了？"她伸手握住他的手，"你的手都有些凉了。"

现在已是深秋，昼夜温差较大，所以早上大家基本会穿件外套，中午热的时候再脱掉。

于觉此时只穿了一件单薄的黑色 T 恤衫。

"怎么不多穿点儿？"云诉皱着眉继续说。

"也没有很久，我不冷。"于觉答道。

云诉一脸"我才不相信你"的表情。

没一会儿，两个人已经走到图书馆门前，见大多数同学已经坐在大巴里等着了。

于觉把她的行李箱放好后，云诉便挥手让他离开了。

大巴行驶的速度不算快，云诉把头抵在车窗上，没有一丝困意，认真地看着窗外。

沿途的风景很美，街道上的店铺陆续开张，人流渐渐增多，车来车往，阳光逐渐明媚起来，这是清晨特有的风景。

到达机场后，老师找了家餐馆，大家聚在一起吃了早饭。没过多久，飞机就起飞了。

着陆后，他们出了机场。C 大派来的大巴等候已久，直接把他们送到了酒店。

房间是两个人一间，云诉和一个学姐同住。等大家整理好行李，老师便在群里发通知说要集合。之后众人一起往 C 大赶去。

　　活动一共要进行五天，这是一个既充实又能提高自己的过程，云诉并不觉得累，每晚睡前都会和于觉打视频电话，聊聊活动中发生的趣事。

　　这天回到酒店后，云诉直接进了洗手间洗澡，出来时，头发湿漉漉地贴在脖颈处，浅蓝色的睡衣穿在她的身上，松松垮垮的，却还是能勾勒出其曼妙的身姿。

　　学姐把头发披散了下来，正悠闲地躺在床上玩儿手机，看到云诉出来，转头笑着道："洗完了？刚才你手机响了。"

　　云诉和这位学姐之前并不认识，在学校讨论的时候也没见过。但经过几天的接触，两个人相处得很愉快，学姐还时不时地调侃云诉和于觉的感情好。

　　云诉拿着毛巾擦头发，拿起桌上的手机回答学姐："我洗好了，你洗吧。"

　　学姐点点头，便拿着衣服进了洗手间。

　　云诉拿着手机到床边坐下，简单地回复了老师的消息，然后给于觉打视频电话。

　　视频接通后，于觉的脸出现在手机屏幕上，他看起来心情很好，嘴角带着浅浅的笑。

　　他正待在宿舍里，刚才还和大徐他们打了一把游戏。于觉拿着手机站起来，对她说："你等会儿。"

　　然后，他就去了阳台。

　　于觉那头依稀传来大徐抱怨的声音："于觉，不是吧？说好的再来一把的。"

　　于觉懒得搭理大徐，慵懒地靠在栏杆边，看着手机屏幕上朝思暮想的人："今天结束得这么早？"

云诉刚到 C 大的第一个晚上，是于觉先打的视频电话——但云诉在忙。之后几天，于觉发现，她都是晚上十点过后才能联系他。于是，他便乖乖地等时间到了再联系她。今晚是例外，刚过九点。

云诉一边擦着头发，一边回答他："今天的进度比较快。要不你先去陪他们玩游戏？"

于觉想都没想就拒绝："不去。"

他心想：陪他们玩游戏哪有和云诉聊天儿有趣？

两个人相处的时间总是过得很快。不知不觉间，便到了该睡觉的时间，二人便挂了视频。

时间过得很快，交流活动顺利结束，云诉一行人已经启程返校。

飞机穿过云层，机器"嗡嗡"作响，随后稳稳地降落在机场。云诉跟大家一起等着托运的行李。

她站在一边，长按开机键，手机屏幕亮了起来。微弱的亮光照进眼里，云诉眯了眯眼睛。

有几条热点新闻跳出来，云诉还没能仔细看，学姐轻轻地碰了碰云诉的肩膀："那好像是你的行李箱。"

云诉抬头一看，黑色的箱子正从眼前慢慢滑过，确实是她的。她把手机收进兜里，走上前去拿。

他们的队伍有些庞大，云诉每次都是安静地跟在最后面。

走出出口，手机轻微的振动声传来，云诉低头看，是于觉的电话，按下接听键："喂，我们刚出来。"

话音刚落，她似乎听到了一个很轻的笑声。

云诉歪头想了想：他的心情似乎很不错。

"你回头看。"

他低沉的声音传来，云诉下意识地回头。

不远处，高高瘦瘦的身影立在柱子前，于觉穿着灰色开衫外套，宽松黑裤下的腿笔直修长，将手机贴在耳边，衣袖被挽上去，露出清瘦的手腕。

他的头发好像长了一些，细细碎碎的，落在额前，鼻梁挺拔，浓眉微挑，他歪头一笑。他这一笑，云诉的心软得跟棉花糖似的，嘴角也不自觉地跟着弯了弯，她挂断电话，快速地走到他面前。

她还没来得及说话，他便伸手接过她的行李箱。

"你怎么来了，不是说今早有课吗？"她好奇地问。

昨晚通话时，她没说让他来接她，他也没提，就说今天上午有课。想到自己正好是那个时间段到达机场，她也就没在意。

于觉抬手揉了揉她乌黑的头发："老师突然请假了，所以我就过来接你了。"

说完，他便移开视线，朝她身后的带队老师颔首。

队伍中的其他人早已炸开了锅，你一言我一语，脸上的表情很兴奋。特别是和云诉同住的学姐，瞪大了眼，脸上的表情简直要用激动来形容。明明她已经通过视频看过于觉的模样。

"于觉好帅，和云诉站在一起真的好搭！"

"他俩的故事挺长的，听说还是于觉主动追的云诉。"

"还跑到机场来接机，简直就是模范男友！我也好想要一个这样的男朋友！"

…………

学生们讨论得有些激烈，老师及时出声制止了他们。

云诉和于觉向老师道别后，便向停车场走去。

云诉牵着于觉的手，控制不住地笑："我们是直接回家还是回学校？"

"去约会。"于觉想都不想地说。

于觉用幽怨的眼神看向她，云诉被看得瞬间心虚。他们确实很久没约会了，不仅没有约会，还很久没见面了。她这段时间确实太忙了，没能顾及他。

云诉被带着一直朝前走，到某辆黑色越野车旁停下。驾驶座上的大徐看到他们，很热情地招手，又后知后觉地按下车窗。

"云诉，好久不见。"大徐说话的声音伴随着车里的音乐声传来。

"好像也没有很久。"云诉笑着回答大徐，又转头看于觉，小脑袋里充满了疑问。

于觉当然明白她的意思，解释道："我的车出了点儿问题，正好大徐也过来接人，所以就一起了。"

说完，于觉抬手示意。大徐立马会意，打开后备厢。

云诉站在原地继续和大徐聊天："你是来接谁？"她看了一眼车里，又看了看四周，一个人影都没看到，"怎么没见到人？"

大徐叹了一口气，说道："我爸妈旅游回来，让我过来接他们。结果我都到机场了，我妈才打来电话，说是还没玩儿够，明天再回来。"

大徐无奈的表情实在太搞笑，云诉忍不住笑出了声。

"你有点儿惨啊。"云诉给他加了一把火。

大徐特别大度地摆手："不不不，这不是接到你了？我也不算白跑一趟。"

于觉已经放好了行李箱，走到云诉身边，打开车门，将视线移到车里，示意她坐进去："这是他的荣幸。"

"砰"的一声，车门关上，两个人已经稳稳地坐进车里。

大徐难得没有反驳于觉："那是，反正我今天也没课，闲着也是闲着。"

车子启动，拐了好几个弯，终于从停车场里驶出来。

大徐认真地看着前面的路况，问身后的两个人："咱们接下来要去哪儿？直接回学校？"

于觉张开嘴，突然顿住，猛地想起宋裕新曾经说过的某句话，立马改口："你要不要去看我们约会？"

大徐气得回头白了于觉一眼，又气哼哼地转头继续开车，背影落寞又气愤，整个人散发着"懒得跟你讲话"的气息。

车一直驶到市区，大徐把他们放在某商场前便走了。行李箱就先放在大徐的车上，过后他俩再去拿。

云诉被于觉牵着一直往前走。他今天的步子有些大，也有些急，她只好也加大步子，跟上他。

进入商场，云诉一眼就看到了游戏厅，侧头看他。

于觉当然明白她的意思，抬手捏了捏她的脸，触感很软："待会儿再玩儿，咱们先吃饭，你不是说饿了吗？"

其实，一路过来三个人聊得很开心，云诉早就忘记了饥饿。此时，他话音刚落，她的肚子就"咕噜噜"地叫了。

云诉只好妥协，跟着他上了电梯。电梯里有一对情侣，女生的气质清新淡雅，男生的目光一直没离开过女生。

电梯上到四层，男生突然弯下身，原来是女生的鞋带松了。

云诉并没有在意那个男生的举动，只是注意到于觉也往她的脚边看了看。

确认了某件事，他移开视线，在她耳边低语："我们到了，走吧。"

这一层都是餐馆，烤肉、火锅、蟹肉煲……

他们最后选择了烤肉。

这家店生意很火爆，坐满了人。服务员带领他们来到靠里的桌前，两个人坐下后便开始点餐。

于觉点的大部分是云诉喜欢吃的，菜上得很快。吃饭过程中，都是他在烤，她在吃。

其实云诉已经提醒过于觉，两个人交换着来烤肉，可他怎么也不愿意。她提了好几次，后来他瞪着她不说话，似乎是要耍毛。

云诉只好放弃了这个想法。

后来于觉开始给她剥虾。他剥一个虾放进她的碗里，她就喂一个到他嘴里——他这才乖乖地吃了。

几十分钟后，云诉早已填饱了肚子，见于觉还要往她碗里夹菜，赶紧摇头拒绝："我吃饱了。你一直在帮我烤肉，都没怎么吃。你赶紧吃吧。"

于觉这才开始慢慢地吃起来。

吃完后，两个人结账出来，云诉的目的地很明确——楼下的游戏厅。

直达电梯前等待的人太多，他们改乘手扶电梯。下到三楼时，云诉一心只想着游戏厅，埋头往楼下赶，却突然被一股力量往后扯。

她错愕地回头，于觉还抓着她衣服的帽子，牵着她往旁边站，以免挡道。

"我们先去照相。"于觉定睛看着某个方向说。

云诉有些疑惑，顺着他的视线看过去，不远处，店铺上方的牌匾上写着几个银白色的宋体字：维维照相馆。

云诉被于觉拉着走过去。二人才走进去，就有服务员上来迎接，然后于觉开始和服务员沟通。

云诉站在一边，安静地听着他们的对话，然后便被带到里面的化妆间。

云诉的皮肤很好，白里透红，几乎没有一点儿瑕疵，加上五官精致，所以化妆师只是给她简单地修饰了一下。

于觉坐在一旁的沙发上，也没玩儿手机，一直盯着云诉看。

化妆结束后，化妆师告诉云诉稍微等一会儿，便离开了。

云诉走过去坐在他身边，衣角贴着他的皮肤。她的长相带着些攻击性，此刻她画了眼线，涂了口红，虽然很淡，但看着亲近了不少。

云诉钩着他的手指玩儿："怎么突然要来照相？"

"我看他们店铺外面贴了红底照片，很好看。"他们指尖缠绕，于觉任由她玩儿着。

云诉歪头疑惑地问："红底照片很常见啊，证件照不就是红底的吗？"

于觉伸手点了点她的鼻尖："这里的那些照片都是情侣的。"

云诉不满地拍开他的手，思索片刻，而后豁然开朗：情侣版的红底照片，结婚证上的照片就是红底的。

云诉看了看正在忙碌的工作人员，思绪陷得有些深，种种场景在脑海里闪过："你怎么想得那么远？我们才多大。"

于觉看她已经明白了他的用意，猜到她肯定想了很多，打算装傻，逗逗她："我只是想和你简单地拍个照片，没想那么多。"

果然，下一秒，云诉猛地转过头来，恶狠狠地瞪他："那对不起了，是我自作多情了，想到结婚证上去了。"

说完，她"哼"了一声，扭头继续看工作人员干活儿。

云诉发现，于觉比起高中的时候，胆子更肥了，总是爱逗她，时常让她在爆炸边缘徘徊。

于觉一看目的达成，也没有火上浇油，点到为止就好，伸手把她揽进怀里："跟我照了这照片，以后就得跟我领小红本。"

云诉继续哼哼，没有说话，乖乖地靠在他怀里。

于觉偷偷地朝她瞄了一眼，瞧见她嘴角一直挂着毫不掩饰的笑，脸颊透着点儿红，心情已经变好了，一时没忍住，低头亲了亲她的侧脸。

之后，没过多久，工作人员便领着他们进摄影棚拍照。

他们坐在椅子上，贴得很近，摄影师拿着相机一直在拍。云诉全程一直歪头笑，拍了几张后，她的脸都笑僵了，摄影师却还是不满意。

"男生，你不要总绷着脸，笑一笑。"摄影师指导着于觉。

在云诉的印象里，于觉一直挺爱笑的，两个人站在一起时，他的嘴角总是带着遮掩不住的浅笑，所以听到摄影师说他绷着脸，她有些意外。

她侧头看了于觉一眼，看到某人的嘴角果然紧绷着，表情有些僵。

云诉被他逗笑。于觉转头看她。

她抬手捏了捏于觉的脸，开玩笑地说："跟我拍照有那么不开心吗？"

于觉疑惑地抬了抬眉，脸部肌肉放松，嘴角很自然地放开，朝她笑。

"咔嚓"几声响，摄影师按下快门，画面定格在此刻。

女生微微侧着脑袋，眉眼舒展，唇红齿白；男生紧靠在她身边，稍稍低着头，下颌线条流畅，浅浅地笑着，眼里似乎只有她。

那天，于觉发了一条朋友圈状态："想领小红本。"

他图片配的就是这张照片。

没过几分钟，他这条状态下有了一堆评论。

程岚倾："红包我先备着了。"

周杭："小云朵还小，求放过。"

谷泽："觉哥这速度佩服佩服。"

宋裕新："也带我一个。"

…………

对于评论区被刷屏这件事，于觉早已习以为常。他耐心地看着他们在底下你一言我一语地调侃，还时不时转头和云诉说两句话。

后来，于觉家里的床头柜上多了一个原木色的相框，装的正是这张相片。

到了12月初，课程已经上完，学生进入复习阶段。

这天，云诉临时要去图书馆查阅一些资料，查着查着便入了神，合上书时天已经暗下来了。她从座位上起来，放轻脚步，把书放回书柜，从二楼走下来。

突然碰到同班同学，云诉笑了笑，主动抬手打招呼。

女生抬起下巴往旁边示意："那是不是你男朋友呀？"

云诉顺着她的视线看过去，挑眉——某人正对着她的方向，面前摊着好几本书，脑袋却往上面一趴，双眼紧紧闭着，睡得很沉。

他身边坐着一个白白净净的男生。云诉之前和他的室友们吃过饭，没见过这人，不知道俩人是认识还是拼桌的。

云诉和那女生说了几句话，便朝于觉那边走过去。

她站在他身边看了好一会儿，某人一点儿要醒的迹象都没有。

她无奈地从一边搬了一把椅子坐下，一抬头便对上于觉旁边那男生的视线，动作一顿。

那男生紧皱着眉，表情不太友好："我奉劝你还是放弃吧。"

云诉眨了眨眼，不知道什么情况。

"于觉他有女朋友了。"男生转身，四处张望，"要是被他女朋友看到，他们闹矛盾了你负责吗？"

这算是哪门子的乌龙？

云诉舔了舔下唇，觉得得介绍一下自己："那你就没有想过——"

男生打断她要说的话。

"虽然我听说他女朋友挺漂亮的，"男生上下打量着云诉，继续说，"但应该没你漂亮。"

云诉：看看，看看，这叫什么？这叫有眼光！

她的心情非常好，她努力地控制着上扬的嘴角，确认道："那你是觉得，于觉配不上我了？"

"虽然他很帅，但还差了那么一点儿，"男生抬起手，拇指和食指捏在一起，朝她比画，有点儿嫌弃地摇了摇头，"配不上。"

于觉慢慢睁开眼睛，脑袋从桌上立起来，微微眯了眯眼睛，看着男生："那你觉得谁配得上她？"

看于觉突然出声，那男生愣了愣。

于觉耐心地又问了一遍，一字一顿："我问你，谁配得上她？"

云诉坐在一边，忍着笑，身子懒洋洋地往椅背上靠，非常好奇那男生会说出什么话来。

男生张了张嘴，解释："反正我就觉得不是你。人家小姑娘看着这么清纯，你长得太坏。"

闻言，于觉目光幽幽地看着那男生："今天就先放过你。"

男生有些不解。

云诉这下彻底控制不住了，坐在旁边，笑得椅子都要散了架。

于觉转头看了她一眼，抬手揉了揉她的脑袋，语气略有些无奈：

"我去厕所，等我。"

云诉笑着使劲点头。

于觉的身影越来越远。

云诉将脑袋凑上去，两只手肘撑在桌面上，眨了眨眼睛："同学，你厉害啊，我还是第一次看到于觉自卑呢。"云诉伸手拍了拍他的肩，"以后多来找我们玩儿。"

男生忍不住侧头咳了两声，想到刚才二人暧昧的互动，不太确定地问："你是他……？"

云诉点点头："他女朋友。"

男生惊讶不已。

今天的天气很好，天空被染成蓝色，图书馆门口进进出出的人很多。

刷好卡，两个人一起走出图书馆。

云诉拉开书包拉链，把卡放好，整理好书包的肩带。于觉拉过她的手放进兜里，一步一步地走下楼梯。

难得看到于觉吃瘪，云诉心情非常不错。

她侧头问他："咱们去吃什么？"

于觉答道："你下午还和室友们一起复习吗？"

"巧克力去约会，小蕾子有事出门了。"云诉无意识地用指尖轻挠着他的掌心。

于觉用力握紧她的手，阻止她的小动作："那咱们回家吃。"

云诉立马掏出手机："那要吃什么？现在点，到家就能吃了。"

她的手指在屏幕上滑动，她抿着唇，表情有些纠结——两个人都不会做饭，一直都是点外卖。

于觉抬手敲了敲她的脑袋："今天不吃外卖了，咱们去超市买菜。"

云诉还在滑动的手指瞬间停止了，脑子也死机了。她非常疑惑地问："去超市买菜？谁做？"

云诉说出这样的话一点儿都不奇怪。虽然初中的时候被云悠强拉着进过厨房，但云诉真的没这方面的天赋——早上弄坏电饭煲，下午弄坏烤箱。

那个月，她家厨房里的厨具大多换成新的了。

于觉咬牙揪了揪她的头发，动作很轻："我来做。以后都是我来做饭。"

云诉抬手拍掉他的手，护好自己的头发："你什么时候学习了这项技能，我怎么不知道？"

走到校门口，于觉拉开出租车车门，把云诉推进车里："就你去参加集训的那段时间。"他又对前面的司机说："师傅，去万达。"

车子开始移动。

云诉乐滋滋地夸他："觉哥，表现真不错！"说完，她又疑惑了起来，"那咱们去家附近的超市不就好了？"

于觉非常平静地回答："先去买厨具。"

云诉沉默了几秒：连厨具都没买做什么饭？

"我能相信你吗？"云诉发自内心地问。

二人中间隔着点儿距离，于觉往她那边靠了靠："你不在的那段时间，我去参加了学校的美食社团，效果还不错。"

云诉又疑惑了：他们学校还有这个社团？她怎么听都没听说过？

绿灯亮起，车子往左拐，然后缓慢地停在路边。

两个人一起走下车，还没走几步，于觉的手机突然响了起来。脚步一停，他按下接听键："喂。"

云诉在一旁等他。轮子滑动的声音传来，她循声望去。

商场旁的小广场上，几个少年意气风发，踏在滑板上"驰骋"，T恤衫被风吹得鼓胀，像是装满了光。

于觉挂掉爷爷的电话，手下意识地往旁边伸，想牵云诉的手，可什么都没触到。他立马往旁边一看，哪里还有她的身影？

人潮拥挤，熙熙攘攘。于觉心里一空，转着脑袋四处找，终于在路灯下看到那个身影。月明星稀，路灯昏黄，打在她的侧脸上。

旁边有很多人像她一样，专注地看着那几个滑板少年。

她身形纤瘦，穿着纯白的T恤衫，嘴角盛满笑意，眼中写满好奇和惊喜。乌黑的头发盘成一个"丸子"，有风轻抚她耳侧的几缕黑发，她抬手把耳侧的发整理好，漂亮的眼睛一直跟随着少年们的动作。

于觉勾了勾嘴角，表情有些无奈，然后慢慢地把手里的手机放进兜里，走过去停在她身边。

于觉站定的瞬间，云诉就察觉了，笑着抱住他的手臂，欣喜地晃了晃，说："你看，他们好厉害！不过刚才有个男生不小心摔了一跤。"她伸头四处看了看，寻找着，"我找不到他了，应该没什么事吧。"

她很容易被新奇的事物吸引。

于觉把她的手拿下来，握在手里，垂眸看她："走了，咱们先去超市。"

说完，他还抬手敲了敲她的脑袋。

云诉瞪他，抱怨道："你今天敲我很多次了。"

以前她可不会这么说他，只会直接上手，反正最后吃亏的只会是于觉。

显然，最近于觉胆子有点儿肥，对她的话无动于衷，眼里的笑意仿佛要溢出来，又要抬手敲她。

云诉气急了，迅速拦下他的手，往唇边一放，洁白的牙齿触到于觉的指尖，用力一咬。于觉感到酥酥麻麻的触感之后，指尖有浅浅的牙印留下。

咬完，云诉甩手就跑，顺着人流进入商场。

于觉站在原地哑然失笑，看了看手上的印子，心里盘算着晚上该如何讨回来。

进入超市，云诉直奔零食区。于觉推着购物车跟在她身后，自觉地把她放进来的零食摆整齐。

白色的铁架上，摆着包装五颜六色的薯片，云诉认真地看着各种口味，又往车里扔了好几包。

于觉瞥了一眼，拿起那包青柠味的薯片，表情疑惑地对她说："你上次不是说这个口味的不好吃吗？"

云诉没有回头，继续看着包装上的口味："我觉得我可以再挑战一次。"

反正最后她觉得不好吃的薯片也是他解决掉，他并不讨厌这个味道。于觉没有再说什么，任由她挑选着。

四十分钟过去，云诉终于从零食区晃悠到生活用品区。

两个人说是要来购买做晚餐的材料，可一直到现在，所购买的物品都与晚餐无关。

于觉推着笨重的购物车，云诉的眼睛一直盯着架子上的东西看，她一只手搁在车上，指尖似有若无地触碰着于觉的掌心。

不远处的饮料区在做活动，云诉侧头看他，笑着说："咱们也过去看看吧。"

于觉没有说话，点头，心想：反正她开心就好了。

活动火爆，人群拥挤，两个人有些费力地往前挤。

于觉小心地推着购物车，避免撞到人，又牵住兴致勃勃的某人。两个人好不容易挤到导购员面前，他身上竟出了点儿汗。

导购员看着面前很养眼的小情侣，举着托盘，熟练地递给云诉两杯饮料，笑着说："我们现在正在做买一送一的活动，可以免费品尝的，你们可以试试。"

云诉把另一杯饮料递给于觉，轻仰起头，喉咙滚动，饮料下肚后唇边还有残留。她侧过身："挺好喝的，咱们也买一点儿吧，家里都没有饮料了。"

于觉也喝完了手中的那杯饮料，点着头把杯子放回托盘。

从导购员手中接过两箱饮料，又买齐了做饭用的东西，二人开始往收银台方向走。

从超市出来，他们拎着好几袋东西，坐上出租车回家。

回到家，云诉直接往沙发上一躺，浅蓝色的拖鞋歪在一边。她抱着抱枕动了动，用抱枕掩住下颌，灵动的眸子跟随着于觉的一举一动转动，声音有些闷："你需要我帮忙吗？我可以努力不弄坏东西。"

听到她的话，于觉被逗笑了，继续把袋子里的东西放到桌上。等到把手上的事做完，他转过身，蹲在沙发旁，垂眸盯着她看。

于觉伸手轻轻捏了捏她的耳垂，手上传来温热的触感："本来就没打算让你动手。"

云诉眉头一皱，不满地说："你看不起我？"

于觉的唇边是掩不住的笑意，他安抚似的把她耳侧的头发整理好，慢条斯理地解释给她听："云阿姨跟我交谈了好多次，我们一致认为，不让你进厨房是最安全的生活方式。"

说完，他还笑出声来，似乎是想到了什么事情。

云诉很直接地赏了一记白眼给他——她才懒得跟他争论呢。

客厅里就开着一盏灯，暖黄色的灯光照下来，映在她细腻透白的脸颊上。她气鼓鼓的样子让于觉实在没忍住……

他低头含住她的唇。两个人肌肤相触，气息交汇。

一吻结束，于觉又眷恋地亲了亲她的额头，声音懒散沙哑："那你自己找点儿事情做，我去做饭。"

云诉被亲得整个人乖顺了很多，眼眸中仿佛多了一层雾，有些迷蒙，轻轻地点了点头。

之后于觉就去厨房里忙了。云诉待在客厅里，一会儿躺着蒙住脸，一会儿坐着把下巴掩在抱枕里，脸颊两侧微红，表情有些说不出的羞涩。

明明两个人在一起很久了，她还总是莫名心动。每次于觉亲她或是抱她的时候，她都瞬间感觉整个世界都是明亮的，整颗心都是软绵绵的。

房子里安安静静，时不时有于觉从厨房里发出来的轻微声响。云诉眼睛聚焦，一直盯着天花板看。

云诉发呆不知发了多久，直到于觉叫她，才回过神来。

于觉把汤端到桌上放好，拿过纸巾擦了擦手，问她："你在想什么，想得那么入神？"

由于神游了太久，云诉没经过思考，脱口而出："在想你亲我。"

于觉倏地愣了一瞬，而后，整个房间里便全是他的笑声。

云诉被他笑得也完全没了羞涩的意思，坐起身，拿起筷子准备吃饭。

于觉很快移到她身边，坐下来，一直盯着她看："咱们都在一起多久了？你还这么容易心动啊？"

反正他就是要嘲笑她，云诉懒得搭理他。

于觉没做很多菜。土豆炖牛肉、麻婆豆腐、糖醋排骨加上青菜汤，简简单单的三菜一汤，颜色鲜艳，卖相很好，根本就看不出来这是刚学会做菜的于觉做的。

饭菜看起来让人特别有食欲，她夹了一块牛肉放进嘴里，细细品尝了一下，夸奖起来："没想到啊，味道很不错！"

于觉并没有被她带偏，还在不依不饶地追问。

云诉干脆也夹了一块牛肉放进他的嘴里："赶紧尝尝你做的菜，好吃。"

于觉匆忙地咀嚼了几下，性感的喉结动了动，咽下嘴里的东西，朝云诉凑过去，亲了亲她的脸颊。

果不其然，云诉吃饭的动作顿了一瞬。没几秒钟，她想继续夹菜吃。

于觉没心没肺地抓过她的筷子放下。云诉转头要抗议，可他滚烫的气息已经压了下来，唇齿触碰，她的脑袋被他的手小心翼翼地护着。

云诉根本就来不及反抗，整个人已经被压在沙发上，被人轻轻地亲着。

迷蒙之间，云诉还想着没吃完的晚饭，急急地说着："我要吃饭。"

于觉气愤地咬在她性感的锁骨上："等会儿再吃。"

转眼又一个月过去了，寒假如期而至。

考完试的当天，就有好多同学拖着行李箱回家了。

云诉和于觉在公寓里又待了两天。

第三天早上，二人在机场分别。

下了飞机，云诉开机和于觉道平安，便坐车回了家。

在家待了一个星期，云诉又坐上飞机，去了宁城。

于觉去机场接她，一看到人就走过去把她按在怀里抱了一会儿。

云诉微仰着下巴，笑着道："觉哥，想不想我呀？"

于觉低头亲了亲她柔软的发丝："很想。"

两个人没直接回家，于觉带她去了二中。

高中还没有放假，校园里有琅琅的读书声传来。

门卫是云诉认识的那位，竟还能一眼就认出她来。两个人寒暄了几句，云诉把行李箱寄存在门卫室。

于觉和云诉走进学校。

二中一点儿都没变，篮球场、图书馆、浅藏青色的教学楼，一切还是她离开时的样子。

梧桐树的叶子掉了很多，光秃秃的枝丫上零星地挂着几片倔强的枯叶。

两个人牵着手在田径场上散步，走了一会儿，细小的雪粒从天上飘落。

于觉抓着她的手慢慢地往大衣口袋里放，侧头去看她。

云诉站在他身边，一朵雪花落在她的肩上。

寒风冷意十足，云诉柔软的黑发披散在肩头，她的皮肤很白，滑嫩柔软。

回想当年，他总是不害羞地跟在小姑娘身后上学、回家，拖着她去球场看他打球，发了疯似的想和她在一起。

那天，栀子花的味道格外浓……他仰头一看，清风一过，白色"花瓣"纷纷落下———如他此时心跳的节奏。

云诉抬眸看他。

他也正看着她，乌黑晶亮的眼睛里，只有她。

他嘴角一勾，俯身靠近她的耳朵，声音又沉又缓："你是我始料未及的所有例外。"

云诉抬起头来，二人四目相对，一眼回到最初的时候——

那年盛夏，阳光格外温暖，少年看着她，勾唇一笑，眸子里有光。

番外一

考研与结婚证

今年的新年来得很早，一月底便是除夕。

清晨，云诉下楼时只看到肖绪坐在沙发上。他什么也没干，只是呆坐着。

云诉在心底叹了一口气，拿起桌上的草莓吃了一口，轻声问："爸妈人呢？"

肖绪一顿，摇了摇头，说："不知道。"

云诉点了点头。她又拿了一颗草莓放进嘴里，拍了拍手，坐到肖绪旁边。

云诉抓过沙发角落的遥控器，按了开机键，面前的液晶电视机亮了起来。她连续换了几个台，才悠闲地盘起双腿，背靠在沙发上，认真地看电视剧。

没一会儿，桌上的手机传来轻微的振动声，云诉低头一看，扭头和肖绪说："是云悠女士。"

说完，她按下接听键。

她们通话的时间并不长，云诉刚挂断，肖年的电话就打进来了。肖年和云悠表达的意思一致，都是这几天先不回家了，留在办公室加班，让他们自己照顾好自己。

　　挂了电话之后，云诉继续把手机捏在手中，往旁边看了一眼，这才发现肖绪歪着头一直在看她。

　　云诉向肖绪转述云悠和肖年的话。

　　肖绪绷紧嘴角，低垂着眼，整个人看起来有些颓废。

　　云诉看得有些于心不忍，伸手把一颗草莓递到他嘴边。肖绪也配合地张开嘴，咀嚼几下，喉结滚动，把草莓咽了下去。

　　云诉拍了拍他的肩："那我这几天只能由你来照顾了。"

　　肖绪点了点头，浅浅地笑了一下。

　　他站起来，伸手摸了摸她的脑袋，笑了笑，说："我上去睡一会儿。"

　　之后几天，云悠和肖年真的没有回家。云诉给他们打电话，不是未接通，就是"您所拨打的电话正在通话中"，即使接通了他们也只是匆匆说两句话便挂断。

　　除夕前一天，早晨八点十五分，云诉迷迷糊糊地睁开眼，把手背放在额头上，眨了眨眼，慢慢地把手移向床头柜，将手机拿在手中，按亮屏幕，微弱的光照进眼里。

　　云诉不适应地移开了头。

　　待眼睛的不适感慢慢过去，她才缓缓地看向手机，屏幕上跳出来好几条未读的微信消息。

　　于觉在半小时前就给她发了"早安"，还附带了早餐的照片。她坐起身，回复他的消息，然后走进卫生间开始洗漱。

　　她走下楼时，已经是二十分钟之后了。

　　她站在客厅里时，眼前的情景简直让她震惊。

云诉穿着浅蓝色的睡衣，瞪大了眼睛，嘴巴微张，表情呆呆的，握在楼梯扶手上的手都忘记放下来了。

宋裕新站在餐桌前，听到动静，转头招手，和她打招呼，脸上是一如既往的笑嘻嘻的表情："云诉，早上好。"

云悠将从厨房里端出的一碗汤稳稳地放在桌上，抬头看到云诉目瞪口呆地站在那儿，一动不动的，说："醒了？去叫肖绪起来吃早餐了。"

话音刚落，门口传来轻微的动静，肖年拎着一口袋的包子走进来，放在桌上，微笑着和宋裕新说话。

面前的场景太过温馨，云诉差点儿没反应过来此时到底是个什么情况。为什么没人向她解释，宋裕新为什么突然出现在家里？

就在云诉震惊之时，肖绪从楼上走了下来。然而，他并没有任何惊讶的表情，坦然极了："过去吃早餐了。"

之后，家里的氛围和原来一样，大家有说有笑，没有任何异样。原来，云悠和肖年一直都知道肖绪和宋裕新是非常好的好朋友。知道宋裕新今年一个人过年，云悠就问宋裕新愿不愿意来家里过年，还亲自到机场去接人。

当然，他们这一连串的操作，肖绪是不知道的，只是因为比云诉早起了些，所以早知道了半小时。

欣喜的一天顺利结束，第二天便是除夕。云诉照例起了个大早，跟肖绪一起去超市采购年货。

超市里人很多，简直就是人挤人，宋裕新在"打败"了众多阿姨后，终于把一篮砂糖橘拎了出来。

站在他俩面前，宋裕新忍不住吐槽那些阿姨的实力。云诉和肖绪对视着笑了笑，无人说话。

他们买的东西很多，走出超市时，每人手上都拎着满满的两大袋东西。

回家的路上，遇到的红灯有点儿多，肖绪驾车随着车流慢慢停下。宋裕新坐在副驾驶座上，和肖绪有一搭没一搭地聊着天儿。

云诉坐在后座，悠闲地靠在椅子上，低垂着头，点着手机和于觉聊天儿，时不时还轻轻笑出声来。

宋裕新被云诉的笑声吸引，转过头好奇地问道："你在和谁聊天儿？于觉？"

云诉抬头朝他看去，手在手机屏幕上滑了一下，然后将聊天儿记录展示在他面前。

宋裕新挑眉，打量着她的手机屏幕——

云诉："宋裕新和大妈彻底融合在一起了。"云诉在下面发了一张偷拍宋裕新抢砂糖橘的照片。

于觉："他穿这件衣服，和大妈也没什么区别。"

云诉："哈哈哈，我这就告诉他。"

于觉："我也想去你家过年。为什么他能去你家过年？"

云诉："他是我爸妈亲自邀请来的，很大牌。"

于觉最后回复了一个"不开心"的表情。

宋裕新无语，低头看了一眼自己的外套，夸张的花纹，奇怪的颜色，确实挺丑的。

这是他某位奇葩朋友送的生日礼物。收到时，他极其嫌弃，一直放在角落没穿。

接到肖绪妈妈的电话时，宋新裕有些蒙，又兴奋过了头，匆忙订了机票，随手装了几件衣服，也没注意看，稍不留神就把这件外套打包了。

肖绪把车一路开回家，然后三个人一同把东西搬下车。东西很重，云诉的脑门儿上沁出了一点点汗。

把东西全放在桌上，她便坐在沙发上休息，喘着粗气。

时间过得很快，转眼便到了中午，几个人便跟云悠一起准备年夜饭。

有的菜需要腌制才够入味，云诉便负责腌制肉类食品。云悠在炒菜的同时，会时不时地跑过来看云诉的进展。

云悠又一次把脑袋探过来，又一次说出熟悉的话："你要搅拌均匀一些，那样才够入味。"

云诉停下了手上的动作，颇有些无奈地看着云悠："妈，距离你上次提醒我才过去了三分钟。"碗里的排骨随着她的动作来回翻动，她道，"我是不会做菜，但腌制这件小事还是可以做的。你放心，我会把它们腌制得很入味的。"

云悠深深地看了云诉一眼，没再说什么，回去继续忙活了。

虽然中间有小插曲，但年夜饭的进展还算顺利。

云诉跟着云悠把饭菜端到桌上摆好。菜肴刚出炉，有点儿烫，碗底碰到桌面的瞬间，云诉立马抽手，摸着耳垂降温。

窗户没有关紧，竟有爆竹声跑进来，市里明明下了禁止燃放烟花爆竹的通告，居然还有人斗着胆子干这事。

宋裕新和肖绪贴对联。两个人效率很高，不知不觉间，窗户上贴好了福字、门口贴好了对联、四处挂灯笼，家里充满了年味。

傍晚五点十五分，一家人都落了座。

愉快的交谈声，清脆的碰杯声，开心的嬉笑声，一家人其乐融融，喜气洋洋。

晚饭过后，一家人聚在客厅里看春晚。一个节目接着一个节目，虽看得津津有味，但云悠女士并不认识那些演员，便拉着宋裕新让他给她介绍。

往年都是肖年陪着她进行这项活动。其实两个人都不太了解娱乐圈的事，肖年甚至连人脸和人名都对不上。如此一来，肖年像是解放了一般，脸上一直挂着笑，乐得清闲。

今年的春晚并不像往年那样无聊，云诉越看越入迷，直到兜里的手机发出微微的振动才回过神。拿起手机一看，是于觉的视频通话邀请，她便找了个借口，来到外面的院子里。

她按下接听键，手机屏幕上出现某人的侧脸。

于觉偏着脸，似乎在听人说话。接着，于扬扬稚嫩的脸也出现在屏幕上，两个人各自占着一半的屏幕。

那边也很热闹，于扬扬清脆的声音传过来："姐姐新年好！祝姐姐喜气洋洋，步步高升！"

云诉笑着招手："新年好，那姐姐祝你天天开心，还会有很多压岁钱。"

下一秒，于扬扬质问似的看向于觉："哥哥，你不祝我新年快乐吗？"

于觉的脸上没什么表情，他说出的话也很无情："那我祝福你压岁钱全被你妈妈没收。"

这句话简直戳中了所有小朋友在新年期间的痛点。果然，下一秒，于扬扬皱起了小眉头，气愤离去，就给她留下一个匆匆走开的背影。

云诉在视频这头彻底被逗笑，但也在为于扬扬讨公道："你干吗那样说？都把他惹不开心了。"

于觉回头看了一眼。于扬扬瞪着眼睛，心情激动地跟于爷爷控诉于觉的恶行，小脸上的表情可怜兮兮的。

回过头，他坏笑了一下，说："这样就安静了很多。"

于家新年都是在于爷爷那儿过，于觉的姑姑一家每年都会过来，家里就不像平时那么清冷，特别热闹。

饭后，于爷爷责令于觉跟着他们一起看春晚。但于觉真的没什么兴趣，就到角落给云诉打电话。

　　到今天，两个人已经快两周没见面了。

　　于觉盯着屏幕上的云诉，心里有一种特别强烈的感觉，迫切地想把这个人带回家让所有人都知道。内心深处的想法突然闪现，他很急迫。

　　院子外面灯火阑珊，路灯落下昏黄的灯光，月光打在树梢上，冷风阵阵，扑面而来。

　　云诉顿时打了个寒战，伸手把衣领拉高一些，吸了吸鼻子。

　　于觉打量着她，她的鼻子被冻得有些红，瞬间，他的脸色不太好了，眉心紧紧地蹙着，问道："你不冷？"

　　云诉把手伸进衣服口袋里，回答他："有点儿冷。于觉，快到十二点了。"

　　话音刚落，一簇小小的火花快速升向夜空，下一秒，黑漆漆的夜空被照亮，火花四溅，五颜六色的烟花在空中接连炸开，很美。

　　云诉的心情有些激动，她不断地转着脑袋，一会儿看天空上的烟花，一会儿看于觉："于觉，你看，烟花好美！"

　　于觉靠在墙上，并没有去欣赏眼前的多彩烟花，只是一直看着她。

　　云诉耳边的细发有些散，风吹过，发丝肆意飞扬，乌黑的眸子里有五彩缤纷的烟花。

　　于觉没再说话。

　　手机中不停地传来"呼呼"的风声，还有她很轻的笑声，于觉没有听清她在说什么，却足够清晰地听到了自己的心跳声。

　　"怦——怦——怦——"

　　他心中所有的情绪都随着天上的烟花不断地炸开。

"我想你了。"

云诉的注意力一直在绚丽的烟花上，似乎听到于觉在说话，她也没把头转过来，就这样看着夜空，问他："你说什么？"

于觉笑了笑，答道："烟花很好看。"

云诉笑着应声，很享受此刻的美好。

烟花炸完，云诉冻得整个人都打哆嗦了。为此，于觉的表情再次不好了，他道："快进屋，待会儿感冒了。"

这次云诉很听话，进屋后直接跑上了楼，进入房间坐在床上："那我先去洗澡了。"

于觉点头应声："快去吧。"

说完，他以为她会直接挂掉电话，云诉却勾手让他把耳朵靠近，低声说："我也想你。"

大年初五时，于觉一个人去了云诉家。他并没告诉她，打算直接冲到她家，给她一个小惊喜。宋裕新已经回家了，两个人没能碰上面。

此时，肖年和云悠因为平常工作太忙，已经趁着这次假期出去旅游了。

下午，阳光带着温暖闯进云诉的房间，照在白色的墙面上。

云诉侧躺在地毯上，身上的毛绒睡衣还没换下，长腿伸直，脚丫无意识地动着。

笔记本电脑上播着她最近迷上的电视剧。她表情认真，目光专注，有亮光反射到她白皙的脸上，她的手机就放在旁边。

云诉睡觉时不喜欢被打扰，所以在睡前必做的一件事就是把手机调成静音模式，因此，有时第二天醒来会出现忘记调声音的情况，而此刻就是这种情况。

气温偏低，阳光温和，于觉走出机场，行李箱的轮子和地板摩擦出声。他的表情没有任何不耐烦，嘴角带着根本掩藏不住的笑意，他又一次拨通了云诉的电话。

几秒过后，手机里传来的依旧是冰冷的语音播报声，她还是没接电话。

于觉挑眉，看了一眼时间。现在是上午十一点，他就当她还在睡懒觉吧。

有一辆出租车慢慢地在于觉的面前停下，他打开车门坐上去。

片尾曲响起，云诉眨了眨眼睛，浓密的睫毛扑扇着。她又抬手揉了揉眼睛，随后把电脑拿起来，走到床边趴下，拉过被子盖在身上，手指轻轻地点了点键盘，开始播放下一集。

她在心里暗暗想着：再看最后一集就睡觉。

云诉正在看的这部剧并不是当下的热播剧，而是好几年前的电视剧。故事情节特别吸引她，让她根本停不下来，看了这集就想看下一集。所以，昨晚她通宵了。

但云诉并没有告诉于觉这件事。每晚他们视频通话的时候，一到时间，于觉都会准时叫她睡觉，也不准她熬夜，总会在她耳边唠叨"熬夜伤身体"之类的话。

有时他能把云诉说得一愣，让云诉觉得自己好像交了一位"爹式"男朋友。

当然，她通宵的事可千万不能让于觉知道。云诉试着想象了一下于觉知道后的样子：他紧紧地皱着眉头，脸上没什么表情，嘴角绷紧，眼神似乎能把人冻住。算了算了，他肯定不会知道的。

斩断跑到于觉身上的思绪，云诉打起精神，将注意力重新集中在屏幕上。

又一集看完，云诉郁闷地吐了两口气：剧情发展怎么跟她想象的完全不一样？剩下的几集她先留着吧。

她继续趴在床上，抬起手，"啪"的一声，把电脑合上。

云诉就这样趴了一会儿，又翻了个身，看了看天花板，才慢慢想起手机还放在地毯上，转头瞥了地板一眼，慢悠悠地起身，弯腰把手机拿起来，又回去窝进被子里。

她按亮屏幕，见好几条来电提醒蹦了出来。她眨了眨眼睛，意识到手机是静音状态，想着拨回去跟于觉解释解释，但于觉并没有给她机会——他的电话又打进来了。

"早上好啊。"云诉把手机搁在耳边，身体一动，换了个方向继续躺着。

于觉把行李箱从车上拿下来，车子慢慢地消失在他的视线中。于觉轻声问："刚睡醒？"

云诉因为熬夜的时间太长，声音很低，有些沙哑，顺着他的话回答："嗯，刚醒来就看到你的电话了。"

"那你下楼给我开门吧。"于觉说。

云诉蒙了一下："嗯？"

反应过来后，她赶紧下床穿鞋，一路小跑到楼下。

云诉把门打开的时候，于觉正好跨上台阶。他身高腿长，肩膀线条流畅，肩也比高中时宽了很多，头发也长了一些，身上穿着一件黑色大衣。

于觉笑了笑，一步步走过去，慢慢地在云诉面前停下，仔细地瞧着她的脸，眯了眯眼睛："刚睡醒？"

云诉被问得心虚，转移视线，目光定在他手中的行李箱上："你来了怎么都不告诉我？你从机场打车过来的？告诉我了，我就能去机场接你。"

于觉冷哼了一声："顶着两个超级大的黑眼圈去接我？"

他牵起她的手，注意到她身上就穿着睡衣，拉着她往屋里走。

大门被他轻轻合上。

云诉乖乖地任他牵着。发觉他的手很冰，她直接把他的两只手都抓进她的睡衣口袋里，笑眯眯地说着："给你暖一暖。"

于觉将目光定在她的脸上。她整张脸白皙精致，嘴唇嫣红，睫毛比之前更长了，眼尾上扬，多了一丝韵味。

于觉回想起初见她时她的模样——五官极其出众，长相极具攻击性，而此刻，她整个人温和了不少，看着亲切了很多。

于觉一直盯着她看，看得手上的温度都高了几分，猜到她肯定熬夜了，俯下身，心疼地亲了亲她的眼睛。

云诉下意识地闭眼。

他的动作很轻柔，云诉说话的声音也跟着温柔起来："想你。"

于觉的手还在她的口袋里，他手指一动，十指紧扣，坏坏地笑了笑，凑近她，气息直接喷洒在她的耳朵上，很烫："可我看你现在已经很累了。"

云诉瞬间明白了他话里的意思，瞪了他一眼，气呼呼地道："觉哥，能不能正常聊天儿，你的脸皮怎么还是这么厚？"

于觉勾唇一笑，表情不以为意："在你面前，我的脸皮一向很厚。"

云诉又白了他一眼。现在家里只有她一个人，肖绪也出门了。

两个人一起走上楼，拐了个弯，走到她的房间门口。

云诉下楼时有些着急，没有关门。于觉熟练地推门进去，入眼的是如以前一样的白色墙纸，书柜上全是书和各种资料，只有一个地方和以前不一样——桌上多了一个素色相框，里面是他们一模一样的录取通知书。

云诉看于觉一直站在那儿不动，顺着他的视线看过去，身形一顿，过往的一幕幕浮现在脑海中。

那时他总会跟在她身后，一起上学，一起回家，一起争年级第一。为了她，他毅然决然地转了文科。

那一年，少年张扬洒脱，风吹过他的身体，黑白色的校服鼓胀起来。

于觉走到床边停下，瞥了一眼她放在枕头上的电脑，又回头看了她一眼，问："昨晚几点睡的？"

云诉强打起精神，勇敢地直视他的眼睛："和你通完电话就睡了。"

于觉被气笑了："你当你那红眼睛是摆设？"

云诉沉默了一会儿，抬手摸摸鼻子，这当然是心虚的表现："还没睡。"

她的声音很小，于觉即使就站在她跟前，也没听清。

所以，他就一直盯着她看，没有说话。

空气中的气压太低，云诉不得不屈服，调大了音量说："还没睡。"

话音刚落，云诉还没反应过来，身体不知怎的突然一转，被人往后面一推，整个人猛地往后倒，躺在了床上。

于觉的力道并不算大，担心她会受伤，他细心地将手贴在她的脑后，隔掉了很多力量。

两个人几乎是鼻尖贴着鼻尖，距离很近，云诉呼吸一室。

她用黝黑的眸子打量着他眼里的情绪，似乎平平淡如水，又似乎引而不发——云诉有些看不懂。

他放在她腰间的手动了动。云诉睫毛一颤，手指蜷缩起来，放在他胸前。

于觉温柔地亲了亲她的额头，然后帮她调整姿势，把枕头放在她头下，侧着身体，一手覆在她腰上，说："睡觉。"

此刻正好是午休时间，加上奔波了一路，于觉也有些累了。

他已经闭上了眼，又突然想起了什么，睁开眼，说："下次想熬夜就跟我说，别自己一个人，我陪你。"

云诉的脑袋动了动，她道："可我并不无聊，是在看电视剧。"

言下之意就是她不需要他陪她。

于觉无语了一阵，强行给她按下"关机键"："闭眼，睡觉。"

云诉的脑袋动了动，视线停留在他的下颌上，那里线条流畅，她没忍住，抬手摸了摸。

没一会儿，不知不觉间，云诉的眼皮耷拉下来，她慢慢地睡着了。

她呼吸很轻，气息喷洒在于觉的颈间，很热，吹得他的心无意识地软了下来。

怀里软绵绵的身体像是一阵舒适的春风，吹散了他的疲惫感，空气里有牛奶和茉莉花香混合的味道，很淡，是云诉身上的味道，他痴迷地嗅了嗅，然后拿下她放在他脸侧的手，放在腰间。一系列动作做完，于觉认真地瞧着云诉的睡脸。

房间里没有开灯，只有从窗外透进来的一点儿光，光线斜照在墙面上，有一点点调皮地跑到云诉恬静的脸颊上。有几根发丝缠绕在她的耳边，导致她睡得有些不舒服，嘴撇着。

于觉探手，温柔地把她的头发整理好。没有了打扰，她嘴角上扬，睡得更沉了。

于觉叹了一口气，心想：今晚可不准她再熬夜了，打算定个时间把她叫醒。

然而不知不觉间，他也迷迷糊糊地睡着了。

云诉的这一觉睡了很久，她醒来的时候，房间里已经暗了下来，让人有点儿分不清是在梦境中还是现实中。

室内安安静静，偶尔传来几声路上的鸣笛声。

云诉还有些恍惚，她的视线完全定在天花板上，没有聚焦。

房门被轻轻推开，有微弱的灯光照进来，云诉下意识地闭眼。

于觉端着一碗面和一杯水走进来，又轻轻合上门。云诉坐起身打开灯，房间里瞬间亮了起来。

空气中飘荡着让人嘴馋的面香味，云诉下意识地咽了咽口水，可怜兮兮地看着于觉，问："你做的？"

他点头。

她蹦了起来，穿鞋走进卫生间，回头对他说："我先洗漱。"

于觉失笑，把面和水放在桌上，坐在床上等她出来。

云诉动作很快，出来时下巴还滴着水珠。她坐在桌旁吃起了面，问他："现在几点了？"

于觉瞥了一眼手上的手机，发现她比他预料的醒得要早。他张嘴，报了个时间。

云诉吃惊地道："都这么晚了？！"

她安静地吃了一会儿面。于觉坐在床边，百无聊赖地玩儿着手机，时不时抬眼看她。

面的味道很好，她的表情很满足，她笑得眼睛弯弯的。

又把一口面放进嘴里，云诉才想起来一个问题，转头看他，说："你吃了吗？"

"嗯。"于觉应了一声，又说，"猜到你还没醒，就在楼下吃完了才上来。"

云诉点点头，吃完后把碗推到最靠角落的位置，突然坏坏地一笑，嘴角勾起，声音轻快，显然心情很好："觉哥，新年好呀！"

于觉挑了挑眉，意识到她有话要说。

"有没有我的红包？新年都过去好多天了。"云诉用手指挠了挠他的掌心。

于觉抬起下巴往衣柜边上指了指，示意方向："在行李箱里，自己拿。"

云诉简直欣喜过头，张扬的眉眼好看极了，开心地说："就知道你最好了！"

说完，她走到箱子前，将箱子平放好后打开，里面是他摆放得整整齐齐的衣服。她并没有一眼就看到红包，翻了一会儿才瞥到里面夹层中露出的红包的一角。

云诉拉开拉链，把红包拿出来，手上的红包并不像平常的红包，而是大大的，目测比信封还大。

红色的硬纸上印着金色的端正小楷——超级大红包——很厚，也很重。

云诉吃惊地抬起头："你确定这是给我的？这么多？"

于觉笑着看着她："爷爷给你的，我也放在里面了。"

云诉打开大红包一看，里面确实还有一个较小的红包，那厚度，估计里面的金额也不少。

云诉只把于爷爷的红包拿出来，然后透过大红包的开口往里瞄了瞄："你包了多少？我不要那么多，给我一个小的就好了。"

于觉毫不在意地说："我没数，那时手上有多少现金就放了多少。"

云诉有点儿无奈："不能这么浪费，我要一张就好了。"

他道："给你的，怎么会浪费？"

云诉被噎住了，看着他的表情，一时之间不知道该说些什么。

她就是一时兴起才想着向他要红包，没想到他早就准备好了。他还准备得这么丰厚，让她有些不好意思了。

她知道于觉是不会妥协的，最终还是收下了那个红包。

十月，气温渐渐降下来。

校园里，到处拉着校运会的宣传横幅，经常有很多赞助商在楼前做活动。

云诉和于觉都升到了大三。于觉的课程并没有比之前少，反而更多了；相反，云诉这个学期的课程相当少。

于觉这段时间很忙，不只忙于上课，老师还推荐他加入了一个课题研讨会。

虽然他很忙，但每天还是会抽出时间来见云诉。这段时间，两个人约会的地方改成了她宿舍楼下。

晚上十点，云诉擦着湿发走进宿舍，来到巧克力的座位前吹头发。

她把缠绕的线解开，按下开关，吹风机"嗡嗡"作响，暖风吹过她的发间。

宿舍里人手一个吹风机，但最近云诉的吹风机出了点儿意外，前两天就罢工了。于觉已经重新在网上帮她订购好，明天就到了。

云诉吹了会儿头发，眼皮直打架，懒懒地打了个哈欠。

不知怎的，她今天一直觉得很困。

云诉关掉吹风机，回到自己的座位上，打算再修改修改自己的作业，只是还没打开电脑，柴斯瑶的视频电话就打进来了。云诉警觉：周杭肯定又惹到柴斯瑶了。

她们虽然去了不同的地方读大学，但云诉绝对是柴斯瑶第一时间分享各种事情的对象。柴斯瑶生活中的一些琐事，云诉都知道。

二人感情如之前一般，仿佛就没有分开过。

她们经常视频通话，但前二十分钟，通话的主题绝对离不开周杭。

云诉瞄了一眼桌上的手机，按下接听键，把手机放在支架上，开始搽护肤品。

"小云朵。"柴斯瑶讲话的声音从视频那头传来。

云诉从她的音量就能判断出柴斯瑶的心情。她音量偏高，应该是处于郁闷和困惑的状态。

果然，下一秒——

"周杭天天说他忙，消息也是隔好久才回复我，你说他是不是变心了？"柴斯瑶烦躁地一直往嘴里塞薯片。

云诉抹匀脸上的乳液："怎么可能？你别想太多。他最近在忙什么？"

"他说他最近一直在跟着老师做课题。我理解他忙，但有时候一整天都联系不到人……我就很烦。

"虽然当初我们报了不同的学校，但我觉得距离根本就不是问题。现在，我已经有些不确定了。"

云诉透过手机看着那头为情所困、眉宇间都是烦闷的柴斯瑶。

云诉也不知道该说些什么。云诉是相信周杭的。周杭对柴斯瑶的心思大家都看在眼里，每次大家聚在一起的时候，他的视线简直就是固定在柴斯瑶身上的。

云诉在心里想着：他们是不是有什么误会？

有人拿了一片苹果递到柴斯瑶嘴边。柴斯瑶看了那人一眼，很配合地张开嘴，腮帮子鼓起来，脸上的肉一颤一颤的，有些可爱。

似乎觉得味道不错，柴斯瑶转头又要了一片苹果。

"我室友在切苹果。"她一边吃，一边说。

云诉点点头，看着她吃，心里也有些痒痒的。

她们的话题不知不觉又回到了周杭身上。

"你不是说你这学期课少吗？要不你抽个时间去他的学校找他？"云诉拨了拨头发，建议道。

柴斯瑶眉眼舒展开：她怎么没有想到这个办法？她直接去他的学校一探究竟，就能知道周杭是不是真的在忙，两个人也能谈一谈，问题就迎刃而解了。

"好主意。"柴斯瑶站起来，往门口走。

好朋友走出了镜头，云诉拿着手机，点进外卖软件，打算点东西吃。

她用手指在界面上滑了又滑，突然发现不知道该吃点儿什么。

柴斯瑶在这时回来了，在那头翻箱倒柜，对云诉说："刚才我去看了课表，明天周末，下周二有一节课，让我室友帮忙签到。我明天就去周杭的学校。"

云诉退出了外卖软件，重新认真聊天儿："那你订机票了吗？"

柴斯瑶把镜头拉近："订了，明早九点起飞，我先收拾行李。小云朵，晚安啦！"

云诉笑了笑："晚安。"

视频通话挂断，云诉坐在床上发了会儿呆。轻微的振动声把她的思绪拉了回来，她低头看屏幕——

"睡了没？

"我在你宿舍楼下。

"给你带了夜宵。

"下来拿。"

云诉嘴角含笑，拿着手机就往门外走。巧克力还在门口和男朋友打电话，看到云诉要出门，惊讶地问："这么晚了，你要去哪儿？"

云诉举了举手上的手机："于觉在楼下。"

巧克力点了点头，比了个"OK"的手势，转头继续讲电话。

云诉一路走下楼，还没走出宿舍门，就透过玻璃看到了外面的于觉。

枝叶茂密的槐树下有一个高高瘦瘦的身影，他一只手拎着给她带的夜宵，另一只手随意地插在口袋里。

于觉穿着灰色卫衣，宽松黑色长裤下的腿又长又直，衣袖被拉到了手腕的位置，露出白皙的皮肤。

他似乎在思考着什么，脸上没什么表情，细碎的头发又被剪短了些，眼神深邃，鼻梁高挺。好几个正要走进宿舍楼的女生不自觉地停下脚步，把目光落在他的身上。

对于那些打量的眼神，于觉毫不在意，抬头的瞬间看到了云诉。那一刻，他眉眼舒展开，薄唇弯起，眼底的笑意透露出来。

云诉笑了笑，慢慢地走过去，停在他跟前。

于觉伸手触了触她身上的衣服，眉头皱了起来，说："怎么不穿外套？晚上风大，小心感冒。"

云诉上身就穿了一件短袖，但并没有觉得冷："没事，不会感冒的。你给我带了什么？我正好饿了。"

她低头好奇地看着。

于觉把手中的袋子递给她："猜到你会饿，就随便买了点儿。"

云诉伸手接过，打开袋子一看，是麻辣烫和串串。

想到他这段时间比较忙，云诉关心道："你这个课题大概还有多久结束？"

"一周吧。"于觉回答。

云诉叹了一口气：还好还好。这一个月以来，于觉肉眼可见地瘦了好多，本来他的身形就很清瘦，现在看着更甚，她打算下周开始把他养胖一些。

云诉低头看了一眼时间，距离门禁时间还有半小时，提议道："去走走吗？"

于觉指了指她手中的袋子，说："待会儿冷了。"

云诉不管，牵起他的手就走："走了走了，我们都好久没约会了。"

于觉也乖顺地跟着她走，但依旧很关心食物温度的问题，絮絮叨叨："吃冷的食物对你身体不好。"

云诉咬了咬唇，转头瞪他："你什么时候变得这么啰唆了？虽然你现在是变得成熟了一些，可你想想，你都好久没陪我了。"

于觉挑了挑眉，微微俯下身子，两个人之间的距离瞬间拉近。他不羁地笑着，吊儿郎当地说："想我就直说，我又不会嘲笑你。"

云诉的眼睫颤了颤，她白了他一眼，懒得跟他讲话。

于觉低声笑了起来，反握住她的手，带着她往池塘那边走。

夜色很深，路灯挺立在两旁，昏黄的灯光打在路上，有几只小虫子不厌其烦地绕着灯泡转，发出"嗡嗡"的声响。

他们走在幽静的校园小道上，一路上都没遇到什么人，到处都是安静的，只有耳边的风在不断地吹着。

此刻的安静让云诉觉得他们可以就这么一直走下去。他们一路走来并不容易，过往经历的一切，身边少年的细心呵护，让她足够自信，也让她对这段感情有足够的信心。

因为她喜欢他，所以希望他的身边一直有她，希望每一个路口都有他在身侧。

于觉看云诉突然安静下来，侧头发问："怎么了？在想什么？"

云诉这才回过神，看着他笑，眼神明亮："在想我会喜欢你到什么时候。"

"就算你现在就不喜欢我也没事。"于觉温声说道。

因为他的这句话，云诉停住了脚步，脸上的表情非常容易看懂，从震惊到不解，最后是郁闷。

她晶亮的眼眸就这样一直盯着他看，眼里明确地写着一句话：什么意思？

于觉伸手捏了捏她的手腕，肉肉的，很软。他笑了笑，本想逗她，但她的表情太过认真，让于觉的心不自觉地颤了颤。原来，她也和他一样，他的每一句话、每一个眼神，都足以影响她的思绪和心情。

过了一会儿，于觉紧抿薄唇，收起脸上懒散的表情，喉结滚动，向她解释道："即使你不再喜欢我，我也会一直喜欢你。因为在我这里，那份喜欢根本就不受控制。"

以前上高中时，周杭他们经常会讨论喜欢一个人是什么心情。他们说，喜欢一个人，就是想时刻黏着她，无论做什么事，都想和她一起。

于觉从来不明白这些，后来才知道，他喜欢云诉，喜欢到发了疯地想和她在一起，无论结局如何。因为中意她，所以她的一颦一笑、她的每一个眼神，都成了他青春中不会褪色的印记。

云诉小心翼翼地看着他。那一瞬间，他想说的每一句话，他心底的每一个想法，她都明白。

云诉沉默了一会儿，也笑了笑，放轻声音："我喜欢你。我很喜欢你，于觉。"

于觉低头亲她，声音低沉："我知道。"

这个吻很轻，蜻蜓点水一般，却又十分滚烫，云诉眼睫颤了颤。

后来，他们就这样安静地走着，走到池塘边才停下。

夜晚，寂若无人，水流声也很轻。

他们在一旁的长椅上坐下，云诉环顾四周，疑惑地问："之前不是有好多情侣在这边约会吗？今晚怎么一路走来都没有人？"

于觉牵着她的手放在自己的腿上："给你腾位置，怕你会害羞。"

云诉无语了一阵："我这么厉害？"

于觉"嗯"了一声。

秋风呼啸，径直从衣角往衣服里钻。

于觉低垂着眼睛，看着被放在一旁的塑料袋："今晚风大，里面有杯奶茶，你先暖暖身子。"

说完，他就伸手打开袋子，拿出奶茶后把吸管插好，递给她。

云诉伸手接过奶茶，杯子暖暖的。她小小地抿了一口奶茶，温声说："刚才我都没看到有奶茶。"

装着麻辣烫的外卖盒很大，这次他又买了小杯装的奶茶，外卖盒完全把奶茶杯遮住了，不仔细看还真注意不到。

于觉沉默着，安安静静地看着她喝奶茶。

没过一会儿，发现她有些打战，他便挪了挪身子，紧紧地挨着她。肌肤触碰到肌肤，他不满地开口："是谁刚才说不冷的？"

云诉不好意思地笑了笑，小心地把奶茶放在一边，抱着他的手臂靠在他的肩膀上："有你在啊，你就是我的取暖器。"

于觉看着她没有说话。

云诉的脑袋摩擦着他的锁骨，她继续说道："都说男生的体温比女生的体温高很多，所以女生出门时可以少穿一些。"

于觉被气笑了："你这是什么歪理？"

他嘴上这样说，身子却动了动。云诉重新坐直，看着他。

于觉把身上的外套脱下来，将宽大的外套裹在她的身上，又将拉链拉到顶端。

云诉有些不满，觉得拉链触到脖子有些不舒服，便伸手拉下来一些："干吗拉得这么高？难受。"

于觉侧头看她。

云诉纤长白皙的手指捏在银色的拉链上，身上穿着他宽大的外套，看着清瘦又小巧。

夜色很暗，周围很静，黑暗中的点点繁星又亮又美，云诉看得有些入迷。

遇到于觉之前，云诉没有想象过这样安静舒服的画面；遇到他之后，她也没有真正设想过，只觉得，她和他经历的所有事情，都是理所当然且美好的。

秋风吹来，云诉耳侧的碎发随风而动。一两根发丝拂到脸上，她双手抓着长椅，仰头闭眼，嘴角含笑，安静地吹着风，很享受此刻。

周围安安静静，他们谁都没有说话。时间好像过了很久，慢慢地，云诉感到肩膀上有了一点点重量。

云诉一怔，觉得有些奇怪，缓缓睁开眼，只见于觉睡得很沉。他双手随意地搁在大腿上，脑袋稳稳地落在她的肩膀上。

云诉的手指蜷缩起来，她侧头看他，惊奇地眨了眨眼。

于觉的脸庞近在咫尺，他眉毛漆黑，唇色很淡，眼下的青色有些明显。

他这段时间的忙碌，云诉都看在眼里——但他还是会抽出时间来找她。有时云诉心疼他，主动提出去找他，但都被他以各种理由拒绝了，便也只好作罢。

云诉并没有叫醒他。他的呼吸很轻，薄唇微翘，云诉没忍住，抬手轻轻地碰了碰他的唇瓣。

时间一点一滴地过去，连夜风都轻柔了很多，云诉身上被吹鼓的外套渐渐安静下来。

云诉突然速度很快地凑上去，一口亲在于觉的嘴上。然后，她迅速地撤回来，身体坐得笔直，一动不动，眼睛直视前方，莫名地有些心虚，自己的眼睛瞪圆了都没察觉。她慌什么？她可是他的女朋友，偷偷亲他一口怎么了？这是多正常的事？

其实，云诉也不知道自己是怎么了，明明四周安安静静，没有人。就算真的有人，她也可以明目张胆地亲。

毕竟于觉已经属于她了。

这样想着，她侧头又看了看。

于觉并没有醒来，还保持着刚才的姿势。只是她飘曳的头发落在他的鼻尖，他察觉不适，动了动脑袋，身体更贴近她，找了个更舒服的姿势继续睡。

两个人都好久没有亲热了，云诉彻底丢掉自己那不该有的心虚，又快速地亲上去，这次亲吻的时间久了些，不似刚才蜻蜓点水般的吻。

唇齿间有淡淡的薄荷香，是他的味道，云诉有些着迷，挑逗般的咬了咬他的下唇。

这个吻是甜的，她的心里也甜滋滋的。

云诉准备如刚才一样抽身撤离，一只宽大的手掌却突然撑在她的脑后。他的肩膀碰撞到她的锁骨，于觉加深了这个吻。

云诉猝不及防，完全没意识到他竟然醒了，眼睛都瞪大了，呆呆的。

一吻结束，于觉眷恋地又亲了亲她的下巴，看她还没反应过来，轻轻笑出声，脸上露出得逞的表情。嘴角大大地弯起来，心情都好了很多："怎么？就只能你偷亲我？"

他此刻的声音挑逗意味十足，在这静谧的夜里，显得性感极了。

云诉很要面子地白了他一眼，从脸颊到耳朵红了一片，没有说话，别扭地转头不理他。

于觉抽出手机看时间，站了起来，低头看还在害羞的云某人："宿舍快关门了，我们回去吧。"

云诉"嗯"了一声，伸手让他牵着。

一直到他们回到宿舍，云诉脸上的红晕都没有消散。巧克力看云诉回来后一直沉默不语，直接走到云诉身边，双手捧着云诉的脸，让云诉转过来面向自己。

巧克力蹲下身仔仔细细地打量着云诉的脸色："是幸福的味道呀。"

云诉眨眨眼，没能理解巧克力的意思。

"被于觉亲傻了？"巧克力猝不及防地蹦出来这么一句话。

云诉脸上的羞涩瞬间消散，只剩下无语的表情。云诉抬手打掉巧克力的手："别乱说话。"

说完，云诉也没再理巧克力，收拾着桌上的东西，把明天要用的课本拿出来。

第二天，下课铃声打响时，云诉快速收拾书本，只来得及和室友们说一句"你们先去吃饭，我有事"，便快速地走出了教室。

云诉走在路上，秋风拂面，送来淡淡的桂花香。天空依旧湛蓝，成群的云朵你追我赶，空气中夹杂着清爽的味道。

于觉今天上午有两节课，然后便是在大学生活动中心忙着修改研讨方案。

云诉一路走到活动中心，抬手推门，室内的冷风迎面吹来，她的身体颤了颤。

忽然，有一股力量把她的身体往后扯，她下意识地回头，见身后站着一个很阳光的男生。他又瘦又高，只是脸上的表情出卖了他的目的。

云诉有些无奈，压住心中的不适感，等着他开口。果不其然，他是来询问她微信号的。

云诉礼貌地笑了笑，说："不好意思，我有男朋友了。"

说完后，她径直走上楼。

云诉走到门口的时候，活动室里安安静静，只有笔尖摩擦纸张发出的"唰唰"声。

大家都专心地写着手上的方案。

门并没有关紧，半开着，透过门缝，云诉看到于觉坐在靠窗的桌子前。他并没有坐得很直，是一贯慵懒的坐姿，只是脸上的表情很认真。

阳光打在他的侧脸上，顺着高挺的鼻梁滑下来，一直流淌到笔尖，于是他的笔尖像是在发光一样。

云诉并不想打扰他们，乖巧地站在门口，等他们结束。

最后一笔落在纸上，大徐转头骄傲地举手欢呼："这次总结是我最快，于觉，你不行了。"

于觉抬头看了大徐一眼，继续写着，并不想搭理他。

大徐就坐在于觉前面，看大家手上的动作都慢慢地停下来，又恢复了之前的讨论模式，立马起身："不行了不行了，太憋得慌了。"他拍了拍前桌男生的肩膀："老蒙，陪我去上个厕所，我憋不住了。"

老蒙一边嫌弃大徐，一边起身："真服了你了，都二十好几了，上个厕所还要人陪。"

大徐不爽了，反驳道："什么二十好几？我才二十一！"

大徐的话并没有说完，他正要继续理论，就瞥到了在门口站着的云诉，立马像换了个人似的："云诉。"

刻骨铭心的两个字落进耳朵里，于觉身体一顿，黑色水性笔在纸上画出长长的一笔。

明明两个人在一起很久了，可于觉听到她的名字时还会有这种下意识的反应。

他抬眼看云诉。

活动室里的其他人反应比于觉还大。起哄声就要响起，大徐用眼神及时压制住大家，对于觉说："于觉，赶紧出去啊，别让人等太久了。"

于觉出去后，牵着云诉一直走到走廊尽头。

天气很好，天空湛蓝，凉风似有若无。树叶轻飘飘地落在地上，发出细小的声响。

云诉抱着书，背轻轻地靠在栏杆上。于觉就站在她身侧，面对着栏杆，双手慵懒地插在兜里，低着头和她说话。

云诉能看得出来，于觉的心情很好。

他刚才绷着脸的样子完全不见了，脸上一直挂着笑，问她："你怎么来了？"

云诉歪了歪头，有些俏皮地看着他："想见你就来了。这样晚上你就不用那么麻烦地赶到我的宿舍了。"

听到这句话，于觉皱了皱眉，郑重其事地说："我去找你，是因为想天天和你在一起，没有麻烦。"

被他的这句话惊到，云诉的大脑空白了一瞬，但她很快反应过来。

她抿了抿唇，身体向于觉靠得更近了，布料摩擦着布料，用他的话回答他："我来找你也是因为想天天和你在一起，没有麻烦。"

说完，云诉观察着于觉的反应。她皮肤白，柔软的黑发披散在肩上，乌黑的眸子盯着他看，灵动极了。

果然，于觉脸上郑重的表情渐渐破裂，嘴角勾起似有若无的笑。

他有再坚不可摧的防线，在面对云诉时也会破防。

看他不再绷着脸，云诉嬉笑着勾勾他的下巴："你这段时间太累了，要好好休息。昨晚你坐着都能睡着——所以你忙完就回宿舍，休息好了再来找我。"

见于觉开口想说些什么，云诉猜到肯定是她不喜欢听的话，快速抬手，将纤细的手指抵在他的唇上："不许反驳，听我的。"

于觉无奈地笑了笑，抓过她的手低头亲了亲，听话地说："好。"

云诉点了点头，表示很满意。

两个人继续说着话，似乎是察觉了什么，于觉回头，从活动室前门、后门冒出的脑袋齐刷刷地收回去。

"砰"的一声，有人摔倒的声音传来。

云诉没忍住，发出轻微的笑声，对他说："他们好有意思，是不是因为这样，你才不让我来找你的？"

于觉很轻地"嗯"了一声，说："并不是真的不想让你来。"

云诉挑了挑眉：这是什么意思？他到底是想让她来还是不想让她来？

于觉向右边跨了一步，把云诉完全遮挡在他的怀里。

她疑惑地看着他。

于觉站在她跟前，把她手上的书放到旁边，温声说："想让你来找我，是因为想见到你；不想让你来找我，是因为想把你藏起来。"

他想把她藏起来，不被任何人发现。

大概是因为感动，她抿着唇没有说话。

于觉嘴角一勾，俯身靠近她的耳朵，声音清朗，又说了几个字。

云诉顿时觉得脸上很热，一拳捶在他的肩膀上："请好好说话，文明用语。"

于觉微微扬眉，说："我刚才说的话哪里不文明了？是你自己理解错了。你得当个好女孩儿，不能乱想。"

云诉狠狠地白了他一眼。于觉被逗得仰头一直笑，胸口都在颤，气得云诉一口咬在他的手腕上。

她的力道并不重，于觉只觉得有些痒，抬手环住她，把她紧紧地抱在怀里，收起刚才的大笑，压低了声音，声音很沉也很柔："晚上在宿舍等我。"

无论她在哪里，无论何时何地，他一定会去找她。

她所在的方向是他唯一的方向。

第二年六月，夏日炎炎，天气出奇地燥热。

图书馆前，楼梯很长，人也很多。

校园里，田径场上、篮球场上、教学楼里、林荫小道旁，到处都挂着庆祝毕业的横幅。

毕业季，是欢乐的日子，也是离别的日子。

曾经，大家都以为四年很长，不承想，时间就这样转瞬即逝。

图书馆前有各个系的毕业生，他们穿着学士服，戴着学士帽，照相机"咔嚓咔嚓"地一声又一声地响起，一张张照片就此定格。

云诉站在树下，微笑着看学长学姐们，猛然想到，一年后他们也会穿着学士服彼此庆祝毕业。

于觉晚到了一些，大老远就看到站在树下的云诉。她今天穿着简单的T恤衫、蓝色牛仔裤和一双小白鞋。微风吹动她的衣摆，从他这个角度看过去，能看到她明朗的微笑。

于觉走过去，站在她身边，没有说话。

大概是因为羡慕，云诉看得很入神，没有注意到他的存在。于觉有些无奈，无力地笑了笑，把手中的花递到她的怀里。

云诉自然地伸手接过花束，表情有些惊喜："我都忘了要买花。"

这也能忘记，她真是不走心。于觉抬手敲了敲她的脑袋。

其实，他本来也没有想到这一层。

一个月前，云诉和他提过，让他和她一起陪学姐拍毕业照，还得准备一束花。只是说完没几天她就忘掉了，而于觉一直记在心里。

　　学姐是之前和云诉一起去 C 大的那位。回来后，她们感情升温很快，成了好朋友，时常约着一起玩儿。

　　将花束抱在怀里，云诉低头看，几枝向日葵在白色满天星的簇拥下熠熠生辉。她低头嗅了嗅，闻到了淡淡的花香。

　　夏日的风一直吹，树叶被吹得"簌簌"直响。

　　他们一张张脸上洋溢着笑容，那是阳光，是青春。大家摘下头上的学士帽，齐声欢呼："毕业快乐！"

　　"乐"字刚落下，一顶顶黑色的学士帽便被甩到半空中，阳光映射在帽檐上，一根根黑色流苏在空中飞舞，像是在发光。

　　时光匆匆，愿大家前程似锦。

　　学姐拍完照，站在原地四处张望，寻找着熟悉的身影。

　　挺拔的槐树下，云诉和于觉你一言我一语地聊着天儿。天气热，云诉白得透明的皮肤被晒得通红，连衣服都被汗水浸湿了。

　　太阳缓缓移动，树下的阴凉消失了大半。

　　烈日当空，阳光直射在眼前，见云诉不适地眨了眨眼，于觉伸手遮在她的额前。

　　今天天气太过炎热，云诉的汗水如不要钱一样一直往外冒。

　　于觉转头看向人群，注意到学姐在寻找人，用手指轻轻点了点云诉的肩膀。

　　云诉侧头看他。

　　于觉朝人群的方向看，下巴往学姐那儿示意："学姐是不是在找你？"

　　云诉顺着他的视线看过去，也看到正在寻人的学姐，举起一只手来，放大声音喊："学姐——"

学姐猛然回头，很快就看到了云诉和于觉，一路小跑过来，脸上的汗珠顺着下巴滴到地上。她微微喘着气说："等很久了吧？不好意思啊。"

云诉摇了摇头，眼睛弯起来，笑了笑，把手中的花束递到学姐怀里，真诚地祝愿："祝你毕业快乐！"

学姐大概是被感动了，表情有些有趣，从一开始的惊讶缓缓转换成后来的欣喜。

学姐一步跨上前，小心地把花束抱在怀里，又轻柔地把云诉抱在怀里，低语："谢谢你。"

云诉抬手回抱学姐，笑吟吟地道："以后你可得经常请我吃饭。"

学姐放开云诉，一手缓缓向上，捏了捏云诉的脸，笑着说："没问题。"

氛围很好，她们依旧站在树荫下聊着天儿，尽管烈日炎炎，汗水早已浸透了衣裳，目标和未来却已经在她们的话语中渐渐清晰起来。

于觉站在一旁，并没有说话，也不觉得尴尬，就这样安安静静地听着她们说话，有时听到好笑处，嘴角也会不自觉地弯起。

可能是她们聊得太过投入，太阳都不忍心打扰，带着阳光渐渐撤离，树下的阴影渐渐扩大。

云诉和学姐的共同话题很多，她们似乎怎么也聊不完，连身后站着人都没察觉。

云诉和学姐背对着的方向，有一个男生站了好久，他手上捧着玫瑰，大概是很紧张，从脸颊到脖子红了一片，脚步一会儿往前，一会儿又往后，不确定该不该上前打扰，样子有些滑稽。

于觉眼中含笑，小声地提醒："学姐，有人找你。"

因为这句话，所有的话题戛然而止，云诉和学姐同时转身，目光一齐往后移。

被三个人目不转睛地盯着看，这次，男生耳朵都红了。

云诉认真地打量着眼前的人。

男生人高肩宽，皮肤有些黑，鼻梁上架着大大的黑框眼镜，穿着和学姐一样的学士服。

他焦躁不安地捧着花束，就站在原地，也不敢向前。

云诉并不认识他。

学姐也不是内向的性格，向来不拘小节，直接走上前，大方地直视男生，又看了看他手中的花："这是给我的吗？"

男生终于鼓足了勇气，看着她的眼睛，点了点头，轻声说："我喜欢你很久了。"

听到这句话，云诉好看的眼尾微微上扬，脸上带着显而易见的调皮之色。她稍稍歪着脑袋和于觉说话："学长好大胆啊，周围可都是人啊。"

他们这里的动静吸引了大家的注意力，人渐渐围了上来，围成一个不大不小的圈。

学姐一瞬间变得瞩目，但大家只是面带微笑地看着，并没有起哄。

突然，云诉被人推着往后走了几步，慢慢地被挤了出来。人群杂乱，她侧过身，也不清楚是踩到了什么，小腿失力，整个人有些站不稳。

于觉站在她身侧，瞬间握住她的肩膀，把人往怀里带。

于觉低头附在她耳边说话："咱们先出去。"

他的气息温热，云诉缩了缩脖子。

于觉注意着身旁的人，双手揽在云诉的肩上，把她渐渐地往后带，慢慢地带她撤离了人群。

两个人并没有走远，只是退出一段距离，站在图书馆前的角落。

道路两边的树木茂密了很多，枝叶一片连着一片，绿油油的。

两个人站得很近，安静地看着学姐那边，没有人说话。

过了一会儿，细小的树叶从空中飘落。

于觉低头去牵云诉的手，目光移了移，侧头去看她。

气氛静谧，她站在他的身侧，那片嫩绿的树叶落在她的肩上。

夏季热度十足，云诉身形纤瘦，身上穿着简简单单的白色T恤衫，侧脸白皙干净，表情是欣喜和好奇的。

她的头发又长长了一些，乌黑的头发被扎了起来，柔软的发尾垂在她单薄的肩上，风一吹，发尾便会随之摆动。

空气里，栀子花香格外浓。

他看她看得特别认真。

又过了一会儿，于觉低声叫她："云诉。"

"嗯？"云诉应了一声，没抬眼。

于觉轻声轻缓地又叫了她一声。

云诉奇怪地转头，抬眼看他："怎么了？"

二人四目相对，似乎所有的感情都在碰撞。

于觉嘴角一勾，声音又沉又缓，说："你把手伸出来。"

云诉并没有多想，很快就把手伸了出来。

于觉将自己的手从兜里拿出来，一个很小的白色盒子出现在他的手心。

云诉猝不及防，觉得脸都在烧，暗自心想：他这是什么意思？这里面是戒指吧？里面就是戒指吧？他是要向她求婚吗？可是他们还没毕业，没毕业也能结婚吗？

她似乎也听人说过，结婚能加学分，可是她和于觉的学分并不少，并不需要通过结婚来加学分。

云诉的思绪越跑越远，目光渐渐游离，没有聚焦。

于觉叹了一口气，失笑地按了按眉心。

云诉的呼吸都快停止了：于觉是不是早就准备好戒指了？正好今天有人和学姐表白，时机恰好。

于觉看着她，心也不自觉地软了很多，放轻声音说："想什么想那么久？你这个反应让我怎么开口？"

他的女孩儿胡思乱想的本领越来越见长了。

云诉回过神，抬手拨了拨耳边的头发，表情认真又带着期待，对他说："那你说吧。"

于觉一动不动地盯着她看，嘴角勾了勾，漫不经心地笑了笑，牵起她的手。

他动作很慢也很轻，特别正式。

小巧的白色盒子被他打开，一枚银色的素圈戒指被套在她的无名指上，那戒指在阳光的照射下闪闪发光。

戒指很简单，并没有多余的装饰，是云诉绝对喜欢的类型。

此刻，云诉不知道该怎么形容心里的感受——无言，感动。

于觉的目光一直在她的脸上移动，很久很久，他都没有开口说话。

云诉一直保持着原来的姿势没有动，右手始终停在半空中，眼中并没有其他东西，只有那一枚小小的素圈戒指。

好久好久，云诉深深地吸了一口气，睫毛微颤，眼眶有些湿润，抬眼看他："你不说些什么吗？"

又飘落了几片树叶，"啪嗒"一声落在地面上，脚覆上去，有细碎的声音。

于觉低垂着眼，脸上的笑容很温和，声音清朗："我们一起考研吧。"

云诉酝酿好的所有情绪在那一瞬间烟消云散。她目光呆滞，睫毛细微地颤动，手指都蜷缩起来，垂在身侧。

什么？他这又是什么奇思妙想？一起考研当然可以，可是这个话题为什么会在这个时候被他提起？她还天真地以为于觉会和她求婚，一直在脑海中想着该怎么回答他，结果就是这个？

于觉用手指戳了戳云诉的手臂，耐心地等着她的回答。

云诉轻蹙着眉，有些想笑，又有些奇怪，迟迟没有答复他，只是眼神复杂地盯着于觉看。

于觉的表情越来越无辜，他根本没想到她会是这个反应，小心翼翼地问："你不想考？"

云诉抿了抿唇："没有不想考。既然你要说的是考研的事，那送我戒指干吗？"

"之前和大徐出门时买的，觉得好看就送你了，喜欢吗？"于觉捏了捏她的手指，低头看，戒指戴在她的手上很好看。

云诉的眼睛在阳光下一直眨，张扬的眉眼垂下来，她摸了摸手上的戒指："喜欢是喜欢，但我以为……"

她欲言又止，话说到一半也没有说完，简直是要气笑了。

于觉还在虚心请教："你以为什么？"

云诉此刻真的想撬开他的脑袋看看，他到底是怎么想的。哪有人能在如此浪漫的氛围中谈考研这种严肃的事情，气氛都被他毁掉了。

明明以前追她的时候很会玩儿浪漫，时常能把她撩拨得很心动，但现在随着年纪的增长，于觉似乎退步了，有时真的一点儿都不浪漫，还特别能坏事。

云诉转头，继续看着学姐所在的方向，完全不想解释："没什么。"

于觉显得有些无辜，站在原地，一会儿揪她的衣摆，一会儿玩儿她的头发，试图重新引起云诉的注意。

但云诉就是不理他。

关于考研这个问题，于觉思考了很久，爷爷也和他提过。他觉得这比较利于他们之后的发展，就试着和云诉提一提。

云诉的表情很不好，简直就是在爆炸的边缘，她白皙干净的侧脸鼓起来，又显得很可爱。于觉看得心痒痒，不管不顾地凑上去亲了一口，很甜。

其实云诉也没有真的生气，只是有些无语，憋着笑没理他。

最管用的招数没有用，于觉垂下手，眉毛微挑，拉着云诉的手往小道上走。

云诉看了看被他牵着的手，忍不住笑出来，没说什么，任由他牵着。

于觉的手一如当年，温暖极了，被他牵住后她连心都是暖暖的。

两个人一直走到很隐秘的角落。于觉停下时，云诉也跟着停下。她刚抬眼，还没反应过来，就被他往墙上推，整个背靠在墙上。

有温热的气息压下来，云诉正被他亲着。

于觉轻声嘟囔："一起考研吗？"

"不考。"

"一起考？"

"不考。"

"听话，我们一起考。"

"……"

大四那年，身边好多同学在忙着实习，忙着找毕业后的出路，云诉和于觉也很忙，忙着泡在各种题海和理论里。

考研这件事，也是他们后来谨慎思考后一起做的决定。

那一年，两个人几乎约在图书馆里，有时待在图书馆里太闷，就会约在学校东门的咖啡馆里。那家店的客流量并不多，店里很静，店主会放轻缓的音乐，很适合学习。

这天，夏日炎炎，阳光明媚，空气闷热。

云诉推开门，门上小小的铃铛发出轻微的声响。她点头致意，和老板打了招呼，便继续朝店里走去。

她和于觉早已成了这家店的熟客，老板对他们的印象也很深。

云诉寻了个靠窗的位置坐下。

老板是个中年男子，岁月静好很能形容他给人的感觉。他把菜单放在桌上，询问道："今天是……？"

云诉朝他轻轻地笑了笑："和之前一样，两杯冰美式。"

云诉把双手搁在桌上，舒了一口气，透过玻璃看了看窗外。

车水马龙，绿灯变红灯，每个人的脸上都透露着暴露在阳光下的烦闷感。

天色很好，一片片蔚蓝相互连接着，空气中是浓浓的咖啡香，云诉很喜欢这个味道。

就这样看了一会儿，云诉低头看了一眼时间，于觉应该快到了。

咖啡正好在这时候被端上来，云诉道了声"谢谢"，低头细细地尝了尝。

他们没有打算考其他学校，而是选择了本校，F大不搞保研这一套，上岸的机会只能靠自己努力争取。

店里并没有其他人，轻缓的钢琴曲回荡在空气中，静谧而美好。

门口处传来轻微的声响，云诉下意识地将视线移过去。进来的是一对情侣，女生亲密地挽着男生。

云诉脸上的表情有些失落。

其实于觉离她并不远，就隔着一层玻璃，在她转眼看向门口的瞬间就出现了，以至于她没注意到他。

车来车往，鸣笛声混杂着嘈杂的说话声，这是大路上常有的声音。明媚而热烈的太阳光之下，云诉穿着白色棉麻裙子，领口处的锁骨若隐若现，拿着黑色水性笔的手极其好看。

她的嘴角有些向下撇，侧脸轮廓很美，一只脚轻微地晃了晃，她像是有些等不及了。

将云诉脸上的神情尽收眼底，于觉扬眉，笑了笑。

他懒散地把双手从兜里抽出来，轻轻地敲了敲透明的玻璃。

细小的"咚咚"声传进耳朵，云诉侧过头来，见是他，脸上现出一抹笑容，双手撑在椅子上，往于觉的方向移了移，扭脸示意门口的方向，让他快点儿进来。

但于觉久久没有动，云诉有些疑惑。

静了几秒，于觉嘴角扯出一点儿笑，指尖点在玻璃上，玻璃上有一点点轮廓显现出来。

玻璃大概是刚被清洗过，很干净，云诉用目光跟着他的手指，大抵能看出来他画的图案。

光影在他脸上浮动，手指和玻璃间有轻微的摩擦声。

一个不大又歪歪扭扭的爱心图案出现在云诉的眼前，她见于觉的嘴唇幅度很小地动了动，说出的话并不长，似乎就几个字。云诉坐在静谧的咖啡馆里看着于觉，一时间有些走神。

她知道他在说什么。就算他没有说出口，她也能猜到。

她也深爱着他。

她是怎么喜欢上他的呢？

大概是因为，她想送个小礼物安慰他，却错送成了小皮筋，而他耍无赖不肯还给她；大概是因为，他被教导主任站在台上当众点名，她回头看他时，燥热的夏风吹过他干净的衣领；或许是因为，下晚自习时发现他还趴在桌上睡觉，她会不由自主地留下等他醒来；也或许是因为，她误会他成绩不好，耐心地给他讲解……

云诉的心在颤动。

还好后来那一年，他们谁都没有放弃。在备战高考的那段时间，她不敢分心，怕一旦分心，在书上留下的不是笔记，不是解题过程，而是一片空白。

于觉缓步走了进来，门被推开的瞬间，稍显燥热的夏季的风冲进来。

他在云诉旁边坐下，伸手端起桌上的咖啡喝了一口，冰凉的褐色液体从喉咙灌下。见她还在出神，他抬手在她眼前晃了晃，痞痞地笑道："都这么久了，对我的告白还是这么心动？"

虽然他说的是事实，但云诉一向口是心非，也不想让他太得意，于是她的眼神里带着嫌弃，言不由衷地说："我才不心动呢，你别乱说。"

于觉充耳不闻，自顾自地说："我也喜欢你，特别喜欢。"

云诉看着他，沉默着没有说话：于觉能不能改改他这自恋的臭毛病？

过了一会儿，两个人又简单地聊了几句，就把书包里的书全拿出来。很久很久，他们这一桌没再有交谈声，只有纸张翻过和笔尖摩擦纸张的声音。

那是个明朗燥热的夏日午后，一个女生柔软的黑发披散在肩上，表情认真，手里拿着的笔一直没有停下。一个男生就坐在她的对面，离她很近，他的目光有时落在桌面的书上，有时落在女生的脸上。二人旁边搁着的杯子依旧飘着淡淡的咖啡香，金色的阳光透过玻璃映照在他们的侧脸上。

她眨眼，他在笑；她皱眉，他在笑。他似乎在告诉所有人，世间所有的喧嚣本与他无关，因为有她，他才能热烈又自由地活着。

考研成绩出来的前一天晚上，云诉正在去参加同学聚会的路上。高中毕业后，她转学后所在的班级的同学聚得并不多。

云诉记得这应该是第一次。

其实，她和班里同学的关系并不算很好，但付银宇和大家关系很铁。在他的软磨硬泡下，云诉才答应去的。

桌上的手机响起时，云诉正好穿好了衣服，不需要看来电提醒就知道肯定是付银宇催她了。云诉单手把手机搁在耳边："你到了？"

"到了，赶紧下楼。"付银宇瞄了一眼后视镜，稳稳地把车停好。

把电话挂断后，云诉并不急，坐在床边给于觉发了消息，才慢悠悠地走下楼。

她出现在车边时，付银宇已经等得极度不耐烦了，表情不善，那张嘴依旧特别欠："云诉，诉爷，我瞧你这也没有盛装打扮，下个楼需要半小时的时间？"

云诉看了他一眼，丢下一句话："那你自己去吧。"

"别别别，我错了。上车吧，就差咱俩了。"付银宇说着。

云诉伸手整了整衣领，才拉开车门坐进去。

车子稳稳地驶过一个又一个红绿灯路口，云诉坐在座位上看着窗外的风景。

付银宇一直在说话，云诉偶尔回他几句。看她兴致不高，他频频想引起她的注意，觉得不说话就憋得慌。

他直视前方，抬眼看是红灯，驾驶着车子跟着前面的 SUV 停下，手指不断地敲着方向盘。

"你和于觉是不是太闲了？就你俩那专业成绩，报哪个学校不都是稳稳保研的？可你俩偏偏就选了本校，我真是服了。"

云诉从窗外的景色中收回视线，回他："你管我？"

付银宇嗤笑了一声："行行行，不管你，要不是我的脑子不好，我也去考研，把你俩比下去。"

付银宇的高考成绩并不高，他勉勉强强上了二本学校。

云诉懒懒地坐着，头枕在靠背上，轻轻侧过头："你没必要又一次承认自己傻，我一直都知道。"她轻飘飘地笑了笑，"你想想我都照顾你多少年了？"

付银宇白了她一眼，气愤地按下播放键，让摇滚乐的声音充斥在车厢中，脚一踩油门，车子快速地驶出去。

聚餐的地点在一家鲁菜馆，菜馆门口摆放着各种花，有的枝叶甚至已经攀附在墙面上生长，五颜六色的，煞是好看。

菜馆里的家具大多是木质的，空气中飘着木香和花香混合的味道，很淡，暖黄色的灯光照下来，竟让人生出温暖的感觉。

两个人报了包间号，然后被穿得喜庆的服务员一路带到二楼包间。三个人在包间门口停下时，门从里面被拉开，有人走出来，那张脸在云诉的记忆里模糊不清。

付银宇快速走上前，热情地打招呼："班长，好久不见。"

那个男人很重地拍了拍付银宇的肩膀："你这小子，说好毕业后要多联系，结果一条消息也没有，你可真行啊。"

付银宇贱贱地赔笑，把人往里推，示意云诉也跟上："我这不是来赔罪了吗？今晚任由你处置。"

云诉跟着他们走进去，围着圆桌坐着的人一齐站了起来，男男女女热情的交谈声渐渐停止，话题转移到他们身上。

学习委员起身迎接："我们的大状元终于来了。云诉，盼风盼雨可把你盼来了。"

其他人也随声应和着。

那两年云诉的脑子里只有学习，能交谈的人并不多，不过学习委员云诉还是有印象的，毕竟两个人一起去办公室的次数很多。她微微一笑："不好意思，久等了。"

"没事没事。"

云诉扫视了一圈，挑了一个两边都是女生的座位坐下。

后来聚会的氛围很好，付银宇主要起带动氛围的作用，随随便便的两句话就能把好久不见的一群人逗得"哈哈"大笑。

云诉吃饱后就把筷子搁在一边，安静地看着他们闹，嘴角时不时地牵起来笑一下。

过了一会儿，云诉瞥了付银宇一眼，抬手往门外指了指，无声地说了几个字。

付银宇虽然被灌了不少酒，但意识还是很清醒的，点头表示知道了。

然后，云诉便起身去了洗手间，冰凉的水冲洗指尖，身上的温度降了不少——包间里的空调温度开得高，空气很闷。

云诉缓缓地吐了两口气，整了整耳边的碎发，包里的手机在这时响了起来。她弯了弯嘴角，隐隐猜到了是谁的电话。

于觉的声音很小，他像是故意压低了声音："你们结束了吗？"

云诉关好水龙头，开始往外走："快结束了。你们到了？"

两个人还没说几句话，于觉那头就传来程岚倾嚷嚷的声音："觉哥，知道你对云诉温柔，但当着大家的面能不能收敛点儿？"程岚倾也不管于觉会不会有什么意见，放大声音直接对云诉说："云诉，我们已经进市区了，待会儿去唱歌啊？"

云诉自然没意见，说了声"好"。

放寒假之后，云诉和于觉一直没见面，直到前两天他才说会去找她，还说程岚倾他们几个人也会过来，大家一起聚聚。

确实和他们好久没见了，云诉还是很期待的。她没有再回包间，而是一边给付银宇发消息一边往楼下走，叮嘱他不要喝太多，回去的时候记得叫代驾。

她把消息发出去，很快便得到了回应，简短的回应后面，照常附着他最爱的狗头表情。

付银宇知道于觉今晚会过来，两个人相互叮嘱几句，便结束了话题。

冬季的晚风冷酷地吹着，云诉身侧的路灯好像线路接触不良，一会儿明一会儿暗，昏黄的灯光照着光秃秃的树枝，阴影落在云诉柔软的衣摆上。

云诉就站在路边，拿着手机看和于觉的共享位置。鲁菜馆里陆陆续续地有人出来，有人很轻地叫了她一声。

云诉回头，看到了刚才坐在她身边的女生，也是她的同桌。

"在等你男朋友吗？"女生的头发很长，微鬈，她笑起来脸颊上有一个小小的梨涡。

云诉笑了笑，点头回应："嗯，他快到了。你呢？怎么回去？"

女生往停车场的方向指了指："我自己开车来的，下次约。"

随后，女生便走远了。

云诉的身旁缓缓地停下一辆出租车，车窗降下来，仿佛有感应似的，她垂眼往车窗里面看。于觉歪头对她笑了笑，开口就蹦出来一句："想我了没？"

云诉还没来得及反应，坐在于觉身边的程岚倾一拳打在于觉肩上，气呼呼地喊："你要点儿脸行不？我还在这儿呢。"

紧接着，程岚倾完美地表演了一场变脸秀，转脸乐呵呵地叫她：

"云诉，好久不见了。"

云诉被他逗笑了，抬手弯腰打了个招呼："好久不见。"

在车边站着的人单手撑在大腿上，今天穿着一身黑色的大衣，里面是白色的连衣裙，细软的头发松散地披在肩上，脸上是明媚而干净的笑容。

于觉往另一边挤了挤，云诉打开车门上车，三个人坐在后座。

车子开出了一小段距离后，程岚倾纳闷儿地直起腰，扭头说："哎，不是，不是还有副驾驶座吗？我们干吗要三个人全挤在后座？"

听完，云诉看了看，无所谓地说道："不挤啊。要不你坐到前面去？"

于觉伸手一把抓住程岚倾的衣领往后拽，把他的身体重重地砸在椅背上："再嚷嚷就下车。"

程岚倾很不服地一直叫："行行行，就知道欺负我。我也要赶紧找个女朋友，天天秀恩爱，气死你。"

于觉耸了耸肩，无所谓似的回了一句："那祝你快点儿找到。"

被于觉的这句话一噎，程岚倾愤恨地甩头，低头在手机上打字，手指移动的速度非常快。没一会儿，他们那个没有于觉的兄弟群就热闹了起来。

车里安静了一会儿。

于觉侧过头，漆黑的眼睛一直盯着云诉看，眸子里的东西太过明显，仿佛下一秒就要扑上来。

云诉的脸有点儿热，她将目光移了移，右手渐渐向上摸在他的脸上，触感也是热的："你干吗一直看着我？"她刻意压低声音，用只有两个人能听到的音量继续说，"还有人，你快点儿把头转过去。"

知道司机在专心开车，程岚倾百分之百地在和周杭他们数落他，于觉快速地凑上去，在云诉的脸上亲了一口。

身边的人的脸直接在眼前放大，云诉猝不及防，耳朵都红了，手小心地在下面一动，迅速地在于觉的腰上掐了一下，好看的眼睛都瞪圆了，控诉他的恶行。

于觉不但不反省，嘴角还勾起了得意的笑，心情好得不得了，压低了声音和她说话："太想你了，没忍住。"

程岚倾低着头，手机屏幕的亮光照在他的脸上，很无语地翻了个大白眼——他们真当他不存在呢？他暗自在心里发誓，以后再也不要和这两个人坐同一辆车了。

他们要去的是一家 KTV，位置在市中心，离菜馆不算远，周杭等人已经提前去订位置了。

云诉跟在于觉身后，三个人一起走进电梯。"叮"的一声，电梯门缓缓打开，然后他们被穿着西装的服务员领到了包间门口。

三个人推开门进去，激昂的音乐声冲击着耳膜——谷泽和周杭已经在拿着话筒深情对唱了。他们就站在大银幕前方，含情脉脉地盯着对方，于觉他们来了也没能打断他们。

目光在包间里扫了扫，云诉一眼就看到了坐在角落的柴斯瑶。她五官干净，穿着白色毛衣和浅蓝色牛仔裤，又顺又直的头发垂在肩上。

云诉走上前，惊喜地把柴斯瑶拥在怀里，心情很好，音量都提高了几分："你还骗我说不能来。"

柴斯瑶将下巴搁在云诉的肩上，抬手轻轻地拍云诉的背，语气都是欢快的："告诉你就不叫惊喜了。"

云诉放开柴斯瑶，伸手在柴斯瑶的鼻子上刮了刮，咬牙切齿地说："小骗子！"

坐在旁边的程岚倾忍不住插嘴："你们两姐妹先别叙旧了，点歌唱歌啊。"

没有人理他。

柴斯瑶把桌上的菜单拿过来："我们已经点了一些东西，你们看看，还要什么吗？"

云诉在聚餐时已经吃饱了，于觉和程岚倾也没再点什么，桌上的东西够吃好久了。

众人吃吃喝喝热闹了好久，周杭开始嚷嚷着要云诉唱歌："云诉，你别只坐着啊。柴斯瑶不唱是因为她五音不全，你可别学她。"

因为这句话，周杭背上多了一个巴掌印。

云诉扯出一点儿笑，坐在原地没有说话。

程岚倾接话："说真的，我们都还没听过你唱歌呢，但觉哥肯定听过。"他转头看觉："觉哥，云诉唱歌好听吗？"

于觉懒懒地坐在那儿，点了点头："当然好听。"

云诉一愣："你听过我唱歌？"

她这话自然是对于觉说的。

于觉答得理直气壮："没有。"

云诉有点儿好笑，看着游动在他脸上的光斑："那你还说好听。万一我唱得不好，你岂不是很没面子？"

静了两秒，他低低地笑出声："我觉得好听就行，他们的意见不重要。大不了我上去唱，帮你圆场。"

闻言，云诉挑了挑眉，没再说什么，从沙发上站起来，走到点歌台前，随便点了一首歌。

程岚倾有些激动，一直晃着手上的酒杯："怎么回事？我有点儿想哭。"

谷泽用酒杯碰了碰程岚倾的酒杯，发出轻微的声响，脸上的表情是嫌弃的，看着程岚倾说："你什么时候感情这么泛滥了？"

程岚倾已经酒劲上头了，眼前的景象有些模糊，看了看云诉，又转头看于觉。还好，所有的一切似乎还像高中那年一样没有变化，于觉总是跟在云诉身后，对她的那点儿情愫蕴含在看她的每一个眼神里，仿佛一不小心就会溢出来。后来发生的事情，于觉的改变，任谁看着都不忍心。

　　伴奏声慢慢响起，云诉坐在立式话筒旁的椅子上，脚斜斜地靠在椅腿上，脚踝上的红绳露出来，衬得皮肤更白皙了。

　　柴斯瑶几个人很兴奋，都停下了手上的动作，鼓掌并期待，所有的目光都停在云诉身上。

　　于觉放下手中的杯子，不动声色地看着大银幕旁的她。

　　空调的温度略高，云诉看了他一眼，忽然笑了，漂亮的眼睛弯弯的，在灯光的照射下，像勾引人似的。

　　将话筒靠在唇边，她轻轻开口："半天上的秃鹰那张脸……往事的光圈，每一瞬间都很绝。那跑过去的昼夜是孤独的修炼……"

　　云诉染上酒意的嗓音冷冷淡淡，仿佛是让人沉醉的黑夜。游动的光线打在她的脸上，云诉白色的裙摆垂在那儿，随着她的动作一下又一下地晃动着。

　　一曲完毕，云诉看着他们的反应，有些不好意思。她不怎么唱歌，会哼唱的也只是一些老歌。

　　包间里安静了好几秒，柴斯瑶最先反应过来，忍不住惊呼："小云朵，原来你唱歌这么好听！"

　　"现在想想，以前我们都不能去KTV唱歌，认识那么久，现在才听到云诉唱歌。"周杭附和着说。

　　云诉笑而不语，从台上走下来，回到自己的位置坐下。

　　她侧着身，压低了声音说："怎么样？我好久没唱歌了。"

　　她这话是对着于觉说的。

于觉学着她，将清朗的声音刻意压得很低，好像气音似的："很好听，以后多唱给我听。"

温热的气息扫过她的耳垂，云诉缩了缩手指。

程岚倾一连喝了好几杯酒，酒劲上头，在座位上扯着嗓子喊："觉哥，到你了，夫妻成双成对！"

"缓缓把歌唱。"谷泽乐呵呵地接话。

周杭可不想让耳朵遭罪，饿两个人："你俩够了，还没听过你觉哥唱歌？今晚好好过不行？偏要找事。"

"那也好久没听他唱了，时隔多年，说不定觉哥的唱功大有长进，能让我们眼前一亮呢？"谷泽笑嬉嬉地说。

程岚倾特别兴奋，摇摇晃晃地走到于觉身边，把人从沙发上拉起来："快点儿，上！"

于觉被程岚倾推着朝前走了好几步。要是在以前，于觉绝对不会让程岚倾有这样的机会，只是想想，自己也没在云诉面前唱过歌，献唱一曲也不是不可以。

程岚倾把人推到小圆台上，还贴心地去调话筒的高度，只是由于醉意没掌握好力道，话筒撞击支架的声音响彻包间，其他几个人条件反射地捂住耳朵。

"你这个傻子，耳朵都要聋了。"谷泽斥了一句。

程岚倾笑嘻嘻地赔罪。

于觉站在点歌台旁，手指在屏幕上滑动，也不知道在点什么歌。

云诉和于觉都没有在对方面前唱过歌。

云诉侧着身子去问柴斯瑶："于觉唱歌是真的难听吗？"

说到这个，柴斯瑶就一脸嫌弃，眉头紧紧地皱着："是真的难听。你别看他平常说话声音低沉，很好听。"她摇了摇头，"但他五音不全，调都能跑到太平洋去。"

以前上学的时候，他们不能去 KTV 玩儿，唯一一次听于觉唱歌，还是在高一上学期去吃夜宵的时候，自那之后，没人再提过要让于觉唱歌。

云诉懒懒地靠在沙发上，眼睛看着于觉。

于觉嘴角微勾，曾经满是戾气的眼睛微微地弯着，五颜六色的光线打在他的脸上，下颌线旁有一点点阴影。骨节分明的手握着话筒，他整个人漫不经心，很帅。

于觉看着云诉，嘴唇靠近话筒，微弱的电流声传出来，带着微弱的回音。

"把每天……死了都要爱，不淋漓尽致不痛快……"

表情僵在脸上，过了两秒，云诉抬起双手捂住脸，嘴角抿着，然后忍不住笑了出来。

她是存着侥幸心理的，愿意相信他唱歌好听，此刻却被狠狠打脸。

他平常说话时嗓音又低又沉，仿佛寂静的水面突然荡起一圈圈涟漪，性感极了。可他唱出来的音怎么都找不着调，偏偏还点了这么一首高音的歌曲。

云诉简直哭笑不得。

柴斯瑶耸着肩，双手捂住耳朵，试图阻挡他的"魔音"，咬牙切齿地说："我跟你说了吧？于觉唱歌贼难听，就是因为这样，毕业之后我们才很少去 KTV 玩儿。我和你说，他每次必点《死了都要爱》，谁都拦不住，真是服了。"

云诉笑而不语，整个人都在替他羞耻。

终于，在于觉又一次唱破音之后，周杭冲上去把于觉拉下来，直接暂停伴奏："真是要命了。"

"觉哥不仅完全没长进，调也是越跑越远了，笑死我了哈哈……"

三个男生争相吐槽着，完全不考虑于觉面子的问题。

半曲吼完，于觉觉得自己的嗓子都开了好多，转身还想上台点歌："我觉得我还能唱。"

周杭赶紧把人拉回来："觉哥觉哥，放过我们，真的！做个人吧！"

于觉看他们如此抗拒，脸上的表情很淡，也不再坚持，开了一瓶啤酒倒进杯里，喝了几口才在云诉身边坐下。

两个人贴得很近，肌肤相互摩擦着。

云诉压住笑意，告诫自己不能再打击某人。

可于某人完全没有自知之明，安安静静地坐了一会儿后，竟主动问起她："刚才我唱得怎么样？"

云诉咬住下唇，侧头看他，眼里含笑："挺……难听的。"

于觉迅速打住她的话，在她唇上亲了一口："我知道了，别说了。"

云诉笑着叉了一块苹果递到他唇边："答应我，以后别唱歌了。"

于觉有些无奈。

后来，在这场久别重逢的聚会上，东倒西歪的酒瓶中，以前的事情被一点点地翻出来。

程岚倾作为最先醉倒的那个人，已经抱着酒瓶趴在桌子上了。

周杭嘲笑程岚倾："你行不行啊？这才多久就趴下了。"

程岚倾激动地直起腰："谁不行了？你别乱说！周杭，你说我这人奇不奇怪？平常的时候没事，只要喝酒了就能想起她。"

因为这句话，云诉停下了缓缓举杯的动作，用疑惑的眼神看向于觉："什么情况？"

于觉漫不经心地晃了晃手中的杯子，微仰着下巴，冰冷的啤酒滑过喉咙:"我也是第一次听他说。"

谷泽被灌了好几杯啤酒,迷离的眼神根本掩藏不住他的好奇心:"怎么回事?你有什么事竟然是我们哥儿几个不知道的?"

程岚倾嘻笑一声,身体重重地压在沙发上,头发都有些凌乱了:"谁高中的时候没有个暗恋的人哪?我当然也有!"

周杭和谷泽八卦的眼神完全遮不住,他们也不打算遮,话都是喊出来的:"是谁?我们认识吗?"

谁都知道,程岚倾平常大大咧咧、没心没肺,是个完全不讲究细节的人。此刻他却让所有人都大跌眼镜——那么藏不住事的人,竟把一个人埋在心里那么多年!

程岚倾瞥了他们一眼,轻描淡写地说:"不认识,比咱们低一届。"

谷泽重重地擦了擦自己的脸,好像真能把醉意擦掉似的:"可以啊,这么不够兄弟,竟然藏得那么深!"他将脸转向其他人:"你们知道吗?"

周杭和柴斯瑶齐刷刷地摇头。

谷泽将目光转到于觉那边。

见于觉面无表情地抬眸,谷泽也明白了于觉的意思。

谷泽炸了:"你这个'大喇叭'是怎么憋住的?我是真的好奇。"

程岚倾浅浅地笑了一下:"我也不知道,不知不觉就过去了好久。"

于觉的酒量很好,啤酒对他来说简直就是小意思,但毕竟喝了不少,话也渐渐多了起来:"打算告白吗?"

程岚倾的动作顿了一下,他欲言又止:"她有男朋友了。"

果然是真兄弟,谷泽一声"得嘞",然后道:"唱歌唱歌,别想那么多。最近不是有一个段子,好像是——"他皱着眉头努力地想,下一秒突然想到，"你知道地球上有多少男人吗？35亿！"

程岚倾一脚端在谷泽的小腿上，骂了两句。

程岚倾的力道并不重，谷泽配合地"哎哟"了两声。

周杭已经笑翻了，身体都在晃动："果然还得是你，段子手！"

简短的插曲过后，刚才沉闷的气氛一扫而空，几个男人又争相抢着话筒要献唱，包间里全是他们的声音。

云诉坐在座位上，笑着看他们闹。

"叮"的一声响，桌面上放着的手机亮起来，云诉下意识地看过去，面前的桌上，摆放着各种零食和胡乱堆在一起的酒瓶，一个黑色的手机正闪着光。

她原本只是匆匆一瞥，看清手机屏保后，目光瞬间定住。

她记得，那是程岚倾的手机。

程岚倾的手机屏保是一张相片，背景是黑色的，有些模糊，似乎是他慌乱中偷拍下的。

那是个幽静漆黑的夏季夜晚，一个女生穿着蓝白相间的校服，两只手互相搭着，轻轻地斜靠在栏杆上，仅露出侧脸。她皮肤很白，唇色稍红，眼角微弯，笑起来脸上有一个很小的酒窝。她在仰望夜空，天空中有绽放的五彩烟花，很美。

这个女生……

手机屏幕暗了下去，云诉慢慢抽离视线。

原来，再大大咧咧、没心没肺的男生，真正喜欢一个人时，也会小心翼翼地将她藏在心底。

聚会结束时已经是凌晨，几个人互相搀扶着走出去。程岚倾早就晕了，周杭把程岚倾的手搭在肩膀上，用力地把人往外拖。

几个人早已订好了酒店，商量着分批打车回去休息。

坐进车里后，程岚倾像是突然清醒了一般，整个人就要跳起来，高喊着："继续，不要停！"

他这突如其来的动作让周杭被撞到了下巴。

周杭吃痛地捂着下巴道："你给我安静点儿！疼死我了。"

还好，程岚倾还是很听话的，只是委委屈屈地又把脑袋靠在周杭的肩膀上，声音小得几乎听不见，也不知道在说些什么。

见柴斯瑶被他逗笑，云诉和柴斯瑶相视而笑。

关上车门，于觉弯腰拜托好司机，目送车子驶离视线范围。

月光照在地面上，冬季的风冷得刺骨，直往衣领里灌，云诉忍不住缩肩，裹紧身上的大衣。

于觉把她往怀里带了带，看了她一眼，又伸手去拦车，这个时间路上的车不多，上一辆车都还是拦了好久才拦到的。

又一辆出租车从眼前驶过，没有停下，云诉轻轻地呼吸，呼出一点点白雾："好多车里面是有人的。"

于觉低声笑着，微眯着眼，双手捧着她的脸："没事，先送你回家，我再去酒店。"

以前过来时，于觉都会住在云诉家里，但今晚不行，还有程岚倾他们。

周围寂静无声，只有"呼呼"的风声，慢慢地，有枯黄的树叶落在地面上，轻飘飘的，发出轻微的声响。

云诉和于觉站在路边。她骨架小巧，脸颊两侧的头发被风吹着，反复地拂过皮肤，甚至贴在脸颊上。

云诉不满地把他的手拿下来："我今晚不回家，已经和爸妈说好了。"

闻言，于觉微微挑了挑眉，慢慢琢磨她刚才的那句话："原来你早就做好了准备。"

云诉静静地没有说话，右手放进兜里，手指不断地摩挲着盒子的边缘。

于觉侧头看着断断续续的车流，也开始觉得冷，担心她会感冒，目光不断地在道路两边扫过。

这边是市中心，按理说是不会冷清的，今晚却奇怪地打不到车。

树叶被风吹得"簌簌"作响。

云诉伸手把于觉的手握住，然后摊开，一个小巧的盒子落在他的手心。

因为冷，他修长白皙的手指泛着红。

于觉的注意力还在来来往往的车上，察觉她的动作，他不禁转头看她。云诉在笑，唇角弯着，晶亮的眸子里像是有光。

暗黄的灯光照在她的脸上，小巧高挺的鼻梁一侧阴影很深。于觉一时之间竟呼吸不上来，缓了好久才找回自己的声音："这是什么？"

云诉调皮地歪了歪头，然后嘴角露出一个笑容："送你的，你打开看看。"

于觉深深地吸了一口气，隐隐猜到了里面是什么东西。

她是在向他求婚吗？他之前也一直在考虑这个问题。

眼前的人……此刻，于觉心里的滋味难以言喻，有难以置信，也有欣喜若狂，更有感动。

但他脸上的表情很淡，眼睛死死地盯着手心里白色的首饰盒。

云诉还在心里打着小算盘：她才不会向他求婚。谁让他上次轻描淡写地送了她一枚戒指，竟不是求婚，而是要她去考研。

考研多辛苦，简直就是第二次高考，不，比高考更加累人。她要小小地报复他一下，让他体会她当初那复杂的心情。

于觉久久没有动作。

云诉按捺不住，伸手轻轻帮他打开那个盒子。一枚素圈戒指安安静静地躺在里面，银色的，和她手上那枚是同款，只是要粗一些。

云诉晃动着脑袋，很随意地把那枚戒指戴在他的手指上。二人面对面立着，于觉什么也没说，小心翼翼地呼吸着，等着她说话。

云诉的眼珠灵活地转动着，她勾着嘴角，脸上露出标志性的笑容，声音轻缓，一字一顿地说："咱们一起考博吧。"

于觉的表情僵住，呼吸骤停，他只觉得这句话似曾相识。

云诉眉眼飞扬，好看的脸上一直有笑："今天考研成绩就出来了，如果被录取了，咱们再一起考博吧。"

于觉的脑袋高速运转着，思索着这画面怎么会如此熟悉，脑海里忽地闪过一年前的画面。

当时他和云诉站在树荫下，一片落叶轻轻飘落在她的肩上。他把戒指稳稳地套在了她的手指上，却不是向她求婚，而是和她说考研的事。

原来她当时的心情是这样的。

冬季刺骨的风吹来，渐渐地把他的醉意吹散了。

过了一会儿，站在原地始终沉默不语的于觉忽地笑出了声，悦耳的笑声响在寂静的夜里，好看的眼睛弯成月牙儿。

于觉心里简直要美死了：他的女孩儿怎么会这么可爱，就连在这种事上也不愿意吃亏？

今晚云诉也喝了酒，一阵阵风吹过，吹得酒意渐渐上头，对他的反应有点儿不爽。她一拳打在他的胸口："你笑什么？我们现在讨论的话题很严肃。"

于觉笑得根本停不下来。

他低头将脸埋在云诉的肩上，肩膀都在抖，温热的气息喷洒在她的脖颈处，手指都蜷缩起来。

云诉看着远处的路灯，虽然心里不舒服，却没有说话。

过了一会儿，那股劲渐渐过去，于觉抽身离开，他的薄唇依旧勾着，微眯着眼，看着面前的人："原来你是在气我没有向你求婚。"

心思被揭穿，云诉的脸忽地红了一片，她道："谁要和你结婚了？我才不要。"

她嘴上说着否定的话，身体却顺着于觉的力道，一点点地被他拥在怀里。

于觉没有继续在这个话题上纠缠："那行，等成绩出来了，咱们一起准备考博。"

云诉的本意根本就不是这样的，她气得扭头看路边："我才不考，累死了，要考你自己考。"

其实，于觉猜到了她的意思。两个人这一年付出了太多努力，她不再想继续考博士生了，他也不想了。

昏黄的灯光照下来，映在她的侧脸上，微风穿梭在片片树叶间。

于觉单手捏住她触感柔软的脸颊，将云诉的脑袋转过来，面对着他。

云诉面露不悦，瞪了他一眼："干吗？"

于觉低垂着眼睛，乌黑晶亮的眸子里是她小小的身影，还有就要溢出来的深情。

男生的爱意在桃花开的季节萌发，犹如那四处飘散的花香，弥漫在云诉心中的每个角落。

他轻轻地唤了一声："云诉。"

"嗯。"云诉淡淡地回应。

"如果我们都考上了，就去领证吧。"于觉那被醉意浸泡的嗓音又低又沉，却无比坚定。

云诉一怔，抬眸看他，心中像是炸开了烟花，心脏"怦怦"直跳。

没一会儿，云诉抿嘴，露出一个很浅的笑，道："好啊。"

夜风"呼呼"地吹，月光温柔地照在他们身上。他们一起走过的时光，教室外的晚霞，走廊上的风，黑白相间的校服，都是美好爱情的见证。

考研成绩出来时，由于前一夜玩儿得太晚，云诉和于觉都躺在酒店的床上，还没睡醒。

昨夜并不好打车，他们回到酒店时都已经疲惫不堪，简单地洗漱过后便睡下了。

被放在床头柜上的手机一直"嗡嗡"作响，好久，云诉才醒过来，刚睁开眼，眼前一片蒙眬。

屋里很暗，窗帘被拉得很严。

云诉眨了眨眼，慢慢回过神，才发现自己躺在于觉的怀里。

她睡觉一直都是平躺着的，睡姿规规矩矩，但于觉不一样——他会侧身抱着她，把她揽在怀里。

云诉每次都会告诉他，他这样抱着她，她会睡不着。于觉也没说什么，便松手放开她。但奇怪的是，每次云诉醒来时，都发现自己在他的怀里。

才刚安静了一会儿，一旁的手机又发出振动的声响。身体动了动，云诉想把他揽在她腰上的手臂拿开。

结果她刚一动，于觉便瞬间感应到了。他闭着眼，身体往她那边挤，本来就没有距离的两具身体更加紧贴，她腰上的手更移不开了。

他的力气很大，云诉没办法，便不再想推开他，就这样让他抱着。她转过头，伸手拿过手机，抬眼一看。突如其来的光线让她瞬间闭上了眼睛，是云悠的电话。

云诉就这样闭着眼睛，按下接听键，再把手机搁在耳边，声音充满刚睡醒时的沙哑："喂，妈妈，怎么了？"

云悠似乎很着急，咬牙切齿地和云诉说："你还没起床？你和于觉查成绩了没有？成绩是今天出来没错吧？我和你爸一直在等你的电话呢。"

云悠的话让云诉瞬间清醒。云诉猛地睁开眼睛，用力把身边的人推开，掀开身上的被子走下床："你等我一下，待会儿我给你回电话。"

说完，云诉就挂断了电话。

她甚至来不及穿拖鞋，光着脚走到电脑桌旁，打开了电脑。

电脑开机很快，云诉点进了网站。

她之前对查成绩这件事抱着平淡的态度。当年高考成绩公布时也没有亲自去查，都是老师打电话到家里，她才知道成绩的。她上大学的这几年，每次期末考试的成绩，都是于觉帮她查的。

而这一次，是她第一次如此迫切地想知道成绩，只因为于觉和她说过，考上了就去领证。

查成绩的人很多，所以网页缓冲的时间有些久。在这短短的几分钟里，云诉在心里暗暗地想：她也并不是急着想和于觉去领证。因为他，她愿意有以前从未有过的情绪；因为他，她愿意对婚姻有美好的憧憬。她这种迫切的心情，仅仅因为他。

查询结果不出意料，她和于觉都考得很不错。就算现在国家线还没出，他们也是完全有信心考上的。

云诉安静地看了一会儿她和于觉的成绩，心里盘算着一些事，许久才从电脑屏幕上移开视线。

她还没能从椅子上站起来，一边搁着的手机就又响了起来。云诉垂眼一看，是辅导员的电话，摁下接听键，还没来得及说话，电话中便传来辅导员激动的声音。

"云诉，你看到成绩了没有？今早我刚知道你的成绩没多久，就有好几个导师的电话打到我这里来了，抢着说要你。你想好要跟谁了吗？"

云诉淡淡地笑了笑："我还没想好。"

"那于觉呢，你们俩现在在一起吗？"

云诉侧头看了看于某人。他还躺在床上，脑袋完全陷进被子里，只有几缕头发露在外边，身体一动不动，还在熟睡。

她把目光从于觉身上移开，落在随风轻轻飘动的窗帘上，说："他也还没想好。"

后来，云诉把成绩报告给父母和朋友，才轻手轻脚地重新回到床上。她掀开被子躺进去，于觉似有意识一般向她靠过来，结实的手臂揽在她的腰上，把她紧紧地抱在怀里。

云诉乖乖地任他抱着。

她侧着头，安静地看着于觉的睡颜。他闭着眼，纤长的睫毛又浓又黑，侧脸靠在枕头上，被压出一点点红印子。

眼前的人早已退去了少年的青涩，现在既帅气又成熟，越来越有魅力了，对她的爱只增不减。

看于觉完全没有醒来的迹象，云诉伸手捏了捏他的鼻子："起床去领证了。"

再简单不过的一句话，仿佛有魔力一般，于觉瞬间睁开了眼，乌黑的眸子里丝毫没有刚睡醒时的迷蒙。

云诉一脸不可思议，突然觉得刚才自己说的那句话很羞耻，就像是她在逼着他去领证一样，她的脸猛地有些热，脚踢在他的小腿上，语气很肯定："你早就醒了。"

于觉目光微敛，下颌动了动，和她额头相贴，唇角微微勾了勾，肯定她的话："嗯，你接电话那时我就醒了。"

他大腿动了动，将腿直接放在她的腿上，压低声音，用气音说话，像在勾引人似的："你就这么迫不及待地想嫁给我？"

　　云诉看着他，心"怦怦"直跳，脸都红了，又把视线投向别处，转移话题："成绩出来了，你考得很好。"

　　于觉的表情未变，他仿佛预料到了一般："我知道。"

　　云诉点头：也是，他一直都是这么自信。

　　于觉抬手捏了捏她的脸："别想转移话题，起床吧，咱们去民政局。"

　　说完，他坐了起来，穿好衣服下床。

　　云诉则拿起被子盖在脸上，趴在床上"装死"。

　　于觉侧头瞥了她一眼，唇角微勾，就这样隔着被子俯身揉了揉她的脑袋：他的女朋友，简直可爱死了。

　　过了一会儿，于觉已经洗漱好从卫生间里走了出来，云诉还趴在床上，也不知道在想些什么，一动不动。

　　于觉摇头笑了笑。自从决定好要一起考研，他就确信他们会被录取。但大学四年，读研三年，他有些等不及。明明他们之间的感情大家有目共睹，却还有接连不断的人向她表白，还被他碰到了好几次。

　　他的女孩儿太抢手，他要趁早把她娶回家。

　　于觉轻声走到床边，伸手直接掀开被子。云诉扭过头，迷茫地看着他，嘴里嘟囔着："我还没睡够，再睡一会儿。"

　　说完，她转过身平躺在床上，伸手想扯过被子重新盖在身上。

　　于觉并没有给她这个机会，也没有拆穿她的谎言。

　　他弯下腰，一只手臂托住她的脖子，另一只手臂托在她的大腿后侧，直接把人从床上抱了起来。

　　他突如其来的动作让云诉小小地惊呼了一声。

她下意识地双手抱住他的脖颈。

然后，于觉抱着她转身走进卫生间，一直走到洗漱台前才轻轻地把她放下来。

因为刚睡醒不久，云诉的头发被压得有些乱，于觉温柔地帮她整理好耳侧的碎发，亲了亲她的脸颊："我在外面等你。"

于觉出去之后，云诉没有再挣扎，乖乖地拿起了牙刷，打开水龙头，水流源源不断。她看着镜子中的自己，开心地哼唱起歌。

云诉洗漱好，关上水龙头，猛地想起一件事，立马冲到外面，对着站在窗边的人说："于觉，你——"

于觉听到她的声音，下意识地回头看她，但电话那头的人还在说话，便抬手指了指手中的手机。

云诉点了点头，表示明白，没有再说什么，让他先打电话。

深灰色的窗帘被拉开，阳光斜斜地照进来，整个屋里明亮而温暖。

云诉坐在床边，安静地看着于觉。

立式空调"呼呼"地吹着暖风，洁白的床单，木色的桌子，还有沐浴在光中的他。

空气中飘着金色的尘埃，室内安安静静，云诉只依稀听到他压低了的说话声。

过了一会儿，于觉结束了通话，走过来坐在她的旁边。

云诉歪了歪头，有些好奇地问："你在和谁打电话？"

于觉垂下眼，眼睛弯了弯，笑得漫不经心，伸手握住云诉的手，又轻轻地捏了捏："和你爸妈。"

云诉更好奇了，目不转睛地盯着他看："你们说了什么？"

"我向他们报告，待会儿咱们去领证。"于觉忍不住轻笑出声，完全沉浸在喜悦之中。

云诉眨了眨眼，思考了一会儿："还好你给他们打电话了。都怪你，完全占据了我的脑海，我都忘记和爸妈说了。"

她这根本就是歪理。

但于觉只是低头笑，诚恳地认错："是我的错。"

云悠是不会反对他们领证的，但肖年肯定会有些不是滋味。云诉也不知道于觉用了什么办法，竟然让肖年就这样同意了。

其实，于觉早在一年前就把这个打算告诉了云悠和肖年，征求他们的意见。

他想和云诉一直在一起，想把她永远留在身边，所以会在成绩出来时带她去领证。

刚开始肖年并没有同意，觉得太快了，但后来也感受到了于觉的用心。所以刚才接到于觉的电话时，肖年也只是沉默，没有再说什么。

阳光流泻在地面上，增添了几分暖意，地上有好多金黄色的落叶，微风一过，片片树叶随风而动。

从民政局走出来，云诉满意地看着手上的红本本。照片上，她和于觉挨得极近，肩膀挨着肩膀，他收起了一贯的慵懒，曾经满是戾气的眼睛弯成了月牙儿。

于觉牵着云诉的手往停车场的方向走，直到坐上车，她都没将目光从红本子上离开。

云诉转头，手指戳了戳他的手背："你那本呢？给我看看。"

于觉不仅没有把他那本拿出来，还伸手抽走了她手中的本子："我来保管。"

云诉看着他把红本子放进衣兜里，大有要收藏起来的架势，觉得有些好笑："怎么，怕我后悔啊？"

于觉侧头看她："后悔也来不及了。"

电话在这时响起，昨晚醉酒的程岚倾终于醒来，问他们在哪儿。

于觉扯了扯嘴角，笑得漫不经心："民政局。"

话音刚落，他便机智地把手机调成免提模式。

于是，云诉听到程岚倾杀猪般的惊叫声："你这是什么速度？牛啊你！我们就只是睡了一觉，你竟然把证都领了！"

于觉和云诉相视而笑。

那一瞬间，冬风滑过郁郁葱葱的草地，不远处的氢气球正缓缓上升。

时光一直往前走，他们也会一直在一起。

番外二

我叫周杭，杭州的"杭"

　　云诉和于觉结婚的第三年，有了于惜昀小朋友。

　　刚怀孕时，云诉并没有注意到自己的身体状况。那段时间，她一直在忙毕业论文的事。她的导师是出了名的严格导师，就算只是一个标点符号出错，论文都会被打回来。

　　相比之下，于觉就轻松了很多，他的论文早早就交了上去，一遍就过了。

　　这天晚上，云诉在客厅里修改论文，于觉从外面打包了夜宵回来。听到门口的动静，云诉头都没抬一下，完全沉浸在论文的世界里。

　　于觉也没有打扰她，从厨房里拿好碗筷，把袋子里的烤串倒在盘子上，然后端到桌前放好，又从冰箱里拿出一罐饮料，走到沙发边坐下，坐在云诉身边。烤串的香味不断飘来，云诉有些想吃，目光却没从电脑上移开，对他说："我也要吃。"

　　于觉听话地挑了一串牛肉串递到她嘴边。

味道靠近，肉还未吃进嘴里，云诉只觉得一阵反胃，起身跑向卫生间。

于觉担心她，站在卫生间门口敲门，眉头紧紧地皱着："怎么了？不舒服？"

里面传来的流水声渐渐停下，云诉推开门走出来，脸白了很多，今天吃的东西都吐出来了。

第二天早上，云诉还没从梦中醒来就被于觉又亲又摸，说是带她去医院检查。

难得的周末，云诉是真的不想出门，躺在床上继续一动不动。温柔战术没有用，于觉直接打开衣柜拿出她的衣服，坐在床上就要帮她换上。

云诉立马清醒，坐起来抓住他的手："我自己换。"

于觉这才满意，俯身亲了亲她的脸颊，走出房间准备早餐。

到达医院的时候，于觉直接领着她要去做胃镜，想着她这段时间吃的东西比较杂，估计是吃坏肚子了，但医生竟建议他们去妇产科做检查。

走出医院时，于觉肉眼可见地开心，曾经满是戾气的眼睛，此刻弯得如同月牙儿，温柔极了。

云诉还有点儿不在状态，虽说他们早就结婚了，但一直没提过孩子的事，加上两个人都还在读书，更不可能会考虑这件事。

那天晚上，于觉一直在客厅里打电话，把认识的人的电话打了个遍，告诉大家他要做爸爸了。

云诉坐在沙发上，看着旁边那位傻笑的男子，有些无奈。渐渐地，她像是被感染了似的，嘴角也一点点地勾起。

于惜昀刚出生的时候，说不上好看，也说不上丑，就是和他们想象的完全不一样，但云诉很喜欢。

于觉则不同，每次把于惜昀抱在怀里，脸上都是嫌弃的表情："他是怎么长成这样的？"

云诉伸手接过于惜昀："怎么了？这多与众不同？长那么帅干吗？难道要像你一样吗？招蜂引蝶。"

随着年龄的增长，于觉退去了少年的青涩，成熟的魅力渐渐显现出来，公司里经常有人向他示好。

于觉一噎，也没再说什么，就是感慨：自己这么优越的外貌基因，于惜昀竟继承不到半分。

于惜昀两岁那年，五官渐渐长开，皮肤白了很多，完美地继承了于觉的样貌。两个人简直一模一样，反而与云诉一点儿都不像。

那时，云诉经常说的一句话就是："你长着这张脸，生怕别人不知道你爸是于觉吗？"

两岁的于惜昀并不知道妈妈说的话是什么意思，只是倒在云诉的怀里"咯咯"地笑。

夏季的某天，烈阳高照，植物的枝叶都被晒得打蔫了。

马路上车来车往，道路两旁人流密集。

柴斯瑶坐在车里，手指慵懒地敲着方向盘，一下又一下。她戴着墨镜，墨镜后的脸好看极了。

这几年，她早已退去少女的青涩，一张素白的脸上化着妆，薄唇上抹着红色唇膏，眉眼间散发成熟女性的魅力。

柴斯瑶和云诉约好今天一起去逛街，但云诉工作上临时出了点儿状况，来不及去接于惜昀，于是就把这个重任交给了柴斯瑶。

今天天气格外热，柴斯瑶把空调的制冷温度又调低了些。

她在一周前跟老板起了冲突，思量过后就把工作辞了，这段时间一直在家休息。

柴斯瑶大学毕业那年，有学长邀请她加入他的公司。这几年，她一直忙于工作，几乎把所有的精力放在工作上。渐渐地，公司越做越大，在市里也算小有名气。

但后来，几乎在每一个决策上，他们的意见都大不相同，二人甚至经常发生争吵。柴斯瑶慢慢地开始想：这并不是她想要的，辞职也算是给自己放个假吧。

幼儿园的大门缓缓打开，一个个稚嫩的小朋友被家长接回家。

柴斯瑶静静地坐在车上，看到人流变小，才打开车门下车，高跟鞋踩在地面上，发出细碎的"嗒嗒"声。

于惜昀穿着规矩的黑白校服，头上戴着小小的帽子，站在角落，微低着头，让人看不清那张稚嫩的小脸。

似乎是感应到了什么，于惜昀抬起头，看到柴斯瑶的瞬间，嘴巴不满地噘起来。他迈着小小的步子，一步一步地走到柴斯瑶身边："就知道是干妈来接我，妈妈才不会让我等这么久呢。"

柴斯瑶笑了笑，蹲下身来和他说话："干妈一直都在车上看着你啊，刚才人太多了，干妈不想人挤人。"

于惜昀点点头，接受了她这个理由。

太阳很晒，柴斯瑶伸手把他抱起来，转身往车的方向走。

把于惜昀抱到车里坐好，柴斯瑶一低头就看到他的小脸上全是汗珠，于是拿出纸巾，把他的小帽子摘下，帮他擦汗。

柴斯瑶手上的力度并没有把握好，动作有些粗暴。

于惜昀又不满了，奶声奶气地说："干妈，你对我都这么不温柔，干爸会不要你的。"

柴斯瑶一怔，手上的动作僵住了。

她已经多久没有听到他的消息了？他们最后一次见面又是在什

么时候呢？她都快记不清了。

大学毕业后的第一年，她将所有的精力放在工作上，周杭也在找工作。

那时候，他们在市区附近一起租了房子，房子并不大，但他们的生活过得开心又充实。

周杭会理解她工作上的忙碌，照顾她不安的情绪，一切都顺着她。每晚她下班回家时，屋子里都有饭菜的香味，而他听到门口的动静，就会甩下游戏机冲过来抱住她。

日子一天一天地过去，周杭还是没找到工作，渐渐地有些焦躁。

柴斯瑶大大咧咧惯了，并没有注意到他情绪上的变化，只忙于工作。

周杭爸妈的感情一直都不好，两个人常年分居两地，一人在美国，一人在国内，一年都见不了几次面。那年，他们离婚了。

这些事情，周杭在那时都没有跟她提起过，而她也粗心大意地只忙于自己的工作。

柴斯瑶记得，那晚的雨下得特别大，下班回到家时，屋里并没有开灯——周杭没在家。

她没有起疑心，一如往常，洗完澡便入睡了。

第二天清晨她醒来时，周杭早就做好了早餐在等她。坐在餐桌前，柴斯瑶一边翻阅着资料一边吃早餐，没有注意到他的表情。

突然，周杭开口说："我爸让我去美国找他。"

柴斯瑶一顿，从资料中抬头："你要去？"

周杭两手交叉着搁在桌面上，想了想："你也知道，这边工作不好找，所以我想着过去跟我爸干两年再回来。"

周杭的爸爸在周杭小时候就在美国创业了，公司虽不大，但也不错。

柴斯瑶停下手中的事，紧紧地皱着眉："所以你不是在和我商量，而是在通知我？"

周杭看着她没有说话。

他的反应让柴斯瑶的火气瞬间上升，她猛地站起来，椅子和地面摩擦，发出刺耳的响声："周杭，我记得我之前和你说过，不想再谈异地恋。我们也约定好，不会再谈异地恋。所以，你现在是什么意思？"

他们大学时谈的就是异地恋，刚开始，柴斯瑶觉得那并不是什么大问题，但慢慢地，她的观念完全转变了。遇到事时，是她自己一个人面对，自己一个人解决。所有的所有，都是她独自应对。她受够了那样的日子，也和周杭好好地谈过这个问题。周杭答应她，大学毕业后会和她一起回到宁城工作，不再分开，会一直陪在她身边。

可现在呢？他突如其来地想要离开，她又要自己一个人了。

四周一片寂静，窗边的窗帘被风掀起来，有小小的声响。彼时，柴斯瑶站着，周杭坐着，二人四目相对，没有人再说话。

周杭坐在椅子上，什么也没说，也不知道该怎么说。他很烦躁，烦躁得什么都不想面对。

有轻微的振动声，是桌面上的手机发出来的，周杭垂下眼睫，也没有去看。

柴斯瑶的胸口很沉，也很闷，一颗心像是已经停止了跳动，她抬头看天花板，目光无焦点地停在某个角落，声音又轻又淡："你要去，可以，我不拦着你，但咱们之间的感情也彻底结束了。"

周杭抬起头，静静地看着她。

不到片刻，脸上的血色忽地淡了，他微微垂下眼睫，像是自言自语一般——

"那就结束吧。"

柴斯瑶并不是气他要去美国，而是气他的态度，气他没有和她商量就擅自做了决定，更气他没有做到遵守约定。

她死死地咬住下唇，眼角有些红，最后，像是放弃了一般："反正咱们也不是第一次分手了。"

这些年，他们没再联系过。

有好多次，柴斯瑶抵不住心中的思念，一次又一次地翻出那串熟悉的号码，最后，还是理智占据了上风，没有拨出去。

于惜昀将白嫩的小手在她眼前晃了晃："干妈？"

柴斯瑶回过神来，笑了笑，手上的动作温柔了很多，一点儿一点儿地擦着他脸颊上的汗，擦完后，伸手捏了捏他的脸："走吧，去找你妈妈，你妈妈说你今天可以买新衣服呢。"

于惜昀瞬间就开心了，笑得脸上的肉一颤一颤的。他天真地歪了歪头："我要自己去挑。"

柴斯瑶无奈地摇了摇头：这孩子自恋的臭毛病真是跟于觉一模一样。

于惜昀不仅长着一张帅气的脸，还走在时尚的前沿，身上的衣服都是自己挑选的，从不要云诉帮忙。

当然，云诉和于觉都懒得搭理于惜昀。

所以于惜昀有关的生活技能都是被他无情的爸妈逼出来的。

车子慢慢地驶入地下停车场，云诉早已在电梯口等候。远远地看到妈妈的身影，于惜昀开心地一路奔跑过去，抱住云诉的腿："妈妈，我又是最后一个被接走的小朋友了。"

云诉笑了笑，俯身把他抱在怀里："干妈是不是又舒服地坐在车里吹空调，不理你？"

于惜昀用力地点着他的小脑袋。

云诉安慰他:"那让她等会儿给你多买两套帅气的衣服好不好?"

于惜昀眼睛瞬间亮了,"咯咯"地开始笑。

云诉被他逗笑了。她也不明白于惜昀为什么和其他的小朋友不一样。这个年纪的小男孩儿不是在玩儿小卡车就是在玩儿变形金刚,他却就喜欢衣服,周末在家时,经常会把自己所有的衣服翻出来,一件一件地搭配,特别细心。

云诉和于觉商量过这件事,但于觉并不觉得这是件坏事,还说于惜昀特别有领悟性和自觉性,是个走在潮流前沿的好孩子。

云诉只能放弃改变儿子喜好的想法,这样也减轻了她的育儿负担。

夜晚,城市中亮着万家灯火,繁华的商场里人来人往。

柴斯瑶拿着刚买好的冰激凌拐进儿童服装店时,见于惜昀终于挑好了他眼中最好看的衣服,便领着他去结账。

柴斯瑶从导购员的手中接过袋子,低头看了看身边的干儿子。于惜昀的皮肤很白,长长的睫毛微微垂着,他正专注地吃着手中的冰激凌。

云诉挂断了电话,走到他们身边,微俯下身,抬手擦了擦于惜昀的嘴角,温柔地提醒:"慢点儿吃。"

于惜昀懵懂地点了点头。

看儿子特别乖巧的样子,云诉看向柴斯瑶,笑着说:"于觉说他正赶过来。他已经买好了电影票,咱们先去把票领了吧。"

柴斯瑶点头,牵着于惜昀开始往楼上走。

商场共有十层,服饰、餐饮和娱乐全都有,电影院就在顶层。

柴斯瑶牵着于惜昀走在前面,回头看云诉,见云诉一直在低头看手机。

柴斯瑶觉得奇怪，问云诉："怎么了？于觉到了吗？"

云诉把手机放回兜里，故作轻松地朝柴斯瑶笑："他快到了，咱们快上去吧。"

不知为何，柴斯瑶觉得今天的云诉特别奇怪，具体怪在哪里，柴斯瑶也说不出来，但总觉得云诉好像有什么事瞒着自己。

站在自助取票机前，柴斯瑶手指轻触屏幕，按下取票键，一张小纸条被打印出来。她拿起来一看，扭头问："怎么只有一张票？"

电影开场时间是九点整，五分钟后。

云诉的表情不太好，她抱怨着："可能是于觉买错票了，马上就开场了，要不你先进去看吧，我们在外面等他。"

柴斯瑶动了动嘴巴，开口想告诉云诉没关系，可以一起等于觉。可云诉很焦急，两只手搭在柴斯瑶的肩上，把人往里面推："你先进去吧，待会儿我们去找你。"

就这样，柴斯瑶被云诉推着朝前走了好几步。柴斯瑶也没再多想，低头看了看手中的票，电影在2号影厅放映，前方拐角就是。

柴斯瑶推开门走进去，巨大的银幕闪着光，灯光照在座位上，画面不断地切换。她就这样站着看了一会儿。

"不好意思，请让让。"她身后有人说话。

柴斯瑶惊觉，小声地说了句"抱歉"，侧身让路。走过的是一对小情侣，似乎还在上大学，青春洋溢。

柴斯瑶在场内扫了扫，随后走到靠后的位置坐下。

画面再次切换，所有的灯光暗下来，声音从音响里传出来，夹带着微微的电流声。

柴斯瑶认真地看着电影，突然，身边的座椅被人放下，有人缓缓地坐了下来。柴斯瑶偏了偏头，下意识地侧头去看，瞬间怔住，后背都有些僵——周杭就坐在她身边，距离很近，只隔着一个椅子的扶手。

周杭凝视着柴斯瑶，差点儿忘记呼吸。

这些年，时间似乎过得很快，又好像过得很慢。

柴斯瑶死死地咬紧下唇，不知道怎么开口，不知道该以怎样的方式去面对眼前的人。

安静的影厅中，空调里吹出冷风，他和柴斯瑶记忆中的人的模样一点点重合。他还是和以前一样瘦，穿着又宽又大的黑色T恤，大银幕反射出来的光影在周杭的脸上游动，有阴影停留在他挺拔的鼻梁旁。他好像有些无措，不知道双手该放在哪里。

柴斯瑶的大脑空白了好久，她用力握紧双手，都没意识到自己的指甲在手心上留下了深深的印子。

好久好久，没有人说话，他们只是四目相对。

忽然，柴斯瑶淡淡地笑了笑，转过头不再看周杭，视线定在银幕上，目光却没有焦点，眼前模糊一片。

周杭坐在座位上，还保持着刚才的姿势，小心翼翼地开口："斯瑶……"

他叫出这个名字的时候，似乎所有的力气都被抽离，声音紧张得几乎破碎。

柴斯瑶垂下眼睫，迅速地拿起一旁的包包，从座位上站起来。刚开始，她是走出去的，后来慢慢地，步子越跨越大，甚至跑了起来，几乎是落荒而逃。

柴斯瑶什么都没反应过来，直接跑进了电梯，背对门口站着，身后传来急促的脚步声，有人冲进来，电梯微微震了震。

柴斯瑶还没来得及回头看，就被人用力一扯，猛地撞进一个怀抱里。

周杭刚开始时很焦急，只顾着用力地把她往怀里带，后来担心她被磕到，在最后一瞬间收回力道，手温柔地护住她的头。

两个人之间如此近的距离让柴斯瑶一怔。

清冽的薄荷香味，是周杭身上的味道，只是，比之前多了一点点淡淡的烟草味。

寂静的空间里，银色的轿厢反射着头顶的灯光，有一点点风吹进来。

所有的委屈堆积在一起，柴斯瑶轻轻踮起脚，不管不顾地一口咬在周杭的下巴上。

周杭猝不及防，发出小小的痛呼声，并没有放开柴斯瑶，也没有阻拦她，任由她咬着，随她发泄。

柴斯瑶并没有放轻力道，咬得很重。后来，周杭把她抱得越来越紧，手指都蜷缩起来。

过了一会儿，柴斯瑶放开他，再也控制不住，眼尾微红，一颗又一颗水珠从她的脸颊上滑下来，滴在周杭的手上，几乎要把他烧穿。

那一刻，好像有人在用针一下一下地扎在他的心上，一针比一针深。

周杭一点点地放开她，抬手擦掉她脸上的泪水，动作很温柔："斯瑶，你别哭。都是我的错，你别哭。"

柴斯瑶打掉他的手，哭得眼睛越来越红，咬牙切齿地对他说："你就是有病，既然都走了为什么还要回来？为什么还要和以前一样，把我骗得团团转，当我是傻子吗？觉得我很好骗是吗？"

周杭慌乱地摇头否认："没有！"

他想再次抬手帮她擦掉眼泪，手才伸到半空中，就被柴斯瑶打了下去。

"我才不需要你可怜！我再也不会和你复合了！"柴斯瑶哭得胡

言乱语。

周杭一点儿也不计较，任由她说。从以前到现在，他从来都是由着她的。

过了一会儿，柴斯瑶的情绪慢慢稳定下来，她抬手擦了擦眼角，意识到周杭还抱着她，立刻就要挣脱。

周杭低垂着眼，紧紧地抱住她，说："我们不复合。我们结婚好不好？"

柴斯瑶僵在他怀里。

"那时我没有找到工作，很慌，害怕自己没办法好好照顾你。我这几年在国外跟着我爸，一直努力工作。"周杭把头埋在她的颈窝处，轻轻地呼吸着，贪恋她身上的味道。

周杭微微推开她，用乌黑的眼睛看着她的眼睛，认真地和她说："我这次回来打算在这边创立一家新公司，也想娶你。"

柴斯瑶毫不客气地白了他一眼："谁要嫁给你？"

话音刚落，她还是没忍住，嘴角有一点点笑容显现出来。

周杭好看的眉眼弯起来，也在笑："那我嫁给你。"

这个季节，地面的温度能把人烫伤。阳光照得人睁不开眼，一如多年前，他们第一次见面时。

栀子花香充斥着整个校园，阳光洒落在课桌上，他从教室后门走进来，在她身边坐下，身上干干净净的白色衬衫有一点点褶皱。他漫不经心地朝她笑："我叫周杭，杭州的'杭'。"

番外三

扑面而来的青春

高二那年的盛夏，整片大地都在欢迎烈阳，窗外蝉鸣依旧，栀子花香飘满整个校园。

周五下午，程岚倾趴在课桌上睡觉，也不知道是梦到了什么，嘴角浅浅地勾着。

下课铃打响，他渐渐转醒，还没走出教室，兜里的手机一直响，不用猜就知道是谁的电话。

程岚倾懒懒地掏出手机，按下接听键。电话那头的人絮絮叨叨地一直讲，讲了很久，他就只是淡淡地"嗯"了一声。

走在回家的路上，程岚倾自言自语地感叹："美好的周末是从送外卖开始的。"

他家的餐馆当然有专业的外卖员，但用他爸的话来说就是，反正他既不学习也不写作业，出去鬼混还不如多送送外卖，熟悉业务，以后好继承家业。

为了生活费，程岚倾自然乖乖地听话。

送完了几单，程岚倾开始偷懒，把电瓶车停在路边，转进超市买了一根冰棍。

日落时分，气温并没有骤减。

程岚倾站在超市门口，脸上的汗跟不要钱似的一直流，慢慢地滴到地面上。

他将冰棍咬在嘴里，因凉凉的感觉直呼"爽快"。

超市外放着一整排娃娃机，粉嫩的机器里躺着各种各样的娃娃，看得程岚倾眼花缭乱。

程岚倾对此并不感兴趣，抽出嘴里乳白色的木棒，随手一扔，"砰"的一声，木棒稳稳地落进不远处的垃圾桶里。

他抬脚想走，娃娃机的响声一直在耳边萦绕，久久没有停下来，程岚倾的目光慢慢往那边移，落在某台娃娃机胡乱甩着的爪子上。

银色的爪子伴随着音乐声缓缓往下移，抓在灰色的小熊玩偶上，然后向上拉，但不幸的是，爪子才拉到半空就松开了，灰色的小熊玩偶掉下来，滚到角落。

穿着棉布白裙的女孩儿很失望，沮丧地蹲在娃娃机前，双手捂住脸。

从程岚倾的这个角度看过去，他看不清她的样貌，只看到那双手又细又长，皮肤白皙。

少女仿佛感应到了什么，转头往后看。二人四目相对的瞬间，程岚倾脸上有一丝错愕。

金色的余晖落在她娇小的身躯上，乌黑的头发松松软软地扎着，发尾垂在肩上，白色的连衣裙完全包裹住她的身体。她蹲在不远处，裙摆触到地面。

兜里的手机在响，程岚倾回过神，收回目光接通。是于觉打来的电话，要约程岚倾明天去打球。

挂断电话，程岚倾还没来得及放下手，耳边忽地有人说话："你会抓娃娃吗？"

那个声音又轻又软，程岚倾猝不及防，被吓了一跳，心跳都在加速。

少女也被他的反应吓到，往后退了几步。

静了几秒，两个人对视着没有说话。

程岚倾以为自己听错了，深吸一口气，说话的语气都有些小心翼翼："你是想找我帮忙？"

女生点了点头，表情诚恳："你可以帮我吗？"

程岚倾不禁笑了笑，自觉地走到娃娃机前，下巴往小熊玩偶的位置指了指："你想要这只？"

女生迈着小碎步跟上来，站在他身边，头一直点。

之后，程岚倾抓了半个小时，并没有抓到那只小熊玩偶，而是抓到了一只不可爱的企鹅玩偶。企鹅玩偶的身体是浅粉色的，嘴是淡黄色的，难以言喻地丑，但手感不错。

将毛绒绒的企鹅玩偶抓在手上，不知为何，程岚倾有些尴尬，多着胆子询问："这只行吗？"

反正他已经抓到了，总不能把玩偶放回机器里。

女生眼睛微弯，淡淡的笑容显露在脸上，说出的话一针见血："这个太丑了，我不喜欢。"

程岚倾脑门儿上的青筋"突突"直跳。

夏季的晚风习习，他们终于抓到小熊玩偶时，已经接近六点。

兜里的手机一直在振动，程岚倾走到电瓶车旁，抬脚就要跨上去。

后面有轻轻的脚步声，他回头看去，女生站在他身后，怀里抱着小熊玩偶和企鹅玩偶。

程岚倾单手插兜，看她跟上来，眉头一点点地挑起来："还有事？"

落日的光落在少女的发丝上，她抿了抿嘴角，扯出一抹笑，把手里的小熊玩偶递给他："这个送你。"

触到少女温热的指尖，程岚倾身体有些僵。

马路边，鸣笛声接连不断，过路人来来往往。微风轻轻地吹，掀起她耳侧的头发。

程岚倾出神了好久好久。

从那之后，程岚倾每次放学后都会绕到那个超市。刚开始，他并没有再碰到那个女生，只是照例进超市买一根冰棍，站在门口慢吞吞地吃完再回家。

第一天、第二天、第三天、第四天，第五天放学后，程岚倾照旧来到那个地方。他抬脚要进超市，听身后传来惊呼声，便回头看去。

女生的头发今天没有扎起来，似乎还被剪短了一些，乌黑的发丝懒懒地披散在肩上，她穿着简单的白色T恤衫、浅灰色的牛仔裤，露出嫩白的脚踝。

她在笑，眼睛弯弯的，很好看："是你啊。"

程岚倾愣了一瞬，嘴角才扬起一点点弧度。

那天，他们站在马路边聊了很久，知道了对方的名字。

女生叫白珺雯，在三中念高一，比他低一届。

之后他们的交集并不多，二人只是一起在超市前吃冰棍、抓娃娃，有时还会一起沿着路边走。

她会和他说她的生活，说她的学习，说她生活中的趣事。那时，一切都如此恬静而美好。

后来，他知道了她有喜欢的人。那一瞬间，程岚倾也不知道自己心里是什么滋味，又酸又胀的，难以言喻。

那一刻，他才深深地意识到，他早就对那个干净的女孩儿动心了。

再后来，程岚倾高三了，渐渐地不再去那个超市转悠。她也会给他发消息，问他是不是因为学习很忙。

可能是因为学习忙，也可能是因为其他，程岚倾也顺着她的话回消息。

进入十月，空气中的热度并没有降低，一阵阵燥热的风吹过操场，片片枝叶随风而动。

程岚倾套好三中的校服，一手撑在围墙上，手臂和小腿同时用力，从围墙上一跃而过，身形矫健，一看就经常干这事。

程岚倾半蹲在地上，视线扫过一圈，四周空无一人，只有从田径场上传来的热闹的声音。这边是教学楼后侧，一般没什么人过来，他身上的校服也是向三中某位男同学借的。

确定安全后，程岚倾慢悠悠地站起来，低头拍了拍手上的尘土，往田径场的方向走去。

这两天三中在举行校运会，二中破天荒地给高三学生放假一天。程岚倾在家里才躺了半个小时便闲得慌，也坐不住，便找人借了三中的校服，来找白珺雯了。

他和她好久没联系了。

程岚倾循着热闹的声音一直走，垂眼把兜里的手机拿出来，解开锁屏，手指在屏幕上点着，定睛看着他和白珺雯的聊天页面，最后一条消息的时间停留在一个月前。

自从程岚倾说他高三学习很忙后，白珺雯就没再给他发过消息，最后一条信息也只是让他好好加油。

其实程岚倾今天来这里也是突发奇想。这段时间他一直在想，还有几个月他就要高考了，这似乎意味着，他和白珺雯能见面的日子就只剩下这几个月了。

程岚倾深深地吐了一口气，手指停在半空中好久，还是没能把那通电话打出去。

他想着，要不就远远地看一眼好了，也不知道能不能找到她。

程岚倾在原地纠结了一会儿，才把手机重新收回兜里，继续往田径场的方向走。

一路上都有栀子花香相伴，风从耳边吹过，整个校园里都是男生女生激动的喊叫声，广播也一直在响，一句句播报声里藏着学生时代的美好。

三中的田径场有两个出口，四周有铁网拦着，现在正在举行女子 3000 米长跑比赛。距离有些远，程岚倾只看到跑道旁边有学生在跟着场上的女生跑。好几个男生高举着手上的班旗，旗子随风而动。他们跟在女生身后，嘴里的加油声一直没有停。

程岚倾的目光扫过周围，他跑向草坪，站定在几个女生身后。

田径场上人太多，密密麻麻，热热闹闹。大家不是穿着校服就是穿着班服，程岚倾一直在搜寻那道熟悉的身影。

在跑道上奔跑的人距离他越来越近，程岚倾却来不及看一眼。他站在原地，环顾着四周。

突然，一个身影闯入视线，程岚倾一顿，定在原地。

少女穿着蓝白色校服、黑色的运动裤，轻轻摆臂，奔跑在砖红色的跑道上。

白珺雯还没有看到他。

金色的阳光斜照在她瘦弱的肩上。松软的乌黑长发被她用皮筋扎了起来，随着她的动作轻轻摆动，柔软的发尾一下又一下地扫过她的肩。

3000 米的距离，她跑得有些吃力，汗水不要钱似的从她的额头滑过侧脸，直直地砸到地面上。

忽地，一阵风吹过，她耳边的加油声好像更大了一些。白珺雯调整着呼吸，耳侧的头发被风吹起。

不知为何，视线下意识地往旁边移，她看到程岚倾就站在距离她不远的地方，表情是惊讶的。随后，她嘴角微弯，一抹淡淡的笑容显现在脸上。

程岚倾也在笑，嘴唇动了动，无声地说了"加油"两个字。

白珺雯看懂了他的意思，眼里的目光更坚定了，眼睛重新看向正前方，小腿用力，脚上的步伐更快了。

这是最后一圈。

程岚倾看着她步子跨得越来越大，竟接连超过了三个人，冲过终点线，扑在她的同学的怀里。

白珺雯没参加过校运会。以往的校运会，她只是在一旁为同学加油。但今年，班主任要求每个人必须参加一个项目，其他项目都没有了名额，只剩下女子 3000 米长跑项目。

白珺雯并不擅长运动，也提前练了好久。此刻，她却无心顾及成绩，靠在同班女生的肩上，重重地喘着气，一直抬头看向程岚倾所在的方向。

但在她周围挤着的同学太多了，有人搀扶着她，有人拿着毛巾在给她擦汗，有人在给她递水……她根本看不见程岚倾，只能看见周围的人。

白珺雯的喉咙很干，等呼吸渐渐平复下来，她抬手接过矿泉水瓶，抬头喝了几口。

程岚倾看到她被同学簇拥着，低头轻轻地笑了笑，过了一会儿又抬起头，目光一动不动地定格在她的身上。

他看到她有些体力不支，小腿因为长时间的奔跑而使不上力，脚步都是软的。她软绵绵地靠在同班女生的身上，被搀扶着往场外走，最后坐在围栏下的阶梯上。

程岚倾下意识地向前走了几步，最后又稳稳地停在草坪上。现在，她的身边有那么多人陪伴着，他又该以什么身份走过去呢？他甚至不能以同学的名义站在她的旁边。

想到这儿，程岚倾仰头看了看天空，蓝色与白色拼接的天空上，金色的阳光打下来，他的手指蜷缩起来。

女子 3000 米长跑结束，下一个项目即将开始，广播里持续播报着各班运动员的名字。

白珺雯身边的同学们渐渐散去，只留下她一个人安安静静地坐在阶梯上。

程岚倾走在热闹的田径场，看着白珺雯。她微仰着下巴，也在看他。

两个人对视了好久。

程岚倾边走边笑，穿过草坪和跑道，他们之间的距离越来越近。最后，他站在她面前。

程岚倾手一抬，温柔地摸了摸她的头，挑着眉头说："你很厉害啊。"

白珺雯膝盖微屈，两手放在大腿上，任由他摸着头，得意地笑道："我当然厉害了！本来只是被迫上场，老师和同学们也一直安慰我不用太在意名次，重在参与，结果我拿到了第二名，有什么奖励吗？"

她好看的眼睛眨了眨，灵动极了，程岚倾看得竟有些出神。

等他猛地回过神时，才发现他的手已经被白珺雯打下来了。

白珺雯不满地瞪他："喂！你到底有没有在听我说话？"

程岚倾失笑，在她身边坐下，问她："你想要什么奖励？"

白珺雯抬手摸着下巴，思考了一下，还没想出什么，忽然站了起来。

程岚倾将目光随着她的动作移动。

白珺雯笑了笑："你在这儿等我一会儿，我过去和我朋友打个招呼。"

程岚倾淡淡地"嗯"了一声，看着她一步一步地走远。

微风夹杂着几丝热意，树叶轻飘飘地落在地面上，发出轻微的声响。

周围一片喧闹声，他面前不停地有人走过。

程岚倾似乎什么都没有听到也没有看到。他只见到白珺雯站在篮球架下，和一个男生在说话。

男生穿着简单干净的蓝白色校服，戴着黑色的鸭舌帽，身形高高瘦瘦的，皮肤很白，鼻梁高挺，不知道在和白珺雯说些什么，好看的眼睛弯起来，透着笑意。

他们聊着他不知道的话题。没说几句，白珺雯抬手拍了拍男生的胸口。瞬间，男生笑得更加开心，还拿下头上的黑色鸭舌帽稳稳地戴在她的头上，温柔地将她耳侧的碎发整理好。

那个动作，他做得理所当然。

程岚倾愣住，后背都有些僵。

这个男生一直在低头听她说话，嘴唇始终弯着。

他们似乎有说不完的话。阳光斜斜地照着她单薄的身体，那个男生往旁边移了移，挡住了照在她身上的阳光。

那一瞬间，程岚倾竟觉得他们很般配。

那个男生斯斯文文，一看就是个好学生，和他完全不同。

这个季节，金黄色的树叶接连不断地被风带下来，落在地面上。

阳光照在他们的身上，给他们笼罩了一层光晕，明亮极了。

程岚倾的心空落落的，视线定格在他们身上，竟有些移不开眼，他就这样一直看着。

突然，白珺雯想起他还在后面坐着，转身往后看，可下一刻又继续和男生说起话。男生听到她的话，抬眼往他的方向看，颔首笑了笑。

那个男生看着程岚倾，右手垂下，食指轻轻地钩在白珺雯的小指上。

她低头看了看他的手，并没有挣脱。

这样一个很细微的动作，逐渐在程岚倾的眼前放大，再放大，他周围所有的空气仿佛都在那一刻被抽空了。

后来，他没等她回来便走了。走出三中，他拿出手机给她发消息，说奖励下次再给她。

那天下午，程岚倾叫于觉他们出来打球，一直打到晚上都没有停下。

他篮球打得并不算好，投篮没中也是一件再正常不过的事情。可那天，他一直在篮球场上奔跑。篮球一次又一次地被他从手中抛出，都精准地落进篮筐里。

程岚倾并不觉得累，打了一场又一场球，直到最后体力不支，躺在地面上。

汗水从额头上滑下，后背的衣服早已被汗浸湿，他抬头仰望着夜空，漆黑的天空上星光点点，月光一寸一寸地照下来。

他脑海里始终只有一个画面，就是白珺雯和那个男生站在一起时的画面。

明明是燥热得不行的夜晚，他却觉得很冷，就连身上的汗水都是冷的。

程岚倾在白珺雯面前时和在于觉他们面前时完全不一样。在于觉他们身边时，程岚倾总是没心没肺地嘻嘻哈哈，逗大家笑；可在她身边时，程岚倾总会收起那些嬉皮笑脸，好像成长了，也好像成熟了。

他心里很空，耳边是"呼呼"的风声。

程岚倾知道，她很喜欢那个男生，自己和她也不会有任何可能。

高考完那天，程岚倾去找白珺雯了。

两个人依然约在那个超市前见面。

那时他们很久没见了，程岚倾身体斜斜地靠在树上，双手懒洋洋地插在兜里，黑色运动鞋踩着脚下的石子，来回地踢。

肩膀上传来轻微的触感，有人在拍他的肩，程岚倾扭头看。

白珺雯就站在他的身边，背靠在树上，微抬着下巴，好看的眼睛闭起来，表情很享受："好香。"

阳光透过枝叶的缝隙一点儿一点儿地照下来，勾勒着她的身形，清风一过，白色花瓣飘下来，落在她单薄的肩上。

白珺雯转头对他笑："毕业快乐！"

日子一点儿一点儿地过去，高考成绩也出来了，程岚倾考得并不好——他也不在乎。一直以来，他都是吊儿郎当的，不会去想那么多。

程岚倾报考的学校离宁城很远，需要好几个小时的车程。他上了大学，她升到高三，两个人几乎没有了联系，生活节奏慢慢变得不一样。

白珺雯高考的前一天，程岚倾有全天的课。上课的时候，他将没有焦点的视线定格在某个地方，在想事情。

铃声打响，老师在讲台上说了"下课"，同学们纷纷往教室外走。

他慢吞吞地站起来，把桌上的课本收进书包。

中午的阳光很烈，树叶都被晒得"冒汗"。

同学们步伐缓慢，相互交谈，笑容满面。

程岚倾漫不经心地跟着人流，脸上没什么表情。他目光游移，最后落在前面不远处的女生的裙摆上。

白珺雯和那个女生一样，经常穿着白色连衣裙。金色的阳光总会落在她单薄的肩上，乌黑的头发被黑色皮筋松松散散地扎着，耳侧的发丝被风吹得微动，白色裙摆一点儿一点儿地晃着。

忽然，程岚倾的脚步停了下来，他站在那儿，一动不动，也不知道在想什么。

一个室友站在程岚倾身侧，轻轻地拍了拍他的肩："怎么了？"

程岚倾没有回答，抬头看了看天空。

阳光刺得他微眯上眼睛。

然后，程岚倾扯出一抹笑，表情似乎有些无奈。

几个室友都在奇怪他的反应。

突然，程岚倾把肩上的书包丢到一个室友怀里，一边回头一边往校门方向跑："帮我拿回宿舍，我今晚不回来了！"

程岚倾一路跑到校门口，他大汗淋漓，几乎要看不清路，抬手擦了擦汗，才想起要买回宁城的机票。他到宁城的时候已经是晚上七点，走出机场，直接跳上车前往三中。

车窗慢慢降下来，夏季燥热的风猛地冲进来，马路上人来人往，窗外的景色很熟悉。

出租车缓缓地在三中门口停下。

程岚倾抬头看，雕花的黑色大门、广场中央的雕塑、一幢一幢的教学楼，和记忆中的样子渐渐重合。

他来三中的次数并不多，但这里的一切似乎都没有变，还是老样子。

明天就高考了，黑夜中的校园安安静静，他只依稀听到风和梧桐叶的摩擦声。

好几栋教学楼被当作考场，已经封楼，只有楼下开着路灯。

大门有门卫守着，程岚倾从围墙翻进校园。他注意到最西侧的教学楼还亮着灯，估计所有高三的学生都在那儿复习，高一、高二的学生已经放假回家了。

夏季的晚风送来热意，程岚倾小心翼翼地穿过林荫小道，走上教学楼，在二楼拐角处的教室里看到了白珺雯。

安静的夏季夜晚，所有的高三学生都规规矩矩地坐在座位上看书，整栋教学楼里，都是写字发出的"唰唰"声和纸张翻动的声音。

白珺雯坐在第一组最后一桌，靠窗。她穿着蓝白色的校服，趴在桌上，侧脸上有淡淡的红印子，一手拿着黑色水性笔，在草稿纸上涂涂写写。她额头饱满，唇色很淡，长睫懒洋洋地垂着，似乎下一秒就能睡着。

在她旁边，各种试卷和课本胡乱地摆放着，一盒纯牛奶立在桌角。头顶的吊扇一直转动，带起一阵又一阵的风，吹起她耳侧柔软的发丝。

看得出来她不是在复习，程岚倾低头笑了笑。

他双手插兜，漫不经心地靠在墙上，就这样安静地看了她一会儿。

不过片刻，白珺雯似乎感应到了什么，抬起头往后看，看见他，瞳孔瞬间放大，嘴巴震惊地张成一个小小的"O"形。

程岚倾歪了歪头，嘴角扯出一抹笑，抬手打招呼："好久不见。"

白珺雯回头看班里的情况，老师并不在讲台上，也不知道去哪儿了，其他同学还在埋头认真复习。她把音量压低，只有他们两个人能听到："你怎么来了？你不是在学校吗？"

　　程岚倾朝她勾勾手："你出来，我带你去个地方。"

　　白珺雯坐在座位上，说："要去哪里？还没下课，明天就高考了。"

　　程岚倾不想啰唆太多，直接伸手握住她细白的手腕，把她从位置上拉起来，一直往楼上走。

　　白珺雯被他牵着手，来到了天台。

　　他们并排站着，靠在围栏上，晚风温柔地吹动着发丝。

　　白珺雯抬手理了理头发，问他："你还没告诉我，你怎么会出现在这儿？"

　　程岚倾将视线投向远方，声音清朗地说道："来给你加油。"

　　白珺雯还想开口说些什么，"砰"的一声，天边炸开了一簇簇烟花，她的视线被吸引过去。

　　漫天五彩缤纷的花朵接连不断地绽放，她看得入迷，并没有听到那很小很小的"咔嚓"声。

　　程岚倾并没有看烟花，担心她察觉，匆匆忙忙地把手机塞回兜里，指尖都在颤抖。

　　幸好她没有转头。

　　程岚倾把手拿出来，搁在栏杆上，垂眸看了看身边的少女。

　　晚风轻轻地吹，送来丝丝清凉。

　　漫天烟花倒映在她的瞳孔里。

　　校园里的桃花香和她的微笑，是他青春中最深刻的记忆。